RIPLEY
ENTRE DEUX EAUX

DU MÊME AUTEUR

chez le même éditeur

L'INCONNU DU NORD-EXPRESS
MR. RIPLEY
(Plein Soleil)
EAUX PROFONDES
LE MEURTRIER
JEU POUR LES VIVANTS
LE CRI DU HIBOU
CE MAL ÉTRANGE
(Dites-lui que je l'aime)
CEUX QUI PRENNENT LE LARGE
L'EMPREINTE DU FAUX
RIPLEY ET LES OMBRES
LA RANÇON DU CHIEN
RIPLEY S'AMUSE
(L'Ami américain)
L'AMATEUR D'ESCARGOTS
LE RAT DE VENISE
ET AUTRES HISTOIRES DE CRIMINALITÉ
ANIMALE À L'INTENTION DES AMIS DES BÊTES
L'ÉPOUVANTAIL
SUR LES PAS DE RIPLEY
LES DEUX VISAGES DE JANVIER
LA PROIE DU CHAT
LE JARDIN DES DISPARUS
L'HOMME QUI RACONTAIT DES HISTOIRES
CES GENS QUI FRAPPENT À LA PORTE
LES SIRÈNES DU GOLF
UNE CRÉATURE DE RÊVE
L'ART DU SUSPENSE. MODE D'EMPLOI
CATASTROPHES
LES CADAVRES EXQUIS
CAROL
(Les Eaux dérobées)
LE JOURNAL D'EDITH
LA CELLULE DE VERRE

PATRICIA HIGHSMITH

RIPLEY
ENTRE DEUX EAUX

roman

Traduit de l'anglais
par Pierre Ménard

CALMANN-LÉVY

Titre original
RIPLEY UNDER WATER

ISBN 2-7021-2063-6
© PATRICIA HIGHSMITH 1991
© CALMANN-LÉVY 1992

Aux morts et aux victimes de l'Intifada et du peuple kurde, à tous ceux — où qu'ils soient — qui luttent contre l'oppression et qui se lèvent, non seulement pour qu'on les compte mais pour qu'on leur tire dessus.

1

Tom se trouvait dans le bar-tabac de Georges et de Marie, une tasse de café quasiment pleine à la main. Il avait déjà réglé sa consommation et les deux paquets de Marlboro destinés à Héloïse gonflaient la poche de sa veste. Il contemplait une machine à sous devant laquelle était installé un autre client.

Sur l'écran, un dessin animé représentait un motard qui s'élançait vers le fond du décor ; l'illusion de la vitesse était produite par des barrières défilant en sens inverse, de part et d'autre de la route. Le joueur actionnait un guidon en demi-cercle, qui permettait au motard de déboiter pour doubler un véhicule moins rapide ou de franchir à la manière d'un cheval une haie brusquement apparue en travers de la route. Si le motard (c'est-à-dire le joueur) n'évitait pas l'obstacle à temps, c'était la collision : une étoile noire et or apparaissait en silence pour indiquer l'accident, le motard était éliminé — et le jeu terminé.

Tom avait regardé un nombre incalculable de ces parties (c'était à sa connaissance le jeu le plus populaire que Georges et Marie eussent jamais acquis) mais il n'y avait jamais joué lui-même. D'une certaine façon, il n'y tenait pas.

« Non... *Non !* »

La voix de Marie s'éleva derrière le comptoir, couvrant le brouhaha habituel, pour contester la remarque qu'un client venait de faire, probablement en matière politique. Son mari et elle étaient de gauche et n'en démordaient pas, quoi qu'il advienne.

« Écoutez, Mitterrand... »

Tom songea brusquement que Georges et Marie ne voyaient toutefois pas d'un très bon œil l'afflux des immigrés en provenance d'Afrique du Nord.

« Eh, Marie ! Deux pastis ! »

C'était le gros Georges, revêtu du tablier blanc et passablement maculé qu'il portait par-dessus sa chemise et son pantalon ; il servait les rares tables où les gens allaient s'asseoir pour boire et grignoter éventuellement des chips ou des œufs durs.

Le juke-box passait un vieux cha-cha-cha.

Une étoile noire et or apparut en silence sur l'écran. Les spectateurs grommelèrent d'un air compatissant. Éliminé. C'était la fin. L'appareil se mit à dévider son message muet, obsédant : REMETTEZ DES PIÈCES REMETTEZ DES PIÈCES REMETTEZ DES PIÈCES... Obéissant, l'ouvrier en blue-jeans fouilla dans sa poche, remit des pièces et le jeu recommença : le motard se profila à nouveau et s'élança vers le fond du décor, prêt à tout, esquivant promptement un tonneau apparu en travers de son chemin, franchissant allègrement la première barrière. Derrière son guidon, le joueur était concentré, fermement décidé à conduire son homme à bon port.

Tom songeait maintenant à Héloïse et à son prochain voyage au Maroc. Elle voulait aller à Tanger, Casablanca, peut-être Marrakech. Et Tom avait accepté de l'accompagner. Après tout, il ne s'agissait pas d'une de ces équipées aventureuses nécessitant d'innombrables visites dans les hôpitaux, avant le départ, pour l'obtention des vaccins. Et il lui incombait tout de même, en tant qu'époux, de l'accompagner dans certaines de ses escapades. Héloïse avait deux ou trois toquades de ce genre chaque année, qu'elle ne mettait pas toutes à exécution. Mais pour l'instant, Tom ne se sentait guère d'humeur à partir en vacances. On était début août, il ferait une chaleur infernale au Maroc, et Tom tenait à profiter de ses pivoines et de ses dahlias à cette époque de l'année ; il en cueillait généralement deux ou trois chaque jour, pour la décoration du salon. Tom adorait son jardin et s'entendait bien avec Henri, l'employé qui venait lui donner un coup de main pour les gros travaux, son aide était inestimable, même s'il ne pouvait évidemment pas compter sur lui pour un certain nombre de tâches.

Et puis, il y avait ces deux individus — le Couple Bizarre, comme Tom les avait intérieurement surnommés. Il n'était d'ailleurs pas certain qu'ils fussent mariés — ce qui n'avait bien sûr pas la moindre importance. Tom avait l'impression qu'ils se cachaient dans la région et qu'ils l'espionnaient. Ils étaient peut-être inoffensifs, mais comment le savoir? Tom les avait remarqués pour la première fois voici à peu près un mois, à Fontainebleau, où il était allé faire des courses un après-midi, en compagnie d'Héloïse. Âgés d'environ trente-cinq ans, l'homme et la femme semblaient d'origine américaine. Ils marchaient dans leur direction, en les dévisageant avec ce regard que Tom connaissait bien — comme s'ils avaient su qui il était, et peut-être même qu'il s'appelait Tom Ripley. Tom avait déjà surpris ce genre de regard au hasard des aéroports, bien qu'assez rarement ; en tout cas, cela ne lui était pas arrivé récemment. Impossible d'y échapper, lorsqu'on avait eu sa photo dans la presse... Mais il y avait des années que les journaux n'avaient pas parlé de lui, Tom en était certain. En tout cas, pas depuis l'affaire Murchison, qui remontait à cinq ans. Murchison, dont le sang maculait toujours le plancher de sa cave... Lorsqu'on le lui faisait remarquer, Tom prétendait qu'il s'agissait d'une simple tache de vin.

A la vérité, il y avait bien un peu de ça, se souvint Tom. Murchison avait eu le crâne défoncé par une bouteille de vin. Une bouteille de Margaux, que Tom avait abattue lui-même.

Enfin... Sur l'écran, le motard percuta l'obstacle. Tom se força à faire volte-face et regagna le comptoir, sa tasse vide à la main.

Il ne pouvait chasser le Couple Bizarre de ses pensées. L'homme avait des cheveux raides et foncés et portait des lunettes à montures cerclées ; quant à la femme, elle avait des cheveux châtain clair, un visage fluet et des yeux gris ou noisette. C'était l'homme qui l'avait dévisagé, en souriant vaguement dans le vide. Tom s'était dit qu'il avait peut-être déjà croisé ce type, à Heathrow ou à Roissy, et que c'était pour cela que l'autre le fixait de cette façon. Son expression n'avait rien d'hostile, mais Tom n'avait pas aimé ça.

Et puis Tom les avait revus, descendant lentement en voiture la rue principale de Villeperce, en fin de matinée, tandis qu'il sortait de la boulangerie, une flûte sous le bras (ce devait être le jour de congé de Mme Annette, à moins qu'elle n'ait été occupée à préparer le déjeuner) et Tom avait de nouveau remarqué qu'ils le regardaient fixement. Villeperce était un petit village, situé à plusieurs kilomètres de Fontainebleau. Pour quelle raison le Couple Bizarre se trouvait-il là ?

Tom entrevit le sourire éclatant de Marie et le crâne dégarni de Georges, de l'autre côté du comptoir, tandis qu'il déposait sa tasse et sa cuillère.

« Merci et bonne nuit, Marie... Georges ! leur dit-il en souriant.

— Bonsoir, monsieur Ripley ! s'écria Georges, qui lui adressa un petit signe, tout en servant de l'autre main un verre de calvados.

— Merci, monsieur, à bientôt ! » lui lança Marie.

Tom avait déjà atteint la porte lorsque l'homme fit son entrée. Il portait toujours ses lunettes cerclées et était apparemment seul.

« Monsieur Ripley ? (Il esquissa un sourire de ses lèvres trop roses.) Bonsoir.

— 'Soir, répondit Tom en se dirigeant vers la sortie.

— Nous... Ma femme et moi... Euh... Puis-je vous offrir un verre ?

— Merci, mais j'allais partir.

— Alors, ce sera pour la prochaine fois. Nous avons loué une maison à Villeperce. Par là-bas... (De la main, il montra vaguement le nord et son sourire s'élargit, révélant une rangée de dents parfaitement régulières.) Nous sommes apparemment voisins. »

Tom se trouva bloqué par deux clients qui arrivaient et fut contraint de reculer à l'intérieur du bar.

« Je m'appelle Pritchard. David Pritchard. Je suis actuellement un stage du Centre d'éducation de Fontainebleau, à

12

l'INSEAD. Vous en avez sûrement entendu parler. Enfin, notre maison est blanche, elle a deux étages, un jardin et un petit plan d'eau. Nous en sommes tombés amoureux à cause de ce bassin — et des reflets... de l'eau... sur le plafond... »

Il se mit à glousser.

« Je vois, dit Tom en essayant de paraître raisonnablement intéressé ; il avait maintenant franchi le seuil de l'établissement.

— Je vous téléphonerai. Ma femme s'appelle Janice.

Tom hocha la tête et se força à sourire.

— Parfait. N'y manquez pas. Bonne nuit.

— Il n'y a pas tellement d'Américains, dans le coin ! » lança dans son dos David Pritchard, visiblement décidé à s'accrocher.

M. Pritchard allait avoir du mal à dénicher son numéro de téléphone, songea Tom : Héloïse et lui s'étaient arrangés pour qu'il ne figure pas dans l'annuaire. Malgré son apparente balourdise, ce David Pritchard (il était presque aussi grand mais un peu plus épais que Tom) risquait d'être une source d'ennuis, se dit-il en regagnant à pied son domicile. S'agissait-il d'un inspecteur de police ? Exhumant de vieux dossiers ? Ou d'un privé engagé par... Mais par qui, à la vérité ? Tom n'estimait pas avoir d'ennemis en mesure de lui nuire. Toutefois, plus il songeait à ce David Pritchard — à son sourire étudié, à sa politesse exagérée, à son prétendu stage à l'INSEAD —, plus il trouvait que son histoire sonnait *faux*. Ce centre éducatif de Fontainebleau pouvait fort bien être une couverture — tellement évidente, du reste, que Pritchard devait probablement y être inscrit pour de bon. Et s'il ne s'agissait pas d'un couple ordinaire, mais d'une paire d'agents de la CIA ? Mais pour quelle raison le gouvernement américain se mettrait-il à le traquer ? se demanda Tom. Les impôts ? Tout était en ordre de ce côté. Murchison ? Non, l'affaire était réglée. Ou plus exactement classée. Le corps de Murchison n'avait jamais été retrouvé. Dickie Greenleaf ? Peu probable. Christopher Greenleaf, le cousin de Dickie, envoyait même une carte postale amicale à Tom, de temps à autre. L'an dernier, par exemple, il lui avait écrit d'Alice Springs. Christopher était maintenant ingénieur dans le civil ; il s'était marié et travaillait à Rochester, dans l'État de New York, s'il avait bonne mémoire. Tom était même resté en bons termes avec Herbert, le père de Dickie. Du moins échangeaient-ils des cartes de vœux pour le Nouvel An.

En arrivant à la hauteur du grand arbre situé en face de Belle Ombre et dont les branches surplombaient légèrement la route, Tom chassa ces pensées de son esprit. Après tout, il n'y avait pas de quoi se ronger les sangs. Tom entrouvrit l'un des battants du grand portail, se faufila à l'intérieur et le referma en faisant le moins de bruit possible. Puis il remit le loquet en place et tira les verrous.

Reeves Minot. Tom s'arrêta net et ses chaussures crissèrent sur le gravier de la cour. Il était en pourparlers avec Reeves au sujet d'un nouveau recel. Reeves lui avait téléphoné quelques jours auparavant. Chaque fois, Tom se jurait qu'il ne se laisserait plus jamais embarquer dans ce genre d'affaire, mais il finissait invariablement par accepter. Était-ce parce qu'il était toujours curieux de connaître des gens ? Tom poussa un rire bref, presque inaudible, avant de se remettre en route vers la porte de sa maison. Il marchait à pas feutrés et ses semelles crissaient à peine sur le gravier.

La lumière était allumée au salon et la porte d'entrée n'était pas verrouillée, comme lorsque Tom était sorti, trois quarts d'heure plus tôt. Après être entré, il tira les verrous derrière lui. Héloïse était assise sur le canapé, plongée dans la lecture d'un magazine — sans doute un article sur l'Afrique du Nord, se dit Tom.

« Bonsoir, chéri. Reeves a téléphoné, dit Héloïse en levant les yeux et en rejetant d'un mouvement de tête ses cheveux en arrière. Tom, est-ce que tu as...

— Oui. Tiens ! »

En souriant, Tom lui lança l'un après l'autre les deux paquets rouge et blanc. Héloïse rattrapa le premier, tandis que le second atterrissait sur son chemisier bleu.

« Rien d'urgent, du côté de Reeves ? demanda-t-il. Des rêves ? Des rives ?

— Oh, Tom, arrête ! dit Héloïse en actionnant son briquet. (Tom était convaincu qu'au fond d'elle-même elle appréciait ses calembours, bien qu'elle ne le reconnût jamais ouvertement et se retînt même de sourire.) Il a dit qu'il rappellerait, mais pas forcément ce soir.

— Quelqu'un... euh... »

Tom s'interrompit, car Reeves ne donnait jamais de détails à Héloïse ; celle-ci, pour sa part, prétendait toujours que leurs affaires ne l'intéressaient pas et l'ennuyaient même profondément. C'était d'ailleurs plus prudent. Moins elle en savait, et mieux cela valait. Tom estimait du moins qu'elle devait raisonner ainsi. Et qui aurait songé à lui donner tort ?

« Tom, demain nous irons acheter nos billets — pour le Maroc. D'accord ? »

Elle avait replié les jambes et posé ses pieds nus sur la soie jaune du canapé, comme une petite chatte prenant ses aises. Calmement, elle posa sur Tom ses yeux bleu lavande.

— « Ou... oui. D'accord. (Il se souvint brusquement lui en avoir fait la promesse.) Nous irons d'abord à Tanger.

— Oui, chéri. Nous rayonnerons à partir de là. Après, bien sûr, nous irons à Casablanca.

— Bien sûr, répondit Tom en écho. Très bien, ma chérie. Nous irons demain à Fontainebleau pour acheter ces billets. »

Ils se rendaient toujours à la même agence de voyages, dont ils connaissaient bien les employés. Tom hésita, puis décida d'aborder le sujet qui le tracassait.

« Chérie, tu te souviens de ce couple... Des Américains, probablement, que nous avons aperçus un jour à Fontainebleau ? Ils marchaient dans notre direction sur le trottoir. Je t'avais dit par la suite qu'il m'avait semblé que l'homme nous dévisageait. Un type aux cheveux foncés, portant des lunettes...

— Oui, il me semble. Pourquoi ? »

Tom était certain qu'elle s'en souvenait fort bien.

« Je viens de le rencontrer au bar-tabac et il m'a adressé la parole. »

Tom déboutonna sa veste et fourra les mains dans les poches de son pantalon. Il était resté debout.

« Enfin, peu importe, ajouta-t-il.

— Je me souviens de la femme qui l'accompagnait. Elle avait des cheveux châtain clair. Ils sont américains, non ?

— Lui l'est, en tout cas. Eh bien, ils ont loué une propriété ici, à Villeperce. Tu revois cette maison dont...

— Vraiment ? A Villeperce ?

— Oui, ma chère. La maison dont le bassin se reflète au plafond du salon... »

Héloïse et lui avaient été émerveillés par les reflets irisés qui ondoyaient au même rythme que l'eau sur le plafond blanc.

« Oui, dit-elle, je la revois très bien. Une maison à deux étages, avec une cheminée plutôt banale ? Pas très loin de chez les Grais, c'est ça ? Le type qui était avec nous avait même songé à l'acheter.

— Exactement. »

Un Américain — l'ami d'un ami à eux — qui cherchait à acquérir une maison de campagne dans les environs de Paris avait demandé à Tom et Héloïse de l'accompagner tandis qu'il visitait quelques propriétés du voisinage. Il n'avait d'ailleurs rien acheté, finalement — du moins dans les parages de Villeperce. L'affaire remontait à plus d'un an.

« Bon... Pour en revenir à cette histoire... L'homme aux lunettes souhaite apparemment nouer avec moi, ou avec nous, des relations de bon voisinage — et je n'y tiens absolument pas. Tout cela parce que nous parlons la même langue — ha ha ! Il prétend être en rapport avec l'INSEAD — tu sais, cette grande école, près de Fontainebleau. Et comment se fait-il qu'il connaisse mon nom, pour commencer ? Pourquoi s'intéresse-t-il à moi ? »

Tom se calma, craignant de donner l'impression qu'il prenait cette affaire au sérieux. Il s'assit sur une chaise en face d'Héloïse, de l'autre côté de la table basse du salon.

« Ils s'appellent David et Janice Pritchard. Si jamais ils téléphonent, réponds-leur poliment, mais décline toute invitation, en leur disant que nous sommes trop occupés. D'accord, ma chérie ?

— Bien sûr, Tom.

— Et s'ils ont l'audace de venir sonner à la porte, ne les laisse surtout pas entrer. Je préviendrai également Mme Annette, de mon côté. »

Héloïse fronça les sourcils d'un air songeur.

« Quel est le problème, exactement ? »

La naïveté de sa question fit sourire Tom.

« J'ai un pressentiment... »

Tom hésita. Généralement, il ne parlait jamais de ses

intuitions à Héloïse ; mais dans le cas présent, c'était peut-être préférable, ne serait-ce que pour la protéger.

« Ils n'ont pas l'air normal... (Tom baissa les yeux et regarda le tapis. Qu'est-ce qui était normal ? Il aurait été bien en peine de le dire.) J'ai l'impression qu'ils ne sont pas mariés.

— Et alors ? »

Tom éclata de rire et saisit le paquet de Gitanes qui traînait sur la table. Il en alluma une avec le briquet Dunhill d'Héloïse.

— Tu as raison, ma chérie. Mais pourquoi m'espionnent-ils ? Ne t'ai-je pas dit que je crois bien avoir déjà surpris ce type — et peut-être sa compagne — en train de m'épier dans un aéroport, il n'y a pas si longtemps ?

— Non, tu ne m'en as pas parlé, répondit Héloïse, apparemment sûre d'elle.

— Je ne prétends pas que ce soit important, mais il vaut mieux que nous nous montrions polis — et distants — s'ils essaient de nous contacter. Entendu ?

— Oui, Tom. »

Il se mit à sourire.

« Ce n'est pas la première fois que nous avons affaire à de mauvais plaisants. Il n'y a rien de grave. »

Tom se leva, contourna la table basse et attira Héloïse contre lui, après avoir saisi la main qu'elle lui tendait. Il l'enlaça et ferma les yeux, s'imprégnant du parfum qui émanait de ses cheveux, de son corps.

« Je t'aime, dit-il. Je veux que tu sois en sécurité. »

Héloïse se mit à rire et ils desserrèrent leur étreinte.

« Je me sens parfaitement en sécurité à Belle Ombre, dit-elle.

— Je te jure qu'ils ne mettront pas les pieds ici. »

2

Le lendemain, Tom et Héloïse se rendirent à Fontainebleau pour acheter leurs billets. Ils avaient compté voyager par Air France mais apprirent finalement qu'ils prendraient un vol de Royal Air Maroc.

« Les deux compagnies sont étroitement associées, précisa la jeune femme de l'agence, une nouvelle employée que Tom ne connaissait pas. Hôtel Minzah, trois nuits, chambre pour deux personnes ?

— C'est cela », répondit Tom en français.

Ils pourraient sûrement rester un ou deux jours de plus si l'endroit leur plaisait, Tom en était certain. Le Minzah avait actuellement la réputation d'être le meilleur hôtel de Tanger.

Héloïse s'était rendue dans une boutique voisine pour acheter du shampooing. Tom se mit à fixer la porte tandis que la jeune femme remplissait les billets, ce qui lui prit un certain temps. Au bout d'un moment, il réalisa que ses pensées tournaient vaguement autour de David Pritchard. Il ne s'attendait pourtant pas réellement à ce que l'individu franchisse le seuil de l'agence. Pritchard et sa copine devaient être occupés à s'installer dans leur nouvelle demeure.

« C'est la première fois que vous allez au Maroc, Monsieur Ripley ? » demanda la jeune femme en souriant et en glissant les billets dans une grande enveloppe.

Qu'est-ce que ça pouvait bien lui faire ? se demanda Tom. Il lui rendit poliment son sourire.

« Oui. J'ai hâte de découvrir le pays.

— La date du retour n'est pas impérative. Ainsi, si vous avez le coup de foudre, vous pourrez rester davantage. »

Elle lui tendit l'enveloppe contenant le second billet. Tom avait déjà signé son chèque.

« Parfait. Merci, mademoiselle.
— Bon voyage !
— Merci ! »

Tom se dirigea vers la porte qui se profilait entre deux murs couverts d'affiches bariolées. Tahiti... l'océan d'un bleu limpide... une minuscule barque de pêche... Soudain, près de l'entrée, il reconnut l'affiche qui l'avait toujours fait sourire et qui vantait les charmes de Phuket, une île située au large de la Thaïlande. Là aussi, on apercevait la mer bleutée, une plage de sable jaune, un palmier nonchalamment penché au-dessus du rivage, courbé par des années de bourrasques. Pas une âme à perte de vue. « La journée — ou l'année — ont été mauvaises ? *Phuket !* » Voilà qui constituerait un excellent slogan, songea Tom, et séduirait assurément bon nombre de vacanciers.

Héloïse lui avait dit qu'elle l'attendrait à la boutique, aussi Tom prit-il à gauche en sortant de l'agence. Le magasin était situé derrière l'église Saint-Pierre.

Et soudain — Tom faillit pousser un juron, mais se contenta de se mordre la langue —, il aperçut devant lui David Pritchard et sa... concubine ? qui marchaient dans sa direction. Tom les vit le premier au milieu de la foule grandissante des passants (c'était midi, l'heure du déjeuner), mais ils ne tardèrent pas à remarquer sa présence. Tom détourna les yeux et regarda ailleurs, droit devant lui. Par malheur, il tenait toujours à la main, bien en évidence, l'enveloppe contenant les billets d'avion. Les Pritchard allaient-ils la remarquer ? Ne risquaient-ils pas de venir rôder dans les parages de Belle Ombre, après s'être assurés qu'il s'absentait pour quelque temps ? A moins que ses craintes ne soient aussi absurdes qu'infondées ? Tom se hâta de franchir les derniers mètres qui le séparaient de la vitrine dorée de Mon Luxe. Avant de pousser la porte, il s'arrêta et se retourna pour voir si le couple l'observait toujours ou s'il ne se dirigeait pas, par hasard, vers l'agence de voyage. Il s'attendait à tout. Il distingua la veste bleue de Pritchard, dont les épaules massives dominaient la foule. Mais le couple dépassa l'agence sans se donner apparemment la peine d'entrer.

Tom s'engouffra dans l'atmosphère parfumée de Mon Luxe. Héloïse était en train de parler avec une jeune femme de leurs connaissances, dont Tom avait oublié le nom.

« Salut, Tom ! Je te présente Françoise — tu te rappelles ? Une amie des Berthelin. »

Tom n'en avait pas le moindre souvenir, mais fit comme si de rien n'était. Quelle importance, après tout ?

Héloïse avait terminé ses achats. Ils quittèrent la boutique après avoir dit au revoir à Françoise qui, aux dires d'Héloïse, était étudiante à Paris et connaissait également les Grais. Antoine et Agnès Grais étaient de vieilles connaissances et habitaient non loin de chez eux, au nord de Villeperce.

« Tu as l'air bien soucieux, mon cher, dit Héloïse. Il n'y a pas eu de problème, pour les billets ?

— Non, tout est réglé. La chambre est réservée, dit Tom en tapotant la poche gauche de sa veste, d'où émergeaient les billets. On déjeune à L'Aigle Noir ?

— Ah oui ! s'exclama Héloïse, enchantée. *Sure* », ajouta-t-elle en anglais.

Tom l'adorait, lorsqu'elle disait *sure* avec son accent français. Il avait renoncé à lui faire remarquer que la forme correcte était *surely*.

Ils déjeunèrent sur la terrasse, en plein soleil. Les serveurs et le maître d'hôtel les connaissaient bien et se souvenaient parfaitement qu'Héloïse adorait le blanc de blanc, les filets de sole, le soleil et les salades d'endives. Leur conversation roula sur des sujets agréables : l'été, les sacs en cuir marocain... Ils pourraient peut-être ramener un pichet en cuivre, comme souvenir ? Pourquoi pas ? Et s'offrir une promenade à dos de chameau ? Tom avait le vertige. Il avait déjà fait l'expérience, songea-t-il — à moins qu'on ne l'ait forcé à grimper sur un éléphant, dans un zoo ? Le fait de se retrouver brusquement à plusieurs mètres du sol (où il ne manquerait pas d'aller s'étaler s'il perdait l'équilibre) n'avait rien de bien séduisant, à ses yeux. Mais les femmes adoraient ça. Était-ce par pur masochisme ? En vertu d'un stoïcisme inné à l'égard de la souffrance ? Lié aux douleurs de l'enfantement ? Tout cela tenait-il debout ? Tom se mordilla la lèvre inférieure.

« Tu es nerveux, Tom. »

Héloïse s'était exprimée en anglais, en prononçant « nervousse ».

« Mais non », dit-il en se secouant.

Il se força à avoir l'air détendu durant le reste du repas et le trajet de retour.

Ils devaient partir pour Tanger dans deux semaines environ. Un jeune homme du nom de Pascal — un ami d'Henri, l'homme à tout faire — les conduirait à l'aéroport et ramènerait ensuite leur voiture à Villeperce. Il avait déjà eu l'occasion de le faire précédemment.

Une fois rentré, Tom prit une bêche, se rendit au jardin et se mit à désherber. Il avait changé de tenue, optant pour un Levis et les chaussures de cuir imperméables qu'il aimait tant. Il fourra les mauvaises herbes dans un grand sac en plastique qu'il transporta ensuite jusqu'aux poubelles et s'apprêtait à rentrer lorsque Mme Annette l'appela depuis l'une des fenêtres qui donnaient sur l'arrière-cour.

« Monsieur Tom ? Téléphone, s'il vous plaît !

— Merci ! »

En rejoignant la maison, il fit claquer son sécateur avant de l'abandonner sur la terrasse. Puis il saisit le combiné du téléphone installé dans le vestibule, au rez-de-chaussée.

« Allô ?

— Bonjour. Je... C'est bien Tom ? demanda une voix masculine, apparemment juvénile.

— Oui.

— Je vous appelle de Washington, D.C. (Il y eut une brusque interférence, une sorte de gargouillis vaguement aquatique.) Je...

— Qui est à l'appareil ? demanda Tom, qui n'entendait plus rien. Pouvez-vous patienter un instant ? Je vous prends sur un autre poste. »

Mme Annette était en train de passer l'aspirateur dans la salle à manger. Elle se trouvait à une distance suffisante, s'il s'était agi d'une conversation téléphonique ordinaire ; mais ce n'était visiblement pas le cas.

Tom monta au premier étage et prit la communication dans sa chambre.

« Allô ? Vous pouvez parler.

— Ici Dickie Greenleaf, dit la voix juvénile. Vous vous souvenez de moi ? » ajouta-t-il en gloussant.

Tom faillit raccrocher mais se retint à temps.

« Bien sûr, dit-il. Où êtes-vous ?

— A Washington, D.C. Je vous l'ai déjà dit. »

Le jeune homme parlait maintenant d'une voix de fausset. Il contrefaisait visiblement son intonation, mais il y allait un peu fort, se dit Tom. S'agissait-il d'un homosexuel ? D'une femme ?

« Passionnant, dit Tom. Vous faites du tourisme ?

— Eh bien, après mon petit séjour sous-marin (dont vous avez peut-être gardé souvenance) je ne suis guère en état de faire du *tourisme*. (L'individu éclata d'un rire faussement enjoué.) On... On m'a... »

Il y eut une courte interruption, suivie d'une sorte de déclic, comme si l'on raccrochait. Puis la voix reprit :

« On m'a retrouvé... et ressuscité, comme vous pouvez le constater. Ah, ah... On n'oublie pas si facilement le bon vieux temps... Pas vrai, Tom ?

— Oh, loin de là, répondit Tom.

— Je suis cloué dans un fauteuil roulant, à présent, dit la voix. Paralysie... »

Il y eut encore de la friture sur la ligne, puis un brusque fracas, comme si on venait de faire tomber une paire de ciseaux, ou un objet plus pesant.

« Le fauteuil s'est effondré ? demanda Tom.

— Ah, ah ! (Il y eut un silence.) Non, reprit calmement la voix juvénile. Je disais : paralysie générale du système nerveux.

— Je vois, répondit Tom d'un air poli. Eh bien, je suis heureux d'avoir eu de vos nouvelles.

— Je sais parfaitement où vous *vivez*, dit la voix en insistant sur le dernier mot.

— Je m'en doute, dit Tom, puisque vous m'avez appelé. J'espère sincèrement que les choses s'arrangeront et que vous serez bientôt sur pied.

— Vous faites bien ! Au revoir, Tom. »

L'individu raccrocha brutalement, peut-être pour dissimuler un brusque fou rire.

« Eh bien... » se dit Tom, en réalisant que son cœur battait plus vite qu'à l'accoutumée. Était-ce l'effet de la colère ? De la surprise ? En tout cas, ce n'était pas dû à la peur, songea-t-il. Il se demanda brusquement si la voix n'était pas celle de la compagne de David Pritchard. Sinon, de qui pouvait-il bien s'agir ? Dans l'immédiat, il ne voyait pas d'autre suspect potentiel.

La plaisanterie était aussi macabre qu'ignoble et ne pouvait émaner que d'un malade mental, songea Tom. Mais qui ? Et pourquoi ? L'appel venait-il vraiment des États-Unis ? Tom ne l'aurait pas juré. Dickie Greenleaf... Le début de ses ennuis... Sa première victime — et le seul individu qu'il regrettait d'avoir tué. Oui, sincèrement, c'était l'unique crime qu'il se reprochait d'avoir commis. Dickie Greenleaf était un Américain fortuné (pour l'époque) qui vivait à Mongibello, sur la côte occidentale de l'Italie. Il s'était lié d'amitié avec Tom, lui avait offert son hospitalité. Tom le respectait et l'admirait profondément — peut-être même un peu trop. Puis Dickie avait changé d'attitude à son égard et Tom ne l'avait pas supporté. Sans réfléchir aux conséquences de son acte, il avait empoigné une rame et avait tué Dickie, un après-midi où ils étaient tous les deux allés faire un tour en mer, dans une petite embarcation. Mort ? Bien sûr que Dickie était mort, au bout de toutes ces années ! Tom avait lesté son cadavre à l'aide d'un rocher, avant de le précipiter par-dessus bord. Il avait coulé et... ma foi, depuis lors, Dickie n'avait jamais refait surface... Pourquoi serait-ce le cas aujourd'hui ?

En fronçant les sourcils, Tom fit lentement le tour de sa chambre, les yeux fixés sur le tapis. Il se rendit compte qu'il avait un début de nausée et inspira profondément. Non, Dickie Greenleaf était bien mort — d'ailleurs, la voix au téléphone n'avait rien de commun avec la sienne. Jadis, Tom avait adopté les vêtements de Dickie, il s'était même un certain temps servi de son passeport, mais il avait rapidement fallu y mettre un terme. Le testament de Dickie, que Tom avait rédigé de sa propre main, avait triomphé des plus minutieux contrôles. Qui pouvait donc faire preuve d'une telle audace en ressortant cette vieille histoire ? Qui pouvait bien s'intéresser à lui, au point de connaître les liens qui l'unissaient jadis à Dickie Greenleaf ?

La nausée devenait trop forte. Une fois que Tom s'était mis dans l'idée qu'il allait vomir, il était incapable de se retenir. Cela lui était déjà arrivé. Après avoir relevé le siège, il se pencha au-dessus de la cuvette des w.-c. Heureusement, il n'avait pas grand-chose à rendre, mais son estomac resta contracté pendant quelques secondes. Il tira la chasse, puis alla se brosser les dents devant le lavabo.

Au diable ces salopards, quelle que soit leur identité, se dit Tom. Il lui avait bien semblé qu'il y avait deux individus au bout du fil, tout à l'heure — l'un qui parlait, et l'autre qui se contentait d'écouter — ce qui expliquait cette brusque hilarité.

Tom redescendit l'escalier et aperçut Mme Annette au salon, portant un vase garni de dahlias dont elle venait probablement de changer l'eau. Elle essuya soigneusement le fond du vase avec une serviette avant de le reposer sur le buffet.

« Je sors un petit moment, madame, lui dit Tom en français. Je serai absent une demi-heure environ, au cas où quelqu'un appellerait.

— Oui, monsieur Tom », répondit-elle avant de se remettre au travail.

Cela faisait plusieurs années que Mme Annette était au service de Tom et d'Héloïse. Elle disposait d'une chambre et d'une salle de bains particulière, sur l'aile gauche de la maison ; elle avait aussi son propre poste de télévision, ainsi qu'une radio. La cuisine était également son domaine et n'était séparée de ses quartiers que par un petit vestibule. Originaire de Normandie, elle avait des yeux bleu clair, aux paupières légèrement bridées. Tom et Héloïse l'adoraient, car elle avait beaucoup d'affection pour eux ; du moins en donnait-elle l'impression. Elle avait deux grandes copines au village, Geneviève et Marie-Louise, domestiques elles aussi. Elles s'arrangeaient apparemment pour se donner rendez-vous à tour de rôle chez les unes ou chez les autres, afin de regarder la télévision ensemble, les soirs où elles étaient de congé.

Tom ramassa son sécateur sur la terrasse et alla le ranger dans la caisse en bois entreposée dans un coin à cet effet — ce qui lui évitait d'avoir à traverser toute la propriété jusqu'à la cabane qui se dressait au fond du jardin, de l'autre côté de la maison. Puis il alla prendre une veste légère dans la penderie de l'entrée, non sans s'assurer que son portefeuille et son permis de conduire étaient bien à leur place. Il n'avait pas l'intention d'aller loin, mais les Français adoraient les contrôles d'identité et les policiers n'étaient généralement pas originaires de la région, ce qui les rendait d'autant plus redoutables. Où était passée Héloïse ? Elle devait être dans sa chambre, occupée à choisir la garde-robe qu'elle emmènerait en voyage. Dieu merci, ce n'était pas elle qui avait décroché lorsque ces cinglés avaient appelé ! Si ç'avait été le cas, elle serait aussitôt venue le trouver et l'aurait assailli de questions. Mais il n'était pas dans ses habitudes de fouiner dans les affaires de Tom, pour lesquelles elle n'éprouvait aucun intérêt particulier. Lorsqu'elle tombait sur un appel destiné à son mari, elle raccrochait immédiatement — sans s'affoler d'ailleurs le moins du monde, mais simplement comme si cela ne la concernait pas.

Héloïse était au courant de l'affaire Greenleaf. Elle savait même probablement que Tom était (ou avait été) soupçonné de ce meurtre. Il en aurait mis sa main au feu. Mais elle n'avait jamais fait la moindre allusion, ne lui avait jamais posé la moindre question à ce sujet. Certes, il avait bien fallu qu'elle triche un peu pour justifier les obscures activités et les déplacements aussi fréquents qu'énigmatiques de Tom, afin de rassurer Jacques Plisson, son père. Celui-ci était à la tête d'un important laboratoire de produits pharmaceutiques et les Ripley dépendaient en partie, pour leur train de vie, de la rente généreuse qu'il versait à Héloïse. Il est vrai qu'elle était sa fille unique. Quant à Arlène, la mère d'Héloïse, elle était encore plus discrète que sa fille au sujet des affaires de Tom. C'était une femme svelte et élégante ; elle semblait faire un effort pour se montrer tolérante à l'égard de la jeunesse et adorait donner à Héloïse (ainsi qu'à n'importe qui, d'ailleurs) des conseils d'ordre domestique, concernant l'entretien des meubles ou la manière de faire de menues économies.

Ces pensées trottaient dans la tête de Tom tandis qu'il roulait à vitesse réduite vers le centre du village, à bord de la Renault beige. Il était presque 5 heures de l'après-midi. Comme on était vendredi, il y avait des chances pour qu'Antoine Grais soit déjà rentré chez lui. Mais ce n'était pas certain : il pouvait avoir eu une journée chargée, à Paris. Grais était architecte ; sa femme et lui avaient deux enfants, âgés maintenant d'une dizaine d'années. La maison que David Pritchard prétendait avoir louée se trouvait juste derrière celle des Grais ; ce pourquoi, parvenu à un certain carrefour au sortir de Villeperce, Tom tourna sur la droite. Il pourrait toujours raconter aux Grais qu'il était simplement passé leur dire bonjour. Avant cela, il avait traversé l'artère principale du village, à laquelle les façades de la poste, de la boucherie, de la boulangerie et du bar-tabac — uniques commerces de Villeperce — donnaient un aspect rassurant.

La demeure des Grais se profila brusquement derrière une imposante allée de châtaigniers. C'était une maison ronde, qui évoquait un peu un fortin militaire et dont la façade était maintenant presque entièrement recouverte par des rosiers grimpants. Les Grais avaient un garage, mais Tom remarqua que le portail était fermé, ce qui signifiait qu'Antoine n'était pas encore rentré ; quant à Agnès, elle avait dû aller faire des courses, sans doute en compagnie des enfants.

Tom aperçut la maison blanche — c'était en fait la seconde, et non la première, après celle des Grais — à travers l'écran du feuillage, sur le côté gauche de la route. Il rétrograda et passa en seconde. La route asphaltée, où deux voitures pouvaient difficilement passer de front, était pour l'instant déserte. Il y avait peu de propriétés au nord de Villeperce ; on y trouvait davantage de prés que de champs cultivés.

Si c'étaient les Pritchard qui avaient appelé un quart d'heure plus tôt, ils étaient probablement chez eux, songea Tom. Il pouvait au moins aller jeter un coup d'œil, pour voir s'ils étaient en train de se prélasser au soleil dans leurs chaises longues, au bord du bassin ; d'après les souvenirs de Tom, celui-ci était parfaitement visible depuis la route. Une pelouse verte qui aurait eu besoin d'un bon coup de tondeuse s'étendait entre la route et la maison blanche ; à partir du portail, un sentier dallé rejoignait le petit escalier du perron. Quelques marches permettaient également d'accéder au bassin, situé du côté de la route. Tom se souvenait que la plus grande partie de la propriété s'étendait de l'autre côté de la maison.

Tom perçut un éclat de rire, de toute évidence féminin, auquel se mêlait peut-être celui d'un homme. Le bruit émanait assurément des abords de la piscine, située entre Tom et la maison, mais dissimulée par une haie et quelques arbustes. Soudain, Tom aperçut le bassin, où venaient jouer les rayons du soleil ; sans en avoir la certitude, il crut distinguer deux silhouettes allongées sur l'herbe. Un homme de grande taille, vêtu d'un short rouge, se redressa brusquement.

Tom accéléra. Oui, c'était bien David. Tom l'aurait parié, à dix contre un.

Les Pritchard reconnaîtraient-ils la Renault beige ?

« Monsieur *Ripley ?* »

Quoique un peu étouffée, la voix était parfaitement audible. Tom continua de rouler à la même allure, comme s'il n'avait rien entendu.

Voilà qui était sacrément ennuyeux, songea Tom. Il prit à gauche au premier carrefour et s'engagea sur une autre route tout aussi étroite, bordée d'un côté par quelques rares maisons et de l'autre par des champs cultivés. Ce chemin rejoignait le centre du village mais Tom obliqua une nouvelle fois sur la gauche, de manière à retrouver la route qui menait chez les Grais. Il roulait toujours à la même vitesse.

Cette fois, Tom aperçut la fourgonnette des Grais, garée le long du trottoir. Il n'aimait pas débarquer ainsi à l'improviste, sans avoir téléphoné, mais avec cette histoire de nouveaux voisins il pouvait peut-être se permettre de faire une entorse à l'étiquette. Tom se gara et aperçut Agnès Grais, les bras chargés de sacs à provisions.

« Bonjour, Agnès ! Je vous donne un coup de main ?

— Avec plaisir ! Bonjour, Tom ! »

Tom empoigna les sacs, tandis qu'Agnès extirpait un autre paquet de la fourgonnette.

Antoine venait de déposer un carton de bouteilles d'eau

minérale sur le carrelage de la cuisine et les deux enfants débouchaient déjà un magnum de Coca-Cola.

« Bonjour, Antoine ! lança Tom. Je passais dans le coin. Il fait un temps superbe, pas vrai ?

— On peut le dire », répondit Antoine de sa voix de baryton qui donnait parfois à Tom l'impression qu'il s'exprimait en russe, et non pas en français. Ce jour-là, il portait un short, des chaussures de tennis et un tee-shirt d'un vert éclatant, que Tom trouva particulièrement hideux. Antoine avait des cheveux foncés, vaguement ondulés, et souffrait en permanence d'un léger embonpoint.

« Quoi de neuf ? reprit-il.

— Pas grand-chose », dit Tom en déposant les sacs.

Sylvie, la fille des Grais, s'était mise à déballer les affaires d'un air expert.

Tom refusa le verre de vin ou de Coca qu'on lui proposait. Antoine n'allait sans doute pas tarder à mettre sa tondeuse en route — un modèle à essence, et non pas électrique. C'était un vrai bourreau de travail, tant à son bureau parisien qu'ici, à Villeperce.

« Comment ça se passe, cet été, avec vos locataires cannois ? » demanda Tom, qui était resté debout au milieu de la cuisine.

Les Grais possédaient à Cannes, ou dans les environs, une villa que Tom n'avait jamais vue. Ils la louaient en juillet et en août, les deux mois où ils pouvaient en tirer le meilleur bénéfice.

« Ils ont réglé d'avance et ont même versé une caution pour le téléphone, répondit Antoine. J'imagine donc que tout se passe bien, ajouta-t-il en haussant les épaules.

— Vous avez de nouveaux voisins, dans le coin. Vous le saviez ? demanda Tom en montrant de la main la direction de la maison blanche. Un couple d'Américains, je crois bien... Mais vous les connaissez peut-être ? J'ignore depuis quand ils se sont installés.

— No-on... dit Antoine en réfléchissant. Il n'y a pas eu de changement dans la maison voisine.

— Non, je parle de celle qui est un peu plus loin. La grande maison blanche.

— Ah, celle qui est à vendre !

— Ou à louer. Je crois qu'ils ne sont que locataires. L'homme s'appelle David Pritchard. Il est marié. Ou...

— Il est américain, dit Agnès d'un air songeur, ayant surpris la fin de leur conversation ; d'un même élan, elle rangea la laitue dans le bac à légumes, au fond du frigo. Vous les connaissez ? ajouta-t-elle.

— Non. Il... (Tom résolut de poursuivre.) L'homme m'a abordé hier, au bar-tabac. Peut-être avait-il su par quelqu'un que j'étais américain. Je me suis dit qu'il valait mieux vous en parler.

— Ils ont des enfants ? » demanda Antoine en fronçant les sourcils.

Antoine aimait le calme.

« Pas à ma connaissance. Je dirais que non.

— Et ils parlent français ? » intervint Agnès.

Tom sourit.

« Je n'en suis pas certain... »

Si tel était le cas, songea Tom, les Grais refuseraient probablement de les rencontrer et s'arrangeraient pour les éviter. Antoine Grais estimait qu'il fallait rendre la France aux Français et n'aimait guère les étrangers, même s'ils n'étaient que de passage et se contentaient de louer une maison.

Ils se mirent à parler d'autre chose, et notamment du nouveau bac à compost qu'Antoine comptait installer ce week-end. Il l'avait acheté en pièces détachées et ne l'avait pas encore sorti de sa voiture. A Paris, le cabinet d'Antoine marchait bien et il venait d'engager un apprenti qui devait commencer son travail en septembre. Antoine ne s'arrêtait évidemment pas en août, même si son bureau parisien était désert. Tom se demanda s'il devait annoncer aux Grais qu'Héloïse et lui allaient partir au Maroc, mais décida brusquement de ne rien leur dire. Pourquoi ? se demanda-t-il intérieurement. Avait-il inconsciemment pris la décision de ne pas y aller ? Enfin, Héloïse et lui avaient encore le temps de rappeler les Grais et de leur annoncer qu'ils seraient absents pendant deux ou trois semaines.

Tom prit finalement congé, non sans avoir invité les Grais (qui lui retournèrent sa politesse) à venir prendre un jour l'apéritif ou le café. Il avait le sentiment de ne leur avoir parlé des Pritchard que pour se protéger lui-même. Après tout, ce coup de téléphone émanant soi-disant de Dickie Greenleaf n'avait rien de bien rassurant. Loin de là.

Sylvie et Édouard, les enfants des Grais, jouaient au football avec un ballon noir et blanc sur la pelouse, devant la maison. Lorsque Tom démarra, le garçon lui fit un petit signe de la main.

3

De retour à Belle Ombre, Tom trouva Héloïse debout au milieu du salon. Elle semblait passablement agitée.

« Chéri, quelqu'un a appelé...
— Qui ? demanda Tom, sentant poindre en lui une sourde et désagréable angoisse.
— Un homme... Il m'a dit qu'il s'appelait Dicki Graine-lif... Il téléphonait de Washington...
— De Washington ? Greenleaf ? (Tom avait conscience du malaise d'Héloïse.) Mais c'est absurde, ma chérie. Il s'agit d'une mauvaise plaisanterie. »

Héloïse fronça les sourcils.

« Mais pourquoi ? Tu y comprends quelque chose ? »

Tom bomba le torse. Il était prêt à se battre pour défendre sa femme. Et Belle Ombre.

« Non, dit-il. Quelqu'un nous a sans doute fait une blague. Bien que je ne vois pas qui. Que t'a dit ce type, exactement ?
— Tout d'abord, il voulait te parler. Puis il a raconté une histoire... au sujet d'un fauteuil roulant ?...
— Oui, ma chérie.
— A la suite d'un accident que vous avez eu ensemble... En mer, apparemment... »

Tom hocha la tête.

« C'est une macabre plaisanterie, ma chérie. Quelqu'un s'est fait passer pour Dickie, alors que celui-ci s'est suicidé, voici des années. J'ignore d'ailleurs exactement où. Peut-être bien en mer. Son corps n'a jamais été retrouvé.

— Je sais. C'est ce que tu m'as toujours raconté.

— Tout le monde te dira la même chose, dit Tom d'une voix calme. Y compris la police. On n'a jamais retrouvé son corps. Et il avait laissé un testament quelques semaines avant de disparaître, si j'ai bonne mémoire. (Tom était intimement convaincu de dire la vérité, bien qu'il eût rédigé le testament lui-même.) Je n'étais pas avec lui, de toute façon. Cette histoire s'est passée en Italie, il y a des années. C'est là-bas qu'il a disparu.

— Je sais, Tom. Mais pourquoi ce... ce type nous ennuie-t-il avec ça aujourd'hui ? »

Tom enfonça les mains dans les poches de son pantalon.

« Il ne peut s'agir que d'une mauvaise blague. Il y a des gens qui aiment ce genre de... d'émotion, tu comprends ? Je suis navré que ce type ait déniché notre numéro de téléphone. Quel genre de voix avait-il ?

— Il avait l'air jeune, dit Héloïse en choisissant soigneusement ses mots. Sa voix n'était pas très grave. Il m'a semblé qu'il avait l'accent américain. Mais la communication n'était pas excellente.

— Il appelait donc bien d'Amérique, dit Tom, pourtant convaincu du contraire.

— Mais oui, répondit posément Héloïse.

Tom esquissa un sourire.

« Je te suggère d'oublier cette affaire, dit-il. Si jamais ce type rappelait et que je sois à la maison, tu n'auras qu'à me le passer. Si j'étais absent, garde ton calme et comporte-toi comme si tu ne croyais pas un traître mot de ce qu'il raconte. Et puis raccroche. Tu as compris ?

— Oh, oui, dit Héloïse, apparemment convaincue.

— Les types de ce genre *aiment* déranger les autres. Ils prennent leur pied de cette façon. »

Héloïse s'assit à sa place préférée, dans le coin du canapé qui donnait vers les portes vitrées.

« Où étais-tu, tout à l'heure ? demanda-t-elle.

— J'étais simplement allé faire un tour au village.

Tom avait l'habitude de ce genre d'escapades. Une ou deux fois par semaine, il prenait l'une de leurs trois voitures — la Renault beige ou la Mercedes rouge, le plus souvent —

et en profitait pour faire le plein d'essence ou vérifier la pression des pneus au supermarché de Moret.

« En passant devant chez les Grais, j'ai vu qu'Antoine était rentré pour le week-end et je me suis arrêté pour leur dire bonjour. Ils revenaient de faire des courses. Je leur ai parlé des Pritchard, leurs nouveaux voisins.

— Leurs voisins?

— Enfin, ils n'habitent pas très loin. A cinq cents mètres environ. (Tom se mit à rire.) Agnès voulait savoir s'ils parlaient français. Dans le cas contraire, tu peux être sûre qu'Antoine les fuira comme la peste. Je lui ai dit que je l'ignorais.

— Et que pense Antoine de notre voyage en Afrique du Nord? demanda Héloïse en souriant. Il doit trouver cela *ex-tra-va-gant!* »

Elle éclata de rire.

« En fait, je ne leur en ai pas parlé, dit Tom. Mais si jamais Antoine me fait une remarque au sujet des dépenses qu'entraînent de tels séjours, je ne manquerai pas de lui rappeler que la vie est très abordable, par là-bas. Le prix des chambres d'hôtel, notamment. »

Tom se dirigea vers les portes-fenêtres. Il avait envie de flâner un peu sur ses terres et d'aller jeter un coup d'œil sur son petit carré potager, pour voir si le persil poussait bien et si la ciboulette était sortie. Il pourrait même en cueillir quelques feuilles pour la salade du dîner.

« Tom... Que comptes-tu faire, au sujet de ce coup de téléphone? »

Héloïse avait l'expression un peu boudeuse mais parfaitement déterminée d'un enfant posant une question. Tom ne lui en tint pas rigueur. Il savait fort bien qu'Héloïse n'avait rien d'une tête de linotte et que cet air puéril était sans doute dû à sa longue chevelure blonde, qui lui couvrait à présent la moitié du front.

« Ma foi, rien, répondit-il. Il serait absurde de prévenir la police. »

Héloïse savait aussi bien que lui comment les choses se passaient lorsqu'on portait plainte au sujet de coups de téléphone anonymes, voire franchement obscènes, bien qu'ils n'aient jamais été victimes de ce genre d'appels. Il fallait se rendre au commissariat, remplir d'innombrables paperasses et faire mettre son téléphone sur écoute — ce qui signifiait que la police pourrait enregistrer le moindre de leurs appels. Tom n'avait jamais envisagé un seul instant de se soumettre à un tel contrôle.

« L'appel venait des États-Unis. Le type finira par se fatiguer », ajouta-t-il.

La porte-fenêtre était entrebâillée. Tom décida de passer par là pour rejoindre le domaine de Mme Annette ; la cuisine se trouvait en effet sur l'angle gauche de la maison. Le parfum d'une soupe de légumes lui chatouilla les narines.

Vêtue d'une robe à pois blancs et d'un tablier bleu marine, Mme Annette s'activait devant la cuisinière.

« Bonsoir, madame !
— Monsieur Tom ! Bonsoir !
— Qu'y a-t-il au menu ce soir ?
— Des paupiettes de veau. Je ne les ai pas choisies trop grosses, comme Madame me l'a demandé, car il fait un peu chaud ce soir.
— Vous avez raison. Mmm... Ça m'a l'air succulent. Chaleur ou pas, je me sens une faim de loup... Au fait, madame Annette, il va de soi que vous pourrez inviter vos amies à votre guise, durant notre absence. Mme Héloïse a dû vous en parler ?
— Ah, oui ! Votre voyage au Maroc ! Bien sûr. Tout se passera comme d'habitude, monsieur Tom.
— Bon. Mais il faut que vous invitiez Mme Geneviève et... votre autre amie, comment s'appelle-t-elle déjà ?
— Marie-Louise, dit Mme Annette.
— C'est ça. Invitez-les donc à venir regarder la télévision, un soir. Et retenez-les à dîner. Vous n'aurez qu'à aller choisir une bonne bouteille à la cave.
— Dîner, monsieur Tom ! Vous n'y pensez pas ! Le thé nous suffit amplement !
— Faites-leur un gâteau, dans ce cas. Vous serez la maîtresse des lieux, pendant quelque temps. A moins bien sûr que vous ne préfériez aller passer une semaine à Lyon, chez votre sœur Marie-Odile. Nous demanderons à Mme Clusot de venir arroser les plantes. »

Mme Clusot était plus jeune que Mme Annette. C'était

elle qui s'occupait des gros travaux dans la maison. Elle venait une fois par semaine pour lessiver les sols et nettoyer les sanitaires.

Mme Annette fit mine de réfléchir, mais Tom sentait bien qu'elle préférait rester à Belle Ombre. Au mois d'août, les propriétaires partaient généralement en vacances et laissaient quartier libre à leurs domestiques, sauf s'ils les emmenaient avec eux.

« Non, monsieur Tom. Merci quand même. Je crois que je préfère rester ici.

— Comme vous voulez. »

Tom lui sourit, puis sortit par la porte de service, qui donnait sur la pelouse latérale.

Le sentier s'étendait devant lui, disparaissant presque sous les pommiers, les poiriers et le fouillis des buissons. C'était ce chemin de terre qu'il avait emprunté jadis, en poussant la brouette qui contenait le cadavre de Murchison, avant de l'enterrer provisoirement. De temps à autre, le sentier était encore utilisé par un fermier du voisinage qui y faisait passer son tracteur pour rejoindre Villeperce ou qui surgissait du néant, charriant une brouette remplie de foin ou de fagots de bois. Le chemin n'appartenait à personne.

Tom rejoignit son petit carré potager, non loin de la cabane à outils où il était d'abord passé prendre une longue paire de ciseaux. Il coupa quelques feuilles de ciboulette ainsi qu'un bouquet de persil.

L'arrière de Belle Ombre était aussi harmonieux que sa façade principale, avec ses angles arrondis et ses portes vitrées, tant au rez-de-chaussée qu'au second étage (ou plutôt au premier, comme on disait en Europe). Ses murs de pierre rose, burinés par le temps, semblaient aussi imprenables que ceux d'un château fort, bien que leur aspect fût adouci par les feuilles de vigne vierge rouge qui les recouvraient, ainsi que par les buissons fleuris et les grandes plantes en pots disposées au pied des parois. Tom songea brusquement qu'il allait falloir prévenir Henri le Géant avant leur départ. Henri n'avait pas le téléphone mais on pouvait le joindre par l'intermédiaire de Georges et de Marie, qui lui transmettaient la commission. Il habitait avec sa mère au fond d'une cour, dans une maison située derrière la rue principale de Villeperce. Henri n'avait rien d'une lumière mais il était doué d'une force colossale.

Il faut dire qu'il était de taille et devait bien mesurer un mètre quatre-vingt-treize... Tom réalisa soudain qu'il était en train de s'imaginer Henri, repoussant une attaque en règle lancée contre Belle Ombre. C'était ridicule. Quel genre d'assaut pouvait-il d'ailleurs bien redouter ? Et de la part de qui ?

En regagnant les portes vitrées à triple battant, Tom se demanda ce que David Pritchard faisait de ses journées. Se rendait-il vraiment à Fontainebleau tous les matins ? Et à quoi la petite Janice (elle ressemblait un peu à un lutin) pouvait-elle bien passer son temps ? Peut-être peignait-elle ? Écrivait-elle ?

Et s'il débarquait chez eux à l'improviste, un bouquet de pivoines et de dahlias à la main ? A moins bien sûr qu'il ne parvienne à dénicher leur numéro de téléphone. Mais à peine évoquée, l'hypothèse lui parut grotesque. Les Pritchard devaient être ennuyeux à mourir. Et il se rendrait lui-même ridicule en se livrant à ce genre de comédie.

Tom décida finalement de faire le mort. Il allait se plonger dans les guides du Maroc, étudier le plan de Tanger et des autres villes où Héloïse désirait aller, préparer ses appareils photo et mettre de l'ordre à Belle Ombre, en prévision des deux ou trois semaines où ils seraient absents de la propriété.

Tom s'en tint à ce plan. Il acheta à Fontainebleau deux bermudas bleu marine et une paire de chemises blanches à manches longues (ni Héloïse ni lui n'aimaient les manches courtes). Héloïse allait régulièrement déjeuner chez ses parents, à Chantilly ; elle s'y rendait seule, à bord de la Mercedes, et en profitait généralement pour aller faire des emplettes l'après-midi — du moins Tom le supposait-il, puisqu'elle revenait toujours chargée d'une bonne demi-douzaine de paquets et de sacs imprimés au nom des boutiques. Tom ne l'accompagnait quasiment jamais lors de ces déjeuners hebdomadaires chez les Plissot. Les repas l'ennuyaient ; d'autre part, il savait bien que Jacques, le père d'Héloïse, supportait assez mal sa présence, soupçonnant Tom de se livrer parfois à des activités peu catholiques. Mais qui était *vraiment* honnête, de nos jours, se demandait souvent Tom. Plissot lui-même ne fraudait-il pas les impôts ? Un jour, Héloïse (à qui du reste cela était totalement égal) lui avait révélé que son père possédait un compte numéroté au Luxembourg. Tom en avait également ouvert un, où il versait les dividendes de la Derwatt Art Supply Inc., ainsi que les revenus des ventes des tableaux et des dessins de Derwatt, à Londres. Ceux-ci se faisaient d'ailleurs de plus en plus rares depuis le suicide, plusieurs années auparavant, de Bernard Tufts, qui avait fabriqué de faux Derwatt pendant une demi-décennie.

Et d'ailleurs, qui pouvait se vanter d'avoir les mains propres ?

Peut-être Jacques Plissot se méfiait-il de lui parce qu'il ignorait *un certain nombre* de choses à son sujet... Enfin, il y avait au moins un point positif, à l'actif de Plissot, c'est qu'il ne cassait jamais les pieds à Héloïse (pas plus qu'Arlène, d'ailleurs) pour qu'elle leur fasse un petit-fils. Tom avait évidemment abordé ce sujet délicat avec Héloïse, en tête à tête : mais apparemment, l'idée d'avoir un enfant ne l'enthousiasmait guère. Non qu'elle y fût franchement opposée : simplement, l'envie ne la rongeait pas. Et les années avaient fini par passer de la sorte. Quant à Tom, cela lui était égal. Il n'avait plus de famille susceptible de s'extasier à l'annonce de cet heureux événement. Ses parents s'étaient noyés dans le port de Boston (Massachusetts) lorsqu'il était enfant et il avait été recueilli par sa tante Dottie, cette vieille grippe-sou, également originaire de Boston. Quoi qu'il en soit, Tom avait l'impression qu'Héloïse était heureuse avec lui, ou du moins satisfaite : sinon, il y a belle lurette qu'elle se serait plainte, voire qu'elle l'aurait quitté. Héloïse était obstinée. Et le vieux Jacques, malgré sa calvitie, devait bien se rendre compte que sa fille était épanouie et menait une existence aussi cossue qu'agréable dans leur propriété de Villeperce. Une fois par an environ, les Plissot venaient dîner chez eux. Arlène débarquait parfois seule ; ses visites étaient légèrement plus fréquentes — et en tout cas, beaucoup plus agréables.

Durant plusieurs jours, hormis sporadiquement, Tom ne pensa plus au Couple Bizarre. Mais le samedi suivant, à 9 heures et demie, il découvrit dans son courrier une enveloppe de format carré ; l'adresse était rédigée à la main, d'une écriture qu'il ne connaissait pas et qui lui déplut aussitôt : des capitales amphigouriques, des i surmontés d'un cercle au lieu d'un point... Aussi prétentieux que stupide, songea Tom. Comme elle était adressée à M. et Mme Ripley, Tom ouvrit l'enveloppe, en négligeant le reste du courrier. Héloïse était en train de prendre un bain au premier étage.

Chers monsieur et madame Ripley,

Nous serions enchantés si vous pouviez passer chez nous demain (samedi) pour prendre l'apéritif. Vous serait-il possible de venir aux environs de 18 heures ? Nous nous y prenons évidemment un peu tard et si la date ne vous convenait pas, nous pouvons remettre cela à plus tard.

Nous espérons donc avoir bientôt le plaisir de faire votre connaissance à tous deux.

Janice et David Pritchard

Ci-joint (au verso) un plan indiquant la situation de notre maison.
Tél. : 424 64 36

Tom retourna la feuille et découvrit un croquis schématique, représentant la rue principale de Villeperce et la route qui prenait perpendiculairement et menait à la demeure des Pritchard. La maison des Grais était également indiquée, ainsi que le petit terrain vague qui séparait les deux propriétés.

Pom, pom, pom... chantonna Tom en tapotant la lettre du bout des doigts. L'invitation était pour aujourd'hui. Il était suffisamment intrigué pour s'y rendre — plus on sait de choses concernant un ennemi potentiel, mieux cela vaut — mais il ne voulait pas qu'Héloïse l'accompagne. Il allait devoir inventer une histoire à son intention. De surcroît, il fallait qu'il téléphone pour confirmer sa venue, mais il était encore beaucoup trop tôt.

Il ouvrit le reste du courrier, à l'exception d'une lettre adressée à Héloïse et qui, à en juger par l'écriture, provenait sûrement de Noëlle Hassler — une amie d'Héloïse qui habitait Paris. Il n'y avait rien d'intéressant : un relevé de banque de la Manny Hanny, à New York, où Tom avait un compte courant, et une publicité de *Fortune 500* qui, Dieu sait pourquoi, l'estimait suffisamment riche pour s'intéresser à un magazine boursier. Tom ne se préoccupait jamais de ses investissements financiers. Il laissait cette tâche à son conseiller fiscal, Pierre Solway, qui s'occupait également des affaires de Jacques Plissot ; c'était d'ailleurs par l'intermédiaire de ce dernier que Tom avait fait sa connaissance. Solway avait parfois de bonnes idées. Ce genre de travail (si on pouvait le qualifier ainsi) ennuyait Tom à mourir, contrairement à Héloïse : le fait de brasser de l'argent, ou du moins de s'intéresser aux transactions financières, devait être inscrit dans ses gènes et elle voulait toujours en discuter avec son père avant que Tom et elle ne prennent une décision quelconque.

Henri le Géant devait venir à 11 heures ce matin-là. Malgré sa fâcheuse tendance à confondre régulièrement le jeudi et le samedi, il arriva à 11 h 02. Comme à l'accoutumée, il était vêtu de son bleu de travail élimé, aux bretelles démodées, et de son chapeau de paille à larges bords auquel le terme de « loqueteux » convenait parfaitement. Il portait une barbe aux reflets roux, qu'il taillait apparemment de temps à autre à grands coups de ciseaux, ce qui lui évitait d'avoir à se raser. Tom s'était souvent dit que Van Gogh aurait aimé l'avoir comme modèle. Dire que si le peintre avait fait son portrait, celui-ci vaudrait bien aujourd'hui trente millions de dollars... sur lesquels Van Gogh n'aurait évidemment pas touché un centime...

Tom se secoua et expliqua à Henri le travail qu'il aurait à faire durant leurs deux ou trois semaines d'absence. Pourrait-il retourner le compost ? Tom possédait maintenant un bac à compost cylindrique d'un mètre cinquante de haut et de quatre-vingt-dix centimètres de diamètre environ, équipé d'un portillon que l'on ouvrait en libérant une cheville métallique.

Ils se rendirent à la cabane tandis que Tom poursuivait ses explications concernant le nouveau système d'arrosage de ses rosiers. Mais Henri ne l'écoutait que d'une oreille distraite. Il alla prendre une bêche dans la cabane et se mit à brasser le compost. Il était si grand, si fort, que Tom n'osa pas l'arrêter. Henri savait fort bien s'occuper du compost, dont il connaissait la destination.

« Oui, monsieur, murmurait-il de temps à autre, d'une voix douce.

— Bon... Je vous ai déjà parlé des rosiers... Les arbres sont en bonne santé. Ah... Si vous pouviez donner un coup de sécateur à la haie de lauriers... »

Henri était si grand qu'il n'avait pas besoin d'une échelle pour cela, contrairement à Tom. Celui-ci se contentait d'égaliser les côtés, laissant la haie pousser librement en hauteur ; s'il avait élagué le sommet, elle aurait eu un aspect trop régulier.

D'un œil envieux, Tom observa Henri qui soulevait le bac de la main gauche, tout en raclant de l'autre main le fond avec sa bêche, soulevant un terreau bien noir et de fort bel aspect.

« Très bien ! » s'exclama Tom.

Lorsqu'il essayait lui-même de soulever le bac à compost, il avait l'impression que celui-ci était vissé au sol.

« C'est vraiment bon », approuva Henri.

Il fallait aussi s'occuper des semis et arroser les géraniums entreposés dans la cabane. Henri arpentait à pas lourds les lattes de bois du plancher, tout en acquiesçant du menton. Il savait que Tom planquait la clef de la cabane sous un caillou, non loin de là. Tom ne fermait la porte à clef que lorsque Héloïse et lui étaient absents. Même les godasses éculées d'Henri, qui lui arrivaient au-dessus des chevilles, semblaient dater de l'époque de Van Gogh, avec leurs semelles épaisses de trois bons centimètres. Henri était un anachronisme ambulant.

« Nous nous absenterons au moins deux semaines, dit Tom, mais Mme Annette sera là en permanence. »

Après avoir encore précisé deux ou trois choses, Tom estima qu'il lui avait dit l'essentiel. Un peu d'argent étant toujours bienvenu, il sortit son portefeuille de sa poche revolver et tendit à Henri deux billets de cent francs.

« Voilà pour commencer, Henri. Et ouvrez l'œil », ajouta-t-il.

Tom s'apprêtait à regagner la maison, mais Henri ne manifestait pas la moindre intention de partir. C'était toujours comme ça, avec lui : il baguenaudait de droite à gauche, ramassant une branche morte par-ci, repoussant un caillou par-là, avant de s'éclipser enfin, sans dire un mot.

« Au revoir, Henri ! »

Tom fit demi-tour et se dirigea vers la maison. Une fois arrivé, il jeta un coup d'œil en arrière : Henri s'apprêtait apparemment à donner quelques coups de bêche supplémentaires dans le bac à compost.

Tom monta au premier, passa dans la salle de bains pour se laver les mains, puis s'installa dans son fauteuil et se mit à feuilleter une brochure vantant les charmes du Maroc. Une dizaine de photographies montraient alternativement la cour intérieure d'une mosquée, en mosaïque bleue, une rangée de canons alignés au bord d'une falaise, un souk où étaient suspendues des couvertures aux rayures vives et bigarrées, une touriste blonde vêtue du plus infime bikini possible, étalant une serviette rose sur une plage de sable doré... Au dos de la brochure figurait la carte de Tanger ; des traits bleus et schématiques représentaient les rues, la plage apparaissait en jaune et le port étirait sa double courbe protectrice en direction de la Méditerranée et du détroit. Tom chercha la rue de la Liberté, où se trouvait l'hôtel El Minzah ; apparemment, elle était située à deux pas du Grand Socco, le marché central.

Le téléphone se mit à sonner. Tom avait un récepteur à côté de son lit.

« Je prends la communication ! cria-t-il à l'intention d'Héloïse, qui se trouvait au rez-de-chaussée et répétait un air de Schubert sur le clavecin. Allô ? reprit-il.

— Salut, Tom. Ici Reeves. »

La voix de Reeves Minot était particulièrement nette.

« Tu es à Hambourg ? demanda Tom.

— Évidemment. Eh bien... Héloïse a dû te dire que j'avais appelé, l'autre jour.

— Oui. Pas de problème ?

— Oh, non, dit Reeves d'une voix calme et rassurante. Je voudrais simplement t'envoyer un petit paquet... Pas plus gros qu'une cassette... En fait... »

Il s'agit sûrement d'une cassette, se dit Tom.

« Il n'y a là rien d'explosif, poursuivit Reeves. Mais si tu pouvais le garder pendant cinq jours et le réexpédier ensuite à l'adresse qui se trouvera dans l'enveloppe... »

Tom hésita. Cela l'ennuyait un peu, mais il lui était difficile de refuser. Reeves avait toujours répondu à l'appel lorsqu'il avait eu besoin de ses services — que ce soit pour obtenir un passeport ou pour passer la nuit dans son immense appartement. Et il ne lui avait jamais fait payer ses faveurs.

« Ce serait avec plaisir, mon vieux. Mais nous devons partir d'un jour à l'autre à Tanger, Héloïse et moi. Nous comptons même pousser un peu plus loin, une fois là-bas.

— Tanger ? Parfait ! Nous avons tout le temps. Je t'enverrai ça en express aujourd'hui et tu le recevras probablement demain. Aucun problème. Tu n'auras qu'à le réexpédier... d'ici quatre ou cinq jours, depuis l'endroit où tu te trouveras. »

Nous serons encore sûrement à Tanger, réfléchit Tom.

« D'accord, Reeves. (Inconsciemment, Tom s'était mis à parler plus bas, comme si l'on avait pu épier leur conversation ; Héloïse était pourtant toujours au clavecin.) En principe, nous serons à Tanger. Crois-tu pouvoir faire confiance à la poste, là-bas ? On m'a prévenu qu'ils n'étaient pas très... rapides. »

Reeves éclata du petit rire sec que Tom connaissait bien.

« Il n'y a rien qui s'apparente aux *Versets sataniques,* sur ce... enfin, *dans* ce paquet. Allez, Tom... S'il te plaît...

— D'accord... De quoi s'agit-il, exactement ?

— Je préfère ne pas en parler, pour l'instant. Ça pèse à peine trente grammes. »

Ils raccrochèrent quelques secondes plus tard. Tom se demanda si l'adresse où il devait réexpédier le paquet était celle d'un autre intermédiaire. Reeves avait toujours soutenu la théorie (dont il était peut-être l'auteur) selon laquelle plus on multipliait les intermédiaires, plus le résultat était sûr. Reeves était essentiellement receleur et il adorait son métier. Receleur... Quel terme... En fait, ce que Reeves aimait par-dessus tout, c'était *jouer* au receleur ; il y prenait autant de plaisir qu'un enfant à une partie de cache-cache. Tom devait reconnaître qu'à ce jour, Reeves s'était fort bien débrouillé.

Il travaillait en solitaire — du moins l'avait-il toujours vu seul dans son appartement d'Altona — et avait échappé à un attentat à la bombe visant son domicile. Tout comme il avait survécu à l'agression dont Tom ignorait tout et à laquelle il devait la cicatrice longue de douze centimètres qui lui barrait la joue droite.

Tom se replongea dans ses brochures, feuilletant maintenant celles qui concernaient Casablanca. Une dizaine de dépliants étaient étalés sur son lit. Il se mit à penser à l'arrivée du paquet. Il n'y aurait sûrement rien à signer, car Reeves ne recommandait jamais ses envois ; aussi n'importe qui dans la maison pourrait-il le réceptionner.

Il fallait aussi qu'il passe prendre l'apéritif chez les Pritchard à 18 heures, ce soir. Il était maintenant 11 heures passées et il pouvait les appeler pour confirmer sa venue. Qu'est-ce qu'il allait raconter à Héloïse ? Il ne tenait pas à ce qu'elle sache qu'il se rendait chez les Pritchard. Tout d'abord, il était hors de question qu'elle mette les pieds chez eux ; mais pour compliquer les choses, il ne voulait pas lui avouer ouvertement qu'il cherchait à la protéger en la tenant à l'écart de ces hurluberlus.

Tom descendit au rez-de-chaussée. Il avait envie de faire quelques pas dans le jardin et peut-être de pousser jusqu'à la cuisine pour demander une tasse de café à Mme Annette, si elle était dans les parages.

Héloïse abandonna son clavecin et s'étira.

« Chéri, Noëlle a téléphoné pendant que tu discutais avec Henri. Elle avait envie de venir dîner à la maison ce soir, et peut-être de rester pour la nuit. Tu n'y vois pas d'inconvénient ?

— Bien sûr que non, ma chérie. »

Il était déjà arrivé dans le passé que Noëlle Hassler s'invite de la sorte. Tom aimait bien la jeune femme et n'avait rien contre sa présence.

« J'espère que tu lui as dit de venir, ajouta-t-il.

— Oui. La pauvre... (Héloïse se mit à rire.) C'est à cause de ce type... Noëlle n'aurait jamais dû le prendre au sérieux ! Il n'a pas été gentil avec elle. »

Ce qui signifiait qu'il l'avait laissé tomber, se dit Tom.

« J'imagine qu'elle est un peu déprimée ? dit-il.

— Oh, pas trop. Et ça lui passera vite... Elle ne viendra pas en voiture. J'irai la chercher à la gare de Fontainebleau.
— A quelle heure ?
— Vers 7 heures. Il faut que je vérifie l'horaire. »

Tom se sentit vaguement soulagé. Il décida soudain de lui dire la vérité.

« Tu ne me croiras pas, mais ce matin nous avons reçu une invitation des Pritchard... Tu sais, ce couple d'Américains. Ils nous demandent de passer prendre l'apéritif chez eux vers 6 heures. Ça ne t'ennuie pas que j'y aille... seul ? J'aimerais en savoir un peu plus long à leur sujet.

— No-on... dit Héloïse. (On aurait brusquement dit une adolescente, alors qu'elle frisait la trentaine.) Pourquoi cela m'ennuierait-il ? Tu rentreras à temps pour le dîner ?

— Cela va de soi », dit Tom en souriant.

4

Tom décida finalement de cueillir trois dahlias à l'intention des Pritchard. Il leur avait téléphoné à midi pour confirmer sa venue et Janice Pritchard avait eu l'air ravie. Tom lui avait dit qu'il viendrait seul, sa femme devant aller chercher une amie à la gare vers 18 heures.

Aussi, quelques minutes après 6 heures, Tom s'engagea-t-il à bord de la Renault beige dans l'allée des Pritchard. Le soleil n'était pas couché et il faisait encore chaud. Tom portait une veste d'été, par-dessus une chemise et un pantalon. Il n'avait pas mis de cravate.

« Oh, monsieur Ripley ! Bonjour ! lança Janice Pritchard depuis le perron.

— Bonsoir, dit Tom en souriant. (Il grimpa les marches et lui tendit les dahlias.) Je les ai cueillis juste avant de venir. Dans mon jardin.

— Oh, ils sont magnifiques ! Je vais chercher un vase. Entrez, je vous en prie... David ! »

Tom pénétra dans un petit vestibule donnant sur le salon blanc qu'il avait visité autrefois. La cheminée était effectivement aussi laide que dans son souvenir, avec ses moulures en bois repeintes en blanc et décorées d'un filet mauve. L'ensemble du décor était outrageusement rustique, à l'exception du fauteuil et du canapé. David Pritchard apparut brusquement, un torchon à la main. Il était en bras de chemise.

« Bonsoir, monsieur Ripley ! Bienvenue chez nous. Je suis en train de me débattre avec les canapés. »

Janice éclata d'un rire contraint. Elle était plus mince que Tom ne l'avait cru et portait un pantalon de toile bleu clair ainsi qu'un chemisier rouge et noir à manches longues, bordé de dentelles autour du cou et des poignets. Ses cheveux châtain clair, aux reflets légèrement roux, étaient coupés court et coiffés de telle sorte qu'ils paraissaient un peu ébouriffés. L'ensemble était assez réussi.

« Bon... Que désirez-vous boire ? demanda David en dévisageant Tom d'un air poli derrière ses lunettes à montures noires.

— Nous avons un peu de tout, me semble-t-il, dit Janice.

— Hum... Puis-je avoir un gin-tonic ? demanda Tom.

— Je vais vous préparer ça, dit David. Pendant ce temps, ma chérie, tu pourrais peut-être faire visiter la maison à M. Ripley.

— Bien sûr. Si le cœur lui en dit. »

La tête penchée sur le côté, Janice avait de nouveau cette expression mutine que Tom avait déjà remarquée et qui lui donnait l'air d'un lutin. La manière dont elle le regardait de biais le mettait un peu mal à l'aise.

Ils passèrent dans la salle à manger, à l'autre bout du salon (la cuisine se trouvait sur la gauche). La première impression de Tom se trouva aussitôt confirmée par la présence d'une table aussi hideuse que massive, faussement d'époque, entourée de chaises à dossiers droits dont le confort devait valoir celui des bancs d'église. L'escalier menant à l'étage prenait à gauche de l'affreuse cheminée. Tom monta en compagnie de Janice, qui parlait sans arrêt.

Le premier étage comportait en tout et pour tout deux chambres, séparées par une salle de bains. Les murs étaient uniformément recouverts d'un modeste papier peint fleuri. Une unique affiche (représentant également des fleurs) décorait le couloir. On se serait cru dans une chambre d'hôtel.

« Vous êtes locataires ? demanda Tom tandis qu'ils redescendaient l'escalier.

— Oh, oui. Nous ne sommes pas sûrs de rester ici. Du moins dans cette maison. Oh, regardez ces reflets ! Nous avons laissé les volets ouverts, pour que vous profitiez du spectacle.

— C'est effectivement très joli. »

Depuis l'escalier (son regard se trouvait juste à la bonne hauteur) Tom pouvait apercevoir les reflets sombres que projetait sur le plafond blanc du salon l'eau du bassin situé à l'extérieur, sur la pelouse.

« Bien sûr, lorsqu'il y a du vent, c'est encore plus... *vivant!* dit Janice, ponctuant sa remarque d'un petit rire nerveux.

— Vous avez choisi les meubles vous-mêmes ?

— Euh... oui. Mais certains nous ont été prêtés... par les gens à qui nous louons la maison. La table et les chaises de la salle à manger, notamment. Elles sont un peu massives, à mon goût. »

Tom s'abstint de tout commentaire.

David Pritchard avait disposé les verres sur la table du salon — un petit meuble lourdaud, faussement d'époque évidemment. Les canapés consistaient en petits dés de fromage embrochés sur des cure-dents. Il y avait aussi des olives farcies.

Tom s'assit dans le fauteuil, tandis que les Pritchard s'installaient sur le canapé, recouvert (tout comme le fauteuil) d'un tissu fleuri semblable à de l'indienne. Il n'y avait que ces deux sièges qui ne choquaient pas trop, dans l'ensemble du décor.

« Santé ! dit David en levant son verre. (Il avait abandonné son torchon.) A nos nouveaux voisins !

— Santé, dit Tom avant de boire une gorgée.

— Nous sommes désolés que votre femme n'ait pas pu venir, poursuivit David.

— Elle le regrette aussi. Ce sera pour une autre fois. Alors, vous vous plaisez, ici ? Que faites-vous au juste à l'INSEAD ? demanda Tom.

— Je suis un stage de marketing. Formation complète. Le marketing lui-même, le service après-vente... »

David Pritchard s'exprimait d'une manière claire et directe.

« Formation *complète !* s'exclama Janice en poussant à nouveau un petit rire nerveux ; elle buvait une boisson rosâtre qui, d'après Tom, devait être du kir — un cocktail léger à base de vin blanc.

— Les cours sont en français ? demanda Tom.

— En français et en anglais. Je ne me débrouille pas trop mal en français. Mais autant se perfectionner un peu. (Il parlait d'une voix légèrement rauque.) Avec une bonne formation en marketing, on peut faire un tas de choses.

— De quelle région des États-Unis êtes-vous ?

— De Bedford, dans l'Indiana. J'ai travaillé quelque temps à Chicago. Toujours dans les branches commerciales. »

Tom ne le croyait qu'à moitié.

Janice Pritchard s'agitait sur son siège. Elle avait des doigts effilés, aux ongles soigneusement manucurés et recouverts d'un vernis rose. Elle portait une unique bague, rehaussée d'un petit diamant, qui évoquait davantage un anneau de fiançailles qu'une bague de mariage.

« Et vous, madame Pritchard ? reprit Tom d'un air aimable. Vous êtes également originaire du Midwest.

— Non, je suis née à Washington, D.C. Mais j'ai vécu au Kansas, dans l'Ohio et... »

Elle s'interrompit, comme une petite fille qui vient d'oublier sa leçon, et baissa les yeux en fixant ses mains, légèrement crispées sur ses genoux.

« Et tu as *souffert,* et *vécu,* et *souffert...* »

David Pritchard ne semblait pas réellement plaisanter. Il lança à Janice un regard plutôt froid.

Tom était un peu surpris. Le couple venait-il de se quereller ?

« Ce n'est pas moi qui ai abordé la question, dit Janice. M. Ripley m'a demandé où je...

— Tu n'avais pas besoin de donner des détails, dit Pritchard, en se tournant légèrement vers Janice. Tu ne crois pas ? »

Janice ne répondit pas. Elle avait l'air d'un chien battu mais tenta de sourire, tout en jetant un bref coup d'œil à Tom, comme si elle avait voulu lui dire : « Oubliez ça, ce n'est pas important, excusez-nous. »

« Mais tu ne peux pas t'en empêcher, pas vrai ? reprit Pritchard.

« — De donner des détails ? Je ne vois pas...

— Mais enfin, quel est le problème ? intervint Tom en souriant. J'ai simplement demandé à Janice d'où elle était originaire.

— Oh, merci de m'avoir appelée Janice, monsieur Ripley ! »

Tom jugea préférable de rire, dans l'espoir que cela détendrait l'atmosphère.

« Tu vois, David ? » dit Janice.

David fixa sa femme en silence. Enfin, il était de nouveau adossé contre les coussins du canapé, c'était déjà ça.

Tom but une nouvelle gorgée de son gin-tonic, qui était excellent, et sortit un paquet de cigarettes de sa poche.

« Vous comptez aller quelque part, ce mois-ci ? » demanda-t-il.

Janice regarda son mari.

« Non, dit celui-ci. Nous avons encore des tonnes de livres à déballer. Ils sont au garage pour l'instant, dans des cartons. »

Tom avait aperçu deux bibliothèques, au rez-de-chaussée et à l'étage, l'une et l'autre à peu près vides, à l'exception de quelques livres de poche.

« Tous nos livres ne sont pas ici, dit Janice. Il y en a...

— Je suis sûr que M. Ripley se moque de savoir où se trouvent nos livres, ou nos couvertures de rechange pour l'hiver, Janice », dit David.

Tom aurait bien aimé l'apprendre, au contraire, mais il demeura silencieux.

« Et vous, monsieur Ripley ? reprit David. Projetez-vous de faire un voyage cet été, en compagnie de votre charmante épouse ? Je l'ai aperçue un jour, mais seulement de loin.

— Non, répondit Tom d'un air volontairement hésitant, comme si Héloïse et lui pouvaient encore changer d'avis. Nous n'avons pas trop envie de bouger cette année.

— Nos... La plupart de nos livres sont à Londres, dit Janice en se redressant, les yeux fixés sur Tom. Nous possédons un petit appartement là-bas... du côté de Brixton. »

David Pritchard lança à sa femme un regard excédé. Puis il prit une profonde inspiration et dit à Tom :

« Oui... Il n'est d'ailleurs pas impossible que nous ayons

quelques amis communs... Vous connaissez Cynthia Gradnor ? »

Tom reconnut le nom sur-le-champ. C'était celui de la petite amie du défunt Bernard Tufts. Elle aimait sincèrement Bernard mais l'avait finalement quitté, car elle ne supportait plus qu'il continue à fabriquer des faux Derwatt.

« Cynthia... dit Tom, en faisant mine de fouiller dans ses souvenirs.

— Elle connaît bien les propriétaires de la galerie Buckmaster, poursuivit David. C'est du moins ce qu'elle a prétendu. »

Tom n'aurait pas aimé être soumis sur l'instant à un détecteur de mensonge, car son cœur s'était mis à battre sensiblement plus vite.

« Ah, oui... Une blonde... Enfin, je crois... »

Qu'est-ce que Cynthia avait bien pu raconter aux Pritchard, se demanda Tom. Et comment avait-elle même pu adresser la parole à ces deux emmerdeurs ? Cynthia n'était pas du genre pipelette et les Pritchard étaient d'un niveau social nettement inférieur au sien. Si la jeune femme avait voulu lui porter préjudice ou lui créer des ennuis, elle aurait pu le faire bien des années plus tôt. Elle aurait également pu révéler toute la vérité au sujet des faux Derwatt, mais elle ne l'avait jamais fait.

— Vous connaissez peut-être mieux les propriétaires de la galerie Buckmaster, à Londres ? dit David.

— Mieux ?

— Mieux que vous ne connaissez Cynthia.

— Je ne les connais pas réellement, ni les uns ni les autres. Je suis passé quelquefois dans cette galerie. J'aime la peinture de Derwatt — comme tout le monde, dit Tom en souriant. Cette galerie est spécialisée dans les tableaux de ce peintre.

— Vous leur en avez acheté quelques-uns ?

— Quelques-uns ? dit Tom en riant. Au prix où sont les Derwatt ?... Non, j'en possède deux, que j'avais achetés avant qu'ils n'atteignent une cote pareille. Des toiles du début, que j'ai dû faire assurer depuis. »

Il y eut quelques instants de silence. Pritchard devait réfléchir à sa prochaine attaque. Tom songea brusquement que Janice aurait fort bien pu se faire passer pour Dickie Greenleaf, au téléphone. Sa voix avait un registre assez étendu, qui allait du strident à une tonalité presque rauque, lorsqu'elle parlait à voix basse. Ses soupçons étaient-ils fondés ? Les Pritchard avaient-ils vraiment enquêté sur son passé, en dépouillant les journaux de l'époque et en interrogeant des gens comme Cynthia Gradnor — pour le simple plaisir de le faire marcher, de l'humilier et, qui sait, de le pousser aux aveux ? Tom aurait bien aimé savoir ce que les Pritchard pensaient réellement à son sujet. Il lui paraissait peu probable que David soit un flic. Mais on ne savait jamais. La CIA et le FBI employaient parfois des sous-fifres de ce genre. Cela avait été le cas de Lee Harvey Oswald, par exemple, même si c'était lui qui s'était fait avoir, au bout du compte. A moins que les Pritchard ne songent tout bonnement à le faire chanter ? Horrible pensée...

« Vous reprendrez bien un peu de gin, monsieur Ripley ? demanda David Pritchard.

— Merci... Juste un doigt. »

Pritchard se rendit à la cuisine. Il emmena également son propre verre, mais ignora Janice. La porte de communication était grande ouverte ; Tom songea qu'on devait aisément entendre ce qui se disait au salon, depuis là-bas. Et il ne voulait pas parler le premier. Néanmoins, comme Janice ne disait rien, il résolut d'attaquer :

« Et vous, madame... Janice ? Vous travaillez, vous aussi ? A moins que vous n'ayez arrêté ?

— Oh, j'ai été secrétaire, au Kansas. Ensuite j'ai étudié le chant — les vocalises, si vous préférez. A Washington, tout d'abord. Vous n'imaginerez jamais le nombre d'écoles de chant qu'il y a, par là-bas. Mais après, je...

— Manque de pot, elle m'a rencontré, lança David qui venait de réapparaître avec le petit plateau rond où trônaient les deux verres.

— Comme tu dis, rétorqua Janice d'un air condescendant. Après tout, tu es bien placé pour le savoir », ajouta-t-elle d'une voix plus calme et légèrement rauque.

David, qui ne s'était pas encore assis, serra violemment le poing et fit mine de frapper Janice au visage. Il s'en fallut de peu qu'il ne l'atteigne pour de bon.

« Un de ces jours, je te réglerai ton compte », dit-il.
Il ne souriait pas.
Janice n'avait pas cillé.
« A moins que ce ne soit l'inverse », lança-t-elle.
Ils jouaient au chat et à la souris, songea Tom. Le jeu se poursuivait-il lorsqu'ils étaient au lit ? En tout cas, la scène était un peu embarrassante. Tom se demanda ce que Cynthia venait faire là-dedans. Mais si jamais les Pritchard, ou n'importe qui d'autre (Cynthia Gradnor, notamment, qui savait aussi bien que les propriétaires de la galerie Buckmaster que les soixante derniers Derwatt étaient des faux) soulevaient le couvercle de la marmite et révélaient la vérité, ça allait faire du bruit... Inutile d'espérer étouffer l'affaire : du jour au lendemain, ces tableaux hors de prix ne vaudraient plus un clou, sinon aux yeux de quelques collectionneurs excentriques, amusés à l'idée de posséder d'aussi remarquables imitations. Tom était du nombre, en fait ; mais combien y avait-il sur terre d'individus à son image, partageant la même attitude cynique que lui à l'égard de la justice et de la vérité ?

« Comment va Cynthia... Gradnor, c'est bien ça ? demanda Tom. Il y a des siècles que je ne l'ai vue. Elle menait une vie plutôt tranquille, si je me souviens bien. »

Tom se souvenait aussi que Cynthia le détestait, parce que c'était lui qui avait poussé Bernard Tufts à fabriquer des faux Derwatt, après le suicide du peintre. A force de patience et d'obstination, Bernard avait réalisé un travail admirable dans son petit atelier londonien. Mais simultanément, il s'était lentement détruit. Derwatt était un dieu pour lui ; il révérait son œuvre et avait finalement eu l'impression de l'avoir irrémédiablement trahi. Au terme d'une longue dépression nerveuse, Bernard avait délibérément mis fin à ses jours.

David Pritchard prenait son temps pour répondre. Tom remarqua — ou crut remarquer — que Pritchard avait compris qu'il se tracassait au sujet de Cynthia et cherchait à lui soutirer le plus de renseignements possible.

« Tranquille ? Je ne dirai pas ça, dit finalement Pritchard.
— Non », ajouta Janice avec un grand sourire.

Elle fumait une cigarette à bout filtre et paraissait plus détendue, bien que ses mains fussent toujours crispées. Ses regards allaient en permanence de Tom à son mari, et inversement.

Qu'est-ce que cela signifiait? Que Cynthia avait révélé toute l'affaire à Janice et David Pritchard? Tom ne parvenait pas à le croire. Et si tel était le cas, qu'attendaient-ils pour lui dire franchement que les propriétaires de la galerie Buckmaster étaient une paire d'escrocs, et les soixante derniers Derwatt de purs et simples faux?

« Est-elle mariée, maintenant? demanda Tom.

— Je crois bien. N'est-ce pas, David? dit Janice en se frottant machinalement le bras droit, juste au-dessus du coude.

— Je ne m'en souviens plus, dit David. Elle était seule le... les deux fois où nous l'avons vue, en tout cas. »

Vue... mais où? se demanda Tom. Et qui avait bien pu leur présenter Cynthia? Néanmoins, il hésitait à leur poser davantage de questions. Janice avait-elle des bleus sur les bras? Était-ce la raison pour laquelle elle portait un chemisier en coton, et de surcroît à manches longues, par cette chaude journée d'août? Dans le but de cacher les bleus que lui aurait infligés son irascible mari?

« Vous voyez beaucoup d'expositions? demanda Tom. Vous vous intéressez à l'art?

— L'art!... Ah, ah! » s'exclama David en éclatant de rire, après avoir lancé un coup d'œil à sa femme.

Janice avait terminé sa cigarette et se massait à nouveau les phalanges, les genoux serrés l'un contre l'autre.

« Ne pourrions-nous pas aborder un sujet plus... agréable? dit-elle.

— Quoi de plus agréable que l'art? demanda Tom en souriant. Quel bonheur que de contempler un paysage de Cézanne! Ces châtaigniers, ces chemins de campagne... Les couleurs chaleureuses, l'ocre des toits... »

Il poussa un petit rire bienveillant. Il était temps de partir, mais Tom se demandait ce qu'il pourrait dire d'autre afin d'en savoir plus. Il accepta un second canapé au fromage lorsque Janice lui tendit le plateau. Il n'avait évidemment pas l'intention de mentionner le nom du photographe Jeff Constant, pas plus que celui du journaliste Ed Banbury, qui avaient acheté voici des années la galerie Buckmaster, séduits par la qualité des faux de Bernard Tufts et convaincus qu'ils pourraient en tirer de confortables bénéfices. Tom touchait lui-même un pourcentage sur les ventes des Derwatt ; cette source de revenus s'était un peu tarie ces dernières années, ce qui était normal, plus aucun faux n'ayant été lancé sur le marché depuis la mort de Bernard Tufts.

Bien que sincère, la remarque de Tom au sujet de Cézanne tomba totalement à plat. Il regarda sa montre.

« Ma femme va s'inquiéter, dit-il. Il est temps que je rentre.

— Et si nous vous retenions encore un moment ? dit David.

— Me retenir ?

— Si nous ne vous laissions pas partir ?

— Oh, David ! Tu ne vas pas *jouer* avec M. Ripley ! (Janice se trémoussait d'un air embarrassé ; elle grimaça néanmoins un sourire, la tête penchée sur le côté.) M. Ripley n'aime pas *jouer*. »

Sa voix avait de nouveau une intonation stridente.

« M. Ripley *adore* jouer », dit David Pritchard.

Il venait de se redresser, au bord du canapé. Ses cuisses massives se trouvaient bien en évidence, ainsi que ses larges mains, en appui sur ses hanches.

« Vous ne parviendrez pas à sortir, si nous nous y opposons, dit-il. Et j'ai quelques notions de judo.

— Vraiment... »

La porte d'entrée (celle en tout cas par où Tom était arrivé) se trouvait à six bons mètres derrière lui. Il ne tenait pas particulièrement à se battre avec Pritchard mais il était prêt à se défendre, si les choses devaient en arriver là. Il pourrait toujours saisir le gros cendrier posé entre eux sur la table, par exemple. Un coup de cendrier sur le front lui avait suffi pour mettre Freddie Miles hors d'état de nuire, à Rome. Freddie ne s'en était jamais relevé. Tom dévisagea Pritchard. Ce n'était qu'un emmerdeur — un gigantesque, un médiocre, un banal emmerdeur.

« Je vous laisse, dit-il. Merci beaucoup, Janice. Et vous aussi, monsieur Pritchard. »

Tom sourit et fit demi-tour.

Il n'entendit aucun bruit dans son dos. Après avoir atteint la porte qui donnait sur l'entrée, ou sur le vestibule, il se retourna. Pritchard daigna à peine le regarder, comme s'il avait oublié son petit jeu. Janice se trémoussait à ses côtés.

« Vous vous en sortez, pour les courses ? demanda Tom. Pour les primeurs ? La quincaillerie ? Le mieux, c'est encore d'aller au supermarché de Moret. On y trouve de tout. C'est le plus proche, en tout cas. »

Hochements de tête affirmatifs.

« Vous n'avez jamais eu de nouvelles de la famille Greenleaf ? lança David Pritchard, en rejetant la tête en arrière comme s'il voulait paraître encore plus grand.

— Si, de temps en temps. (Tom ne s'était pas départi de son masque impassible.) Vous connaissez M. Greenleaf ?

— Lequel ? demanda David d'un air moqueur, et un peu sèchement.

— Vous ne le connaissez donc pas », dit Tom.

Il leva les yeux et regarda le cercle vacillant des ombres qui se reflétaient sur le plafond du salon. Le soleil avait pratiquement disparu derrière l'écran des arbres. Janice remarqua le regard de Tom.

« On pourrait aisément s'y noyer, les jours de pluie, dit-elle.

— Quelle est la profondeur de ce bassin ?

— Oh... Un mètre cinquante, tout au plus, répondit Pritchard. Le fond est plutôt vaseux, d'après ce que je sais. Pas question d'aller barboter là-dedans. »

Il se fendit d'un sourire, révélant une rangée de dents parfaitement symétriques. Le sourire aurait pu passer pour engageant, voire pour innocent, mais Tom connaissait un peu mieux le bonhomme à présent.

« Merci à vous deux, dit-il. Nous nous reverrons bientôt, j'espère.

— Sans aucun doute ! dit David. Merci d'être venu. »

*

Quels cinglés ! se dit Tom sur le chemin du retour. Ou bien était-il totalement débranché par rapport à l'Amérique d'aujourd'hui ? Y avait-il vraiment des couples comme les

Pritchard dans la moindre bourgade des États-Unis ? Dont le comportement était aussi bizarre ? A l'image de ces adolescents de dix-sept ou dix-huit ans, filles ou garçons, qui se bourraient de nourriture jusqu'à atteindre deux mètres de tour de taille... On les trouvait surtout en Floride et en Californie, d'après ce que Tom avait lu. Après s'être gavés de la sorte, ces illuminés suivaient un régime draconien afin de redevenir aussi maigres que des squelettes. Puis le cycle recommençait... L'origine de tout cela était sûrement d'ordre obsessionnel.

Tom franchit le portail grand ouvert de Belle Ombre, traversa la cour de gravier gris et rejoignit le garage, situé à gauche de la maison. Il gara la Renault à côté de la Mercedes rouge.

Noëlle Hassler et Héloïse étaient assises sur le canapé jaune du salon. Tom entendit Noëlle éclater de rire, d'un air aussi enjoué que d'habitude. Ce soir-là, la jeune femme avait opté pour une coiffure naturelle (elle avait des cheveux longs et foncés) bien qu'elle adorât les perruques et en portât souvent, presque en manière de déguisement. Tom ne savait jamais à l'avance quelle tête elle aurait, lorsqu'il la revoyait.

« Bonsoir, mesdames ! lança-t-il. Comment vas-tu, Noëlle ?

— Bien, merci, dit Noëlle. Et toi ?

— Nous parlions de la vie, ajouta Héloïse en anglais.

— Ah... le sujet suprême, poursuivit Tom en français. J'espère que je ne vous ai pas trop fait attendre ?

— Mais non, chéri », dit Héloïse.

Tom la trouvait adorable, lovée de la sorte sur le canapé, le pied gauche en appui sur son genou droit. Héloïse formait un tel contraste avec l'empruntée, la frétillante Janice Pritchard !

« Parce que j'aimerais encore passer un coup de fil avant le dîner, ajouta-t-il. Si cela ne vous ennuie pas...

— Et pourquoi cela nous ennuierait-il ? dit Héloïse.

— Excusez-moi. »

Tom fit demi-tour et rejoignit sa chambre, à l'étage. Il passa d'abord à la salle de bains et se lava rapidement les mains, ainsi qu'il le faisait toujours après une entrevue désagréable comme celle de tout à l'heure. Héloïse allait devoir utiliser sa salle de bains à lui, ce soir, puisque la sienne était ordinairement réservée aux invités, lorsqu'ils en avaient. Tom s'assura que la porte de communication qui donnait sur la chambre d'Héloïse n'était pas fermée à clef. Il se souvenait encore avec un certain malaise du moment où cette armoire à glace de David Pritchard avait dit : « Et si nous vous retenions encore un moment ?... » Janice l'avait dévisagé sans esquisser le moindre geste. Aurait-elle prêté main-forte à son mari ? Tom l'en croyait bien capable. Même si elle s'était contentée d'agir à la manière d'un automate. Mais *pourquoi* ?

Tom reposa la serviette sur sa tringle et s'approcha du téléphone. Son calepin en cuir marron se trouvait là et il en avait besoin, car il ne savait pas par cœur le numéro de Jeff Constant, ni celui d'Ed Banbury.

Un répondeur automatique se déclencha au bout de la troisième sonnerie. Tom saisit un stylo et nota le numéro « où l'on peut me joindre jusqu'à 21 heures », disait la voix de Jeff.

Ce qui signifiait 22 heures, heure française. Tom composa le numéro. Une voix masculine lui répondit. D'après le vacarme qu'il entendait en arrière-fond, la soirée semblait battre son plein.

« Je cherche Jeff Constant, répéta Tom. Est-il ici ? Il est photographe.

— Ah, le photographe ! Un instant, je vous prie. C'est de la part de qui ? »

Tom avait horreur de ça.

« Dites-lui simplement que Tom voudrait lui parler. »

Un intervalle assez long s'écoula avant que Jeff ne saisisse l'écouteur, l'air visiblement essoufflé. A l'arrière, le vacarme ne cessait pas.

« Oh, Tom ! Je croyais qu'il s'agissait *d'un autre* Tom... Non, c'est une simple réception de mariage. Alors, quoi de neuf ? »

Tom était finalement heureux qu'il y eût un tel brouhaha. Jeff devait pratiquement crier pour se faire entendre.

« Connais-tu un individu du nom de David Pritchard ? Un Américain d'environ trente-cinq ans, aux cheveux foncés. Sa femme s'appelle Janice. Une blonde.

— No-on.

— J'aimerais que tu poses la même question à Ed Banbury. Peut-on le joindre facilement ?

— Oui, mais il a déménagé voici peu et je ne connais pas sa nouvelle adresse par cœur. Je lui demanderai.

— Bon. Écoute... Ces Américains ont loué une maison dans le même village que moi et ils prétendent avoir récemment rencontré Cynthia Gradnor... Oui, à Londres. Ils ont insinué des tas de choses... mais rien au sujet de... de Bernard, toutefois. (Tom avait hésité avant de prononcer le nom ; il savait que les rouages du cerveau de Jeff venaient de se mettre en branle.) Comment ce Pritchard a-t-il pu rencontrer Cynthia ? Passe-t-elle parfois à la galerie ? »

Tom voulait évidemment parler de la galerie Buckmaster, située dans Old Bond Street.

« Non. (Jeff paraissait ferme sur ce point.)

— Je ne suis d'ailleurs pas certain qu'il ait *réellement* rencontré Cynthia. Mais même s'il a seulement entendu parler d'elle...

— C'est en rapport avec les Derwatt ?

— Je ne sais pas trop. Penses-tu que Cynthia pourrait se montrer vache au point de... »

Tom s'interrompit, réalisant avec une soudaine horreur que Pritchard (et son épouse, qui sait) avaient fouiné dans son passé *à lui* — puisqu'ils étaient même remontés jusqu'à Dickie Greenleaf.

« Cynthia n'est pas vache, dit Jeff d'un air convaincu, tandis que le brouhaha se poursuivait à l'arrière-fond. Écoute, je vais appeler Ed et...

— Fais-le ce soir, si possible. Et rappelle-moi ensuite, peu importe l'heure... d'ici minuit. Sinon, je serai chez moi demain toute la journée.

— Qu'est-ce que ce Pritchard a derrière la tête, à ton avis ?

— C'est une bonne question... Il semble jouer au chat et à la souris. Mais pour l'instant, je ne vois pas dans quel but.

— Tu veux dire qu'il en sait peut-être plus qu'il ne le prétend ?

— Oui. Et... Inutile de te rappeler que Cynthia me *hait*. (Tom parlait d'une voix aussi basse que possible.)

— Elle ne nous aime guère, ni les uns ni les autres !... Je te rappellerai bientôt, Tom. A moins qu'Ed ne le fasse lui-même. »

Ils raccrochèrent.

Vint ensuite le dîner, servi par Mme Annette. Après une soupe délicieuse, qui semblait composée d'une cinquantaine d'ingrédients, il y avait des écrevisses à la mayonnaise et au citron, accompagnées d'un vin blanc frais. Il faisait doux malgré l'heure tardive et deux des portes vitrées étaient restées ouvertes. Les femmes parlaient de l'Afrique du Nord, où Noëlle Hassler s'était apparemment rendue, une fois au moins dans sa vie.

« Les taxis n'ont pas de compteur, c'est le chauffeur qui fixe lui-même son prix... Et le climat est superbe ! (Noëlle leva les mains en l'air, d'un air quasiment extatique ; puis elle ramassa sa serviette blanche et s'essuya le bout des doigts.) Et ce vent !... Il ne fait pas trop chaud, grâce à un vent merveilleux qui souffle à longueur de journée... Oh, oui, tout le monde parle français ! Vous connaissez quelqu'un qui ait réussi à apprendre l'arabe ? (Elle se mit à rire.) On se débrouille partout avec le français. »

Suivirent quelques conseils d'ordre pratique. Ne boire que de l'eau minérale, de la marque Sidi machin-chouette, livrée en bouteilles de plastique. Et en cas de troubles intestinaux, prendre des pilules d'Imodium.

« Profitez-en pour ramener des antibiotiques, on les délivre sans ordonnance là-bas, reprit Noëlle d'un air enjoué. De la rubitracine, par exemple. Ça ne coûte quasiment rien et le produit reste valable pendant au moins *cinq ans !* Je le sais, parce que... »

Héloïse buvait ses paroles. Elle adorait les voyages. Étonnant que ses parents ne lui aient jamais fait visiter l'ancien protectorat français, songea Tom. Mais apparemment, les Plissot avaient toujours préféré passer leurs vacances en Europe.

« Au fait, Tom... Et ces Prickert ? Comment étaient-ils ? demanda Héloïse.

— Pritchard, ma chérie, David et... Janice. (Tom jeta un coup d'œil à Noëlle, mais celle-ci ne manifestait qu'un intérêt poli.) Typiquement américains, poursuivit-il. Lui suit un stage de marketing à l'INSEAD de Fontainebleau. Quant à elle, j'ignore comment elle occupe son temps. Leur mobilier est affreux. »

Noëlle éclata de rire.

« Quel genre ? demanda-t-elle.

— Le style rustique. Acheté dans une grande surface. Épouvantablement lourdaud. (Tom fit la grimace.) Et les Pritchard eux-mêmes ne valent guère mieux, ajouta-t-il en souriant.

— Ils ont des enfants ? demanda Héloïse.

— Non. Je crains que nous n'ayons guère de points communs avec eux, ma chère Héloïse. Je suis heureux d'y être allé seul et de t'avoir épargné une telle épreuve. »

Tom rit de bon cœur et saisit la bouteille de vin afin de regarnir leurs verres.

Le dîner terminé, ils firent une partie de Scrabble en français. C'était exactement le genre d'activité dont Tom avait besoin pour se détendre. Ses pensées concernant le médiocre David Pritchard et ce qu'il pouvait bien avoir derrière la tête, comme avait dit Jeff, commençaient à tourner à l'obsession.

A minuit, Tom regagna sa chambre, emmenant avec lui les éditions du week-end du *Monde* et du *Herald Tribune*.

Un peu plus tard, le téléphone sonna dans l'obscurité et le tira du sommeil. Tom se souvint aussitôt qu'il avait demandé à Héloïse de débrancher son récepteur à elle, au cas où il recevrait un appel tardif. Il se félicita d'avoir pris cette précaution. Héloïse et Noëlle avaient veillé relativement tard, poursuivant leur discussion.

« Allô ? dit-il.

— Salut, Tom ! Ici Ed Banbury. Désolé d'appeler à une heure pareille, mais je viens de rentrer, il y a quelques minutes à peine, et j'ai trouvé le message de Jeff sur mon répondeur. Je me suis dit que ce devait être important. (Ed s'exprimait d'une manière claire et précise, comme à l'accoutumée.) Tu voulais me parler d'un certain Pritchard ?

— Oui. Et de sa femme. Ils... Ils ont loué une maison, non loin de chez moi. Et ils prétendent avoir rencontré Cynthia Gradnor. Tu es au courant de cette histoire ?

— No-on, dit Ed, mais j'ai entendu parler de ce type. Nick

Hall, le nouveau responsable de la galerie, m'a raconté qu'un Américain était passé récemment et l'avait interrogé au sujet... au sujet de Murchison.

— Murchison ! répéta lentement Tom.

— Oui. Tu parles d'une surprise... Nick ne travaille chez nous que depuis un an et n'avait jamais entendu parler de la disparition de Murchison. »

Ed Banbury s'était exprimé comme si Murchison s'était réellement évaporé dans la nature, alors que c'était Tom qui l'avait tué.

« Dis-moi, Ed... Est-ce que Pritchard a mentionné mon nom, ou posé des questions à mon sujet ?

— Pas à ma connaissance. J'ai interrogé Nick, en ayant soin de ne pas éveiller ses soupçons, naturellement. (Ed partit d'un brusque éclat de rire, comme cela lui arrivait autrefois.)

— Nick a-t-il fait allusion à Cynthia ? Au fait que Pritchard aurait discuté avec elle, par exemple ?

— Non. Jeff m'a parlé de ça... De toute façon, Nick ignore jusqu'à l'existence de Cynthia. »

Ed avait eu des relations relativement étroites avec Cynthia, Tom le savait.

« Je me demande de quelle manière Pritchard l'a rencontrée, dit-il. Si tel a bien été le cas.

— Mais que cherche ce Pritchard, *au juste ?* demanda Ed.

— Cet enfoiré fouille dans mon passé, répondit Tom. Bon Dieu ! Que les ténèbres l'engloutissent !... Les ténèbres, ou n'importe quoi d'autre ! »

Ed poussa un petit rire.

« A-t-il fait allusion à Bernard ?

— Non, Dieu merci. Pas plus qu'il n'a mentionné Murchison, du moins devant moi. J'ai bu un verre avec ce type, en tout et pour tout. Ce Pritchard est un casse-pieds. Une vraie mouche à merde. »

Ils éclatèrent tous deux de rire.

« Au fait, dit Tom, ce Nick est-il au courant de l'histoire de Bernard, et du reste ?

— Je ne pense pas. Ce n'est pas impossible, mais dans ce cas il garde ses soupçons pour lui.

— Ses soupçons ? On pourrait fort bien vouloir nous faire

chanter, Ed. Soit ce Nick Hall ignore tout, soit il marche avec nous. Il n'y a pas d'autre alternative. »

Ed poussa un soupir.

« Je n'ai aucune raison de penser qu'il suspecte quoi que ce soit, Tom... Nous avons des amis communs. Nick est un musicien raté, qui s'accroche toujours à l'espoir d'une hypothétique carrière. Il avait besoin d'un boulot et c'est ainsi que nous l'avons engagé. Il ne connaît pas grand-chose à la peinture et du reste, il ne s'en soucie guère. Il se contente de suivre l'évolution du marché, de manière à nous prévenir, Jeff ou moi, lorsqu'il pense qu'il y a une affaire intéressante à faire.

— Quel âge a-t-il ?

— La trentaine. Sa famille est originaire de Brighton.

— Ne pose surtout pas la moindre question à Nick au sujet... de Cynthia, dit Tom comme s'il réfléchissait à voix haute. Mais ce qui m'inquiète, c'est ce qu'elle a éventuellement raconté. Elle connaît toute l'histoire, Ed. De A à Z. Il suffirait qu'elle dise un mot...

— Ce n'est pas son genre, Tom. Je te jure. Elle aurait l'impression de trahir Bernard d'une manière ou d'une autre si elle crachait le morceau. Elle manifeste un certain... respect pour sa mémoire.

— Tu la vois de temps en temps ?

— Non. Elle ne passe jamais à la galerie.

— Tu ne sais pas si elle est mariée, maintenant ?

— Non, dit Ed. Mais je pourrais vérifier dans l'annuaire pour voir si elle y figure toujours sous le nom de Gradnor.

— Hmm... Pourquoi pas ? Il me semble qu'elle habitait du côté de Bayswater autrefois. Mais je n'ai jamais su son adresse exacte. Et si jamais il te venait une idée sur la manière dont Pritchard a fait sa connaissance, à supposer que ce soit le cas, préviens-moi sur-le-champ. Ça pourrait s'avérer important. »

Ed Banbury lui promit qu'il n'y manquerait pas.

« Ah, au fait : quel est ton numéro ? »

Tom le nota sur son calepin, ainsi que la nouvelle adresse d'Ed, située du côté de Covent Garden.

Ils raccrochèrent après avoir échangé les politesses d'usage.

Tom retourna se coucher, après avoir été vérifier dans le couloir que le coup de téléphone n'avait réveillé personne. Mais tout était silencieux et aucun rai de lumière ne filtrait sous les portes des chambres.

Murchison... Grand Dieu !... La dernière chose que l'on ait su, au sujet de Murchison, c'est qu'il avait passé la nuit chez Tom, à Villeperce. On avait retrouvé sa valise à Orly — et puis, plus rien. On avait présumé — non, il avait été prouvé — que Murchison n'était jamais monté à bord de l'avion qu'il était censé prendre. Son corps, ou ce qu'il en restait, gisait au fond d'une rivière nommée le Loing — ou plus exactement d'un canal qui la rejoignait, non loin de Villeperce. Les propriétaires de la galerie Buckmaster, Ed et Jeff, n'avaient posé à Tom qu'un minimum de questions. Murchison, qui avait soupçonné leur trafic de faux Derwatt, avait été effacé de la scène. Ils étaient donc tirés d'affaire. Bien sûr, le nom de Tom était apparu dans la presse, mais les choses n'avaient pas été plus loin, car il avait inventé une histoire suffisamment convaincante, selon laquelle il avait bel et bien reconduit Murchison à l'aéroport d'Orly.

C'était encore l'un de ces meurtres qu'il regrettait d'avoir commis ; il ne s'y était d'ailleurs résolu qu'avec la plus extrême réticence, contrairement à ces deux types de la Mafia qu'il avait étranglés avec autant d'aisance que de jubilation. Bernard Tufts l'avait aidé à déterrer le cadavre de Murchison de la tombe provisoire où Tom l'avait lui-même enfoui quelques jours plus tôt, derrière Belle Ombre — la cachette s'avérant aussi peu profonde que sûre. En pleine nuit, Bernard et lui avaient embarqué le cadavre dans la fourgonnette, enveloppé dans une bâche ou une toile quelconque. Tom s'en souvenait fort bien. Ils avaient ensuite roulé jusqu'à un pont qui surplombait les eaux du Loing. A deux, il ne leur avait pas été très difficile de balancer Murchison par-dessus le parapet, non sans l'avoir préalablement lesté de cailloux. En cette occasion, Bernard avait suivi les ordres de Tom aussi aveuglément qu'un soldat. Il se trouvait alors dans une situation pénible, déchiré entre des sentiments contradictoires. Moralement, Bernard n'avait pu supporter le poids de la culpabilité qu'il éprouvait, après avoir fabriqué au fil des années une soixantaine de toiles et d'innombrables dessins imitant délibérément le style de celui qu'il considérait comme son dieu : Derwatt.

Les journaux d'outre-Manche ou d'outre-Atlantique (Murchison était américain) avaient-ils mentionné le nom de Cynthia Gradnor, durant l'enquête qui avait suivi la disparition de Murchison ? Tom ne le pensait pas. En tout cas, celui de Bernard Tufts n'était jamais apparu publiquement dans cette affaire. Tom se souvenait que Murchison devait rencontrer un responsable de la Tate Gallery, à qui il voulait exposer son hypothèse au sujet des faux Derwatt. Il était d'abord passé à la galerie Buckmaster et avait discuté avec ses propriétaires, Ed Banbury et Jeff Constant, qui avaient immédiatement alerté Tom. Celui-ci s'était rendu à Londres pour tenter de rattraper l'affaire et y était parvenu, se faisant lui-même passer pour Derwatt afin d'authentifier quelques toiles. Puis Murchison était venu rendre visite à Tom, à Belle Ombre, dans le but de voir les deux Derwatt qu'il possédait. Tom était officiellement la dernière personne à avoir vu Murchison en vie, d'après le témoignage de l'épouse de ce dernier, restée aux États-Unis. Murchison l'avait appelée depuis Londres avant de se rendre à Paris, puis à Villeperce, pour rencontrer Tom.

Avant de s'endormir, Tom crut qu'il ferait cette nuit-là d'épouvantables cauchemars ; qu'il reverrait le corps de Murchison sur le sol de la cave, baignant dans une mare visqueuse de vin mêlé de sang — ou la silhouette de Bernard Tufts, ses bottes éculées aux pieds, marchant péniblement le long d'un ravin dans les environs de Salzbourg, avant de disparaître. Mais il n'en fut rien. Tels sont l'ironie, l'illogisme des rêves et de l'inconscient : Tom dormit d'un sommeil de plomb et se réveilla le lendemain matin, frais et dispos.

5

Tom prit une douche, se rasa, s'habilla et descendit au rez-de-chaussée. Il était un peu plus de 8 heures et demie. Le soleil brillait ce matin mais il faisait encore frais et une agréable brise agitait les feuilles des bouleaux. Mme Annette était levée, évidemment, et s'activait déjà à la cuisine. Son petit poste portatif, installé à côté du grille-pain, diffusait une de ces émissions faisant alterner bulletins d'information, interviews et chansons, dont la radio française était prodigue.

« Bonjour, madame Annette ! lança Tom. Dites-moi... Comme Mme Hassler partira sans doute ce matin, vous pourriez peut-être nous préparer un petit déjeuner substantiel... Si vous nous faisiez des *coddled eggs* ? (Il avait prononcé ces derniers mots en anglais ; *coddle* figurait bien dans son dictionnaire, mais pas associé avec « œufs ».) Des œufs dorlotés ? Vous vous souvenez, j'ai déjà eu du mal à vous traduire ça... Servez-les dans les petites tasses en porcelaine. Je sais où elles se trouvent. »

Tom alla les sortir du buffet. Il y en avait six au total, chacune munie d'un couvercle.

« Ah, oui, monsieur Tom. Je me souviens. Quatre minutes.

— Au minimum. Mais je vais d'abord demander à ces dames si cela leur convient... Ah, mon café ! J'en ai bien besoin ! »

Tom attendit quelques instants, tandis que Mme Annette versait dans le filtre le contenu de la bouilloire qu'elle gardait toujours au chaud. Il emmena sa tasse sur un plateau jusqu'au salon.

Il aimait boire son café debout, en contemplant la pelouse qui s'étendait derrière la maison. Il laissa vagabonder ses pensées, tout en réfléchissant aux soins d'entretien du jardin.

Quelques minutes plus tard, Tom avait rejoint son petit carré potager. Il cueillit quelques bouquets de persil, au cas où sa suggestion concernant les œufs « dorlotés » serait finalement retenue. Après avoir cassé les œufs dans les tasses, il fallait les saupoudrer de persil haché, ajouter du sel, du poivre et une noix de beurre, puis visser les couvercles et plonger le tout dans l'eau bouillante.

« Hello, Tom ! Déjà au travail ? »

C'était Noëlle, vêtue d'un pantalon de toile noire, d'une paire de sandales et d'un chemisier mauve. Elle se débrouillait assez bien en anglais, Tom ne l'ignorait pas, mais lui parlait presque toujours en français.

« Bonjour. Un vrai travail de titan... (Tom lui tendit son bouquet de persil.) Tu veux en goûter ? »

Noëlle prit un brin de persil et se mit à le grignoter. Ses paupières étaient déjà fardées et ses lèvres légèrement maquillées.

« Délicieux ! Tu sais, continua-t-elle en français, nous avons poursuivi notre discussion hier soir après le dîner, Héloïse et moi. Il n'est pas impossible que j'aille vous rejoindre à Tanger, si j'arrive à régler deux ou trois affaires à Paris. Vous partirez vendredi prochain. Peut-être parviendrai-je à me libérer samedi. Enfin, si cela ne t'ennuie pas. Je resterai avec vous quatre ou cinq jours.

— Quelle bonne surprise ! s'exclama Tom. En plus, tu connais le pays. C'est une excellente idée. »

Tom parlait sincèrement.

Les dames prirent chacune un œuf dorloté. Le petit déjeuner se prolongea et il fallut refaire des toasts, du thé et du café. Ils venaient à peine de terminer lorsque Mme Annette émergea soudain de la cuisine, porteuse d'une nouvelle.

« Monsieur Tom, j'ai pensé qu'il valait mieux vous prévenir : il y a quelqu'un de l'autre côté de la route qui est en train de photographier Belle Ombre. »

Elle avait prononcé le nom de la propriété avec une certaine déférence, mais en gardant tout son calme.

Tom fut aussitôt sur pied.

« Excusez-moi, lança-t-il à la cantonade. (Il se doutait un peu de qui il s'agissait.) Merci, madame Annette. »

Il alla jeter un coup d'œil par la fenêtre de la cuisine. Oui, c'était bien cet abruti de David Pritchard... Il se trouvait au pied du grand arbre incliné que Tom aimait tant, en face de leur maison, et apparut brusquement en pleine lumière. Il braquait un appareil photo dans leur direction.

« Cet individu trouve peut-être la maison à son goût », dit Tom à Mme Annette, d'une voix beaucoup plus calme que les pensées qui l'agitaient.

Il aurait volontiers abattu David Pritchard, s'il avait eu un fusil à portée de la main et si cela avait pu résoudre la question. Il se contenta de hausser les épaules.

« S'il pénétrait à l'intérieur de la propriété, ajouta-t-il en souriant, ce serait évidemment différent. Prévenez-moi aussitôt, si jamais tel était le cas.

— Il s'agit peut-être d'un touriste, monsieur Tom, mais je crois bien qu'il habite à Villeperce. Il me semble qu'il s'agit de cet Américain qui a loué une maison avec sa femme, par là-bas. »

Mme Annette fit un geste indiquant très exactement la direction de la maison des Pritchard.

Les nouvelles circulent vite dans une petite ville, songea Tom. Et pourtant, la plupart des femmes de ménage n'avaient pas de voiture et devaient se contenter du téléphone et de ce qu'elles voyaient par leurs fenêtres.

« Vraiment... dit Tom. (Il regretta aussitôt ses paroles, car Mme Annette pouvait fort bien savoir, ou découvrir d'ici peu qu'il était justement allé prendre l'apéritif hier soir chez cet Américain.) C'est probablement sans importance », ajouta-t-il avant de regagner le salon.

Héloïse et leur invitée étaient en train de regarder par la fenêtre qui donnait sur l'entrée. Noëlle avait légèrement écarté le rideau et souriait en disant quelque chose à Héloïse. Tom était suffisamment loin de la cuisine pour que Mme Annette ne l'entende pas, mais il jeta tout de même un coup d'œil derrière lui avant de prendre la parole.

« Il s'agit en fait de cet Américain, dit-il en français. David Pritchard.

— Celui chez qui tu es allé ? (Héloïse avait fait volte-face et le dévisageait.) Pourquoi vient-il nous *photographier* ? »

Pritchard n'avait nullement cessé son manège. Il venait de traverser la route et avait maintenant atteint le fameux sentier, celui qui n'appartenait à personne. Il y avait beaucoup d'arbres et de buissons, dans ce coin. Pritchard ne devait pas distinguer grand-chose de la maison, depuis là-bas.

« Je n'en sais rien, ma chérie. Mais c'est le genre de type qui adore... ennuyer le monde. Il serait probablement ravi que je sorte et manifeste mon irritation. C'est pourquoi je préfère ne rien dire. »

Tom lança à Noëlle un regard amusé et alla chercher ses cigarettes sur la table de la salle à manger.

« Je crois qu'il s'est aperçu... que nous le regardions, dit Héloïse en anglais.

— Parfait, dit Tom en savourant sa première cigarette de la journée. Je suis sûr qu'il attend que je sorte et lui demande pourquoi il nous photographie. Rien ne lui ferait sûrement plus plaisir.

— Quel curieux individu ! dit Noëlle.

— Comme tu dis, approuva Tom.

— Il ne t'a pas averti hier soir qu'il comptait venir prendre des photos de votre maison ? poursuivit Noëlle.

— Non, dit Tom en hochant la tête. Mais cessons de penser à lui. J'ai demandé à Mme Annette de me prévenir, au cas où il pénétrerait dans... dans notre propriété. »

Ils se mirent à parler d'autre chose. Les chèques de voyage étaient-ils préférables aux cartes de crédit, en Afrique du Nord ? Tom déclara qu'il préférait couper la poire en deux.

« La poire en deux ? demanda Noëlle.

— Il y a des hôtels qui refusent la carte Visa et n'acceptent que l'American Express, dit Tom. Mais avec les chèques de voyage, on n'est jamais pris de court. »

Il se trouvait près des portes vitrées qui donnaient sur la terrasse et en profita pour jeter un coup d'œil vers la gauche, du côté du sentier. Puis son regard se porta sur la droite :

tout était calme dans les parages de la cabane à outils. Pas la moindre silhouette en vue, aucun signe d'agitation. Tom s'aperçut qu'Héloïse avait remarqué son inspection. Où Pritchard avait-il laissé sa voiture ? se demanda-t-il. A moins que Janice ne l'ait déposé, dans l'intention de repasser le prendre un peu plus tard ?

Les femmes s'étaient mises à consulter l'horaire des trains pour Paris. Héloïse voulait conduire Noëlle à Moret, d'où partait une ligne rejoignant directement la gare de Lyon. Tom proposa ses services, mais Héloïse tenait visiblement à accompagner elle-même son amie. Noëlle n'avait pour tout bagage qu'une minuscule valise, qu'elle alla chercher à l'étage ; elle avait déjà rassemblé ses affaires.

« Merci, Tom ! lui dit-elle. Nous nous reverrons donc plus tôt sans doute que d'ordinaire... Dans six jours, exactement ! ajouta-t-elle en riant.

— Je le souhaite. Et ce sera avec plaisir. »

Tom voulut porter sa valise mais Noëlle s'y refusa.

Il les accompagna jusqu'au garage et regarda la Mercedes rouge tourner au bout de l'allée, en direction du village. Il aperçut soudain une voiture blanche qui arrivait en sens inverse, à vitesse réduite. Une silhouette émergea brusquement des buissons qui bordaient la route. Pritchard... Il était vêtu d'un pantalon foncé et d'une veste d'été passablement froissée ; il monta à bord de la voiture blanche. Tom se dissimula derrière une haie heureusement assez haute qui prenait juste à gauche du portail de Belle Ombre, et attendit.

Les Pritchard passèrent sans remarquer sa présence. David souriait à sa femme et Janice, plus frétillante que jamais, regardait davantage son mari que la route. Pritchard jeta un coup d'œil sur le portail grand ouvert de Belle Ombre. Tom espérait presque qu'il allait ordonner à Janice de s'arrêter, de faire marche arrière et de pénétrer dans la propriété (il se sentait de taille à les affronter, même à mains nues) mais apparemment, Pritchard en décida autrement car la voiture poursuivit lentement son chemin. Tom remarqua que la Peugeot blanche était immatriculée à Paris.

Que pouvait-il bien rester de Murchison, à présent ? se demanda Tom. Au fil des années, le flux lent et constant de la rivière avait sûrement eu sur son cadavre un effet aussi dévastateur que s'il avait été la proie d'une armée de pirhanas. Tom ne pensait pas qu'il y eut des poissons carnivores dans les eaux du Loing, sinon peut-être quelques anguilles. Il avait entendu dire que... Mais il chassa ces pensées déplaisantes. Il ne voulait même pas imaginer un tel spectacle. Il se souvenait que sa victime portait deux bagues et qu'il n'avait pas pu se résoudre à les lui retirer des doigts. Les cailloux avaient dû maintenir le cadavre au même endroit. Mais la tête avait pu se détacher du tronc et être entraînée de son côté, ce qui empêcherait qu'on puisse l'identifier grâce aux empreintes dentaires. Quant à la bâche, elle avait certainement pourri depuis longtemps.

Arrête! se dit Tom. Il releva les yeux. Quelques secondes à peine s'étaient écoulées depuis qu'il avait aperçu ces immondes Pritchard et il n'avait pas encore atteint la porte de sa demeure.

Mme Annette avait fini de débarrasser la table du petit-déjeuner et devait être à la cuisine, occupée à de menues besognes, comme de regarnir les salières. A moins qu'elle n'ait regagné sa chambre pour faire un peu de couture (elle avait une machine à coudre électrique) ou écrire une lettre à sa sœur Marie-Odile, qui habitait à Lyon. On était dimanche, ce qui n'était pas sans influence sur les gens, comme Tom l'avait souvent remarqué, y compris sur lui-même : on n'avait jamais envie de se lancer dans de grands travaux ce jour-là. Le jour de repos officiel de Mme Annette était le lundi.

Tom contempla le clavecin beige aux touches d'ivoire et d'ébène. Leur professeur de musique, Roger Lepetit, devait venir mardi après-midi pour leur leçon hebdomadaire. Tom s'entraînait actuellement sur de vieilles chansons anglaises, des ballades pour lesquelles il n'éprouvait évidemment pas le même amour que pour Scarlatti, mais qui avaient quelque chose de plus personnel, de plus chaleureux. De surcroît, cela le changeait. Il aimait beaucoup écouter Héloïse (ou du moins la surprendre, car elle n'aimait pas qu'on l'observe au cours de ses exercices) lorsqu'elle répétait un morceau de Schubert. Son innocence, sa bonne volonté, donnaient aux yeux de Tom une nouvelle dimension aux airs familiers du maître. Les efforts de sa femme l'amusaient d'autant plus que M. Lepetit ressemblait beaucoup à Schubert, lorsque celui-ci était jeune. Tom songea brusquement que Schubert avait *toujours* été jeune. M. Lepetit avait moins de quarante ans ; il souffrait d'un léger embonpoint et portait des lorgnons, comme Schubert. Il était célibataire et vivait avec sa mère, tel leur jardinier, Henri le géant. Quelle différence pourtant entre les deux hommes !

Cesse de rêvasser, se dit Tom. A quoi devait-il logiquement s'attendre, après le reportage photographique auquel Pritchard s'était livré ce matin ? Les clichés ou les négatifs seraient-ils transmis à la CIA — cette organisation dont J. F. Kennedy avait jadis déclaré qu'il verrait avec plaisir le démantèlement ? A moins que David et Janice ne se contentent d'agrandir quelques photos, en étudiant la meilleure manière d'envahir la propriété des Ripley, dont personne apparemment — chien ou gardien — ne défendait l'entrée ? Mais les Pritchard se contenteraient-ils de rêver, ou avaient-ils l'intention de mettre leurs plans à exécution ?

Quelle dent avaient-ils contre lui ? Et quel était leur but ? Avaient-ils un lien avec Murchison ? Étaient-ils apparentés à ce dernier ? Tom ne pouvait le croire. Murchison avait une certaine éducation — et une tout autre classe en tout cas que ces Pritchard ! Tom avait eu l'occasion de rencontrer sa femme lorsqu'elle était venue le voir à Belle Ombre, après la disparition de son mari. Ils avaient discuté pendant une petite heure. Une femme fort bien élevée, d'après ses souvenirs.

Il s'agissait peut-être de collectionneurs un peu fêlés... Mais les Pritchard ne lui avaient pas demandé d'autographe... Ne risquaient-ils pas de venir faire des dégâts à Belle Ombre, en son absence ? Tom réfléchit à la question, en se demandant s'il ne vaudrait pas mieux prévenir la police, leur dire que quelqu'un rôdait dans les parages et que comme ils comptaient s'absenter quelque temps...

Tom était encore en train de remâcher ces pensées lorsque Héloïse rentra. Elle était d'excellente humeur.

« Chéri, pourquoi n'as-tu pas dit à ce type d'entrer, tout à l'heure ?... Ce Prickart...

— Pritchard, ma chérie.

— Oui. Tu es déjà allé chez lui. Où est le problème ?

— Il ne s'est pas réellement montré amical, Héloïse. »

Tom se tenait devant les portes vitrées qui donnaient sur l'arrière. Il sentit qu'il s'était instinctivement raidi et se força à se détendre.

« Ce n'est qu'un sale petit... fouineur, poursuivit-il d'une voix plus calme.

— Pourquoi vient-il traîner par ici ?

— Je l'ignore, ma chérie. Tout ce que je sais, c'est qu'il est préférable que nous gardions nos distances et que nous les évitions, sa femme et lui. »

*

Le lendemain matin, lundi, Tom profita d'un moment où Héloïse prenait son bain pour appeler l'institut de Fontainebleau où Pritchard prétendait suivre un stage de marketing. La démarche lui prit un certain temps. Il déclara d'abord qu'il désirait parler à l'un des responsables du département marketing de l'école. Tom s'était attendu à devoir parler français, mais la jeune femme au bout du fil s'exprimait en anglais sans l'ombre d'un accent.

Lorsqu'on lui eut passé un responsable, Tom lui demanda si David Pritchard, un Américain, se trouvait actuellement dans l'enceinte du bâtiment ; ou sinon, s'il pouvait lui laisser un message. « Je crois qu'il suit un stage de marketing », précisa-t-il. Tom prétendit qu'il avait une offre de location à transmettre à M. Pritchard, que c'était important et qu'il devait impérativement se mettre en rapport avec lui. Il se rendit compte que le type de l'INSEAD l'avait cru sur parole ; dans la région, tout le monde avait des problèmes de logement. Mais lorsque l'autre reprit l'écouteur, ce fut pour dire à Tom qu'aucun David Pritchard n'était inscrit chez eux, que ce soit dans le département de marketing ou ailleurs.

« J'ai dû faire une erreur, dit Tom. Je vous remercie de vous être donné toute cette peine. »

Tom alla faire quelques pas dans le jardin. Il n'était certes guère surprenant que David Pritchard (à supposer que tel soit bien son véritable nom) l'ait mené en bateau de la sorte. Quant à Cynthia... Cynthia Gradnor... le mystère restait entier. Tom se pencha brusquement et cueillit sur sa pelouse une renoncule, frêle et délicate. Comment Pritchard connaissait-il le nom de la jeune femme ?

Tom prit une profonde inspiration et fit demi-tour pour rejoindre sa maison. La seule chose à faire, décida-t-il, c'était de demander à Ed ou Jeff d'appeler Cynthia et de lui poser directement la question : connaissait-elle Pritchard, oui ou non ? Tom aurait pu le faire lui-même, mais il y avait de fortes probabilités pour que Cynthia lui raccroche au nez ou refuse délibérément de l'aider. Elle le détestait cordialement — bien plus en tout cas que ses deux acolytes.

A l'instant même où Tom pénétrait dans le salon, on sonna à la porte d'entrée. Le carillon retentit deux fois. Tom se redressa, serra puis desserra les poings. La porte avait un judas. Tom y colla son œil. Il aperçut un inconnu coiffé d'une casquette bleue.

« Qui est là ?

— Express, monsieur. Pour monsieur Riplais. »

Tom ouvrit la porte.

« Ah, oui. Merci. »

Le postier tendit à Tom une enveloppe épaisse, de petit format, lui adressa un vague salut et s'en alla. Il venait probablement de Moret, ou de Fontainebleau, songea Tom, et avait dû mettre un certain temps avant de trouver la maison ; peut-être même s'était-il renseigné au bar-tabac. Il s'agissait du mystérieux objet que Reeves Minot lui avait envoyé de Hambourg. Le nom et l'adresse de l'expéditeur figurait dans l'angle supérieur de l'enveloppe. Tom l'ouvrit et aperçut une minuscule boîte blanche, à l'intérieur de laquelle se trouvait un objet évoquant un ruban de machine à écrire miniature, serti dans un étui de plastique transparent. Il y avait également une enveloppe blanche, sur laquelle Reeves avait écrit le nom de Tom. Il la décacheta.

Salut, Tom. Voilà l'engin. Peux-tu l'expédier d'ici cinq jours à George Sardi, 307 Temple Street, Peekskill, NY 10569. Par avion s'il te plaît. Ne recommande pas l'envoi. Indique « cassette » ou « ruban » sur la fiche de douane.

Avec mes amitiés, comme toujours. R. M.

Que pouvait-il bien y avoir sur cette bande ? se demanda Tom en remettant l'étui transparent dans la petite boîte blanche. Des consignes ultra-secrètes ? Diplomatiques ? Commerciales ? Un rapport sur des transactions bancaires liées au trafic de drogue ? Ou des documents d'ordre privé, évidemment scandaleux, destinés à faire chanter quelqu'un ? Une conversation d'oreiller entre deux partenaires, enregistrée alors qu'ils se croyaient seuls ? Tom était heureux de ne pas le savoir. Il n'était pas payé — et ne souhaitait pas l'être — pour ce genre de travail. D'ailleurs, il aurait refusé de toucher le moindre centime, si jamais Reeves le lui avait proposé.

Tom décida d'appeler Jeff Constant en premier et de lui demander, quitte à insister un peu, de se débrouiller pour savoir comment David Pritchard avait pu découvrir l'existence de Cynthia Gradnor. Et ce que faisait Cynthia à présent : était-elle mariée, travaillait-elle, vivait-elle même encore à Londres ? Ed et Jeff pouvaient se permettre de prendre les choses à la légère, songea-t-il. C'était lui, Tom Ripley, qui les avait débarrassés de Murchison et qui était à présent harcelé par ce vautour de Pritchard.

Héloïse était sortie de son bain et avait regagné sa chambre, Tom en avait la certitude, mais il préférait tout de même téléphoner depuis sa propre chambre, en prenant soin de refermer la porte. Il grimpa l'escalier quatre à quatre et composa le numéro de St. John's Wood, s'attendant à tomber sur un répondeur.

Une voix masculine inconnue lui répondit. M. Constant était occupé pour l'instant. Pouvait-on lui laisser un message ? Non, M. Constant était en pleine séance de photo.

« Pouvez-vous dire à M. Constant que Tom est au bout du fil et voudrait lui parler un instant ? »

Moins de trente secondes plus tard, Jeff prit la communication.

« Je m'excuse, Jeff, mais c'est assez urgent. Pouvez-vous vous renseigner un peu plus, Ed et toi, et tenter de savoir comment ce David Pritchard a bien pu dénicher le nom de Cynthia. C'est extrêmement important. Et si Cynthia l'a vraiment rencontré. Ce Pritchard ment comme un arracheur de dents. J'ai eu Ed au téléphone, avant-hier soir. Il t'a appelé ?

— Oui, ce matin vers 9 heures.

— Bon. Figure-toi qu'hier, j'ai surpris Pritchard en face de chez moi, en train de prendre des photos de la maison. Qu'est-ce que tu en dis ?

— Des photos ? C'est un flic ?

— J'essaie justement de le savoir. Il faut que je découvre la vérité. Je dois partir en vacances dans quelques jours avec ma femme. J'espère que tu comprends pourquoi je m'inquiète pour la sécurité de ma maison... Ce ne serait peut-être pas une mauvaise idée d'inviter Cynthia à déjeuner, ou à prendre un verre... afin de lui soutirer les renseignements que nous désirons.

— Ce ne sera...

— Je sais que ce ne sera pas facile, dit Tom, mais il faut tenter le coup. C'est une bonne partie de vos revenus à Ed et à toi qui sont en jeu, Jeff. »

Tom s'abstint d'ajouter, au téléphone, que Jeff et Ed risquaient une inculpation pour fraude — et lui-même une arrestation pour meurtre avec préméditation.

« Je vais essayer, dit Jeff.

— Ce Pritchard est américain. Trente-cinq ans environ, les cheveux raides et foncés, un mètre quatre-vingt-cinq, assez barraqué. Il porte des lunettes à monture noire et souffre déjà d'une calvitie précoce.

— C'est enregistré.

— Peut-être Ed est-il plus qualifié pour ce travail... (Mais Tom n'aurait pas su dire lequel des deux hommes ferait le mieux l'affaire.) Je sais que Cynthia n'est pas commode, poursuivit-il sur un ton plus aimable, mais Pritchard s'intéresse à Murchison... Enfin, toujours est-il qu'il a mentionné son nom.

— Je sais, dit Jeff.

— Bon. (Tom se sentit brusquement épuisé.) Faites de votre mieux, Ed et toi, et tenez-moi au courant. Je serai ici jusqu'à vendredi matin. Nous partirons de bonne heure. »

Ils raccrochèrent.

Tom s'accorda une demi-heure de clavecin et se mit à jouer avec une concentration inhabituelle. Lorsqu'il s'imposait de courtes séances de répétition — d'une vingtaine ou d'une trentaine de minutes —, le résultat était bien meilleur et les progrès nettement plus sensibles, s'il pouvait toutefois employer un tel terme. Tom ne visait pas la perfection, ni même une quelconque maîtrise. Il savait parfaitement qu'il ne jouerait jamais devant le moindre public, fût-il modeste ; aussi la médiocrité de son niveau ne regardait-elle personne, en dehors de lui. Ses séances d'entraînement, tout comme les leçons hebdomadaires de Roger Lepetit, le sosie de Schubert, constituaient simplement une forme de discipline que Tom avait fini par apprécier.

La demi-heure que Tom s'était accordée touchait à sa fin lorsque le téléphone se mit à sonner. Tom alla prendre la communication dans l'entrée.

« Allô ? Je voudrais parler à M. Ripley... »

Tom reconnut aussitôt la voix de Janice Pritchard. Héloïse avait décroché de son côté et Tom lui lança :

« Ça va, ma chérie. Je crois que c'est pour moi. »

Il entendit Héloïse raccrocher.

« Ici Janice Pritchard, poursuivit la voix d'un air tendu. Je voulais m'excuser pour hier matin. Mon mari a souvent des idées absurdes, à la limite de la *grossièreté*... Comme celle d'aller photographier votre maison ! Je suis sûre que vous l'avez aperçu, vous ou votre femme. »

Tout en l'écoutant, Tom revoyait le sourire apparemment approbateur qu'elle avait adressé à son mari dans leur voiture, la veille.

« Je crois que ma femme l'a entrevu, dit-il. Cela n'a aucune importance, Janice. Mais pourquoi veut-il des photos de notre maison ?

— Il n'en veut *pas,* dit-elle d'une voix aiguë. Il cherche seulement à vous ennuyer... comme il le fait avec tout le monde. »

Tom poussa un petit rire surpris et se retint de formuler la remarque qui le démangeait.

« Ça l'amuse, n'est-ce pas ? dit-il.

— *Oui.* Je ne le comprends pas. Je lui ai dit cent fois... »

Tom coupa court à cette prétendue justification matrimoniale.

« Puis-je vous demander comment vous avez obtenu mon numéro de téléphone, Janice ? Vous ou votre mari.

— Oh, cela n'a pas été difficile. David l'a tout simplement demandé au plombier, qui le lui a aussitôt donné. C'est le seul plombier du village, comme vous le savez. Nous l'avions fait venir parce que nous avions un petit problème d'évier. »

Victor Jarot, bien sûr... L'implacable adversaire des citernes rebelles et des tuyauteries bouchées... Ce type n'avait-il donc aucune notion de la vie privée ?

« Je vois... » dit Tom.

Il était absolument furieux, tout en sachant qu'il ne pouvait pas faire grand-chose au sujet de Jarot, sinon lui demander de ne plus confier son numéro de téléphone au premier venu, à l'avenir. La même mésaventure pouvait évidemment lui arriver avec le livreur de mazout ou l'employé du gaz. Ces gens-là s'imaginaient sans doute que le monde entier n'existait qu'en fonction de leur profession...

« Que fait réellement votre mari ? demanda soudain Tom, en décidant de prendre le risque. Je veux dire... j'ai de la peine à croire qu'il fasse encore des études de marketing. Il doit probablement connaître le sujet par cœur. Et j'ai eu l'impression qu'il plaisantait, à ce propos. »

Tom n'avait évidemment pas l'intention de révéler à Janice qu'il s'était livré à une petite enquête auprès de l'INSEAD.

« Oh... Un instant... Oui, il me *semblait* bien avoir entendu la voiture. David est de retour. Il faut que je vous laisse, monsieur Ripley. Au revoir ! »

Elle raccrocha.

Eh bien... Elle l'avait donc appelé en cachette ! Tom se surprit à sourire. Et dans quel but ? Pour lui présenter des excuses ! Le fait de s'excuser de la sorte constituait-il une forme d'humiliation supplémentaire, aux yeux de Janice Pritchard ? Et David avait-il vraiment surgi ainsi, à l'improviste ?

Tom éclata franchement de rire. Tout cela n'était qu'un jeu, une suite de jeux ! De jeux invisibles et de jeux à découvert... Ces derniers étant en réalité les plus secrets... Et bien sûr, l'origine et la finalité de ces jeux étaient insoupçonnables, dissimulées derrière des portes soigneusement capitonnées. La règle l'exigeait. Et les participants se contentaient d'obéir à une logique qu'ils ne contrôlaient évidemment pas.

Il se retourna et contempla le clavecin. Inutile de s'y remettre à présent. Il sortit et gagna le parterre de dahlias le plus proche. A l'aide de son Opinel, il en cueillit un parmi ceux qu'il préférait et qu'il avait surnommés « les échevelés », à cause de leurs pétales qui lui rappelaient les croquis que Van Gogh avait faits dans les champs, autour d'Arles, dessinant la végétation avec autant d'amour que de frénésie, au pinceau comme au crayon.

Tom regagna la maison. Il pensait à l'*Opus 38* de Scarlatti — la sonate en ré mineur, comme l'appelait M. Lepetit — sur laquelle il travaillait ces temps-ci, ne désespérant pas de pouvoir l'interpréter un jour. Il aimait ce qui constituait à ses yeux le thème principal du morceau et qui lui évoquait une sorte de combat, de lutte titanesque — tout en étant d'une grande beauté. Mais il ne voulait pas y consacrer trop de temps, de peur que l'air ne finisse par perdre son charme.

Il songeait aussi au coup de fil que Jeff ou Ed devaient lui passer, à propos de Cynthia Gradnor. Mais il n'aurait probablement pas de leurs nouvelles avant un jour encore, à supposer que Jeff parvienne à joindre Cynthia.

Lorsque le téléphone sonna dans l'après-midi, aux alentours de 17 heures, Tom eut un bref instant d'espoir et se dit qu'il s'agissait peut-être de Jeff. Mais ce n'était pas lui.

La voix enjouée d'Agnès Grais retentit à l'autre bout du fil. Après les salutations d'usage, elle demanda à Tom s'il pouvait passer prendre l'apéritif chez eux, ce soir vers 19 heures, en compagnie d'Héloïse.

« Antoine a eu un week-end prolongé, il compte partir de bonne heure demain matin. Et comme vous nous quittez bientôt...

— Merci, Agnès. Pouvez-vous patienter une seconde, le temps que je pose la question à Héloïse ? »

Celle-ci était d'accord. Tom reprit l'écouteur et informa Agnès qu'ils acceptaient l'invitation.

Il était près de 7 heures lorsque Tom et Héloïse quittèrent Belle Ombre. Tout en conduisant, Tom songeait que la maison récemment louée par les Pritchard se trouvait juste au-delà de celle des Grais, sur la même route. Agnès et

Antoine avaient-ils remarqué quelque chose au sujet de ces nouveaux « locataires » ? Pas forcément. Dans ce secteur, de nombreux arbres plus ou moins sauvages poussaient au beau milieu des champs, entre les propriétés, cachant les lumières et étouffant même parfois les bruits qui émanaient des maisons — surtout lorsqu'ils avaient leurs feuilles, ce qui était le cas en ce moment.

Comme d'habitude, Tom se retrouva planté au salon, à discuter avec Antoine, alors qu'il s'était juré de ne pas se laisser avoir cette fois-ci. Il n'avait pas grand-chose à dire à l'architecte, dont il n'appréciait que modérément l'ardeur au travail et les opinions réactionnaires. Agnès et Héloïse, au contraire, possédaient ce talent typiquement féminin qui leur permettait d'engager sur-le-champ une conversation et de la poursuivre toute une soirée s'il le fallait, sans se départir de leur amabilité.

Ce soir-là, toutefois, Antoine s'abstint de ses remarques habituelles sur l'afflux des étrangers qui envahissaient Paris et se mit à parler du Maroc.

« Ah, oui, mes parents m'ont emmené là-bas lorsque j'avais six ans et je ne l'ai jamais oublié. J'y suis retourné à plusieurs reprises depuis lors, évidemment. Le pays a du charme, dégage même une certaine magie... Quand on pense qu'autrefois, c'était un protectorat français... La *poste* et le *téléphone* fonctionnaient, en ce temps-là... Et les rues étaient propres... »

Tom écoutait en silence. Antoine se mit à évoquer d'une manière presque poétique l'amour que son père vouait à Tanger et à Casablanca.

« Bien sûr, ce sont ses habitants qui font un pays, dit Antoine. De toute évidence, les Marocains sont chez eux... N'empêche que vu du côté français, leur pays est devenu un vrai foutoir. »

Ma foi... Que répondre à ça ? Tom se contenta de soupirer, puis hasarda :

« Pour changer de sujet... (Il agita son verre de gin-tonic, dont les glaçons se mirent à tinter.) Vos nouveaux voisins sont-ils calmes ? »

Il fit un petit signe de tête en direction de la propriété des Pritchard.

« Calmes ? (Antoine fit la moue.) Si vous tenez à le savoir, ils ont mis de la musique très fort, à deux reprises, autour de minuit — plus tard, même ! De la pop-music... (Il prononça le mot comme s'il était ahurissant que l'on puisse écouter de la pop-music passé l'âge de douze ans.) Mais pas trop longtemps, toutefois. Durant une demi-heure environ. »

Curieux laps de temps, songea Tom. Mais Antoine était exactement le genre de bonhomme à mesurer la chose, chronomètre en main.

« Vous voulez dire qu'on les entendait jusqu'ici ?
— Oh, oui. Nous sommes pourtant à cinq cents mètres de chez eux ! Ils n'avaient pas lésiné sur le volume ! »

Tom sourit.

« Autre chose à leur reprocher ? demanda-t-il. Ils ne sont pas encore venus vous emprunter votre tondeuse à gazon ?
— No-on », grommela Antoine en finissant son campari.

Tom n'avait pas l'intention de lui révéler que Pritchard était venu photographier Belle Ombre. Les vagues soupçons que l'architecte nourrissait à son égard ne pourraient que s'en trouver renforcés — et c'était bien la dernière chose que souhaitait Tom. Tout le village avait fini par apprendre que des policiers — tant anglais que français — étaient venus interroger Tom à Belle Ombre, dans les jours qui avaient suivi la disparition de Murchison. Ils s'étaient montrés relativement discrets, évitant notamment de faire hurler les sirènes de leurs véhicules, mais dans une petite bourgade tout finissait par se savoir et Tom ne pouvait pas se permettre que les choses aillent plus loin. Avant qu'ils n'arrivent chez les Grais, il avait demandé à Héloïse de ne pas mentionner le « reportage » photographique de Pritchard.

Les enfants des Grais arrivèrent, les cheveux trempés. Ils étaient allés se baigner quelque part et étaient encore nu-pieds, mais ils ne chahutaient pas, leurs parents ne l'auraient pas toléré. Après avoir dit bonsoir à la compagnie, Édouard et sa sœur se rendirent à la cuisine, où Agnès les suivit.

« Nous avons un ami à Moret qui possède une piscine, expliqua Antoine à Tom. C'est très pratique pour nous. Il a des enfants lui aussi. Il nous ramène les nôtres et c'est moi qui les conduis. »

Antoine se fendit d'un de ses rares sourires, ce qui eut pour effet de plisser son visage replet.

« Quand comptez-vous rentrer ? » demanda Agnès en se passant la main dans les cheveux.

La question s'adressait à Héloïse et à Tom. Antoine venait de s'éclipser Dieu sait où.

« D'ici trois semaines, peut-être, dit Héloïse. La date n'est pas exactement fixée.

— Me revoilà, dit Antoine en émergeant de l'escalier en colimaçon ; il avait les deux mains occupées. Agnès, ma chérie, peux-tu nous amener les petits verres... Tom, voici une excellente carte. Elle est déjà ancienne, mais enfin... »

Son intonation sous-entendait que depuis lors, les choses n'avaient fait que se dégrader.

Il s'agissait d'une vieille carte du Maroc, que l'on avait visiblement souvent manipulée. Les plis s'étaient déchirés en plusieurs endroits et avaient été recollés avec du ruban adhésif.

« J'en prendrai un soin jaloux, dit Tom.

— Il faut que vous louiez une voiture. Pas d'hésitation sur ce point. Et que vous alliez visiter les coins reculés. »

Antoine exhiba ensuite sa spécialité : un cruchon de gin hollandais, qui sortait apparemment du frigo. Tom se souvint que l'architecte possédait un petit réfrigérateur à l'étage, dans son atelier.

Antoine servit le gin dans les petits verres qu'Agnès avait disposés sur un plateau. Puis il fit circuler celui-ci, en commençant par les dames.

« Ooooh ! s'exclama poliment Héloïse, bien qu'elle eût horreur du gin.

— Santé ! dit Antoine tandis qu'ils levaient leurs verres. Bon voyage. Et revenez-nous sains et saufs ! »

Ils vidèrent leurs verres d'un trait.

Ce gin hollandais était effectivement excellent, Tom devait le reconnaître, mais Antoine se comportait toujours comme s'il l'avait distillé lui-même et Tom ne l'avait jamais vu proposer une seconde tournée. Il songea brusquement que les Pritchard n'avaient pas cherché à lier connaissance avec les Grais, parce qu'ils ignoraient probablement que ceux-ci étaient de vieux amis des Ripley. Et cette maison qui se trouvait entre les deux propriétés ? Elle était inoccupée depuis des années, d'après les renseignements de Tom. Peut-être était-elle à vendre ? Mais cela n'avait aucune importance.

Tom et Héloïse prirent congé des Grais, non sans leur avoir promis d'envoyer une carte. Antoine en profita pour les avertir qu'au Maroc, le service postal était *abominable.* Tom songea à la cassette de Reeves.

Ils étaient à peine rentrés chez eux que le téléphone se mit à sonner.

« J'attends un coup de fil, ma chérie... »

Tom décrocha le combiné du vestibule, prêt à changer de poste et à monter dans sa chambre au cas où il s'agirait de Jeff et que la conversation s'avère... compromettante.

« Chéri, j'ai envie d'un *yoghourt,* dit Héloïse en se dirigeant vers la cuisine. Je ne supporte pas ce gin.

— Tom ? Ici Ed, dit la voix de Banbury. J'ai réussi à joindre Cynthia. Nous avons mis les bouchées doubles, Jeff et moi. Elle a refusé de me rencontrer mais j'ai quand même obtenu quelques renseignements.

— Oui ?

— Il semble que Cynthia se soit rendue à une soirée, voici quelque temps — un de ces cocktails monstrueux où était conviée la presse et où pratiquement n'importe qui peut entrer. Apparemment, Pritchard se trouvait là.

— Une seconde, Ed. Je vais prendre la communication sur un autre poste. »

Tom grimpa l'escalier, décrocha le récepteur de sa chambre et redescendit quatre à quatre pour raccrocher celui de l'entrée. Héloïse ne prêtait pas attention à lui et venait d'allumer la télé au salon. Mais Tom ne tenait pas à ce qu'elle l'entende prononcer le nom de Cynthia, de peur qu'elle ne se souvienne que celle-ci avait été jadis la fiancée de Bernard Tufts, le fou, comme Héloïse l'avait surnommé. Bernard avait terrifié Héloïse lorsqu'elle avait fait sa connaissance, à Belle Ombre.

« Me revoilà, dit Tom. Tu as donc parlé avec Cynthia...

— Par téléphone. Cet après-midi. Au cours de cette soirée, un type que Cynthia connaissait est venu la trouver et lui a déclaré qu'un Américain venait de lui demander s'il connaissait Tom Ripley. Un peu au hasard, semble-t-il. Donc, le type en question...

— Il est américain, lui aussi ?

— Je l'ignore. En tout cas, Cynthia lui a répondu qu'il n'avait qu'à dire à cet Américain de s'intéresser d'un peu plus près aux liens qui unissaient Ripley à Murchison. C'est de là que tout est parti, Tom. »

Tom trouvait cela un peu tiré par les cheveux.

« Tu ne connais pas le nom de cet intermédiaire ? L'ami de Cynthia qui a parlé avec Pritchard ?

— Cynthia ne l'a pas précisé et je n'ai pas voulu avoir l'air... d'insister. Je n'avais aucune raison de l'appeler, pour commencer. Que pouvais-je lui raconter ? Qu'un Américain un peu balourd connaissait son nom ? Je ne lui ai évidemment pas dit que c'était *toi* qui me l'avais appris. J'ai prétendu que je l'appelais simplement pour avoir de ses nouvelles. Mais il me semble que nous avons tout de même appris quelque chose, Tom. »

Tom en convint intérieurement.

« Cynthia n'a donc pas parlé elle-même avec Pritchard, ce soir-là ?

— Je ne pense pas.

— L'intermédiaire en question a dû dire à Pritchard : " Attendez une seconde, je vais me renseigner sur Ripley auprès de mon amie Cynthia Gradnor... " Pritchard aura facilement enregistré son nom, qui n'a d'ailleurs rien d'ordinaire. »

A moins que Cynthia n'ait délibérément révélé son nom à Pritchard par l'intermédiaire de cet ami, dans l'espoir de ficher la frousse à Tom, au cas où l'histoire remonterait jusqu'à lui...

« Tu es toujours là, Tom ?

— Oui. Cynthia ne nous porte pas dans son cœur, mon vieux. Et Pritchard non plus. Mais ce type est tout bonnement fêlé.

— Fêlé ?

— Dérangé, atteint, demeuré... Ne me demande pas d'entrer dans le détail. (Tom prit une profonde inspiration.) Je vous remercie de vous être donné tout ce mal, Jeff et toi. »

Après avoir raccroché, Tom éprouva quelques secondes

d'angoisse. De toute évidence, Cynthia nourrissait des soupçons sur la disparition de Thomas Murchison. Et elle manifestait un certain courage en se mouillant aussi ouvertement. Elle devait bien savoir qu'elle figurerait en première ligne, dans le carnet de Tom, sur la liste des témoins à éliminer, car elle connaissait toute l'histoire des faux Derwatt, depuis la première toile que Bernard Tufts avait peinte (Tom lui-même ignorait au juste de laquelle il s'agissait), et se souvenait probablement du jour exact où l'entreprise avait commencé.

Pritchard était sans doute tombé sur le nom de Murchison en dépouillant de vieux articles de journaux relatifs à Ripley. A sa connaissance, le nom de Tom n'était apparu qu'une fois dans la presse américaine. Mme Annette avait vu Tom transporter la valise de Murchison dans sa propre voiture, alors qu'il s'apprêtait à rejoindre Orly — juste avant le décollage de l'avion de Murchison. Par erreur (mais en toute bonne foi) elle avait déclaré à la police qu'elle avait vu M. Ripley et M. Murchison monter à bord de la voiture, à cet instant-là. Tel est le pouvoir de la simulation... songea Tom. Au même moment, Murchison gisait au fond de la cave, enveloppé dans une vieille bâche, et Tom avait frissonné à l'idée que Mme Annette ne descende chercher du vin avant qu'il ait pu se débarrasser du cadavre.

Le fait que Cynthia ait mentionné le nom de Murchison pouvait fort bien avoir stimulé l'imagination des Pritchard. Cynthia savait parfaitement que Murchison avait « disparu » juste après lui avoir rendu visite, Tom en était convaincu. L'information avait figuré dans la presse anglaise, même s'il s'agissait de simples entrefilets. Murchison avait acquis la certitude que les derniers Derwatt étaient des faux. Et comme si ses soupçons ne suffisaient pas, Bernard Tufts avait encore renforcé sa conviction en lui conseillant tout de go, lors d'une visite à son hôtel londonien, de ne plus acheter de Derwatt. Murchison avait raconté à Tom la curieuse entrevue qu'il avait eue avec un inconnu, au bar de son hôtel. Bernard n'avait pas révélé son nom à Murchison, d'après les dires de celui-ci. Tom, qui espionnait alors Murchison et le suivait à la trace, avait assisté à la rencontre, avec la frayeur qu'on imagine. Il savait fort bien ce que Bernard était en mesure de révéler.

Tom s'était souvent demandé si, à la suite de cet épisode, Bernard Tufts n'était pas allé trouver Cynthia pour tenter de se réconcilier avec elle, en lui expliquant qu'il avait juré de ne plus peindre un seul faux à l'avenir. Néanmoins, même si tel avait été le cas, ils ne s'étaient pas remis en ménage.

6

Tom s'était dit que Janice Pritchard tenterait peut-être une nouvelle fois de le « contacter », comme elle n'aurait pas manqué de le formuler, et ce fut effectivement le cas, dans l'après-midi du mardi. Le téléphone sonna à Belle Ombre vers 14 h 30. Tom entendit vaguement la sonnerie. Il était en train de bêcher l'un des parterres de rosiers, non loin de la maison. Ce fut Héloïse qui répondit. Au bout de quelques secondes, elle apparut dans l'encadrement de la porte vitrée et lui lança :

« Tom ! Téléphone !

— J'arrive, ma chérie. (Tom reposa sa bêche.) Qui est-ce ?

— La femme de Prickard.

— Tiens donc... Pritchard, ma chérie. »

Ennuyé et intrigué à la fois, Tom alla prendre la communication dans le vestibule. Cette fois-ci, il pourrait difficilement monter à l'étage et changer de poste sans fournir d'explication à Héloïse.

« Allô ? dit-il.

— Bonjour, monsieur Ripley ! Je suis ravie de vous trouver chez vous. Je me disais... Peut-être allez-vous trouver cela un peu présomptueux de ma part, mais j'aimerais beaucoup discuter avec vous... en tête à tête.

— Vraiment ?

— Je dispose de la voiture et serai libre jusque vers 5 heures. Pouvons-nous... ? »

Tom ne voulait pas qu'elle débarque à Belle Ombre et ne tenait pas davantage à se rendre dans la maison au plafond irisé. Ils convinrent de se retrouver vers 3 heures et quart à Fontainebleau, près de l'obélisque (ce fut Tom qui suggéra l'endroit), dans un bar-tabac populaire baptisé Le Sport, situé à l'angle nord-est du carrefour. Tom et Héloïse attendaient la visite de M. Lepetit, qui devait venir leur donner sa leçon de musique vers 4 heures et demie, mais Tom s'abstint de le mentionner.

Lorsqu'il eut raccroché, Héloïse le dévisagea avec une lueur d'intérêt qu'éveillaient rarement ses coups de téléphone.

« Quelle guigne... (Tom répugnait à lui avouer la vérité, mais poursuivit :) Elle veut me voir. Cet après-midi. J'ai accepté, dans l'espoir d'en apprendre un peu plus.

— Un peu plus ?

— Je n'aime pas son mari. Ils me déplaisent d'ailleurs tous les deux, ma chérie, mais... si j'en savais davantage, cela pourrait s'avérer utile.

— Ils t'ont posé des questions bizarres, l'autre soir ? »

Tom esquissa un vague sourire, heureux qu'Héloïse manifeste une telle compréhension envers leurs problèmes mutuels — qui, à vrai dire, étaient surtout les siens.

« Pas vraiment, dit-il. Mais ne t'inquiète pas. Ils jouent au chat et à la souris, tous les deux. Ils taquinent. (D'un air malicieux, Tom ajouta :) Tu auras droit à un rapport en règle, à mon retour. Je serai là à temps pour la leçon de M. Lepetit. »

Tom quitta la maison quelques minutes plus tard. Il se gara non loin de l'obélisque, sans trop savoir si l'emplacement était payant ou non. Mais il s'en fichait.

Janice Pritchard était déjà arrivée. Elle se tenait au comptoir, l'air mal à l'aise.

« Monsieur Ripley... »

Elle gratifia Tom d'un sourire chaleureux. Tom hocha la tête, en ignorant la main qu'elle lui tendait.

« Bonjour, dit-il. On s'assoit ? »

Ils s'installèrent à une table. Tom commanda un express, et un thé pour Janice.

« Que fait donc votre époux, aujourd'hui ? » demanda-t-il

avec un sourire engageant ; il s'attendait à ce que Janice lui réponde que David était à l'INSEAD, auquel cas il n'aurait pas manqué de l'interroger plus en détail sur les études de son mari.

« C'est le jour de sa séance de massage, répondit Janice Pritchard avec un hochement de tête. Je dois aller le chercher à Fontainebleau vers 4 heures et demie.

— De massage ? Il a des problèmes de dos ? » demanda Tom.

Le mot « massage » sonnait désagréablement à ses oreilles et lui évoquait toujours des lieux troubles et équivoques. Il savait pourtant fort bien qu'il existait des instituts de massage parfaitement respectables.

« Non, dit Janice. (Elle semblait à la torture et fixait plus souvent la table que le visage de Tom.) Il aime ça, tout simplement. Où qu'il se trouve, il lui faut ses deux séances hebdomadaires. Il ne peut pas s'en passer. »

La conversation prenait un tour déplaisant. Les exclamations des clients qui réclamaient « Un Ricard ! » ou les hurlements de triomphe des joueurs plantés devant les machines à sous étaient plus supportables que les révélations de Janice concernant les curieuses habitudes de son mari.

« Même lorsque nous sommes à Paris, poursuivit-elle, il se débrouille pour dénicher un institut de massage dans les environs.

— C'est étrange, murmura Tom. Et qu'a-t-il donc contre moi ?

— Contre *vous* ? s'exclama Janice, l'air surpris. Mais rien. Vous l'impressionnez beaucoup », ajouta-t-elle en le regardant droit dans les yeux.

Tom était rompu à ce genre de tactique.

« Pourquoi prétend-il être inscrit à l'INSEAD, alors que ce n'est pas le cas ?

— Ah... Vous êtes au courant ? »

Le regard de Janice était plus assuré, et presque espiègle à présent.

« Je n'ai aucune certitude, dit Tom. Simplement, je ne prends pas pour argent comptant tout ce que raconte votre mari. »

Janice éclata d'un rire étrangement joyeux.

Tom ne lui retourna pas son sourire. Il n'en avait aucune envie. Il regarda Janice qui, de son pouce, se frottait le poignet droit — comme si elle se livrait inconsciemment à une mini-séance de massage. Elle portait un chemisier blanc immaculé et le même pantalon bleu que l'autre jour ; un collier de turquoises (fausses, mais assez réussies) apparaissait dans l'échancrure de son corsage. Tandis qu'elle se massait, le poignet de sa manche se retroussa et Tom aperçut brusquement sur son bras des marques de bleus indubitablement réelles. Il réalisa que la tache foncée qu'elle avait au cou, sur le côté gauche, devait également être un bleu. Avait-elle eu l'intention de lui révéler délibérément ses stigmates ?

« Eh bien, reprit enfin Tom, s'il n'est pas inscrit à l'INSEAD...

— Il adore inventer des histoires farfelues », dit Janice en baissant les yeux sur un cendrier en verre où gisaient trois mégots (dont un à bout filtre) laissés par les précédents clients.

Tom sourit avec indulgence, en essayant d'avoir l'air le plus sincère possible.

« Mais évidemment, cela ne vous empêche pas de l'aimer », dit-il.

Il vit que Janice hésitait et fronçait les sourcils. Elle était en train de lui faire le coup de la belle dame en détresse, songea-t-il. Ou quelque chose d'approchant.

« Il a besoin de moi, dit-elle. Je ne suis pas convaincue qu'il... Enfin, pas convaincue de l'aimer, *lui*. »

Elle releva les yeux vers Tom.

Grands dieux ! songea-t-il. Comme si cela avait la moindre importance...

« Pour poser une question typiquement américaine, reprit-il, comment gagne-t-il sa vie ? D'où vient son argent ? »

Janice se dérida brusquement.

« Oh, il n'a aucun problème de ce côté ! Sa famille possédait une scierie dans l'État de Washington. Elle a été vendue à la mort de son père et David a partagé les bénéfices avec son frère. Il a réinvesti l'argent... quelque part, et c'est de là que viennent ses revenus. »

Rien qu'à la manière dont elle avait dit « quelque part »,

Tom aurait juré qu'elle n'y connaissait strictement rien en questions boursières.

« En Suisse ? demanda-t-il.

— No-on. Dans une banque de New York, qui gère ses affaires. Cela nous suffit amplement. Mais David en veut toujours plus... (Janice sourit avec un soupçon presque de tendresse, comme si elle parlait d'un gamin qui réclame toujours une deuxième part de gâteau.) Je crois que son père s'était brouillé avec lui et l'avait chassé de la maison familiale lorsqu'il avait vingt-deux ou vingt-trois ans, sous prétexte qu'il refusait de travailler. A l'époque déjà, il touchait une rente confortable, mais il exigeait toujours davantage. »

Tom se représentait fort bien l'histoire. Depuis toujours, l'argent facilement gagné avait nourri le côté fantaisiste et préservé la constante irréalité de son existence — tout en lui permettant d'avoir un frigo bien garni. Il but une gorgée de café.

« Pourquoi vouliez-vous me voir ? demanda-t-il.

— Oh... (La question avait dû tirer Janice de sa rêverie. Elle hocha doucement la tête, puis dévisagea Tom.) Pour vous dire qu'il est en train de *jouer* avec vous. Il veut vous faire *du mal*. Tout comme à moi, d'ailleurs. Mais c'est vous qui... l'intéressez, pour l'instant.

— De quelle manière pourrait-il me faire du mal ? dit Tom en sortant son paquet de Gitanes.

— Il vous soupçonne... d'un tas de choses. Et il voudrait faire en sorte que vous vous sentiez... mal... à l'aise... »

Elle avait fait traîner la fin de sa phrase, comme si elle évoquait une manœuvre certes désagréable, mais qui n'en gardait pas moins un côté innocent, ludique.

« Pour l'instant, il n'est guère parvenu à ses fins... (Tom tendit le paquet à Janice, qui refusa d'un hochement de tête et sortit ses propres cigarettes.) De quoi me soupçonne-t-il, par exemple ?

— Oh, je ne vous le dirai pas ! Sinon il me battrait.

— Vous parlez sérieusement ?

— Oh, oui. Il lui arrive de perdre la tête. »

Tom feignit de paraître choqué.

« Mais vous devez bien savoir ce qu'il a contre moi, reprit-il. Cela n'a probablement rien de personnel, puisque j'ignorais jusqu'à son existence il y a moins de deux semaines. Et il ne sait rien à mon sujet », se hasarda-t-il à ajouter.

Les yeux de Janice s'étrécirent. Elle risqua un sourire, sans grande conviction.

« Non, dit-elle. Il fait semblant, voilà tout. »

Tom trouvait la jeune femme aussi désagréable que son mari mais fit en sorte de ne pas trahir ses sentiments.

« C'est donc son habitude, d'ennuyer les gens de la sorte ? » demanda-t-il, comme si une telle supposition l'amusait.

Janice éclata à nouveau d'un rire juvénile. Les rides qui cernaient ses yeux indiquaient pourtant qu'elle devait bien avoir trente-cinq ans elle aussi, tout comme son mari.

« On peut formuler ça ainsi, dit-elle ; elle lança un bref coup d'œil à Tom, avant de détourner les yeux.

— A qui s'est-il attaqué, avant moi ? »

Janice demeura muette. Elle fixait l'affreux cendrier comme s'il s'était agi d'une boule de cristal et qu'elle y déchiffrait les fragments épars de son propre passé. Elle haussa même les sourcils — était-elle en train de jouer un nouveau rôle, à sa seule intention ? — et Tom remarqua pour la première fois qu'une cicatrice en forme de croissant lui barrait la tempe gauche. Avait-elle reçu une soucoupe volante sur le crâne, récemment ?

« Qu'espère-t-il donc obtenir... en ennuyant les gens de la sorte ? demanda Tom d'une voix aimable, comme s'il posait une question parfaitement anodine.

— Oh, ça l'amuse, tout simplement. (Janice se fendit d'un large sourire.) Il a fait le même coup avec un chanteur, aux États-Unis... avec *deux* chanteurs, en fait, ajouta-t-elle en riant. Le premier était à la tête d'un groupe pop. L'autre était plus connue — il s'agissait d'une femme, une chanteuse d'opéra. Soprano, je crois. J'ai oublié son nom — d'ailleurs cela vaut mieux ! Une Norvégienne, il me semble. David... »

Janice s'interrompit et fixa de nouveau le cendrier.

« Un chanteur pop ? insista Tom.

— Oui. David lui écrivait des lettres d'insulte. " T'es sur la mauvaise pente, mon gars... " Ou : " Deux tueurs te suivent à la trace... " Des trucs de ce genre. David cherchait à le désarçonner, à lui faire perdre son assurance. Je ne suis même pas certaine que le type ait jamais reçu ces lettres — les vedettes en reçoivent tellement... Et il avait un certain succès auprès des jeunes. Je me souviens que son prénom était Tony. Mais il a été mêlé à une histoire de drogue et... (Janice s'interrompit encore, puis reprit :) David adore que les gens se cassent la figure... Il serait prêt à tout pour ça — pour les voir perdre pied, et sombrer. »

Tom l'écoutait avec attention.

« Il rassemble des dossiers sur ses victimes ? demanda-t-il. Des coupures de presse ?

— Pas vraiment. (Janice lança un coup d'œil à Tom et but une gorgée de thé.) D'abord, il ne tient pas à stocker de telles informations à la maison, au cas où... où ses plans réussiraient. Je ne pense pas qu'il soit arrivé à ses fins avec la chanteuse d'opéra norvégienne, par exemple. Mais il guettait toujours ses apparitions à la télé et prétendait même qu'elle commençait à craquer. Pour ma part, je trouvais cela grotesque. »

Janice le fixa dans les yeux. Sa franchise sonnait faux, se dit Tom. Si elle avait vraiment jugé David de la sorte, pourquoi continuait-elle à vivre sous le même toit que lui ? Tom prit une profonde inspiration. Après tout, qui prétendait que les femmes mariées avaient un comportement nécessairement logique ?

« Et quels sont ses projets, en ce qui me concerne ? dit-il. Me faire passer aux aveux ?

— Oh, probablement. (Janice frétilla à nouveau.) Il vous trouve trop sûr de vous. Prétentieux. »

Tom eut du mal à retenir son rire.

« Et ensuite ? »

Janice eut une petite grimace amusée que Tom ne connaissait pas, mais évita son regard.

« Qui sait ? dit-elle en se remettant à se frotter le poignet.

— Et par quel hasard David s'est-il intéressé à moi ? »

Janice le dévisagea, puis reprit :

« Il me semble me souvenir qu'il vous a aperçu un jour dans un aéroport. Il avait remarqué votre manteau.

— Mon *manteau* ?

— Oui, un pardessus en cuir, avec de la fourrure. Très beau, d'ailleurs. David m'a dit : " Ce manteau est superbe, tu ne trouves pas ? Je me demande qui est ce type... " Et il a fini par le découvrir. Peut-être s'était-il placé derrière vous, dans une file d'attente, de manière à entendre votre nom », ajouta-t-elle en haussant les épaules.

Tom fouilla dans ses souvenirs, mais la scène ne lui évoquait rien. Il cligna des yeux. David avait évidemment pu découvrir son nom, en se renseignant à l'aéroport, après avoir remarqué qu'il avait un passeport américain. Et ensuite il avait pu mener son enquête. Mais auprès de qui ? D'une ambassade ? Tom n'était pas fiché (ou du moins ne *pensait* pas l'être) à l'ambassade de Paris, par exemple. Où, alors ? Dans les archives des journaux ? Mais cela demandait du temps, et de la persévérance.

« Il y a longtemps que vous êtes mariés ? Et comment avez-vous rencontré David ?

— Oh... (Le visage de Janice s'éclaira de nouveau et elle se passa rapidement la main dans les cheveux.) Ou-oui, il doit bien y avoir trois ans que nous sommes mariés. Nous nous sommes rencontrés lors d'un immense congrès qui réunissait des secrétaires, des comptables... et même des patrons ! (Elle éclata encore de rire.) Cela se passait à Cleveland, dans l'Ohio. J'ignore par quel hasard nous nous sommes adressé la parole, David et moi... Il y avait tellement de monde ! Mais David possède un certain charme, auquel vous n'êtes peut-être pas sensible. »

Tom en était à cent lieues. Les types du genre de Pritchard se comportaient généralement comme si tout leur était dû et n'hésitaient pas à tordre le bras, voire le cou des gens pour obtenir ce qu'ils désiraient. Tom savait que certaines femmes étaient sensibles à une telle attitude. Il regarda l'heure à son poignet.

« Excusez-moi, dit-il, j'ai un autre rendez-vous dans quelques minutes. Mais je suis encore dans les temps. (Il mourait d'envie d'interroger Janice au sujet de Cynthia, de lui demander comment Pritchard comptait utiliser cette carte, mais il ne voulait pas prononcer le nom de la jeune femme. Et il ne tenait évidemment pas à donner l'impression qu'il s'inquiétait.) Qu'est-ce que votre mari attend de moi, si je puis me permettre ? Pourquoi est-il venu prendre des photos de ma maison, par exemple ?

— Oh, il veut simplement que vous le redoutiez. Il veut *se prouver* qu'il vous fait peur.

— Je suis désolé, mais je ne comprends pas, dit Tom en souriant d'un air tolérant.

— David cherche tout bonnement à faire étalage de sa puissance, pour se convaincre *lui-même,* dit Janice d'une voix tremblante. Je le lui ai dit plus d'une fois.

— Encore une question idiote : a-t-il déjà consulté un psychiatre ?

— Ah, ah, ah ! (Janice se trémoussa d'un air réjoui.) Bien sûr que non ! Les rares fois où il en parle, il les tourne en dérision, en disant que ce sont des cinglés ! »

Tom fit signe au garçon.

« Janice... Vous ne trouvez pas anormal qu'un homme batte son épouse ? »

Il eut de la peine à réprimer un sourire, car de toute évidence Janice ne paraissait pas mécontente d'être traitée de la sorte. La jeune femme se trémoussa, puis fixa un point devant elle en fronçant les sourcils.

« Je n'aurais peut-être pas dû parler de ça », dit-elle.

Tom eut l'impression qu'elle faisait semblant de couvrir son mari, du moins en cet instant précis. Il sortit un billet de son portefeuille et fit signe au garçon de garder la monnaie.

« Poursuivons encore un peu la partie, dit Tom d'une voix amusée, comme s'il s'agissait d'un jeu parfaitement innocent. Où David compte-t-il porter sa prochaine attaque ?

— Contre qui ?

— Contre moi. »

Le regard de Janice se voila, comme si une foule de possibilités se bousculaient dans son esprit. Elle parvint toutefois à sourire.

« Honnêtement, je n'en sais rien, dit-elle. Et même si c'était le cas, je serais dans l'impossibilité de vous le dire.

— Pourquoi ? Faites un effort. (Tom attendit.) Il va venir briser mes vitres à coups de pierre ? »

Janice ne répondit pas. Excédé, Tom se leva.

« Excusez-moi, dit-il, mais il faut que j'y aille. »

En silence, vexée peut-être, la jeune femme se leva à son tour. Tom s'effaça pour la laisser passer et ils rejoignirent la sortie.

« Au fait, dit Tom, je vous ai aperçue dimanche, lorsque vous êtes venue récupérer David, en face de chez moi. Et vous devez encore aller le chercher aujourd'hui. Vous êtes vraiment aux petits soins pour lui. »

Janice ne réagit toujours pas.

Tom sentit monter en lui une brusque bouffée de colère, due sans doute à la frustration qu'il éprouvait.

« Pourquoi ne le laissez-vous pas tomber ? Au lieu de vous accrocher à lui, en supportant tout ça ? »

Janice Pritchard n'allait évidemment pas répondre à une telle question, qui touchait de trop près à son intimité. Tom vit une larme briller au coin de son œil droit tandis qu'ils sortaient du café et se dirigeaient vers la voiture de Janice. Du moins le supposait-il, puisque c'était elle qui marchait en tête.

« Êtes-vous même seulement mariés ? poursuivit Tom.

— Oh, assez ! (Elle fondit brusquement en larmes.) J'avais espéré que nous... que nous sympathiserions...

— Ne vous donnez pas cette peine, madame. (Tom revoyait le sourire satisfait qu'elle avait eu après avoir récupéré David devant Belle Ombre, dimanche dernier.) Au revoir. »

Tom fit demi-tour et rejoignit son propre véhicule, garé non loin de là. Il avait envie de frapper quelque chose, n'importe quoi, un tronc d'arbre par exemple... Sur le chemin du retour, il dut faire un effort pour ne pas écraser la pédale de l'accélérateur.

Il constata avec soulagement que la porte d'entrée était fermée à clef. Héloïse vint lui ouvrir. Elle s'était déjà installée au clavecin. La partition des Lieder de Schubert était ouverte sur le lutrin.

« Bon sang de bon sang *de bois !* s'exclama Tom, l'air profondément exaspéré ; il se prit la tête dans les mains et demeura quelques instants prostré de la sorte.

— Que s'est-il passé, chéri ?

— Cette bonne femme est complètement fêlée ! L'entrevue a été épouvantable. Et très déprimante.

— Que t'a-t-elle dit ? » demanda Héloïse d'une voix calme.

Il en fallait beaucoup pour la démonter et sa sérénité fit du bien à Tom.

« Nous avons pris un café. Moi du moins. Elle... Enfin, tu connais les Américains... »

Tom hésita. Il avait toujours le sentiment qu'Héloïse et lui pouvaient se contenter d'ignorer les Pritchard. Pourquoi ennuyer son épouse avec le récit de leurs manigances ?

« Tu sais, ma chérie, il y a parfois des gens qui m'affligent. Suffisamment pour me faire sortir de mes gonds. Ne m'en veux pas. »

Avant qu'Héloïse ait pu poser une autre question, Tom s'excusa et gagna la salle d'eau du rez-de-chaussée, à côté de l'entrée. Il se passa de l'eau froide sur le visage et se savonna les mains, avant de se brosser les ongles.

Dieu merci, M. Lepetit n'allait pas tarder à arriver. Cela lui changerait les idées. Tom et Héloïse ne savaient jamais à l'avance lequel d'entre eux prendrait sa leçon en premier. C'était M. Roger qui le décidait, en lançant au dernier moment, avec un sourire poli : « Alors, monsieur ? » ou « Madame, s'il vous plaît ? »

M. Lepetit arriva quelques minutes plus tard. Après avoir échangé les banalités habituelles concernant la clémence du temps et la splendeur du jardin, il leva une main passablement boudinée en direction d'Héloïse, accompagnant son geste d'un petit sourire charmeur, et lui dit :

« Nous commençons par vous, madame ? Cela vous convient-il ? »

Tom, qui était resté debout, demeura dans la pièce. Il savait que sa présence ne dérangeait pas Héloïse lorsqu'elle répétait, ce que Tom appréciait ; il ne lui serait d'ailleurs pas venu à l'idée de jouer le rôle du critique acerbe. Il alluma une cigarette et se posta derrière le canapé. Ses yeux tombèrent sur le Derwatt qui était accroché au-dessus de la cheminée — et qui n'était d'ailleurs *pas* un Derwatt, mais l'un des nombreux faux dus au pinceau de Bernard Tufts. Son titre était : *L'Homme à la chaise*. Il était dans les tons brun-rouge, çà et là strié de jaune ; comme dans tous les Derwatt, les contours des objets étaient dédoublés et soulignés parfois de traits plus sombres. Certaines personnes prétendaient que ce procédé leur donnait le tournis, mais avec un peu de recul, on avait l'impression que l'image était vivante et s'animait même légèrement. Assis sur sa chaise, l'homme avait un visage hâlé, un peu simiesque ; son expression aurait pu être qualifiée de songeuse. Mais ses traits n'étaient pas nettement dessinés. C'était son attitude dubitative, troublée, agitée même (bien qu'il fût assis) qui plaisait à Tom — outre le fait qu'il s'agissait d'un faux. Ce pourquoi il lui avait accordé la place d'honneur dans son salon.

Il y avait un second Derwatt dans la pièce : *Les Chaises rouges,* une toile de moyen format représentant deux fillettes d'une dizaine d'années, assises sur des chaises à dossier droit, l'air raide et emprunté, les yeux écarquillés et empreints de terreur. Là encore, les contours jaunes et rouges des sièges et des personnages étaient dédoublés, quadruplés même. Tom s'était souvent dit qu'un spectateur voyant le tableau pour la première fois se demanderait sans doute au bout de quelques instants si le décor n'était pas en feu, si les chaises elles-mêmes n'étaient pas la proie des flammes. Combien cette toile pouvait-elle valoir, à présent ? Une somme qui, en livres, devait bien atteindre six chiffres. Peut-être plus. Cela dépendrait du commissaire-priseur. L'assurance que Tom avait contractée pour ces deux toiles ne cessait d'augmenter. Du reste, il n'avait pas l'intention de les vendre.

Si ce minable de David Pritchard parvenait à révéler au grand jour l'histoire des faux Derwatt, *Les Chaises rouges* ne seraient d'ailleurs pas touchées, puisqu'il s'agissait d'une toile authentique qu'il avait acquise à Londres voilà déjà longtemps. Mais Pritchard ne fourrerait *jamais* son sale petit nez dans tout ça, se dit Tom. Il n'avait probablement jamais entendu parler de Bernard Tufts. Les divines mesures de Franz Schubert redonnèrent confiance à Tom, même si l'interprétation d'Héloïse n'était évidemment pas du niveau d'un professionnel. On sentait néanmoins sa passion, son respect pour l'œuvre de Schubert — comme on sentait dans *L'Homme à la chaise* de Derwatt (non, de Bernard Tufts !) l'admiration qui avait animé ce dernier alors qu'il s'acharnait à peindre dans le style de son maître.

Tom se détendit et fit craquer ses doigts, puis contempla ses ongles, parfaitement immaculés. Bernard Tufts avait obstinément refusé de partager les bénéfices sans cesse croissants que rapportait la vente des faux Derwatt. Il avait seulement accepté qu'on lui verse des sommes dérisoires, lui permettant de poursuivre sa modeste existence dans son atelier londonien.

Si jamais ce Pritchard révélait la vérité (mais de quelle manière ?) Bernard Tufts serait également impliqué, tout macchabée qu'il fût. Jeff Constant et Ed Banbury seraient bien obligés de révéler l'identité de celui qui avait exécuté les faux. Et bien sûr, Cynthia Gradnor était au courant de tout. Tom aurait bien voulu savoir si elle avait conservé quelque estime à l'égard de son ancien amant — suffisamment en tout cas pour refuser de livrer son nom... Tom éprouvait une étrange et orgueilleuse impulsion, qui le poussait à défendre la mémoire de Bernard. Peut-être parce que celui-ci avait poussé l'idéalisme, ou l'infantilisme, jusqu'à se donner la mort en sautant du haut d'une falaise, en rémission de ses péchés.

Tom avait forgé une histoire selon laquelle Bernard, à Salzbourg, lui avait confié son sac à dos, tandis qu'il se mettait en quête d'un nouveau domicile. Bernard comptait effectivement changer d'hôtel. Et il n'était jamais revenu. A la vérité, Tom l'avait suivi et l'avait vu sauter du haut de cette falaise. Il avait même incinéré son corps le lendemain, du mieux qu'il avait pu, prétendant ensuite qu'il s'agissait du cadavre de Derwatt. Et on l'avait cru sur parole.

Mais Cynthia nourrissait peut-être un secret ressentiment. Elle pouvait fort bien s'être demandé ce qu'il était advenu du corps de Bernard, après tout... Et puis, Tom ne le savait que trop : elle le détestait, lui et ses acolytes de la galerie Buckmaster...

7

L'aile droite de l'avion s'inclina brusquement et l'appareil entama sa descente. Tom se redressa, autant que le lui permettait la ceinture de son siège. Il avait insisté pour qu'Héloïse s'asseye du côté du hublot. Il distingua soudain le port de Tanger, qui étirait dans le détroit ses deux serres recourbées, comme pour se saisir d'une invisible proie.

« Nous y sommes ! dit Tom. Tu te souviens de la carte ?
— Oui, mon chéri. »

Héloïse ne paraissait pas aussi excitée que lui, bien qu'elle ne quittât pas le hublot des yeux. Malheureusement, la vitre était sale et la vue quelque peu trouble. Tom se pencha et essaya vainement de distinguer Gibraltar. En revanche, il aperçut la pointe méridionale de l'Espagne, du côté d'Algésiras. L'ensemble avait l'air minuscule.

L'avion se redressa, pencha de l'autre côté et vira sur la gauche, cachant le paysage. Puis l'aile droite s'inclina de nouveau : Tom et Héloïse réaperçurent, plus proche maintenant, le spectacle des petites maisons blanches qui s'étageaient le long de la rive pentue, avec leurs façades crayeuses où se découpaient les carrés minuscules des fenêtres. L'avion se posa, mais ils durent attendre une dizaine de minutes avant de débarquer. Les passagers avaient débouclé leurs ceintures et commençaient à s'impatienter.

La salle où l'on contrôla leurs passeports avait un plafond élevé ; le soleil tombait à travers les hautes fenêtres aux battants refermés. Tom ôta sa veste d'été et la posa en travers de son bras. Les passagers, répartis en deux files d'attente, avançaient lentement. Il s'agissait essentiellement de touristes français ; il y avait aussi quelques Marocains, dont certains portaient la djellaba.

Dans la pièce suivante, après avoir (non sans peine) récupéré leurs bagages, Tom changea en dirhams un millier de francs, puis se renseigna auprès d'une hôtesse aux cheveux noirs assise au bureau des renseignements, afin de savoir comment il fallait s'y prendre pour rejoindre le centre-ville. Le mieux était de prendre un taxi. Et combien cela coûtait-il ? Environ cinquante dirhams, lui répondit la jeune femme en français.

Héloïse s'était montrée « raisonnable » ; à eux deux, ils purent transporter leurs bagages sans devoir faire appel à un porteur. Tom avait rappelé à Héloïse qu'elle pourrait acheter sur place un certain nombre de choses, ainsi qu'une autre valise, le cas échéant.

« Cinquante dirhams jusqu'au centre-ville ! Hôtel Minzah ? D'accord ? » lança Tom en français au chauffeur qui leur ouvrait la portière de son véhicule. Il savait que les taxis n'avaient pas de compteur.

« Montez », répondit l'autre avec une certaine brusquerie.
Tom l'aida à charger les bagages.

Ils démarrèrent en trombe, mais cette sensation était sans doute due à l'état de la route, passablement défoncée, ainsi qu'au vent qui pénétrait par les vitres ouvertes. Héloïse se cramponnait du mieux qu'elle pouvait, tant à son siège qu'à la poignée de la portière. La poussière s'engouffrait par la fenêtre du chauffeur. Mais au moins, la route était à peu près droite et ils se dirigeaient apparemment vers le groupe de maisons blanches que Tom avait aperçues du haut de l'avion.

Des bâtisses de brique rouge d'allure peu engageante, hautes de quatre ou cinq étages, se dressaient de part et d'autre de la route. Ils s'engagèrent ensuite dans une artère plus importante. Des hommes et des femmes chaussés de sandales arpentaient les trottoirs. Tom aperçut une ou deux terrasses de café. Des gamins traversaient la rue à l'improviste, obligeant le chauffeur à freiner. De toute évidence, ils avaient maintenant rejoint la ville elle-même, aux façades grisâtres et poussiéreuses, bourdonnante de passants et de flâneurs. Le chauffeur tourna soudain sur la gauche et s'arrêta au bout d'une centaine de mètres devant l'hôtel El Minzah.

Tom sortit et régla la course, gratifiant le chauffeur de dix dirhams supplémentaires. Un groom vêtu de rouge vint les aider à décharger les bagages.

Tom traversa le hall, haut de plafond et d'aspect plutôt classique, et se rendit à la réception. Au moins, l'hôtel paraissait propre ; l'ambiance baignait dans les tons rouges, bien que les murs fussent revêtus d'une peinture blanc cassé.

Quelques minutes plus tard, Tom et Héloïse se retrouvèrent dans leur « suite » — un terme que Tom avait toujours trouvé d'un ridicule achevé. Héloïse se débarbouilla rapidement, puis se mit à défaire les valises, tandis que Tom découvrait depuis les fenêtres le décor qui s'étendait à ses pieds. Leur chambre était située au quatrième étage. Tom parcourut des yeux un panorama confus de bâtiments blancs ou grisâtres, hauts tout au plus de six étages, entrecoupés de fils d'étendage ; quelques drapeaux loqueteux et inidentifiables flottaient mollement au sommet de certains édifices, au milieu d'une multitude d'antennes de télévision et du linge qui séchait sur les terrasses. Juste à ses pieds, depuis une autre fenêtre de la chambre, la classe des privilégiés (dont il était censé faire partie) se faisait bronzer et se prélassait au rez-de-chaussée de l'hôtel. Le soleil avait déserté les abords de la piscine du Minzah. Plus loin, derrière les silhouettes en bikinis étendues à côté des plongeoirs, Tom aperçut un groupe de chaises et de tables blanches ; plus loin encore, se dressaient des palmiers, des buissons et des bougainvilliers en fleur, fort bien entretenus.

Un climatiseur diffusait de l'air frais. Tom en sentit les effluves à hauteur de ses cuisses. Il tendit les mains et laissa la fraîcheur remonter le long de ses bras.

« Chéri ! (Héloïse poussa un cri de détresse, avant de se mettre à rire.) L'eau est coupée ! Tout d'un coup ! Exactement comme Noëlle nous l'avait dit. Tu te souviens ?

— Quatre heures par jour d'eau courante, en tout et pour tout, c'est bien ça ? dit Tom en souriant. Qu'en est-il aux toilettes ? Et dans la baignoire ? (Il se rendit à la salle de bains.) Noëlle n'avait-elle pas parlé de... Mais oui, regarde-moi ça ! Une bassine d'eau ! Je me garderai évidemment bien d'en boire, mais pour se débarbouiller... »

Tom parvint à se laver le visage et les mains à l'eau froide. Puis, à eux deux, ils déballèrent pratiquement toutes leurs affaires. Après quoi, ils quittèrent leur chambre pour aller faire un tour.

La main droite dans la poche de son pantalon, Tom jouait avec ses nouvelles pièces de monnaie, en se demandant quelle serait sa première dépense. Un café ? Des cartes postales ? Ils se trouvaient place de France, au carrefour de cinq artères — dont la rue de la Liberté, où se trouvait leur hôtel, d'après la carte de Tom.

« Regarde ! s'exclama Héloïse en lui montrant un sac en cuir ouvragé, suspendu à l'extérieur d'une boutique, au milieu d'un fouillis d'écharpes et de coupes en cuivre à la destination d'ailleurs incertaine. Il est mignon, et peu ordinaire. Tu ne trouves pas, Tom ?

— Hum... Nous verrons sûrement d'autres boutiques, ma chérie. Explorons d'abord les environs. »

Il était déjà presque 7 heures du soir. Tom remarqua que certains marchands s'apprêtaient à fermer boutique. Il saisit brusquement la main d'Héloïse.

« N'est-ce pas merveilleux ? De se trouver ainsi, dans un pays inconnu ? »

Héloïse lui rendit son sourire. Tom aperçut dans ses yeux bleu lavande les étranges veinures sombres qui irradiaient de sa pupille comme les rayons d'une roue... L'image était du reste peu appropriée et ne rendait guère justice à la splendeur de ses yeux.

« Je t'aime », dit Tom.

Ils s'engagèrent dans le boulevard Pasteur, une grande artère qui descendait en pente douce. Ils y découvrirent davantage de boutiques et une foule encore plus dense. Les femmes et les jeunes filles portaient de longues robes et marchaient pieds nus dans leurs sandales. Les gamins et les adolescents semblaient préférer les blue-jeans, les chemisettes d'été et les espadrilles.

« As-tu envie d'un thé glacé, mon ange ? Ou d'un kir ? Je te parie qu'ils savent en préparer, ici. »

Ils reprirent la direction de leur hôtel. Une fois arrivés sur la place de France (d'après la carte sommaire de Tom) ils aperçurent le Café de Paris ; une longue rangée de tables bruyantes était installée sur le trottoir, devant l'établissement. Tom se dirigea vers la dernière qui restait apparemment libre et emprunta une seconde chaise à la table voisine.

« Au fait, ma chérie, voici un peu d'argent », dit-il en sortant de son portefeuille la moitié de la liasse de dirhams, qu'il tendit ensuite à Héloïse.

Celle-ci ouvrit son sac à main (il s'agissait d'ailleurs plutôt d'une petite sacoche) et y fit immédiatement disparaître les billets. Elle avait agi avec autant d'aisance que de rapidité et pourtant, l'argent était sûrement rangé au bon endroit.

« Combien m'as-tu donné ? demanda-t-elle.

— Environ… Quatre cents francs français. J'en changerai davantage ce soir, à l'hôtel. J'ai remarqué que le Minzah propose le même taux qu'à l'aéroport. »

Héloïse n'avait pas manifesté le moindre signe d'intérêt à la suite de cette remarque, mais Tom savait qu'elle avait enregistré l'information. Personne ne parlait français autour d'eux. Tom n'entendait que de l'arabe — ou plus exactement du berbère, le dialecte local, ainsi qu'il l'avait lu quelque part. Quoi qu'il en soit, il n'en comprenait pas un traître mot. Les tables étaient presque toutes occupées par des hommes, pour la plupart d'un certain âge, assez corpulents et vêtus de chemises à manches courtes. En fait, il y avait en tout et pour tout un unique couple attablé un peu plus loin, un blondinet en short accompagné d'une femme.

Et les serveurs étaient rares.

« Tom… Nous devrions peut-être nous assurer que tout est bien en règle, pour la chambre de Noëlle…

— Oui, deux vérifications valent mieux qu'une », dit Tom en souriant.

En arrivant, il avait demandé à la réception si la chambre de Mme Hassler, qui devait les rejoindre demain soir, était bien réservée. L'employé lui avait répondu que oui.

Pour la troisième fois, Tom fit signe à un serveur qui arborait une veste blanche et tenait un plateau à la main, mais qui ne semblait pas porter un intérêt exagéré à ce qui l'entourait. Il s'approcha néanmoins de leur table.

Tom apprit que l'établissement ne servait pas de boissons alcoolisées.

Ils commandèrent deux cafés.

Tom se mit à penser à Cynthia Gradnor, ce qui était pour le moins saugrenu, en pleine Afrique du Nord. Cynthia, le parangon de l'Anglaise blonde, froide et réservée... N'avait-elle pas manifesté une certaine froideur, au fond, à l'égard de Bernard Tufts ? Et manqué de compassion ? Ma foi, Tom pouvait difficilement répondre à une telle question, qui relevait du domaine des relations sexuelles entre deux partenaires dont l'attitude diffère bien souvent, dans l'intimité, de celle qu'ils affichent en public. Jusqu'où Cynthia pouvait-elle aller, à supposer qu'elle cherche à l'impliquer — lui, Tom Ripley — sans s'exposer elle-même, et surtout sans impliquer Bernard Tufts ? Curieusement, bien qu'ils n'eussent jamais été mariés, Tom considérait Bernard et Cynthia comme spirituellement unis. Certes, ils avaient été amants durant une assez longue période, mais ce facteur physique comptait peu. Cynthia avait respecté Bernard, elle l'avait profondément aimé — et Bernard, vu son caractère tourmenté, avait peut-être fini par estimer qu'il était « indigne » de faire l'amour avec elle, tant il éprouvait de culpabilité à fabriquer en série ses faux Derwatt.

Tom poussa un soupir.

« Que se passe-t-il, Tom ? Tu es fatigué ?

— Mais non ! »

Tom sourit à nouveau. Il n'éprouvait aucune lassitude ; au contraire, il se sentait franchement libéré, à l'idée de se trouver à des centaines de kilomètres de ses « ennemis » — s'il pouvait toutefois les qualifier de la sorte. Le terme d'« empoisonneurs » était peut-être plus approprié et s'appliquait aussi bien aux Pritchard qu'à Cynthia Gradnor.

Pour l'instant... Tom ne put achever sa réflexion et fronça à nouveau les sourcils. Il le sentit et se passa la main sur le front.

« Quel est le programme, pour demain ? demanda-t-il. Nous pourrions aller voir les soldats de plomb du musée Forbes, dans la Casbah. Tu te souviens ?

— Oui, répondit Héloïse, dont le visage s'illumina brusquement. Et après, nous irons au Socco. »

Elle voulait parler du Grand Socco, ou marché central. Ils pourraient acheter quelques bricoles, discuter, marchander pour le prix — perspective qui n'enchantait pas spécialement Tom ; mais il savait qu'il devrait se soumettre à ce rite, s'il ne voulait pas passer pour un pigeon et se faire arnaquer.

En regagnant leur hôtel, Tom ne se donna pourtant pas cette peine lorsqu'ils achetèrent quelques fruits à l'étal d'un marchand : des figues vertes et noires, mûres à point, un kilo de superbe raisin blanc et deux oranges. Tom fourra le tout dans les sacs en plastique que le marchand lui avait donnés.

« Ces fruits seront du plus bel effet, dans notre chambre, dit-il. Et nous pourrons en donner à Noëlle. »

Ils découvrirent avec soulagement que l'eau avait été rétablie. Héloïse prit une douche, imitée peu après par Tom ; puis ils allèrent s'étendre en pyjama sur le lit gigantesque, en profitant de la fraîcheur climatisée de la pièce.

« Il y a même la télévision », dit Héloïse.

Tom l'avait remarqué. Il se leva et alla tourner le bouton, « par simple curiosité », précisa-t-il à Héloïse.

Aucune image n'apparut. Il alla vérifier, mais la fiche semblait correctement branchée, dans la même prise que le lampadaire ; ce dernier, quant à lui, fonctionnait normalement.

« Nous verrons cela demain, murmura Tom d'un air résigné, bien qu'au fond cela lui fût égal. Je demanderai qu'on vienne nous réparer ça. »

*

Le lendemain matin, ils visitèrent le Grand Socco avant de se rendre à la Casbah et durent prendre un taxi (toujours dénué de compteur) pour repasser à leur hôtel, à cause des emplettes d'Héloïse : un sac à main en cuir marron et une paire de sandales rouges, également en cuir, dont ils ne tenaient ni l'un ni l'autre à s'encombrer pour le reste de la journée. Tom demanda au chauffeur de l'attendre tandis qu'il déposait le paquet à la réception. Puis ils se rendirent à la poste, où Tom expédia le mystérieux objet qui ressemblait à un ruban de machine à écrire. Il avait refait le colis en France et l'envoya par avion, sans le recommander, ainsi que

Reeves l'avait exigé. Tom ne mentionna aucune adresse d'expéditeur, pas même fictive.

Puis ils prirent un autre taxi et rejoignirent la Casbah, une artère qui montait en pente douce à travers un dédale de ruelles étroites. Le château d'York se dressait au sommet (Tom avait lu que Samuel Pepys y avait été affecté, ou du moins y avait séjourné quelque temps). L'édifice surplombait le port ; ses murailles de pierre paraissaient énormes, massives, imprenables, à côté des petites maisons blanches qui le flanquaient de part et d'autre. Non loin se trouvait une mosquée surmontée d'une grande coupole verte. Tandis que Tom la contemplait, un chant lancinant s'éleva. Quatre fois pour jour, l'appel du muezzin retentissait de la sorte, bien que de nos jours il fût enregistré et diffusé par haut-parleur. Les prêtres musulmans étaient devenus trop paresseux pour s'extirper de leur lit et grimper au sommet des minarets, songea Tom, mais cela ne les empêchait pas de réveiller leurs fidèles à 4 heures du matin... Ceux-ci devaient probablement se lever et se tourner vers la Mecque en récitant une prière, avant de retourner se coucher.

Tom fut enchanté par les soldats de plomb du musée Forbes, davantage qu'Héloïse sans doute, bien qu'il n'en fût pas certain. Celle-ci fit peu de commentaires mais parut néanmoins aussi fascinée que Tom par les reproductions des champs de bataille, des tentes destinées à abriter les blessés couverts de bandages sanglants, des parades de tel ou tel régiment (de cavalerie, essentiellement) — tout cela disposé dans d'immenses vitrines en verre. Les soldats et leurs officiers avaient environ douze centimètres de haut, les canons et les chariots étaient à la même échelle. Étonnant spectacle ! Comme il serait merveilleux d'être à nouveau un petit garçon de sept ans... Tom interrompit brusquement sa rêverie. Ses parents étaient déjà morts (ils s'étaient noyés) lorsqu'il était en âge de jouer aux soldats de plomb. Il était sous la coupe de tante Dottie, à l'époque. Celle-ci n'aurait jamais compris la magie de ces figurines et ne lui aurait d'ailleurs pas avancé un centime pour en acheter une.

« N'est-il pas merveilleux de se retrouver seuls ici ? » dit-il à Héloïse.

Curieusement, il n'y avait en effet pas une âme en vue dans

les grandes salles où ils déambulaient. Ils n'avaient même pas eu de billets à payer. Dans le vaste hall d'entrée, le gardien — un jeune homme en djellaba blanche — leur demanda s'ils lui feraient l'honneur de signer son livre d'or. Héloïse, puis Tom s'y prêtèrent de bon gré. Il s'agissait d'un épais registre, aux feuilles légèrement teintées.

« Merci et au revoir ! s'exclamèrent-ils de concert.

— On reprend un taxi ? demanda Tom. Il y a une voiture, là-bas : c'en est peut-être un. »

Ils tentèrent leur chance et suivirent le trottoir qui longeait une grande pelouse verte jusqu'au véhicule poussiéreux, garé dans un virage. Ils avaient de la chance : c'était bien un taxi.

« Au Café de Paris, s'il vous plaît », lança Tom au chauffeur avant de monter.

Ils songeaient maintenant à Noëlle, qui allait embarquer d'ici quelques heures à Roissy. Ils comptaient installer une coupe de fruits frais dans sa chambre (située à l'étage supérieur) puis prendre un taxi afin d'aller l'accueillir à l'aéroport. Tom savourait un jus de tomate, à la surface duquel flottait une tranche de citron, et Héloïse un thé à la menthe, boisson dont elle avait souvent entendu parler mais qu'elle n'avait encore jamais goûtée. Le parfum en était agréable. Tom en but une gorgée. Héloïse lui expliqua qu'elle mourait de soif et que le thé était censé la rafraîchir, bien qu'elle ne comprît pas comment.

Leur hôtel n'était qu'à quelques pas, dans la rue de la Liberté. Tom venait de payer et s'apprêtait à saisir sa veste blanche, sur le dossier de sa chaise, lorsqu'il eut l'impression de reconnaître une silhouette familière qui passait sur sa gauche, le long de l'artère principale.

David Pritchard? De profil, le visage n'était pas sans lui ressembler. Tom se dressa sur la pointe des pieds, mais il y avait tellement de gens qui allaient et venaient que Pritchard (s'il s'agissait bien de lui) avait déjà disparu dans la foule. Inutile d'aller jeter un coup d'œil au coin de la rue, songea Tom, et moins encore de lui courir après. Il avait sûrement fait erreur. Après tout, on croise tous les jours des individus aux cheveux foncés et portant des lunettes à monture cerclée.

« Par ici, Tom.

— Je sais. (Tom observait un marchand de fleurs ambulant.) Si on s'offrait des fleurs ? »

Ils achetèrent des branches de bougainvillier, quelques lys et un petit bouquet de camélias, ce dernier à l'intention de Noëlle.

Leur avait-on laissé un message ? Non, monsieur, répondit à Tom l'employé en livrée rouge, derrière le comptoir de la réception.

Après un coup de téléphone, une femme de service vint leur apporter deux vases, l'un pour la chambre de Noëlle et l'autre pour la leur. Après tout, il y avait largement assez de fleurs. Puis ils prirent une douche rapide, avant de ressortir et de se mettre en quête d'un endroit où déjeuner.

Ils décidèrent de dénicher Le Pub, qui leur avait été recommandé par Noëlle Hassler et se trouvait « juste à côté du boulevard Pasteur, en plein centre-ville ». Tom se souvenait encore de ses paroles. Il demanda à un vendeur de ceintures et de cravates étalées sur le trottoir s'il connaissait l'endroit. Il fallait prendre la deuxième à droite, impossible de se tromper.

« Merci infiniment », dit Tom.

Difficile de savoir si Le Pub était ou non climatisé... Quoi qu'il en soit, l'endroit ne manquait pas de charme. Héloïse elle-même en apprécia le cadre, sachant fort bien à quoi ressemblaient certains pubs anglais. Ici, le ou les propriétaires avaient fait un effort : il y avait des poutres à chevrons, une vieille pendule était accrochée au mur, flanquée de photographies d'équipes sportives, le menu était inscrit sur un tableau noir et des bouteilles de Heineken trônaient bien en évidence. La salle était petite, mais heureusement il n'y avait pas trop de monde. Tom commanda un sandwich au cheddar et Héloïse une assiette de fromages variés, ainsi qu'une bière — boisson qu'elle s'autorisait uniquement en temps de canicule.

« Nous devrions peut-être appeler Mme Annette », dit-elle lorsqu'ils eurent bu leur première gorgée de bière.

Tom fut légèrement pris de court.

« Pourquoi donc, ma chérie ? Quelque chose t'inquiète ?

— Non, c'est *toi* qui te fais du souci. Je me trompe ? »

Héloïse fronça presque imperceptiblement les sourcils, ce

qui lui arrivait si rarement que tout son visage parut s'obscurcir.

« Pourquoi me ferais-je du souci, ma chérie ?

— C'est à propos de ce Pricart, non ? »

Tom se cacha les yeux derrière sa main et sentit le rouge lui monter au visage. Ou bien était-ce dû à la chaleur ?

« Pritchard, ma chérie. Mais non », dit-il d'un ton ferme, tandis que l'on déposait devant lui son sandwich au fromage et une assiette de condiments. « Merci », lança-t-il au garçon, qui servait à présent Héloïse. (Il aurait dû commencer par elle, mais il s'agissait sûrement d'un hasard.) « D'ailleurs, reprit-il à l'intention d'Héloïse, quel mal pourrait-il bien nous faire ? »

Il eut l'impression que sa question était aussi stupide qu'inutile, et qu'il ne l'avait formulée que pour rassurer Héloïse. Pritchard pouvait leur faire *beaucoup* de mal. Cela dépendait uniquement de ce qu'il était ou serait en mesure de prouver.

« Comment sont tes fromages ? » reprit-il.

Puisqu'on en était aux questions idiotes...

« Chéri, n'est-ce pas ce Prique-charde qui a téléphoné l'autre jour, en se faisant passer pour Grainelif ? » demanda Héloïse en étalant délicatement un soupçon de moutarde sur l'un de ses fromages.

La manière dont elle avait prononcé le nom de Greenleaf, en omettant son prénom, semblait renvoyer le cadavre de Dickie dans les limbes et le rendait quasiment irréel.

« C'est fort peu probable, ma chérie, répondit calmement Tom. La voix de Pritchard est grave ; en tout cas, elle n'a rien de juvénile. Et tu prétendais qu'on aurait dit un adolescent l'autre jour, au bout du fil. C'est bien ça ?

— Oui.

— Ces coups de téléphone... dit Tom d'un air amusé, en repoussant les condiments sur le bord de son assiette. Cela me rappelle une histoire idiote. Veux-tu que je te la raconte ?

— Oui, dit Héloïse d'une voix douce, tandis qu'une lueur d'intérêt s'allumait dans ses yeux bleus.

— Cela se passe dans un asile. Une maison de fous. Un médecin rend visite à un malade qui est en train d'écrire quelque chose et lui demande de quoi il s'agit. D'une lettre, lui répond l'autre. A qui comptez-vous l'envoyer ? s'enquiert le docteur. A moi-même, dit le malade. Et que racontez-vous donc, dans cette lettre ? poursuit le médecin. Je n'en sais rien, répond le malade, je ne l'ai pas encore reçue. »

Héloïse ne se plia pas en deux de rire, mais accueillit tout de même la chute de l'histoire avec un sourire amusé.

« Ça, c'est une *vraie* logique de fou », dit-elle.

Tom prit une profonde inspiration.

« Ma chérie... Il faut que nous songions à acheter des cartes postales. Ne serait-ce que quelques vues typiques : chameaux au galop, marchés, paysages désertiques, poulets pendus par les pattes...

— Des poulets ? Pendus par les pattes ?

— On les représente souvent de la sorte, sur les cartes postales. Au Mexique, notamment. C'est ainsi qu'on les emmène au marché. »

Tom omit d'ajouter : avant de leur trancher le cou.

Ils commandèrent deux autres Heineken pour achever leur repas. De retour au Minzah, ils prirent une nouvelle douche, ensemble cette fois-ci. Puis ils décidèrent de s'accorder une petite sieste. Il était encore bien trop tôt pour aller à l'aéroport.

Peu après 16 heures, Tom enfila un blue-jean et une chemise et descendit acheter des cartes. Il en choisit une douzaine à la réception de l'hôtel. Il avait pris soin de se munir d'un stylo, afin d'en rédiger une sur-le-champ, à l'intention de leur dévouée Mme Annette. Héloïse n'aurait qu'à rajouter quelques mots à la fin. Tom se mit à songer avec nostalgie à l'époque (du reste, elle n'avait pas duré bien longtemps) où il envoyait des cartes postales à tante Dottie depuis divers pays d'Europe, dans le but plus ou moins avoué de se concilier ses faveurs et de toucher un jour une petite part de son héritage... Elle lui avait finalement légué dix mille dollars. Quant à sa maison (Tom y était attaché et avait espéré l'acquérir), elle l'avait cédée à quelqu'un d'autre, dont Tom avait oublié jusqu'au nom, peut-être parce qu'il désirait l'effacer de sa mémoire.

Il s'assit dans un box, au bar de l'hôtel Minzah ; l'éclairage y était suffisant. Il allait également falloir écrire aux Clegg — un couple d'Anglais qu'ils connaissaient depuis longtemps et qui habitaient près de Melun. Le mari était un ancien avocat, aujourd'hui à la retraite. Tom commença, en français :

Chère madame Annette,
Il fait très chaud ici. Nous avons vu passer deux chèvres dans la rue. Elles n'étaient même pas tenues en bride !

C'était la vérité, mais le gamin en sandales qui les accompagnait faisait fort bien son travail et les retenait par les cornes lorsque cela s'avérait nécessaire. Où les emmenait-il, d'ailleurs ? Tom poursuivit :

Pouvez-vous dire à Henri que le petit forsythia près de la cabane a impérativement *besoin d'eau ? A bientôt. Tom.*

« Monsieur ? demanda le serveur.
— Merci, j'attends quelqu'un », répondit Tom.
Le serveur en livrée rouge savait probablement qu'il résidait à l'hôtel. Tout comme les Italiens, les Marocains ont un don d'observation très poussé et mémorisent fort bien les visages des étrangers.
Tom espérait que Pritchard n'était pas en train de rôder dans les parages de Belle Ombre, en inquiétant Mme Annette. Même de loin, celle-ci le reconnaîtrait sans doute aussi bien que Tom, à présent. Quelle était l'adresse des Clegg, déjà ? Tom n'était pas certain du numéro de leur rue, mais il pouvait toujours commencer à rédiger la carte. Comme d'habitude, Héloïse serait ravie qu'il la décharge au maximum de cette corvée épistolaire.
Empoignant à nouveau son stylo, Tom jeta un coup d'œil à sa droite.
Il avait bien eu tort de redouter que Pritchard ne fasse des siennes à Belle Ombre... Car ce dernier se trouvait précisément dans la salle, à quelques tables de lui, et ses yeux noirs étaient rivés sur Tom ! Il portait ses lunettes à monture cerclée et une chemise bleue à manches courtes. Un verre était posé devant lui mais son regard ne quittait pas Tom.
« Salut », lança Pritchard.
Deux ou trois personnes quittèrent la piscine, qui était située derrière Pritchard, et franchirent la porte du bar avant

de se diriger vers le comptoir, en sandales et en peignoir de bain.

« Bonjour », répondit calmement Tom.

Ses pires soupçons semblaient s'être vérifiés : ces satanés Pritchard l'avaient bel et bien aperçu, à Fontainebleau, alors qu'il sortait de l'agence de voyage, ses billets d'avion à la main ou dépassant de sa poche ! *Phuket...* songea-t-il en se rappelant la plage enchanteresse de l'affiche qui trônait sur le mur de l'agence. Tom baissa les yeux et regarda sa carte postale, illustrée de quatre photographies : un chameau, une mosquée, des marchands en fichu bariolé et une plage de sable jaune. *Chers amis...* commença-t-il, la main crispée sur le stylo.

« Vous êtes ici pour quelque temps, monsieur Ripley ? demanda Pritchard, en se risquant à s'approcher, son verre à la main.

— Oh... Je pense que nous partirons demain. Votre femme vous accompagne ?

— Oui. Mais nous ne logeons pas dans cet hôtel. »

Le ton de Pritchard était relativement distant.

« Au fait, dit Tom, que comptez-vous faire des photos que vous avez prises l'autre jour ? Dimanche dernier, vous vous souvenez ? »

Il avait posé la même question à la femme de Pritchard, mais il supposait, ou espérait, que Janice n'avait pas raconté à son mari qu'elle avait eu une entrevue avec Tom Ripley, cet après-midi-là.

« Dimanche dernier... Ah, oui. J'ai aperçu votre femme, ou quelqu'un d'autre, qui m'observait depuis la fenêtre. Ces photos iront tout simplement dans mes archives. Comme je vous l'ai déjà dit, je... j'ai réuni un dossier substantiel, à votre sujet. »

Tom songea que Pritchard ne lui avait pas exactement dit cela.

« Vous travaillez pour une agence de recherche ? L'Association internationale des fouille-merde ?

— Ah, ah ! Non, je fais uniquement cela pour mon plaisir... et celui de ma femme, ajouta-t-il avec une certaine emphase. Et vous constituez un terrain d'enquête extrêmement fertile, monsieur Ripley. »

Tom se dit que la fille de l'agence, qui paraissait plutôt

obtuse, avait dû fournir à David Pritchard tous les renseignements qu'il désirait. Il lui avait probablement demandé quelle destination avait choisie le client qui venait de sortir, car il s'agissait de l'un de leurs voisins, M. Ripley. Il l'avait croisé à l'instant et lui avait fait signe, mais l'autre ne l'avait pas vu. Ils voulaient partir en vacances eux aussi, mais ne tenaient pas à se retrouver au même endroit. La fille avait vraisemblablement répondu que M. Ripley et sa femme avaient pris un billet pour Tanger. Elle était même sans doute suffisamment bornée pour leur avoir indiqué le nom de l'hôtel, surtout que les agences touchent un pourcentage sur les réservations.

« Et vous avez fait tout ce chemin, votre femme et vous, pour le seul plaisir de me voir ? demanda Tom, en feignant de se montrer flatté.

— Pourquoi pas ? Le spectacle ne manque pas d'intérêt », répondit Pritchard sans quitter Tom des yeux.

Mais il commence à être éculé... Chaque fois que Tom revoyait Pritchard, il avait l'impression que celui-ci avait pris un kilo de plus. Bizarre. Tom jeta un coup d'œil à sa gauche, afin de voir si Héloïse était déjà dans le hall, où ils avaient convenu de se retrouver.

« Dans ce cas, reprit-il, vous allez être bien déçu, puisque nous quittons Tanger demain.

— Oh... Vous devez aller à Casablanca, c'est bien ça ?

— Tout à fait, répondit Tom. A quel hôtel êtes-vous descendus, Janice et vous ?

— Euh... Au Grand Hôtel Villa-de-France. A quelques rues d'ici », ajouta Pritchard en faisant un vague signe de la main.

Tom ne le croyait qu'à moitié.

« Et comment se portent nos amis communs ? reprit-il en souriant. Il est vrai que nous en avons tellement... »

Il s'était levé, ses cartes postales et son stylo à la main, tout en s'appuyant sur le dossier du box, capitonné de cuir noir.

« Lesquels ? » demanda Pritchard en poussant un gloussement qui évoquait celui d'un vieillard.

Tom lui aurait volontiers balancé son poing dans le plexus solaire.

« Mme Murchison ? hasarda-t-il.

— Oui, je suis en rapport avec elle. Ainsi qu'avec Cynthia Gradnor. »

Une fois de plus, Pritchard avait prononcé le nom avec une certaine nonchalance. Tom recula d'un pas, afin de lui faire comprendre qu'il s'apprêtait à partir.

« Vous avez de grandes discussions, comme ça... De part et d'autre de l'Atlantique ?...

— Mais oui. Pourquoi pas ? ricana Pritchard, en exposant son impeccable rangée de dents.

— Mais... commença Tom d'un air amusé. De quoi parlez-vous donc ?

— *De vous,* répondit Pritchard en souriant. Nous rassemblons les données dont nous disposons. Et nous établissons nos plans.

— Dans quel but ?

— Pour notre plaisir, rétorqua Pritchard. Et qui sait ? peut-être pour nous venger. (Il gloussa de nouveau bruyamment.) Du moins, pour certains d'entre nous. »

Tom hocha la tête.

« Bonne chance », lança-t-il d'une voix aimable, avant de faire demi-tour et de quitter la salle.

Tom retrouva Héloïse qui l'attendait dans le hall, assise sur l'un des canapés. Elle feuilletait un quotidien français — enfin, à moitié français, car Tom aperçut également une colonne de caractères arabes à la une du journal.

« Ma chérie... » s'exclama-t-il, sachant qu'elle avait vu Pritchard.

Héloïse se leva d'un bond.

« Encore lui ! M. Machin-chouette ! Tom, je n'arrive pas à croire qu'il se trouve *ici !*

— Cela m'ennuie autant que toi, murmura Tom en français. Mais pour l'instant, gardons notre sang-froid car il nous observe probablement depuis le bar. (Tom affichait un calme olympien.) Il prétend être descendu au Grand Hôtel je ne sais plus quoi, non loin d'ici, avec sa femme. Je ne suis pas certain qu'il dise la vérité. Mais ce qu'il y a de sûr, c'est qu'il loge forcément quelque part.

— Et il nous a suivis *jusqu'ici !*

— Ma chérie, nous n'avons qu'à... »

Tom s'interrompit net, sentant son raisonnement tourner

court. Il comptait proposer à Héloïse de partir dans l'après-midi, de changer d'hôtel, voire de quitter Tanger, afin de fausser compagnie à Pritchard. Mais il avait oublié l'arrivée de Noëlle Hassler ; celle-ci avait vraisemblablement prévenu ses amis qu'elle résiderait à l'hôtel El Minzah durant quelques jours. Et après tout, pourquoi se donner tout ce mal à cause de cet enfoiré de Pritchard ?

« Tu as laissé la clef à la réception ? » demanda-t-il.

Héloïse répondit par l'affirmative.

« Pricart est venu avec sa femme ? » s'enquit-elle tandis qu'ils se dirigeaient vers la sortie.

Tom ne s'était même pas donné la peine de vérifier si Pritchard se trouvait toujours dans le bar.

« C'est ce qu'il a prétendu. J'en déduis donc qu'elle n'est pas avec lui. »

Sa *femme !* Quel couple, bon sang ! Tom se souvenait des confessions de Janice, dans ce café de Fontainebleau : elle avait ouvertement reconnu que son mari était une brute, un tyran... Et pourtant ils restaient ensemble. C'était à vomir.

« Tu es soucieux, mon chéri. »

Héloïse lui avait pris le bras, surtout pour éviter qu'ils ne soient séparés au milieu de la foule grouillante qui arpentait le trottoir.

« Excuse-moi, dit Tom. Je réfléchissais.

— A quoi ?

— A nous. A Belle Ombre. A tout le reste... »

Il jeta un bref coup d'œil à Héloïse, qui était en train de se passer la main dans les cheveux. *Je veux éviter qu'il nous arrive quelque chose,* aurait-il voulu ajouter ; mais il ne tenait pas à l'alarmer davantage.

« Changeons de trottoir », dit-il.

Ils s'engagèrent une fois de plus dans le boulevard Pasteur, comme s'ils avaient été aimantés par la foule et les devantures des boutiques. Tom remarqua une enseigne rouge et noire qui trônait au sommet d'une porte et annonçait en anglais : *Rubi Snack Bar,* suivi de caractères arabes.

« On jette un coup d'œil ? » lança-t-il.

Il s'agissait d'un minuscule restaurant, agrémenté d'un comptoir. Les trois ou quatre clients qui se trouvaient à l'intérieur n'étaient pas des touristes.

Tom et Héloïse s'installèrent au comptoir et commandèrent un express et un jus de tomate. Le serveur déposa devant eux une petite soucoupe remplie de fèves, ainsi qu'une assiette d'olives noires et de condiments. Puis il leur apporta des fourchettes et des serviettes en papier.

Derrière Héloïse, un homme de forte carrure était assis à une table et lisait un journal arabe, l'air profondément absorbé, tout en grignotant les quelques amuse-gueule qui constituaient apparemment son repas. Il portait une djellaba jaune qui lui descendait jusqu'aux pieds et recouvrait pratiquement ses chaussures de ville noires. Tom le vit glisser la main dans une fente du vêtement, afin d'atteindre la poche de son pantalon. Les bords de la fente montraient quelques signes d'usure, ou de saleté. L'homme se moucha et replongea le mouchoir dans sa poche. Il n'avait pas levé une seule fois les yeux de son journal au cours de l'opération.

Tom eut une soudaine inspiration. Il allait s'acheter une djellaba. Avec un peu de courage, il parviendrait même à la porter. Il informa Héloïse de sa décision, ce qui la fit rire aux éclats.

« Je te prendrai en photo, dit-elle. Dans la Casbah, ou devant notre hôtel. Qu'est-ce que tu préfères ?

— Oh, cela n'a pas d'importance. »

Tom songeait combien cet ample vêtement devait être pratique ; on pouvait aussi bien porter un short qu'un costume de ville par-dessous. Ou même un maillot de bain.

Il avait de la chance : à l'angle du Rubi Snack Bar se trouvait une boutique dont la devanture exposait des djellabas, au milieu d'un fouillis d'écharpes bariolées.

« Je voudrais une djellaba, s'il vous plaît, dit Tom. Non, pas de cette couleur, poursuivit-il en français, en voyant celle que le marchand lui présentait, et qui était rose. Vous n'en avez pas à manches longues ? ajouta-t-il en désignant de l'index son propre poignet.

« Ah, si ! Ici, monsieur, répondit le marchand, dont les sandales plates claquaient sur le vieux plancher de bois. Par ici... »

Une rangée de djellabas étaient suspendues à une tringle ou une corde, derrière un double comptoir qui les dissimulait en partie. Il n'y avait pas assez de place pour se faufiler à côté du marchand, mais Tom lui désigna un modèle vert clair, à manches longues et muni de deux ouvertures sur les côtés. Tom déplia la djellaba devant lui, pour s'assurer que la longueur était bonne.

Se sentant de trop, Héloïse toussota discrètement et se dirigea vers la porte.

« Affaire conclue, dit Tom après s'être enquis du prix, qu'il estima raisonnable. Et cela ? C'est à vendre ?

— Ah, si... »

Le marchand se lança dans un long panégyrique dont Tom ne saisit pas tous les détails, bien que l'autre s'exprimât en français, et qui était destiné à vanter la qualité de ses couteaux — indispensables d'après lui tant pour la chasse que pour le bureau ou la cuisine.

Il s'agissait de couteaux à cran d'arrêt. Tom porta rapidement son choix sur un modèle dont le manche en bois clair était incrusté de cuivre ; la lame était aussi effilée qu'affûtée, et légèrement concave de l'autre côté. L'engin lui coûta trente dirhams. Une fois replié, le couteau faisait à peine quinze centimètres de long et pouvait facilement se glisser dans une poche.

« Que dirais-tu d'un petit tour en taxi, demanda Tom à Héloïse. Une balade rapide, peu importe où. Cela te tente ? »

Héloïse jeta un coup d'œil à sa montre.

« Oui, nous avons le temps... Tu n'enfiles pas ta djellaba ?

— Je me changerai dans le taxi ! (Tom fit un petit signe au marchand, qui les observait depuis le pas de sa porte.) Merci, monsieur ! »

Le marchand répondit quelque chose que Tom ne comprit pas. « Dieu vous bénisse », probablement. Mais de quel Dieu s'agissait-il ? Au fond, cela n'avait aucune importance.

« Vous voulez aller au Yacht Club ? demanda le chauffeur de taxi.

— Nous irons là-bas un autre jour, dit Héloïse à Tom. Noëlle tient à nous y emmener. »

Une goutte de sueur roula sur la joue de Tom.

« Vous ne connaissez pas un endroit où il fasse frais ? demanda-t-il au chauffeur, en français. Où il y ait un peu d'air ?

— La Haffa ? Du vent... Très près océan... Boire du thé ! »

Tom était un peu perdu. Ils montèrent néanmoins et laissèrent le chauffeur faire à sa guise. Tom lui précisa toutefois qu'ils devaient être de retour dans une heure à l'hôtel Minzah et s'assura que l'autre l'avait bien compris.

Ils vérifièrent l'heure à leurs montres. Ils devaient aller chercher Noëlle à 7 heures.

Ils partirent sur les chapeaux de roue. Le moteur avait des ratés mais le chauffeur semblait parfaitement savoir où il allait. D'après Tom, ils faisaient route vers l'ouest de la ville, dont les habitations étaient de plus en plus clairsemées.

« N'oublie pas ta robe... » lança Héloïse d'un air malicieux.

Tom sortit le vêtement vert clair de son sac en plastique, le déplia et glissa sa tête à travers l'encolure ; puis il enfila les manches, se trémoussa un peu et rabattit le bas sur son pantalon blanc, en s'assurant qu'il ne risquait pas de faire de plis en se rasseyant.

« Et voilà », lança-t-il à Héloïse d'un air triomphant.

Celle-ci le détailla d'un air approbateur, une lueur d'amusement dans les yeux. Tom s'assura qu'il pouvait aisément atteindre les poches de son pantalon. Pas de problème. Le couteau se trouvait dans celle de gauche.

« La Haffa », dit le chauffeur en s'arrêtant devant un mur de ciment, où deux portes se découpaient ; l'une d'elles était ouverte. A travers une autre ouverture pratiquée dans le mur, on distinguait au-delà l'eau bleue de l'Atlantique.

« De quoi s'agit-il ? demanda Tom. D'un musée ?

— Thé-café, dit le chauffeur. J'attends ! Demi-heure ? »

Tom songea qu'il était sans doute plus prudent d'accepter.

« D'accord, une demi-heure », répondit-il.

Héloïse était déjà sortie et contemplait l'eau bleue. La brise soulevait ses cheveux et les rabattait sur le côté.

Un individu vêtu d'un pantalon noir et d'une chemise blanche à larges pans apparut sur le porche de pierre et se dirigea lentement vers eux. On aurait dit un esprit maléfique s'apprêtant à les conduire en enfer — ou du moins, à les entraîner dans quelque lieu de perdition. Un roquet noir et famélique, visiblement sous-alimenté, s'avança pour les renifler. Mais l'énergie dut lui manquer en cours de route et il s'éloigna en clopinant sur trois pattes. Dieu sait ce qui était arrivé à la quatrième, mais cela faisait apparemment un bon moment qu'il n'en avait plus l'usage.

Non sans quelque réticence, Tom suivit Héloïse et franchit le porche, qui donnait sur un escalier de pierre conduisant à la mer. Sur la gauche, il aperçut une sorte de cuisine équipée d'un fourneau où l'on pouvait au moins faire bouillir de l'eau. L'escalier était dénué de rampe et ses marches escarpées descendaient jusqu'à l'océan. En bas, Tom distingua de part et d'autre une rangée de cabines : le côté qui donnait sur la mer n'avait pas de paroi. Des nattes en raphia tendues sur des piquets leur tenaient lieu de toit ; d'autres nattes étaient installées sur le sol. Il n'y avait pas d'autre mobilier. Et pas de clients non plus, pour l'instant.

« Curieux décor, dit Tom à Héloïse. Tu veux un thé à la menthe ? »

Héloïse secoua la tête.

« Pas pour l'instant. Je n'aime pas cet endroit. »

Tom éprouvait le même sentiment. Le serveur s'était éclipsé. Tom se disait que le cadre devait être fascinant, la nuit, ou au coucher du soleil, à condition d'être avec quelques amis et de discuter en riant autour d'une lampe à huile posée à même le sol. Il fallait s'asseoir en tailleur, sur ces nattes, à moins de s'allonger comme les anciens Grecs. Tom entendit soudain un éclat de rire en provenance d'une cabine voisine, où trois hommes étaient assis et fumaient Dieu sait quoi, les jambes repliées sur la natte qui recouvrait le sol. Dans la pénombre de la cabine, il crut distinguer des tasses de thé et une assiette blanche sur lesquelles le soleil venait jouer, dessinant d'infimes et innombrables taches d'or.

Le taxi les avait attendus. Le chauffeur discutait en riant avec le type en chemise blanche, à la silhouette décharnée.

De retour au Minzah, Tom paya le chauffeur et suivit Héloïse dans le hall de l'hôtel. Il n'aperçut nulle part le visage de Pritchard et remarqua avec soulagement que sa djellaba passait totalement inaperçue.

« Ma chérie, j'aimerais à présent régler un petit détail. J'en aurai pour une heure, tout au plus. Pourrais-tu... Cela t'ennuierait-il de te rendre seule à l'aéroport pour aller chercher Noëlle ?

— No-on, dit Héloïse après un instant de réflexion. Nous reviendrons immédiatement à l'hôtel, évidemment. Que comptes-tu faire ? »

Tom sourit d'un air hésitant.

« Rien de bien important. J'aimerais seulement... me retrouver seul un moment. Je vous rejoindrai ici... disons vers 8 heures. Ou peu après. Salue Noëlle de ma part. Je n'en aurai pas pour longtemps ! »

8

Tom ressortit en plein soleil, souleva un pan de sa djellaba et extirpa son plan schématique de sa poche revolver. Le Grand Hôtel Villa-de-France dont avait parlé Pritchard se trouvait en fait à deux pas et on y accédait par la rue de Hollande. Tom se mit en route, épongeant la sueur qui ruisselait de son front avec le haut de son vêtement, qu'il se décida finalement à ôter. Il n'avait malheureusement pas de sac avec lui mais la djellaba, une fois pliée, n'était pas trop volumineuse.

Personne ne faisait attention à lui et Tom lui-même ne se souciait guère d'observer les passants. La plupart des gens, hommes ou femmes, étaient en train de faire leurs courses et n'avaient pas le temps de flâner.

Tom pénétra dans le hall du Grand Hôtel Villa-de-France et jeta un coup d'œil autour de lui. Le cadre n'était pas aussi luxueux qu'au Minzah. Quatre personnes étaient assises sur des chaises ordinaires. Ni Pritchard ni sa femme n'étaient en vue. Tom se dirigea vers la réception et demanda s'il pouvait parler à M. David Pritchard.

« Ou à sa femme, ajouta-t-il.

— Qui dois-je annoncer? demanda le jeune homme derrière le comptoir.

— Dites-lui que c'est de la part de Thomas.

— M. Thomas?

— Oui. »

Pritchard n'était apparemment pas dans sa chambre, bien

que l'employé eût regardé le tableau derrière lui et remarqué que sa clef ne s'y trouvait pas.

« Dans ce cas, puis-je parler à sa femme ? »

Tout en reposant l'écouteur, le jeune homme lui annonça que M. Pritchard était seul.

« Je vous remercie infiniment, dit Tom. Pourrez-vous lui dire que M. Thomas l'a demandé ?... Non, c'est inutile, M. Pritchard sait très bien où me joindre. »

Tom fit demi-tour et s'apprêtait à regagner la sortie lorsqu'il aperçut Pritchard qui émergeait d'un ascenseur, son appareil photo en bandoulière. Tom se dirigea aussitôt vers lui.

« Bonsoir, monsieur Pritchard !
— Eh bien... Pour une surprise...
— Je me suis dit que je pourrais passer vous dire bonjour. Pouvons-nous discuter cinq minutes ? A moins que vous n'ayez rendez-vous ? »

Les lèvres trop rouges de Pritchard s'écartèrent légèrement, sous l'effet de la surprise. Ou du plaisir ?

« Hum... Pourquoi pas ? »

Ce « pourquoi pas » constituait apparemment sa réplique favorite. Tom avait adopté une attitude affable et s'apprêtait déjà à sortir, mais il dut attendre que Pritchard ait déposé sa clef à la réception.

« Superbe engin, dit-il en montrant l'appareil photo de Pritchard, lorsque ce dernier l'eut rejoint. Je viens justement de découvrir un endroit magnifique non loin d'ici, le long de la côte. Mais après tout, Tanger est réputé pour ses plages, pas vrai ? » ajouta-t-il avec un petit rire.

Ils quittèrent l'air conditionné de l'hôtel et replongèrent dans l'atmosphère surchauffée de la rue. Tom s'aperçut qu'il était presque 6 heures et demie.

« Vous connaissez bien la ville ? reprit-il, prêt à jouer son rôle de guide. Êtes-vous déjà allé à La Haffa ? La vue y est imprenable. A moins que vous ne préfériez un café des environs... »

Il désigna d'un geste large le décor qui les entourait.

« D'accord pour votre plage à la vue imprenable, dit Pritchard.

« — Au fait, dit Tom en s'immobilisant sur le trottoir. Janice aimerait peut-être nous accompagner ?

— Elle est en train de faire une petite sieste », dit Pritchard.

Ils parvinrent non sans peine à héler un taxi sur le boulevard. Tom demanda au chauffeur de les conduire à La Haffa.

« Un peu d'air ne nous fera pas de mal, dit-il en entrouvrant la vitre pour laisser pénétrer la brise. Vous parlez un peu l'arabe ? Ou le berbère ?

— Très peu », dit Pritchard.

Tom s'était apprêté, sur ce point également, à lui donner le change. Pritchard portait des baskets blanches aérées sur le côté — le genre de chaussures que Tom avait en horreur. Curieusement, d'ailleurs, tout ce qui concernait Pritchard avait le don de le hérisser. Sa montre elle-même lui était insupportable : un bracelet extensible, évidemment en or, aussi coûteux que voyant, au cadran et aux aiguilles également dorés. L'accessoire rêvé du maquereau, songea Tom. Il préférait de loin sa vieille Patek Philippe qui, avec son bracelet en cuir, faisait presque figure de pièce de musée.

« Je crois que nous arrivons », dit-il brusquement.

Comme d'habitude, le trajet lui avait paru plus court la deuxième fois. Tom ignora les protestations de Pritchard et régla le montant de la course, qui s'élevait à vingt dirhams, avant de congédier le chauffeur.

« On sert surtout du thé, ici, dit-il. Du thé à la menthe. Ainsi sans doute que d'autres substances », ajouta-t-il en gloussant.

L'établissement fournissait probablement du kif ou du cannabis à ses clients sur simple demande...

Ils franchirent le porche de pierre et s'engagèrent dans l'escalier. Tom vit que l'un des serveurs en chemise blanche avait remarqué leur présence.

« Eh bien, s'exclama-t-il, que dites-vous de cette vue ? »

Le soleil flottait toujours sur l'eau bleue du détroit. En contemplant la mer, on aurait pu croire que toute sécheresse, toute aridité avaient disparu ; pourtant, le sable crissait sous leurs pieds, une fine couche de poussière et d'infimes débris de paille provenant des nattes jonchaient l'escalier de pierre, et les plantes qui poussaient tant bien que mal dans le sol craquelé avaient visiblement besoin d'eau. L'une des cabines (Tom ignorait quel terme au juste il fallait employer) était occupée par un groupe de six hommes qui discutaient avec animation, assis ou allongés sur une natte.

« On s'installe ici ? demanda Tom en désignant une autre cabine. Nous passerons commande lorsque le serveur daignera se montrer. Le thé à la menthe vous convient ? »

Pritchard haussa les épaules et arma son appareil photo.

« Pourquoi pas ? » lança Tom en tentant de le prendre de vitesse ; mais Pritchard prononça sa repartie en même temps que lui.

Le visage de Pritchard resta de marbre. Il brandit son appareil et dirigea son objectif vers le large.

Le serveur arriva, un plateau vide à la main. Il était nu-pieds.

« Deux thés à la menthe, s'il vous plaît », commanda Tom en français.

Le serveur hocha la tête et s'éloigna.

Pritchard prit encore quelques photos, sans se presser. Il tournait le dos à Tom, qui s'était abrité sous l'auvent de la cabine. Puis il fit volte-face et lança avec un petit sourire :

« Je vous prends ?

— Non merci, répondit doucement Tom.

— On est censé s'asseoir ici ? » demanda Pritchard en pénétrant à son tour dans l'ombre de la cabine.

Tom poussa un petit rire. Il n'avait pas envie de s'asseoir. Il saisit sa djellaba, qu'il serrait sous son bras droit, et la laissa délicatement tomber sur le sol. Puis il replongea la main dans sa poche, où ses doigts caressèrent le couteau qu'il venait d'acquérir. Deux oreillers enveloppés d'une taie étaient disposés sur la natte, dans le but évident d'augmenter le confort des clients qui souhaitaient s'étendre.

Tom décida d'attaquer.

« Pourquoi avez-vous prétendu que votre femme vous accompagnait, alors que ce n'est pas le cas ?

— Oh... (Malgré son petit sourire, Pritchard réfléchissait visiblement à toute allure.) Simple plaisanterie, je suppose.

— Mais dans quel but ?

— Pour m'amuser... »

Pritchard leva son appareil et se mit à viser Tom, sans doute pour lui rendre la monnaie de sa pièce. Tom fit un geste brutal en direction de l'appareil, comme s'il avait voulu le lui arracher des mains. Mais il se retint au dernier moment.

« Cessez immédiatement cette comédie, dit-il. Je n'aime pas être photographié.

— Vous voulez dire que vous détestez ça... »

Pritchard avait toutefois baissé son engin.

Quel endroit rêvé pour tuer ce salopard... songea Tom. Personne ne savait qu'ils étaient ensemble, et moins encore dans ce coin perdu. Il suffisait de l'assommer, de l'éventrer et d'attendre qu'il se soit vidé de son sang, puis de le transporter éventuellement dans une autre cabine, avant de ficher le camp.

« Ce n'est pas tout à fait exact, dit Tom. Je possède moi-même deux ou trois appareils. Mais je n'apprécie guère que l'on vienne photographier ma maison, en se donnant des airs mystérieux, comme si l'on voulait ensuite utiliser ces clichés, Dieu sait à quelle fin... »

David Pritchard avait gardé son appareil à la main. Il sourit d'un air ingénu.

« Quelque chose vous tracasse, monsieur Ripley.

— Pas le moins du monde.

— Peut-être vous rongez-vous les sangs au sujet de Cynthia Gradnor... et de l'affaire Murchison...

— Absolument pas. Vous n'avez jamais rencontré Cynthia Gradnor, pour commencer. Pourquoi avez-vous prétendu le contraire ? Pour vous " amuser ", je suppose ? Mais que trouvez-vous de si drôle, dans tout ça ?

— Vous le savez parfaitement. »

Sans se départir de sa prudence, Pritchard s'était un peu échauffé, sous le coup de cette attaque frontale. De toute évidence, il préférait les reparties allusives et les sous-entendus cyniques.

« J'aimerais beaucoup voir un petit escroc prétentieux de votre espèce se casser la figure, lança-t-il.

— Oh... Il faudra vous lever tôt, monsieur Pritchard. »

Tom se balançait d'un pied sur l'autre, les mains enfoncées dans les poches de son pantalon. Il brûlait maintenant d'en découdre. Il se rendit compte qu'il attendait qu'on leur ait servi leur thé, ce qui ne tarda pas à arriver.

Le jeune serveur posa sans ménagement son plateau sur le sol, souleva la théière métallique et remplit leurs deux verres, avant de souhaiter à ces messieurs une agréable dégustation.

Le thé dégageait un parfum charmant, frais, quasiment enchanteur — tout le contraire de Pritchard... Une soucoupe garnie de feuilles de menthe était également posée sur le plateau. Tom sortit son portefeuille et insista pour payer, en dépit des protestations de Pritchard. Il ajouta même un pourboire. Puis il s'accroupit et saisit son verre, en ayant soin de rester en face de Pritchard. Il n'allait tout de même pas faire le service... Les verres étaient placés dans des petits supports métalliques. Tom ajouta une feuille de menthe dans le sien.

Pritchard se pencha et saisit son propre verre.

« Ouille ! » s'exclama-t-il.

Peut-être s'était-il renversé un peu de thé brûlant sur la main. Tom n'y avait pas prêté attention ; du reste, cela lui était bien égal. Cinglé comme il l'était, Pritchard prenait-il *vraiment* son pied à une telle entrevue ? se demanda-t-il. Même s'il n'en sortait absolument rien — sinon que leur relation devenait de plus en plus haineuse, d'un côté comme de l'autre... Pritchard aimait-il ce genre de tension ? Probablement. Une fois de plus, Tom songea à Murchison, mais sous un angle différent : curieusement, Pritchard se trouvait à présent dans la même position que l'autre, jadis. Il se comportait comme s'il pouvait dénoncer Tom et le trafic auquel se livrait la Derwatt Art Supply (désormais enregistrée au nom de Jeff Constant et d'Ed Banbury) en révélant la vérité au sujet des faux Derwatt. Mais mettrait-il ses menaces à exécution, comme Murchison avait tenté de le faire ? Et disposait-il de preuves effectives, ou n'avait-il que de vagues soupçons ?

Après s'être relevé, Tom but une gorgée de thé. Il réalisa que la similitude tenait surtout au fait que, dans l'un et l'autre cas, ses adversaires étaient placés devant un choix très simple : abandonner leur enquête, ou se faire éliminer. Il avait tenté de convaincre Murchison de laisser tomber l'affaire et de ne pas révéler la vérité, sans d'ailleurs le menacer le moins du monde. Mais Murchison s'était montré inflexible...

« Monsieur Pritchard... Je vais peut-être vous demander l'impossible, mais pourriez-vous cesser de me coller au train, disparaître de ma vie — et quitter Villeperce, tant que vous y êtes ? Rien ne vous y retient, du reste, en dehors de votre petite " enquête ". Vous n'êtes même pas inscrit à l'IN-SEAD, ajouta Tom en riant d'un air nonchalant, comme si les bobards de Pritchard étaient tout simplement puérils.

— J'ai le droit de vivre où je l'entends, monsieur Ripley. Tout autant que vous.

— Bien sûr, à condition de vous comporter normalement. J'ai l'intention de prévenir la police de Villeperce et de leur demander de vous avoir à l'œil. Après tout, j'habite là depuis plusieurs années.

— *Vous !* Prévenir la police ! s'exclama Pritchard avec un rire forcé.

— Je pourrais toujours leur dire que vous êtes venu photographier ma propriété. Trois personnes peuvent en témoigner, en dehors de moi, évidemment. »

Tom aurait même pu en mentionner une quatrième : Janice Pritchard.

Il reposa son verre par terre. Pritchard avait également abandonné le sien après s'être brûlé et n'y avait pas retouché.

A la droite de Tom, le soleil déclinait et avait presque atteint la ligne bleue de l'eau, juste derrière Pritchard. Pour l'instant, celui-ci s'en tenait à son attitude désinvolte. Tom se souvint qu'il avait quelques notions de judo ; du moins l'avait-il prétendu. Mais peut-être avait-il également menti sur ce point ? Perdant tout contrôle, Tom explosa soudain et balança son pied gauche dans l'intention d'atteindre Pritchard à l'estomac, mais il avait visé un peu court et le frappa en plein bas-ventre.

Pritchard se plia en deux sous l'effet de la douleur et Tom lui assena un direct du droit dans la mâchoire. Pritchard s'effondra avec un bruit sourd sur la natte qui recouvrait le sol. Il avait apparemment perdu connaissance, mais peut-être s'agissait-il d'une feinte.

On ne frappe jamais un homme à terre, se dit Tom en lui

balançant en plein diaphragme un second coup de poing, tout aussi violent. Il était tellement hors de lui qu'il aurait volontiers sorti son couteau pour le tester sur Pritchard, mais le temps risquait de lui manquer. Toutefois, il souleva son adversaire en l'empoignant par le col et lui assena un direct du droit, juste sous la mâchoire.

Cette fois-ci, il avait son compte, songea Tom en réenfilant sa djellaba. Les verres n'avaient pas été renversés et il n'y avait pas une seule trace de sang. Si jamais un serveur surgissait et découvrait Pritchard étendu de la sorte sur le flanc, le dos tourné vers l'extérieur de la cabine, il penserait probablement qu'il était en train de piquer un petit roupillon.

Tom quitta les lieux, empruntant l'escalier de pierre qu'il grimpa sans effort apparent ; il atteignit la cuisine, sortit et fit signe au jeune homme à la chemise flottante qui se trouvait à l'extérieur.

« Un taxi ? C'est possible ? demanda Tom.

— Si... peut-être cinq minutes, dit l'autre en hochant la tête d'un air dubitatif, comme s'il ne croyait pas lui-même à sa propre estimation.

— Merci. J'attendrai. »

Tom ne voyait pas quel autre moyen de transport il aurait pu utiliser. Il n'y avait pas le moindre arrêt de bus en vue. Il bouillait toujours intérieurement et se mit à longer la route (il n'y avait pas de trottoir) en savourant la brise qui caressait son front trempé de sueur. *Toc, toc, toc.* Il marchait lentement, d'un air pensif, tel un philosophe, et regarda soudain sa montre : 7 h 27. Il fit demi-tour et se hâta de rejoindre La Haffa.

Tom réfléchissait. Pritchard pourrait porter plainte contre lui pour coups et blessures auprès de la police de Tanger. Mais le ferait-il ? C'était peu probable. Et cela soulèverait des difficultés innombrables. Non, Pritchard ne ferait *jamais* une chose pareille.

Et si l'un des serveurs surgissait brusquement (comme cela aurait pu se passer en Angleterre, ou en France) et s'écriait : « Monsieur ! Votre ami est blessé ! » Tom aurait prétendu ne pas être au courant de l'incident. Mais l'heure du thé durait une éternité, ici (d'ailleurs, *quand* n'était-ce pas l'heure du thé ?). De surcroît, les consommations avaient été réglées. Il était peu probable qu'un serveur excité jaillisse du porche de La Haffa pour se lancer à la recherche de Tom.

Au bout de dix minutes, un taxi arriva en provenance de Tanger et s'arrêta devant l'établissement. Trois hommes en descendirent. Tom se hâta de lui faire signe, après avoir glissé au jeune homme qui se tenait toujours sur le porche la poignée de piécettes qui traînait dans sa poche.

« Hôtel El Minzah, s'il vous plaît », lança-t-il en s'installant confortablement pour profiter du trajet. Il sortit son paquet de Gitanes, d'ailleurs en piteux état, et en alluma une.

Il commençait à aimer le Maroc. Le charmant ensemble de petites maisons blanches, du côté de la Casbah, se rapprochait de plus en plus. Puis Tom eut l'impression que la ville absorbait le taxi, qui se fondit dans l'anonymat d'un grand boulevard. Encore un virage à gauche et il se retrouva devant son hôtel. Tom sortit son portefeuille.

Une fois sur le trottoir, devant l'entrée du Minzah, il saisit l'ourlet de sa djellaba et la retira posément, avant de la replier comme précédemment. Il s'était légèrement entaillé l'index, ce qui avait occasionné quelques taches sur le vêtement (il s'en était aperçu dans le taxi) mais son doigt ne saignait pratiquement plus. Insignifiant, comparé à ce qui aurait pu arriver si Pritchard l'avait mordu, par exemple, ou s'il s'était blessé contre la boucle de sa ceinture.

Tom pénétra dans le hall au plafond élevé. Il était près de 9 heures. Héloïse et Noëlle étaient sûrement revenues de l'aéroport.

« La clef n'est pas ici, monsieur », lui dit l'employé à la réception.

Il n'y avait pas de message non plus.

« Et Mme Hassler ? » demanda Tom.

Sa clef n'était pas davantage au tableau. Tom demanda à l'employé de bien vouloir appeler la chambre de Mme Hassler. Noëlle décrocha aussitôt.

« Salut, Tom ! Nous sommes en pleine discussion et je n'ai pas fini de m'habiller. (Elle éclata de rire.) Mais je n'en ai plus pour longtemps. Alors, comment trouves-tu Tanger ? »

Noëlle s'exprimait en anglais, Dieu sait pourquoi, et paraissait de fort joyeuse humeur.

« La ville est passionnante, dit Tom. Fascinante, même ! Mais je serais intarissable, si tu me laissais dire ! »

Il se rendit compte qu'il en faisait un peu trop et que son enthousiasme risquait fort de paraître artificiel. Mais il pensait à Pritchard, à son corps étendu sur la natte de La Haffa et qui n'avait probablement pas encore été découvert. Pritchard n'allait pas se sentir très en forme, demain matin. Tom se ressaisit. Noëlle était en train de lui expliquer qu'Héloïse et elle le rejoindraient en bas d'ici une demi-heure, s'il était d'accord. Puis elle lui passa Héloïse.

« Salut, Tom. Nous sommes en pleine conversation.

— Je sais. Je vous retrouve en bas... d'ici une vingtaine de minutes ?

— Il faut que je fasse un saut dans notre chambre. J'ai besoin de me rafraîchir. »

Cette perspective n'enchantait guère Tom, mais il n'avait aucun moyen de s'y opposer. D'ailleurs, c'était Héloïse qui avait la clef.

Il prit l'ascenseur et atteignit leur chambre quelques secondes avant Héloïse, qui avait emprunté l'escalier.

« Noëlle a l'air en pleine forme, dit-il.

— Oui. Elle adore Tanger ! Elle veut nous inviter ce soir dans un restaurant du front de mer. »

Tom ouvrit la porte et s'effaça pour la laisser passer.

« Tlès bien, dit-il en adoptant son accent chinois, ce qui amusait parfois Héloïse. (Il porta rapidement à ses lèvres son index entaillé.) Possible utiliser salle de bains en plemier ? ajouta-t-il. Tlès lapide. Hop, hop.

— Vas-y, Tom. Mais si tu prends une douche, j'utiliserai le lavabo. »

Héloïse se dirigea vers le climatiseur installé sous l'une des fenêtres grandes ouvertes.

Tom ouvrit la porte de la salle de bains. Il y avait deux lavabos, l'un à côté de l'autre, comme dans de nombreux hôtels soucieux d'assurer le confort de leur clientèle. Mais aux yeux de Tom, ce décor évoquait irrépressiblement l'image d'un vieux couple en train de se brosser les dents, chacun de son côté ; ou du mari qui se rasait tandis que sa femme s'épilait les sourcils. Et cette évocation hautement inesthétique avait le don de le déprimer. Il sortit de sa trousse de toilette le sachet en plastique contenant de la poudre à laver, qu'Héloïse et lui emmenaient toujours en voyage. Surtout, ne pas utiliser d'eau chaude, se souvint-il. Il n'y avait que très peu de sang mais il tenait à le faire disparaître entièrement. Il frotta énergiquement les deux endroits qui avaient été tachés (les auréoles étaient déjà moins visibles) et les rinça ensuite abondamment. Puis il les relava, à l'eau chaude cette fois-ci, en utilisant un savon qui ne moussait pas mais était néanmoins efficace.

Il retourna dans la chambre dont les deux doubles lits (rien que ça !) avaient été poussés l'un contre l'autre et ouvrit la penderie pour y prendre un cintre en plastique.

« Qu'as-tu fait cet après-midi ? demanda Héloïse. Tu as acheté quelque chose ?

— Non, ma chérie, dit Tom en souriant. J'ai fait un petit tour et j'ai été boire du thé.

— Du thé ? répéta Héloïse. Où ça ?

— Oh, à la terrasse d'un bistro... qui n'avait rien d'extraordinaire. Je voulais surtout regarder les passants. »

Tom regagna la salle de bains, tira le rideau de la douche et suspendit sa djellaba au-dessus de la baignoire, afin qu'elle puisse s'égoutter convenablement. Puis il se déshabilla, entreposa tant bien que mal ses vêtements sur la tringle des serviettes et prit une rapide douche froide. Héloïse le rejoignit et se servit du lavabo. Nu-pieds, un peignoir sur le dos, Tom repartit dans la chambre afin de chercher des sous-vêtements propres.

Héloïse s'était changée et portait à présent un chemisier à rayures vertes sur un pantalon blanc.

Tom enfila un pantalon de toile noir.

« Noëlle est satisfaite de sa chambre ? demanda-t-il.

— Tu as déjà lavé ta djellaba ? lança Héloïse depuis la salle de bains, où elle achevait de se maquiller.

— Elle avait pris de la poussière, répondit Tom.

— Qu'est-ce que c'est que ces taches ? De la graisse ? »

Certaines avaient-elles échappé à son attention ? se demanda Tom. Au même instant, il entendit l'appel déchirant et lancinant du muezzin, du haut d'un minaret voisin. N'était-ce pas un mauvais présage, une sorte d'avertissement lui indiquant que le pire était encore à venir ? Mais il repoussa cette idée, refusant de sombrer dans la superstition. De la graisse ? Pouvait-il s'en tirer avec une telle explication ?

« On dirait du sang, Tom », poursuivit Héloïse en français.

Tom la rejoignit en boutonnant sa chemise.

« Il ne doit pas y en avoir lourd, ma chérie. Je me suis effectivement coupé le doigt, en heurtant quelque chose. (C'était la vérité : il tendit le bras et lui montra le dos de sa main droite.) Une simple égratignure. Mais je ne voulais pas que ces taches s'incrustent.

— Oh, on les voit à peine, dit-elle avec gravité. Comment cela t'est-il arrivé ? »

Dans le taxi, Tom avait réalisé qu'il allait bien falloir mettre plus ou moins Héloïse au parfum, car il avait l'intention de quitter les lieux d'ici demain midi. Il n'était déjà pas très chaud à l'idée de devoir rester à Tanger ce soir.

« Eh bien, ma chérie... commença-t-il en cherchant ses mots.

— Tu as revu ce...

— Pritchard, acheva Tom. Oui. Nous avons eu une altercation. Une prise de bec. Devant un café... enfin, un salon de thé. Il m'a tellement énervé que je l'ai frappé. Envoyé au tapis. Mais ne t'inquiète pas, il s'en tirera. »

Héloïse attendait la suite, comme cela avait souvent été le cas, dans le passé. Ils s'étaient rarement trouvés ensemble, lorsque quelque chose de grave était arrivé, et Tom n'avait pas l'habitude de la mettre au courant, dans de pareilles circonstances. En tout cas, il ne lui révélait jamais que le strict nécessaire.

« Eh bien, Tom ? Tu l'as rencontré par hasard ?

— Il loge dans un hôtel, tout près d'ici. Et sa femme n'est pas avec lui, contrairement à ce qu'il avait prétendu tout à l'heure, au bar du Minzah. J'imagine qu'elle est restée à Villeperce. Je me demande d'ailleurs ce qu'elle est en train de manigancer. »

Tom songeait à Belle Ombre. Une femme rôdant dans les parages pouvait s'avérer plus dangereuse qu'un homme. Elle risquait de passer davantage inaperçue, pour commencer.

« Que veulent ces Pri-chardes, au juste ?

— Ma chérie, je t'ai déjà dit qu'ils étaient cinglés. Mais que cela ne gâche pas tes vacances. Tu as toujours Noëlle.

C'est après *moi* que ce salopard en a. Tu n'as rien à craindre pour ta part. J'en suis absolument certain. »

Tom passa sa langue sur ses lèvres et alla s'asseoir au bord du lit afin d'enfiler ses chaussettes. Il avait l'intention de partir. Il passerait d'abord à Belle Ombre, pour voir s'il s'y tramait quelque chose, puis il filerait à Londres. Il laça rapidement ses chaussures.

« Pourquoi vous êtes-vous battus ? A quel propos ? »

Tom hocha la tête et ne répondit rien.

« Et ton doigt ? Il saigne encore ? »

Tom jeta un coup d'œil à sa main.

« Non », dit-il.

Héloïse se rendit à la salle de bains et en revint avec du sparadrap. En un clin d'œil elle lui confectionna un pansement et Tom se sentit mieux. Au moins, il ne risquait plus de laisser la moindre petite trace de sang derrière lui.

« A quoi penses-tu ? » demanda Héloïse.

Tom regarda sa montre.

« Ne devons-nous pas rejoindre Noëlle en bas ?

— Si », répondit calmement Héloïse.

Tom glissa son portefeuille dans la poche de sa veste. Pritchard irait probablement se « reposer » ce soir, une fois rentré à son hôtel, mais il n'était guère difficile d'imaginer dans quelle humeur il serait, demain matin.

« C'est moi qui ai eu le dessus aujourd'hui, dit Tom, mais je pense que M. Pr... que Pritchard va vouloir prendre sa revanche. Dès demain, peut-être. Il serait préférable que vous changiez d'hôtel, Noëlle et toi. Je ne tiens pas à ce que vous soyez témoins d'une scène désagréable. »

Les paupières d'Héloïse tremblèrent imperceptiblement.

« Prendre sa revanche ? Mais comment ? Et toi ? Tu comptes rester ici ?

— Je n'ai encore rien décidé. Descendons, ma chérie. »

Noëlle les attendait depuis cinq minutes, mais cela ne semblait pas avoir entamé sa bonne humeur. On aurait dit qu'elle retrouvait des lieux qu'elle adorait, après une longue absence. Elle était en train de discuter avec le barman lorsqu'ils arrivèrent.

« Bonsoir, Tom ! » lança-t-elle, avant de poursuivre en

français : « Que prenez-vous, comme apéritif ? Ce soir, c'est moi qui vous invite. »

Noëlle pencha la tête et ses cheveux raides se déployèrent comme un rideau. Elle portait de larges anneaux d'or en guise de boucles d'oreille, une veste brodée et un pantalon noir.

« Êtes-vous suffisamment couverts pour la soirée ?... Oui, ça va », dit-elle d'un air maternel, en voyant qu'Héloïse s'était munie d'un gilet.

Tom ct Héloïse avaient déjà été prévenus : à Tanger, les soirées étaient beaucoup plus fraîches que les journées.

Leurs consommations arrivèrent : deux Bloody Mary pour ces dames, un gin-tonic pour monsieur.

Ce fut Héloïse qui mit la question sur le tapis.

« Tom estime qu'il ferait mieux... que nous ferions mieux de quitter l'hôtel demain matin. Tu te souviens de ce type qui était venu prendre des photos à Belle Ombre, Noëlle ? »

Tom réalisa avec soulagement qu'Héloïse n'avait pas parlé de Pritchard lorsqu'elle était en tête à tête avec Noëlle. Celle-ci se souvenait fort bien de l'incident.

« Il est ici ? s'exclama-t-elle d'un air ébahi.

— Et il nous cherche encore des histoires. Montre-lui ta main, Tom ! »

Tom éclata de rire.

« Tu vas devoir me croire sur parole, dit-il d'un air solennel, en montrant son pansement à Noëlle.

— Ils se sont battus », dit Héloïse.

Noëlle dévisagea Tom.

« Mais qu'est-ce qu'il a contre toi ?

— Tout le problème est là. Il ne me lâche pas d'une semelle et a été jusqu'à prendre l'avion pour ne pas perdre ma trace. Curieux comportement. »

Héloïse raconta à Noëlle que Pritchard était venu sans sa femme et qu'il logeait dans un hôtel du voisinage. Pour éviter qu'il ne débarque ici et ne fasse un scandale, il était préférable qu'ils quittent tous les trois le Minzah, car Pritchard savait que Tom et elle y étaient descendus.

« Ce ne sont pas les hôtels qui manquent », ajouta Tom.

Sa remarque était un peu stupide, mais il essayait de paraître plus détendu qu'il ne l'était en réalité. Il était soulagé, finalement, que Noëlle et Héloïse soient au courant de la situation, et de l'imbroglio dans lequel il était plongé, bien que Noëlle ne soupçonnât pas les véritables causes de la disparition de Murchison et qu'elle ignorât tout de l'affaire Derwatt. *L'affaire...* Le mot avait un double sens, songea Tom en sirotant son verre : commercial et criminel... Non sans peine, il reporta son attention sur ses compagnes. Héloïse et lui étaient restés debout ; seule Noëlle était perchée sur un tabouret.

Les deux femmes projetaient d'aller acheter des bijoux au Grand Socco et parlaient en même temps, à toute vitesse ; pourtant, comme d'habitude, elles se comprenaient parfaitement.

Un individu débarqua et leur proposa des roses, un mendiant apparemment, à en juger par sa tenue. Noëlle le chassa d'un geste, sans interrompre sa conversation. Le barman reconduisit l'individu jusqu'à la porte du bar.

Ils dînèrent au Nautilus Plage, où Noëlle avait réservé une table. La terrasse du restaurant donnait sur le détroit. Il y avait foule, mais la clientèle était relativement élégante et les tables suffisamment espacées. Des chandeliers éclairaient les tables. L'endroit était réputé pour ses poissons. Un certain temps s'écoula avant qu'ils n'abordent à nouveau la question de leur changement d'hôtel, le lendemain. Noëlle était certaine de pouvoir arranger les choses, du côté du Minzah. Ils avaient tout de même réservé pour cinq jours. Mais elle connaissait bien le personnel. Du reste, l'hôtel était complet. Elle n'aurait qu'à dire qu'elle souhaitait éviter de rencontrer quelqu'un qui devait arriver le lendemain.

« Après tout, c'est bien la vérité, non ? dit-elle en haussant les sourcils et en souriant à Tom.

— Plus ou moins », répondit-il.

Apparemment, Noëlle avait totalement oublié l'existence de son dernier amant — celui qui l'avait tellement fait souffrir..

9

Tom se leva tôt le lendemain matin et réveilla Héloïse sans le vouloir, mais cela ne parut pas la déranger outre mesure. Pourtant, il n'était pas encore 8 heures.

« Je vais prendre un café en bas, ma chérie. Quand Noëlle veut-elle que nous partions, déjà ? A 10 heures ?

— Dans ces eaux-là, répondit Héloïse sans ouvrir les yeux. Je m'occuperai des bagages, Tom. Où comptes-tu aller ? »

Elle savait que Tom s'apprêtait à sortir. Mais il n'avait pas lui-même une idée très claire de sa destination.

« Je vais faire un tour, dit-il. Veux-tu que je commande ton petit-déjeuner ? Avec du jus d'orange ?

— Non, je m'en chargerai moi-même... dans un petit moment », dit-elle en enfouissant sa tête dans l'oreiller.

L'épouse idéale... songea Tom en ouvrant la porte et en lui adressant un petit baiser.

« Je serai de retour dans une heure, dit-il.

— Pourquoi emportes-tu ta djellaba ? »

Tom avait replié le vêtement et le tenait à la main.

« Je n'en sais rien. Peut-être pour acheter un chapeau qui aille avec. »

Une fois en bas, Tom se rendit d'abord à la réception et rappela à l'employé qu'ils devaient partir ce matin, sa femme et lui. Noëlle avait prévenu l'hôtel la veille au soir, mais il était près de minuit et Tom estimait plus correct d'en reparler ce matin, vu que l'équipe avait changé. Puis il se dirigea vers les toilettes. Un Américain d'une quarantaine d'années était en train de se raser devant l'un des lavabos. Enfin, il avait l'air d'être américain. Tom déplia sa djellaba, avant de l'enfiler.

L'Américain l'observait dans la glace.

« Vous mettez ce genre de truc sur le dos, quand vous partez en voyage ? lança-t-il d'un air dubitatif, son rasoir électrique à la main.

— Bien sûr, répondit Tom. Cela permet ensuite aux gens de me faire des plaisanteries idiotes, du genre : " Vous avez fait bon voyage ? "

— Ah, ah ! »

Tom lui adressa un petit signe et sortit.

Il descendit une fois de plus le boulevard Pasteur. Les marchands avaient déjà relevé les rideaux de leurs boutiques, ou s'apprêtaient à le faire. Que portaient donc les hommes ici, en guise de chapeau ? En regardant autour de lui, Tom remarqua que la plupart d'entre eux allaient nu-tête. Il y en avait deux ou trois qui s'étaient enroulé une sorte d'écharpe blanche autour du crâne, mais cela évoquait davantage la serviette chaude d'un coiffeur qu'un véritable turban. Tom opta finalement pour un chapeau de paille à large bord, de couleur jaune, qui lui coûta vingt dirhams.

Accoutré de la sorte, il se dirigea vers l'hôtel Villa-de-France, où logeait Pritchard. En chemin, il s'arrêta au Café de Paris, où on lui servit un express et quelque chose qui ressemblait vaguement à un croissant. Puis il se remit en route.

Durant quelques minutes, il fit les cent pas devant l'hôtel, en espérant que Pritchard ferait son apparition — auquel cas il rabattrait son chapeau sur ses yeux et s'apprêterait à le suivre. Mais Pritchard ne se montra pas.

Tom pénétra dans le hall, regarda autour de lui, puis se rendit à la réception. Il repoussa son chapeau en arrière, comme un touriste venant de subir les assauts du soleil, et dit en français :

« Bonjour. Pourrais-je parler à M. David Pritchard, s'il vous plaît ?

— Pricharde... »

L'employé consulta son registre, puis composa un numéro sur le cadran d'un appareil, à gauche de Tom.

Tom vit l'employé hocher la tête, puis froncer les sourcils.

« Je suis désolé, monsieur, dit-il, mais monsieur Pricharde ne veut pas être dérangé.

— Dites-lui que c'est de la part de Tom Ripley, insista Tom. Je suis sûr que... C'est *extrêmement* important. »

L'employé fit une nouvelle tentative.

« C'est Monsieur Riplet, monsieur. Il dit... »

Pritchard l'interrompit visiblement. Au bout d'un instant, l'employé se retourna vers Tom et lui déclara que M. Pricharde ne souhaitait voir personne.

Tom avait donc également remporté la deuxième manche... Il remercia l'employé et quitta l'hôtel. Pritchard avait-il quelques dents cassées ? Ou la mâchoire brisée ? Ç'aurait bien été la moindre des choses...

Il rejoignit le Minzah. Il fallait qu'il pense à changer de l'argent pour Héloïse, lorsqu'ils régleraient leur note. Quel dommage de n'avoir pas vu davantage de choses, à Tanger ! Mais après tout, peut-être pourrait-il prendre un avion pour Paris en fin d'après-midi... A cette idée, Tom se sentit brusquement soulagé. Il fallait aussi prévenir Mme Annette. Mais tout d'abord, appeler l'aéroport. Air France, si possible. Tom espérait que Pritchard allait mordre à l'hameçon et rentrer à Villeperce.

Il acheta un petit bouquet de jasmin à un marchand ambulant. Les fleurs dégageaient un agréable parfum.

De retour dans leur chambre, Tom découvrit Héloïse habillée de pied en cap, en train de faire leurs valises.

« Tu as acheté ton chapeau, finalement ! Mets-le donc... Je voudrais voir s'il te va. »

Tom l'avait inconsciemment ôté en pénétrant dans l'hôtel. Il le remit sur sa tête.

« Tu ne trouves pas que ça fait un peu mexicain ? dit-il.

— No-on, mon chéri. Surtout avec ta robe. »

Héloïse le dévisageait d'un air concentré.

« Noëlle t'a appelée ? reprit-il.

— Oui. Nous irons d'abord à l'hôtel Rembrandt. Noëlle suggère que nous allions ensuite en taxi jusqu'au cap Spartel.

Un endroit à ne pas manquer, selon elle. Nous mangerons sans doute un morceau là-bas. »

Tom se rappelait avoir vu le cap Spartel sur la carte. Il s'agissait d'un promontoire situé à l'ouest de Tanger.

« Combien de temps faut-il pour y aller ?

— Pas plus de trois quarts d'heure, d'après Noëlle. Il paraît qu'il y a des *chameaux* ! Et que la vue est splendide. Tom... »

Le regard d'Héloïse fut brusquement empreint de tristesse. Elle sentait bien que Tom allait probablement partir aujourd'hui même.

« Je... Euh... Il faut que j'appelle l'aéroport, ma chérie. Je pense à Belle Ombre ! ajouta-t-il, tel un vaillant chevalier s'apprêtant à se mettre en route. Mais j'essaierai de prendre un avion en fin d'après-midi. J'aimerais bien voir le cap Spartel, moi aussi.

Héloïse rangea dans sa valise un chemisier soigneusement plié.

« Tu... Tu as vu Prichaud, ce matin ? »

Tom sourit. Les variations d'Héloïse sur le nom de Pritchard semblaient inépuisables. Il songea un instant à lui révéler que le grand invalide était bien à son hôtel mais avait refusé de le recevoir. Il y renonça finalement et dit :

« Non. Je suis juste allé faire un tour, boire un café et acheter ce chapeau. »

Il préférait tenir Héloïse à l'écart de certains petits détails, qui n'auraient eu pour effet que de l'inquiéter davantage.

*

A midi moins le quart, Noëlle, Héloïse et Tom roulaient en direction du cap Spartel, à bord d'un taxi qui traversait une plaine déserte, craquelée par la sécheresse. Tom avait appelé l'aéroport dans le hall de l'hôtel Rembrandt et, avec l'aide et l'intervention du gérant, avait obtenu une réservation sur le vol d'Air France qui quitterait Tanger à 17 h 15, en direction de Roissy. Le gérant avait certifié à Tom que sa réservation l'attendrait bien à l'aéroport de Tanger et qu'il n'aurait qu'à la retirer à son arrivée. Tom pouvait donc se concentrer sur le décor environnant — du moins en avait-il l'impression. Il n'avait pas eu le temps d'appeler Mme Annette mais après tout, son retour inopiné n'allait tout de même pas la terroriser ; de surcroît, les clefs de la maison étaient toujours fixées à son trousseau.

« C'était un endroit stratégique... (Noëlle venait d'entamer son petit discours sur le cap Spartel. Tom avait réussi à régler le taxi, malgré les protestations de la jeune femme.) Les Romains en avaient pris possession... tout le monde voulait s'installer là ! » poursuivit-elle en écartant les bras.

Son sac à main en cuir était suspendu à son épaule. Elle portait aujourd'hui une veste légère sur un chemisier et un pantalon de toile jaune. La brise qui soufflait en permanence s'engouffrait dans leurs vêtements et agitait leurs cheveux ; elle semblait venir de l'ouest, d'après les estimations de Tom. Sans être trop violent, le vent gonflait les chemises et les pantalons des hommes. Hormis deux débits de boissons, il n'y avait pas la moindre construction en vue. Le cap s'élevait à très haute altitude au-dessus du détroit. La vue était superbe car l'Atlantique s'étendait sur la gauche, immense et infini.

Un peu plus loin, deux ou trois chameaux confortablement assis sur le sable, les pattes repliées sous eux, les dévisageaient d'un air insolent. Un individu vêtu d'une robe blanche, la tête surmontée d'un turban, attendait à côté des bêtes sans leur prêter la moindre attention. Il grignotait des sortes de cacahuètes, qu'il tenait dans le creux de sa main.

« Qu'est-ce que vous préférez ? Faire une balade maintenant, ou après le repas ? demanda Noëlle en français. Oh, regardez ! J'avais presque oublié ça ! »

Elle leur désignait un endroit où la côte s'incurvait, sur le versant occidental. Tom distingua des ruines en adobe, brunies par le soleil, derniers restes d'un ancien et majestueux édifice.

« Les Romains fabriquaient de l'huile, ici, et l'expédiaient à Rome. *Toute* la région leur appartenait, autrefois. »

Au même instant, Tom tourna les yeux vers le flanc d'un coteau. Il aperçut un homme qui venait d'abandonner sa mobylette et s'accroupissait pour prier, les fesses en l'air et la tête au sol, sans doute orienté vers La Mecque.

Les deux cafés disposaient d'une salle intérieure et d'une

terrasse, mais l'un d'eux donnait sur l'océan. Ils optèrent pour celui-là et allèrent s'asseoir autour d'une table métallique et blanche.

« Quel ciel magnifique ! » s'exclama Tom.

Le décor était effectivement impressionnant, sous ce grand dôme bleu qu'aucun nuage, aucun avion et aucun oiseau même ne traversait pour l'instant. Tout était silencieux et procurait un sentiment d'éternité. Après tout, songea Tom, les chameaux avaient-ils *vraiment* changé depuis les temps lointains et reculés où leurs passagers ne possédaient pas encore d'appareils photo ?

Ils se contentèrent de quelques amuse-gueule pour le déjeuner, régime qui convenait parfaitement à Héloïse : du jus de tomate, du Perrier, des olives, des condiments et des petites portions de poisson frit. Tom jeta un coup d'œil à sa montre, sous la table. Il était presque 14 heures.

Les deux femmes parlaient de faire une promenade en chameau. Le visage allongé de Noëlle avait déjà bronzé. Ou était-ce dû à une crème protectrice ? Combien de temps Noëlle et Héloïse allaient-elles rester à Tanger ?

« Trois jours encore, peut-être ? dit Noëlle en interrogeant Héloïse du regard. J'ai quelques amis à voir et je n'ai pu en joindre qu'un seul ce matin. Il faut aussi que nous allions dîner un soir au Golf Club.

— Tu pourras aisément nous joindre, dit Héloïse en se tournant vers Tom. Tu as noté le numéro de téléphone du Rembrandt ?

— Bien sûr, ma chérie.

— Quelle honte ! s'exclama Noëlle avec véhémence. Quand je pense à ce *barbare* de Pritchard, qui est ainsi venu gâcher tes vacances...

— Oh... (Tom haussa les épaules.) Il ne les a pas réellement gâchées. J'ai du travail qui m'attend, à la maison. Et ailleurs. »

Tom n'avait pas l'impression de faire le mystérieux, même si c'était effectivement le cas. Noëlle n'était d'ailleurs nullement intéressée par ses activités, pas plus que par la manière dont il gagnait sa vie. Ses revenus étaient à peu près égaux à ceux d'Héloïse, mais Noëlle n'était pas censée le savoir. Tom se souvenait vaguement que la jeune femme vivait sur un héritage, ainsi que sur la pension que lui versait son ancien mari.

Leur casse-croûte achevé, ils se dirigèrent vers les chameaux mais s'arrêtèrent d'abord pour admirer un petit âne dont la présence leur avait été signalée, en anglais, par son propriétaire — un individu chaussé de sandales qui surveillait également la mère de l'ânon. Celui-ci avait des oreilles et un pelage tout frisottés et se blottissait contre le flanc de sa mère.

« Photo ? Souvenir ? leur lança le propriétaire des deux bêtes. Petit âne ? »

Noëlle avait un appareil photo au fond de sa large sacoche. Elle le sortit et tendit un billet de dix dirhams au propriétaire.

« Pose ta main sur la tête du petit », dit-elle à Héloïse.

Celle-ci lui obéit et esquissa un sourire. *Clic.*

« A ton tour, Tom, reprit Noëlle.

— Non, non. »

Au fond, pourquoi pas ? songea Tom. Il fit un pas en direction d'Héloïse, qui se tenait toujours à côté des bêtes, mais hocha finalement la tête.

« Non, dit-il. Je vais plutôt vous prendre ensemble. »

Tom s'exécuta.

Puis il laissa les deux femmes palabrer en français avec le propriétaire des chameaux. Il fallait qu'il retourne à Tanger en taxi pour récupérer sa valise. Il aurait pu l'emporter avec lui ce matin, mais il tenait de toute manière à repasser au Rembrandt afin de s'assurer que Pritchard ne les avait pas débusqués jusque-là. Ils avaient raconté aux employés du Minzah qu'ils se rendaient à Casablanca.

Tom dut attendre son taxi. Quelques minutes auparavant, il avait demandé à un garçon du café de téléphoner pour qu'on lui envoie une voiture, ce que le serveur avait fait. Tom se mit à arpenter la terrasse, en se forçant à marcher lentement.

Le taxi finit par arriver. Ce n'était d'ailleurs peut-être pas le sien, car des clients en descendirent. Mais peu importait. Tom monta et lança au chauffeur :

« A l'hôtel Rembrandt, boulevard Pasteur, s'il vous plaît. »

La voiture démarra en trombe.

Tom ne jeta pas un seul coup d'œil en direction des chameaux, peu désireux d'apercevoir Héloïse perchée sur le dos de l'un d'eux, secouée comme un prunier. Il ne voulait même pas songer à l'impression que l'on devait ressentir, en regardant vaciller à ses pieds le sol sablonneux, du haut d'un de ces quadrupèdes. Mais Héloïse ne perdrait probablement pas une miette du spectacle et serait enchantée de sa promenade. Et tous ses os seraient entiers lorsqu'elle regagnerait la terre ferme. Tom referma la vitre en ne laissant passer qu'un mince filet d'air, car le taxi roulait à vive allure.

Était-il déjà monté sur un chameau ? Tom n'en était pas certain : pourtant, l'impression d'inconfort ressentie en se trouvant brusquement soulevé à une telle altitude était gravée au fond de sa mémoire avec tant de netteté que la chose avait bien dû lui arriver. L'expérience avait dû être épouvantable. Et aussi éprouvante que s'il s'était retrouvé au bout d'un plongeoir, les yeux fixés sur l'eau de la piscine, à quatre ou cinq mètres de la surface... *Saute !* Mais à quoi bon sauter ? Quelqu'un lui avait-il un jour lancé un ordre semblable ? En colonie de vacances ? Tom n'aurait su le dire avec exactitude. Son imagination était parfois aussi précise, aussi claire que ses souvenirs. Tandis que certains événements indubitablement réels finissaient par s'effacer... Comme le meurtre de Dickie, par exemple, ou celui de Murchison — et même de ces deux gros adipeux de la Mafia qu'il avait proprement étranglés. Ces deux dernières créatures, comme aurait dit Doonesbury, ne représentaient strictement rien à ses yeux, sinon qu'il avait toujours voué une haine particulière à la Mafia. Avait-il vraiment tué ces deux types, dans ce train ? Son inconscient et sa raison se brouillaient-ils pour lui laisser croire qu'il ne les avait *peut-être pas* assassinés ? Bien sûr, il avait lu dans les journaux que leurs cadavres avaient été découverts. A moins qu'il n'ait *cru* l'avoir lu ? Il n'avait évidemment pas conservé chez lui les coupures des articles ! Il y avait décidément un écran entre la mémoire et la réalité, même si Tom ne savait pas comment le désigner. Mais si, songea-t-il quelques instants plus tard, cela portait un nom : l'instinct de conservation.

Une fois encore, les rues poussiéreuses, populeuses et

animées de Tanger, avec leurs bâtisses à quatre étages, prirent forme autour de lui et il aperçut la tour de brique rouge du San Francisco, qui évoquait un peu la *piazza* San Marco de Venise, malgré ses incrustations de motifs arabes. Tom se redressa sur le bord du siège.

« Nous ne sommes plus très loin », dit-il en français, car le chauffeur conduisait vite.

Après une ultime embardée sur la gauche pour traverser le boulevard Pasteur, Tom émergea du taxi et paya le chauffeur.

Il avait laissé ses bagages en bas, aux bons soins du concierge. Il demanda à la réception s'il y avait des messages au nom de Ripley, mais ce n'était pas le cas.

Cela rassura Tom. Il n'avait pour tout bagage qu'une petite valise et un attaché-case.

« J'aurai besoin d'un taxi, dit-il. Pour aller à l'aéroport.
— Oui, monsieur. »

L'employé leva la main et lança un ordre au portier.

« Personne ne m'a demandé ? Même sans laisser de message ? insista Tom.
— Non, monsieur. Je ne pense pas », répondit l'employé, qui paraissait sincère.

Tom monta dans le taxi qui venait d'arriver.

« L'aéroport, s'il vous plaît. »

Ils filèrent vers le sud. Lorsqu'ils eurent quitté la ville, Tom se rejeta dans son siège et alluma une cigarette. Combien de temps Héloïse allait-elle rester au Maroc ? Noëlle la persuaderait-elle de l'accompagner ailleurs ? En Égypte ? Cette dernière hypothèse était peu probable. En revanche, Tom imaginait aisément que Noëlle aurait du mal à quitter le Maroc. Cela lui convenait parfaitement, car il sentait le danger planer autour de Belle Ombre. Toute violence n'était pas à exclure. Il fallait qu'il oblige ces odieux Pritchard à quitter Villeperce. En tant qu'étranger — et américain, de surcroît ! — il ne tenait pas à provoquer le moindre trouble au sein de ce paisible village. Il en avait déjà suffisamment fait par le passé, à dire la vérité... Mais au moins s'était-il toujours arrangé pour rester discret et ne pas soulever trop de vagues.

A bord du vol d'Air France, l'ambiance était nettement

française. Tom, qui voyageait en première classe, accepta un verre de champagne (bien que ce ne fût pas sa boisson préférée) et le but en regardant la côte de Tanger et de l'Afrique disparaître de son champ de vision. Si un rivage pouvait être qualifié d'unique (un terme aussi fréquent que galvaudé, dans les brochures touristiques), c'était bien celui du port de Tanger, avec ses deux pinces s'étirant vers le large. Tom comptait bien y revenir un jour. Il saisit ses couverts et se mit à manger, tandis que les contours de l'Espagne s'effaçaient à leur tour, cédant bientôt la place à l'étendue blanche, nacrée, monotone qui constitue le lot des passagers, à bord d'un avion. Le dernier numéro du *Point* était à sa disposition. Tom le parcourut après avoir fini son repas ; puis il dormit jusqu'à l'atterrissage.

Tom mourait d'envie d'appeler Agnès Grais, afin d'avoir des nouvelles. Il lui téléphona de Roissy après avoir récupéré ses bagages. Agnès était chez elle.

« Je suis à Roissy, répondit Tom. Oui, j'ai décidé de rentrer plus tôt... Non, Héloïse est restée là-bas, avec son amie Noëlle. Tout se passe bien, par chez nous ? » poursuivit-il en français.

Agnès lui répondit que oui, du moins pour ce qu'elle en savait.

« Vous prenez le train pour rentrer ? Dans ce cas, j'irai vous attendre à Fontainebleau... Peu importe l'heure... Mais bien sûr, Tom ! »

Agnès consulta les horaires. Elle irait le chercher juste après minuit. Mais ce serait avec plaisir, l'assura-t-elle.

« Une dernière chose, Agnès... Pouvez-vous appeler dès à présent Mme Annette et lui dire que je rentrerai cette nuit ? Comme cela, je ne l'effraierai pas en arrivant. »

Agnès lui promit de le faire.

Tom se sentit brusquement soulagé. Il lui était déjà arrivé de rendre ce genre de service aux Grais, ou à leurs enfants. Cela faisait partie des plaisirs de la vie campagnarde : on s'aidait entre voisins. L'inconvénient, en contrepartie, c'était la difficulté de se déplacer à sa guise, comme ce soir. Tom prit un taxi jusqu'à la gare de Lyon, puis monta dans le train. Il acheta son billet auprès du contrôleur, ce qui lui revint légèrement plus cher ; mais au moins, il ne risquait pas de se tromper comme cela lui était déjà arrivé avec les distributeurs automatiques installés dans la gare. Il aurait pu prendre un taxi jusque chez lui, mais il ne tenait pas à ce qu'un inconnu le dépose aux portes de Belle Ombre. Ç'aurait été aussi imprudent que de donner son adresse à un ennemi potentiel. Tom sentit la peur naître au fond de lui et se demanda s'il n'était pas en train de devenir paranoïaque. Mais le jour où un chauffeur de taxi se rangerait *pour de bon* dans le camp de ses adversaires, il serait trop tard pour se poser la question...

Agnès l'attendait à Fontainebleau, souriante et enjouée comme à son habitude. Tom répondit aux questions qu'elle lui posait sur Tanger tandis qu'ils rejoignaient Villeperce. Il ne mentionna pas le nom des Pritchard, espérant qu'Agnès allait elle-même dire un mot au sujet de Janice, qui habitait à deux cents mètres de chez elle. Mais ce ne fut pas le cas.

« Mme Annette m'a dit qu'elle vous attendrait. Vraiment, Tom, c'est une perle... »

Agnès ne tarissait pas d'éloges sur le dévouement de Mme Annette. Celle-ci avait même pris la peine d'ouvrir les grilles du portail.

« Vous ne savez donc pas quand Héloïse rentrera ? demanda Agnès tandis qu'ils s'engageaient dans la cour de Belle Ombre.

— Non. Cela dépendra de son humeur. Elle a bien besoin de quelques jours de vacances. »

Tom alla récupérer sa valise dans le coffre et souhaita bonne nuit à Agnès, en la remerciant encore.

Mme Annette ouvrit la porte d'entrée.

« Soyez le bienvenu, monsieur Tom !

— Merci, madame Annette ! Content d'être arrivé. »

Tom était heureux de retrouver l'odeur discrète et familière des pétales de roses et des meubles cirés, ainsi que d'entendre Mme Annette lui demander s'il avait faim. Tom l'assura que non et qu'il ne souhaitait qu'une chose : aller se coucher. Mais d'abord, y avait-il eu du courrier ?

« Ici, monsieur Tom. Comme toujours. »

La pile se trouvait sur la table du vestibule. Tom remarqua qu'elle n'était d'ailleurs pas très importante.

« Et comment se porte Mme Héloïse ? demanda Mme Annette d'une voix chargée d'anxiété.

— Oh, à merveille. Elle est restée avec son amie, Mme Noëlle. Vous vous souvenez sûrement d'elle.

— C'est qu'il faut faire attention, dans ces pays tropicaux... » dit Mme Annette en hochant la tête.

Tom éclata de rire.

« Madame chevauchait un chameau, ce matin !

— Oh, la la ! »

Il était malheureusement bien tard pour appeler Jeff Constant ou Ed Banbury sans faire preuve d'impolitesse, mais Tom s'y résolut quand même. Il composa le numéro d'Ed en premier. Il devait être près de minuit, à Londres.

Ed répondit d'une voix quelque peu ensommeillée.

« Ed... Excuse-moi d'appeler si tard, mais c'est très important... (Tom s'humecta les lèvres.) Je crois que je vais devoir venir à Londres.

— Oh... Que se passe-t-il ? »

Ed était maintenant parfaitement réveillé.

« Des ennuis, dit Tom en poussant un soupir. Il vaut mieux que j'aille discuter avec... avec certaines personnes, là-bas. Tu me suis ? Pouvez-vous m'héberger un jour ou deux, Jeff ou toi ?

— Cela ne pose aucun problème. Ni de son côté, ni du mien, dit Ed qui avait retrouvé sa voix claire et grave. Jeff dispose d'une chambre d'ami, et moi de même.

— Pour la première nuit, au moins, poursuivit Tom. Le temps que je vois comment les choses tournent. Je te remercie, Ed. Tu as eu des nouvelles de Cynthia ?

— Euh... Non.

— Pas de rumeurs ? Pas d'insinuations ?

— Non, Tom. Tu es rentré en France ? Je pensais que...

— Tu ne me croiras jamais, mais figure-toi que David Pritchard était à Tanger. Il nous avait suivis jusque là-bas.

— *Quoi ?* »

Ed paraissait sincèrement surpris.

« Il nous cherche des histoires, Ed. Et crois-moi, il va se remuer... Sa femme est restée ici, dans mon village. Je te raconterai tout ça en détail, une fois à Londres. Je te retéléphonerai demain matin, lorsque j'aurai mon billet. A quelle heure vaut-il mieux t'appeler ?

— Avant 10 h 30, heure locale, dit Ed. Au fait, où se trouve Pritchard, maintenant ?

— A Tanger, pour ce que j'en sais. Du moins pour le moment. A demain matin, Ed. »

10

Tom passa une excellente nuit. Il se leva avant 8 heures et sortit inspecter le jardin. Le forsythia pour lequel il s'était fait tant de souci avait bien été arrosé ; en tout cas, il semblait florissant. Henri était passé et Tom aperçut une nouvelle pile de roses fanées contre le bac à compost, non loin de la cabane. Du reste, en deux jours, un désastre aurait difficilement pu survenir, à moins évidemment qu'une tornade ne se soit abattue sur la région.

« Bonjour, monsieur Tom ! »

Mme Annette venait d'apparaître dans l'embrasure de l'une des trois portes vitrées qui donnaient sur la terrasse. Le café devait être prêt et Tom se hâta de rejoindre la maison.

« Je ne m'attendais pas à vous voir debout de si bonne heure, Monsieur », dit Mme Annette après lui avoir versé sa première tasse.

Elle avait installé son plateau au salon.

« Moi non plus, dit Tom en s'asseyant sur le canapé. Et maintenant, vous allez me mettre au courant des dernières nouvelles ! Asseyez-vous donc, madame. »

C'était une invitation tout à fait inhabituelle de sa part.

« Monsieur Tom... Je ne suis même pas encore allée à la boulangerie !

— Vous n'aurez qu'à acheter du pain à ce type qui réveille tout le quartier avec son klaxon ! » dit Tom en souriant.

La camionnette d'un boulanger passait effectivement tous les matins le long de la route, en klaxonnant comme un beau diable. A ce signal, les ménagères sortaient de chez elles en robe de chambre pour acheter leur pain. Tom avait fréquemment été témoin de la scène.

« Mais il ne s'arrête jamais ici, puisque...
— Vous avez raison, madame. Mais il restera bien du pain à la boulangerie tout à l'heure, même si nous causons cinq minutes. »

Mme Annette préférait se rendre à pied jusqu'au village pour acheter son pain, car à la boulangerie elle rencontrait toujours des amies avec qui elle pouvait échanger des potins.

« Il ne s'est rien passé d'extraordinaire, en mon absence ? »

Tom savait que Mme Annette allait se creuser les méninges avant de lui répondre.

« M. Henri est passé, une seule fois. Il n'est d'ailleurs pas resté très longtemps — une heure à peine.
— Personne n'est revenu photographier Belle Ombre ? » demanda Tom en souriant.

Mme Annette hocha négativement la tête. Elle avait croisé les mains à hauteur de sa taille.

— Non, Monsieur. Mais mon amie Yvonne m'a raconté que Mme... Prichard ? La femme de...
— Oui, je crois qu'ils s'appellent Prichard.
— Eh bien, figurez-vous qu'elle pleurait... en faisant ses courses. Elle était en larmes ! Vous vous rendez compte ?
— Non, dit Tom. En larmes, dites-vous ?
— Et son mari n'est pas là, en ce moment. Il est parti. »

Mme Annette semblait sous-entendre qu'il avait abandonné sa femme.

« Il est peut-être en voyage d'affaires... Mme Pritchard s'est-elle fait quelques relations, au village ? »

Mme Annette hésita.

« Je ne crois pas, dit-elle. Elle a l'air bien triste, Monsieur... Désirez-vous que je vous prépare un œuf mollet, lorsque je reviendrai de la boulangerie ? »

Tom accepta sa proposition. Il avait faim et il était apparemment impossible d'empêcher Mme Annette de se rendre au village.

Celle-ci s'apprêtait à regagner la cuisine, mais se retourna brusquement.

« Ah, j'oubliais... M. Clegg a téléphoné. Hier, me semble-t-il.

— Bien. A-t-il laissé un message ?

— Non. Il vous présente ses amitiés. »

Ainsi donc, on avait aperçu Mme Pritchard en larmes... Mais il s'agissait probablement d'une nouvelle mise en scène — et qui sait, d'un rôle qu'elle se jouait encore à elle-même. Tom se leva et se dirigea vers la cuisine. Mme Annette réapparut (elle était allée chercher son sac à main dans sa chambre) et saisit le cabas à provision suspendu à une patère. Tom reprit la parole :

« S'il vous plaît, madame Annette, ne dites à personne que je suis rentré. Du reste, il est probable que je reparte aujourd'hui même... Oui, hélas... Aussi, ne prévoyez rien de spécial à mon intention ! Je vous donnerai davantage de détails tout à l'heure. »

A 9 heures, Tom appela l'agence de voyages de Fontainebleau et réserva un billet de première classe pour Londres, sur le vol qui partait de Roissy à 13 heures, le jour même. Puis il fit rapidement sa valise, en prenant soin d'emmener deux chemises ne nécessitant pas de repassage.

« S'il y a des gens qui appellent, vous n'aurez qu'à leur dire que je suis toujours au Maroc avec Mme Héloïse, déclara-t-il à Mme Annette. De toute façon, je serai de retour avant que vous n'ayez le temps de dire ouf ! Demain peut-être, ou après-demain... Non, non, je vous appellerai moi-même... Je vous le promets. »

Tom avait informé Mme Annette qu'il se rendait à Londres, mais sans lui préciser où il comptait loger. Il ne lui laissa pas de consigne particulière, au cas où Héloïse appellerait. Il espérait seulement qu'elle s'en abstiendrait, le réseau téléphonique marocain étant ce qu'il était...

Puis Tom appela Ed Banbury depuis sa chambre. Mme Annette n'avait toujours pas appris l'anglais (la langue lui était apparemment impénétrable) mais Tom préférait néanmoins la tenir à l'écart de certaines conversations. Il informa Ed de son heure d'arrivée et lui dit qu'il débarquerait probablement chez lui vers 15 heures, si cela lui convenait.

Ed lui répondit qu'il s'arrangerait et que cela ne posait aucun problème.

Tom s'assura qu'il avait bien noté la nouvelle adresse d'Ed, à Covent Garden.

« Il va falloir s'occuper de Cynthia, poursuivit-il. Et découvrir ce qu'elle fabrique au juste, si elle est bien impliquée dans cette histoire. Nous allons avoir besoin de quelques espions discrets. L'idéal serait une taupe. Réfléchis-y, Ed. Il faut tout prévoir à l'avance ! Veux-tu que je te ramène quelque chose de chez les mangeurs de grenouilles ?

— Mmm... Si tu pouvais acheter une bouteille de Pernod à l'aéroport...

— C'est comme si c'était fait ! A bientôt. »

Tom descendit sa petite valise au rez-de-chaussée. Le téléphone se mit soudain à sonner. Il espéra qu'il s'agissait d'Héloïse. Mais c'était Agnès Grais.

« Tom... Puisque vous êtes célibataire, je me suis dit que vous pourriez venir dîner à la maison, ce soir. Je suis seule avec les enfants, et ils mangeront avant nous...

— Je vous remercie, ma chère Agnès, répondit Tom en français. Je suis absolument désolé, mais je dois repartir... Oui, aujourd'hui même... De Roissy. Je m'apprêtais justement à appeler un taxi. Je regrette beaucoup...

— Un taxi ? Où allez-vous ? Je dois me rendre à Fontainebleau pour faire quelques courses. Si je peux vous déposer quelque part... »

Tom n'en attendait pas moins et accepta sans vergogne l'invitation d'Agnès, qui proposa de l'emmener jusqu'à Fontainebleau. La jeune femme arriva une dizaine de minutes plus tard. Tom avait eu le temps de dire au revoir à Mme Annette et avait même déjà ouvert les grilles de la propriété lorsque la fourgonnette d'Agnès Grais fit son apparition. Ils partirent sur-le-champ.

« Où allez-vous donc, à présent ? » lui demanda Agnès en souriant.

Elle le dévisagea comme s'il était le plus grand globe-trotter de tous les temps.

« A Londres. Une simple affaire à régler. Au fait...

— Oui, Tom ?

— Je vous serais infiniment reconnaissant de ne dire à personne que je suis rentré à Belle Ombre hier soir. Ni que je me suis rendu à Londres pour un jour ou deux. Ce n'est pas *vraiment* important... mais je n'ai pas l'esprit tranquille, après avoir abandonné Héloïse de la sorte. Je sais bien qu'elle est avec son amie Noëlle, mais... Vous connaissez Noëlle Hassler ?

— Oui. Nous nous sommes rencontrées une ou deux fois.

— Je la rejoindrai très probablement... à Casablanca, d'ici quelques jours. (Tom feignit de paraître plus détendu.) Saviez-vous que l'étrange Mme Pritchard était en larmes, l'autre jour ? Je l'ai appris par l'entremise de ma fidèle espionne, Mme Annette.

— En larmes ? A quel propos ?

— Je n'en ai pas la moindre idée ! »

Tom n'allait pas lui raconter que Pritchard n'était apparemment pas chez lui, ces temps-ci. Janice Pritchard devait se montrer extrêmement discrète, puisque Agnès n'avait pas remarqué l'absence de son mari.

« Vous ne trouvez pas un peu curieux, d'entrer ainsi en pleurant dans une boulangerie ? reprit-il.

— Si... Et plutôt triste. »

Agnès Grais déposa Tom devant l'hôtel L'Aigle Noir, endroit qu'il avait lui-même suggéré au dernier moment. Le portier descendit les marches et traversa la terrasse : peut-être le connaissait-il de vue, mais ce n'était pas sûr, car Tom fréquentait uniquement le bar et le restaurant de l'hôtel. En tout cas, il se mit en quatre pour lui dénicher un taxi acceptant de le conduire jusqu'à Roissy et Tom le gratifia d'un pourboire.

*

Au bout d'un laps de temps qui lui parut fort court, Tom se retrouva dans un autre taxi qui roulait sur le côté gauche de la route et se dirigeait vers Londres. A ses pieds se trouvait le sac en plastique contenant la bouteille de Pernod qu'il avait promise à Ed, ainsi qu'une cartouche de Gauloises. A travers la vitre, Tom voyait défiler des usines et des entrepôts aux murs de brique rouge ; le décor n'avait rien à voir avec le sentiment de camaraderie qu'il éprouvait lorsqu'il rendait visite à ses amis londoniens. Il restait plus de deux cents livres en espèces dans sa réserve (Tom gardait en permanence une enveloppe garnie de coupures étrangères dans un petit tiroir intérieur de son armoire) et il s'était également muni de chèques de voyage.

« Faites attention lorsque vous arriverez à Seven Dials, si vous passez par là », lança-t-il au chauffeur d'une voix polie, mais tendue.

Ed Bandury l'avait prévenu qu'on pouvait aisément se tromper à ce carrefour. L'immeuble où habitait Ed (il s'agissait d'un ancien bâtiment rénové) se trouvait dans Bedfordbury Street, une rue au charme désuet, ainsi que Tom le découvrit lorsque le taxi arriva à destination. Il paya le chauffeur et descendit.

Ed était chez lui, comme promis. Après s'être assuré dans l'interphone qu'il s'agissait bien de Tom, il lui ouvrit la porte d'allée. Un coup de tonnerre gronda au même instant et Tom sursauta. Tandis qu'il franchissait la porte intérieure, l'orage éclata soudain et la pluie se mit à tomber.

« Il n'y a pas d'ascenseur, lui lança Ed par-dessus la rampe, avant de descendre à sa rencontre. C'est au deuxième étage.

— Salut, Ed ! »

Tom chuchotait presque. Il ne voulait pas parler à voix haute, de peur que les autres habitants (il y avait deux appartements par étage) ne surprennent ses paroles. Ed saisit le sac en plastique. Le bois de la rampe était ciré à la perfection, les murs blancs semblaient avoir été fraîchement repeints et les marches étaient recouvertes d'une moquette bleu foncé.

L'appartement d'Ed avait visiblement été refait en même temps que le hall. Ed prépara du thé, ce qui était dans ses habitudes à cette heure, mais aussi parce qu'il pleuvait des cordes.

« Tu as parlé avec Jeff ? demanda Tom.

— Oh, oui. Il tient à te voir et passera sans doute ce soir. Je lui ai dit que je le rappellerais dès ton arrivée, pour mettre ça au point. »

Ils prirent le thé dans la pièce où Tom devait dormir, une sorte de bibliothèque aménagée dans un recoin du salon et munie d'un petit canapé ; ce dernier était d'ailleurs un simple lit à une place, sur lequel on avait étendu une couverture et disposé quelques coussins. Tom mit rapidement Ed au courant du comportement de David Pritchard à Tanger et de l'heureux épisode qui avait mis fin à leur confrontation, lorsqu'il avait abandonné Pritchard inanimé sur le sol à La Haffa (Le Trou), un célèbre débit de boissons (voire une fumerie de kif) situé sur la côte dans les environs de Tanger.

« Je ne l'ai pas revu depuis, poursuivit Tom. Ma femme se trouve toujours là-bas, en compagnie d'une amie parisienne nommée Noëlle Hassler. Je pense qu'elles iront ensuite à Casablanca. Je ne veux pas que Pritchard s'attaque à ma femme. D'ailleurs, je ne pense pas qu'il le fasse : c'est après moi qu'il en a. Mais j'ignore au juste ce que trame ce salopard. (Tom but une gorgée de Earl Grey, qui était délicieux.) Pritchard est peut-être cinglé ; mais ce que je voudrais savoir, c'est ce que Cynthia Gradnor a bien pu lui raconter. Tu as eu des nouvelles, de ce côté ? Concernant par exemple cet intermédiaire... L'ami de Cynthia avec lequel Pritchard avait parlé au cours de cette fameuse soirée ?...

— Oui. Nous connaissons son nom : il s'appelle George Benton. C'est Jeff qui a dégoté l'information, j'ignore au juste comment ; tout ce que je sais, c'est que ça n'a pas été facile... Jeff a dû interroger pas mal de gens, alors qu'il n'était pas présent lui-même à cette soirée. »

L'information éveilla l'intérêt de Tom.

« Ce type habite à Londres ? Tu es sûr de son nom ?

— A quatre-vingt-dix pour cent. (Ed recroisa ses longues jambes et fronça légèrement les sourcils.) Nous avons repéré trois George Benton dans l'annuaire. Mais la liste des G. Benton est beaucoup plus impressionnante. Impossible de les appeler tous et de leur demander s'ils connaissent Cynthia... »

Tom dut en convenir.

« Ce qui m'inquiète, c'est que j'ignore jusqu'où Cynthia a l'intention d'aller. A supposer qu'elle soit bien en rapport avec Pritchard... Cynthia me déteste. (Tom frissonna imperceptiblement en prononçant ce mot.) Elle serait ravie de me faire du mal. Mais si elle a décidé de révéler l'histoire des faux Derwatt et de préciser à partir de quand Bernard Tufts s'est mis à en fabriquer... (la voix de Tom n'était plus qu'un murmure) ... elle trahira du même coup le grand amour qu'elle vouait à Bernard. Je mise donc sur le fait qu'elle n'ira pas aussi loin. Mais ce n'est qu'un pari. »

Tom se rejeta dans son fauteuil, sans se détendre pour autant.

« Disons que c'est un espoir, ou un vœu que je forme. Je n'ai pas revu Cynthia depuis plusieurs années et il est possible que son attitude envers Bernard ait légèrement... changé. L'idée qu'elle puisse se venger de moi l'emportera peut-être. »

Tom s'interrompit et regarda Ed. Celui-ci réfléchissait.

« Tu parles de vengeance à ton égard, Tom, mais tu sais bien que cela nous éclabousserait tous. Nous vendions déjà des Derwatt, Jeff et moi... enfin, ses anciennes toiles, ajouta-t-il en souriant... alors que nous savions parfaitement que Derwatt était mort. »

Tom ne l'ignorait pas. Il regarda fixement son vieil ami.

« Mais Cynthia sait fort bien que c'est moi qui ai eu l'idée des faux et qui ai convaincu Bernard de s'y mettre, au début. Vous n'êtes intervenus qu'un peu plus tard. Puis Bernard a tout avoué à Cynthia, ce qui a fini par provoquer leur rupture.

— Oui, c'est vrai. Je m'en souviens. »

Ed, Jeff et Bernard — ce dernier surtout — avaient tous trois été de proches amis de Derwatt. Et lorsque le peintre, qui traversait une phase dépressive, était parti en Grèce et s'était suicidé en se noyant au large d'une île, ses amis londoniens avaient été aussi stupéfaits que bouleversés. A vrai dire, Derwatt avait très précisément « disparu » en Grèce, car son cadavre n'avait jamais été retrouvé. Il avait alors une quarantaine d'années et commençait à être reconnu comme un peintre de premier plan, mais qui n'avait pas encore donné toute sa mesure et dont on pouvait donc attendre beaucoup. C'était Tom qui avait suggéré à Bernard Tufts, peintre lui-même, de se lancer dans la fabrication de faux Derwatt.

« Pourquoi souris-tu ? demanda Ed.

— Je pensais au discours que me tiendrait un prêtre, si j'allais me confesser... Pourriez-vous coucher tout cela *par écrit ?* »

Ed rejeta la tête en arrière et éclata de rire.

« Mais non, dit-il. Il estimerait probablement que tu te paies sa tête !

— A moins qu'il ne me dise... »

Le téléphone se mit à sonner dans une pièce voisine.

« Excuse-moi, Tom. J'attends un coup de fil », dit Ed avant de s'éclipser.

Pendant que Ed parlait au téléphone, Tom jeta un coup d'œil à la « bibliothèque » où il devait dormir. Deux des murs étaient couverts d'étagères, du sol au plafond ; il y avait à peu près autant d'ouvrages reliés que de livres de poche. Tom remarqua que Tom Sharpe et Muriel Spark figuraient côte à côte... Ed avait acheté de nouveaux meubles depuis le dernier passage de Tom. D'où était-il originaire, déjà ? De Hove ?

Et que faisait donc Héloïse, à cet instant précis ? Il devait être près de 16 heures. Plus tôt elle quitterait Tanger pour Casablanca, mieux cela vaudrait.

« Tout va bien, dit Ed en revenant dans la pièce et en enfilant un pull-over rouge par-dessus sa chemise. J'ai annulé un rendez-vous sans importance et je suis libre pour le reste de l'après-midi.

— Passons à la galerie Buckmaster, dit Tom en se levant. Elle reste ouverte jusqu'à quelle heure ? 5 heures et demie ? 6 heures ?

— 18 heures, il me semble. Non, ne t'occupe pas de ça, je jetterai le lait. Et si tu as des affaires à suspendre, il y a de la place dans la penderie, sur ta gauche.

— Oh, cette chaise fera l'affaire. Allons-y. »

Ed atteignit la porte et se retourna. Il avait enfilé un imperméable.

« Tu ne voulais pas me dire autre chose... Au sujet de Cynthia ?...

— Ah, si. (Tom boutonna son Burberry.) Un simple détail. Cynthia sait évidemment que c'est le corps de Bernard que j'ai incinéré, et non celui de Derwatt. Je ne vais pas te faire un dessin. D'une certaine manière, cela constitue sans doute à ses yeux une sorte d'affront supplémentaire — comme si j'avais irrémédiablement souillé le nom de Bernard en racontant à la police qu'il s'agissait de quelqu'un d'autre. »

Ed réfléchit un instant, la main sur la poignée de la porte. Puis il actionna nerveusement celle-ci et dévisagea Tom.

« Et pourtant, Tom, au bout de tout ce temps, elle n'est jamais venue nous voir pour nous parler de ça. Ni Jeff ni moi. Elle s'est contentée de nous ignorer et de faire comme si nous n'existions plus — ce qui du reste nous convenait parfaitement.

— Oui, mais jamais jusqu'à ce jour une telle opportunité ne s'était présentée à elle... Ce David Pritchard n'est qu'un petit crétin sadique, mais Cynthia pourrait fort bien se servir de lui. Et c'est ce qu'elle est en train de faire, tu comprends ? »

*

Un taxi les emmena jusque dans Old Bond Street et les déposa devant la vitrine à l'éclairage discret et aux boiseries rehaussées de cuivre de la galerie Buckmaster. Tom remarqua que la splendide porte d'époque était toujours munie de sa poignée de cuivre. Dans la devanture, deux palmiers en pot encadraient un tableau ancien et dissimulaient la plus grande partie de la salle.

Le dénommé Nick Hall (il avait une trentaine d'années, d'après les souvenirs de Tom) était en train de discuter avec un homme sensiblement plus âgé. Nick était doté d'une constitution robuste et d'une abondante chevelure noire. Apparemment, il adorait garder les bras croisés sur sa poitrine.

Tom jeta un coup d'œil aux médiocres tableaux modernes qui ornaient les murs. Il ne s'agissait pas d'une exposition personnelle, mais d'un choix de toiles dues à plusieurs artistes. Tom et Ed restèrent à l'écart, en attendant que Nick ait achevé sa conversation avec le client plus âgé. Celui-ci finit par s'en aller, non sans que Nick lui ait donné une carte. Il n'y avait apparemment pas d'autre visiteur dans la galerie.

« Bonsoir, monsieur Banbury », dit Nick.

Il s'avança en souriant, révélant une rangée de dents minuscules qui déplurent aussitôt à Tom. Enfin, il semblait au moins avoir des manières directes. Et visiblement, il connaissait bien Ed, ce qui indiquait que le courant passait entre les deux hommes.

« Bonsoir, Nick. Je vous présente un de mes amis... Tom Ripley. Nick Hall.

— Enchanté de faire votre connaissance, monsieur », dit Nick en souriant à nouveau ; il n'avait pas tendu la main à Tom, mais s'était légèrement incliné devant lui.

« M. Ripley est de passage à Londres. Il souhaitait vous rencontrer et regarder peut-être un ou deux tableaux intéressants. »

Ed avait adopté une attitude détachée et Tom décida de l'imiter. Apparemment, c'était la première fois que Nick entendait prononcer le nom de Tom. Parfait. L'accueil était nettement plus froid (mais beaucoup plus sûr) que la dernière fois, où le prédécesseur de Nick, un homosexuel du nom de Leonard, avait organisé une conférence de presse dans l'arrière-boutique de la galerie.

Tom et Ed passèrent dans la pièce suivante (il n'y avait que deux salles d'exposition) et contemplèrent les paysages dans le style de Corot qui étaient accrochés aux murs. Il y avait également quelques toiles entassées dans un coin de la pièce. Tom savait qu'il y en avait encore beaucoup d'autres dans l'arrière-boutique, derrière la porte blanche à la peinture légèrement écaillée ; c'était là que s'était déroulée la fameuse conférence de presse (d'ailleurs, il y en avait même eu deux) au cours de laquelle Tom avait tenu le rôle de Derwatt.

Nick étant resté dans la première salle, Tom en profita pour suggérer à Ed de demander au gérant si on lui avait récemment posé des questions au sujet des Derwatt.

« Et j'aimerais aussi jeter un coup d'œil au livre d'or... Voir le nom des gens qui l'ont signé récemment. (Il n'aurait pas été surpris que Pritchard l'ait fait : ç'aurait bien été dans son style.) De toute façon, les propriétaires de la galerie — c'est-à-dire Jeff et toi — sont bien censés savoir que je suis amateur de Derwatt, n'est-ce pas ? »

Ed posa la question à Nick.

« Nous avons six Derwatt en ce moment, monsieur, dit

Nick en rectifiant les plis de son costume gris, comme s'il subodorait la bonne affaire. Votre nom me revient à présent, monsieur. Si vous voulez bien me suivre... »

Nick leur montra les Derwatt, disposant à tour de rôle les tableaux sur une chaise, en appui contre le dossier. Tous étaient l'œuvre de Bernard Tufts. Il y en avait deux dont Tom se souvenait fort bien, et quatre qu'il avait oubliés. Le préféré de Tom s'appelait *Un chat l'après-midi :* une composition aux tons chaleureux, dans les brun-rouge, et quasiment abstraite, où l'animal endormi émergeait peu à peu d'un labyrinthe de lignes blanches. Venait ensuite *Station Néant,* une toile superbe à dominante bleue, où un bâtiment blanc et crasseux — une gare, probablement — se détachait à l'arrière-plan. Puis *Dispute entre sœurs,* un Derwatt typique mais que Tom estimait dû au pinceau de Bernard Tufts, à cause de sa date, et montrant deux femmes en train de s'affronter, la bouche ouverte. Les contours multipliés des silhouettes, dans le plus pur style du peintre, dénotaient l'intensité de l'échange et les taches de rouge (un des procédés favoris de Derwatt, que Bernard Tufts avait ici reproduit) rendaient presque palpables la colère et les éclats de voix des deux femmes — suggérant même une violente empoignade, un échange de morsures et de coups de griffes au cours duquel le sang aurait coulé.

« Combien demandez-vous, pour celui-là ?

— Les *Sœurs ?*... Environ trois cent mille, monsieur. Je puis vérifier la somme exacte. Mais si vous vous décidiez, il faudrait que je prévienne un ou deux autres clients. Ce tableau a beaucoup de succès », ajouta Nick en souriant à nouveau.

Pour rien au monde Tom n'aurait voulu l'avoir chez lui. Il avait demandé le prix par curiosité.

« Et le *Chat ?*

— Légèrement plus. Il a de nombreux adeptes, lui aussi. »

Tom lança un coup d'œil à Ed.

« Vous connaissez les prix par cœur maintenant, Nick ! dit Ed d'un air bon enfant. C'est très bien.

— Merci, monsieur.

— Vous avez beaucoup de demandes, concernant les Derwatt ? s'enquit Tom.

— Mmm... Pas tant que ça, vu leur prix élevé. Ce sont les fleurons de notre collection.

— Ou les joyaux de notre couronne, ajouta Ed. Les gens de la Tate et de Sotheby's viennent ici en personne, Tom, pour tenter de savoir quel pourcentage nous touchons. Ah, ces commissaires-priseurs... Mais nous nous passons fort bien d'eux. »

La galerie Buckmaster traitait directement avec ses clients, sans passer par les salles de vente. Tom était ravi que Ed Banbury parle aussi librement devant Nick Hall, comme s'ils étaient tous les deux de vieilles connaissances sur le marché de l'art. Le marché... Quel drôle de terme ! Pourtant, Ed et Jeff sélectionnaient eux-mêmes les toiles qu'ils mettaient en vente, qu'il s'agisse de jeunes artistes ou de peintres confirmés. Leur décision obéissait bien sûr à la loi du marché, voire à ses engouements passagers, Tom ne l'ignorait pas, mais enfin, leurs critères ne devaient pas être trop erronés puisqu'ils pouvaient s'offrir un loyer fort élevé dans Old Bond Street, tout en faisant des bénéfices.

Tom se tourna vers Nick.

« J'imagine qu'on ne risque plus guère de dénicher un Derwatt inconnu au fin fond d'un grenier...

— D'un grenier ! Vous plais... C'est fort improbable, monsieur. Ses dessins eux-mêmes se font rares. Il n'en est pas apparu de nouveau sur le marché depuis plus d'un an. »

Tom hocha la tête d'un air songeur.

« J'aime beaucoup le *Chat,* qu'il soit ou non dans mes moyens... Je vais y réfléchir.

— Vous possédez déjà... »

Nick fouillait visiblement dans sa mémoire.

— J'en ai deux, dit Tom. *L'Homme à la chaise,* mon préféré, et *Les Chaises rouges.*

— C'est cela. J'ai dû le voir dans nos registres. »

Rien dans l'attitude de Nick ne laissait soupçonner qu'il savait (ou venait de se rappeler) que *L'Homme à la chaise* était un faux.

« Nous devrions peut-être y aller, dit Tom à Ed, comme s'ils avaient rendez-vous. Avez-vous un livre d'or ? ajouta-t-il à l'intention de Nick Hall.

— Bien sûr, monsieur. Par ici... »

Nick se dirigea vers le bureau installé dans la première salle et saisit un volume de grand format. Il l'ouvrit et le présenta à Tom, en lui tendant un stylo.

Tom se pencha et saisit le stylo. Plusieurs signatures à moitié illisibles couvraient la dernière page. Il en déchiffra quelques-unes : Shawcross, Forster, Hunter..., parfois suivies d'une adresse. Il jeta ensuite un coup d'œil sur la page précédente mais apparemment, Pritchard n'y avait pas inscrit son nom, du moins au cours des derniers mois. Tom signa le livre à son tour : Thomas P. Ripley, suivi de la date, sans mentionner d'adresse.

Ed et lui se retrouvèrent bientôt sur le trottoir. Il tombait un léger crachin.

« Je suis heureux de voir que Steuerman ne figure plus parmi tes protégés, dit Tom en grimaçant un sourire.

— C'est exact. Je me souviens encore des cris que tu avais poussés à son sujet... »

Ils attendaient qu'un taxi daigne se montrer à l'horizon. Quelques années plus tôt, Ed ou Jeff (Tom n'avait jamais cherché à résoudre la question) avaient découvert un peintre du nom de Steuerman qui, selon eux, aurait pu fabriquer de potables Derwatt. *Potables ?* Tom en était encore révulsé et se raidit dans son imperméable. Steuerman aurait fichu toute leur combine en l'air, si la galerie Buckmaster avait fait la bêtise de le lancer sur le marché. Tom s'était basé sur des reproductions en couleurs que la galerie lui avait envoyées, si sa mémoire était bonne... Du reste, peu importe... Ce qui était sûr, c'est qu'il avait vu ses tableaux quelque part et qu'ils étaient absolument épouvantables.

Ed s'était avancé dans la rue, en agitant la main. A cette heure, et avec un temps pareil, il n'allait pas être facile de dénicher un taxi.

« Comment ça se goupille ce soir, avec Jeff ? lança Tom.

— Il passera chez moi vers 7 heures. Tiens ! »

Un taxi venait d'apparaître. Par miracle, la lanterne jaune était allumée sur son toit, indiquant qu'il était libre. Ils s'engouffrèrent dans le véhicule.

« Cela m'a fait plaisir de revoir ces Derwatt, dit Tom en se laissant aller au fond de son siège. Enfin, je devrais dire :

ces Bernard Tufts. Et je viens d'avoir une idée, pour régler la question... ou l'obstacle Cynthia.

— De quoi s'agit-il ?

— Je vais tout simplement lui téléphoner et la cuisiner un peu. Lui demander si elle est en rapport avec Mme Murchison, par exemple. Ou avec David Pritchard. Je me ferai passer pour un policier français. Je l'appellerai de chez toi tout à l'heure, si tu n'y vois pas d'inconvénient.

— Oh, je comprends... dit Ed, entrevoyant brusquement le plan de Tom. Cela ne pose aucun problème.

— Tu as son numéro de téléphone ?

— Oui, il figure dans l'annuaire. Je crois me souvenir qu'elle n'habite plus à Bayswater, maintenant, mais du côté de Chelsea. »

11

De retour à Covent Garden, Tom prit une douche. Il accepta le gin-tonic qu'Ed lui proposait et rassembla ses pensées. Son ami avait noté à son intention le numéro de téléphone de Cynthia Gradnor sur un bout de papier.

Tom répéta avec Ed son rôle d'inspecteur de police, en s'exerçant à parler avec l'accent français.

« Il est presque 7 heures. Si Jeff arrive, tu le laisseras entrer comme si de rien n'était, d'accord ? »

Ed acquiesça, en faisant une petite révérence.

« Oui.

— Je vous appelle du commissariat de police de... Il vaut mieux que je dise Paris, plutôt que Melun... Bon... »

Tom se leva et se mit à arpenter la pièce qui servait à Ed de cabinet de travail. Le téléphone était posé sur le bureau, au milieu d'un monceau de paperasses.

« Il nous faudrait un bruit de fond... Tu taperas à la machine pendant que je parlerai. N'oublions pas qu'il s'agit d'un commissariat de *police,* à la Simenon. Nous nous connaissons tous les uns les autres. »

Ed obéit et s'assit devant le bureau. Il glissa une feuille dans sa machine à écrire et se mit à taper à toute vitesse.

« Un peu plus lentement, peut-être, dit Tom. Pas la peine d'aller si vite. »

Il composa le numéro et s'apprêta à débiter son boniment. Était-il bien chez Cynthia Gradnor ? Suite à certaines déclarations de David Pritchard, pouvait-il lui poser quelques questions au sujet d'un certain M. Ripley ?

Le téléphone sonna dans le vide.

« Et merde ! Elle n'est pas chez elle... »

Tom regarda sa montre. Il était 19 h 10. Il reposa le combiné.

« Elle est peut-être sortie pour dîner. A moins qu'elle ne soit pas en ville en ce moment.

— Tu réessaieras demain, dit Ed. Ou plus tard dans la soirée. »

La sonnette de l'entrée retentit.

« Voilà Jeff », dit Ed en se dirigeant vers le vestibule.

Jeff fit son apparition, trempé malgré son parapluie. Il était plus grand et plus costaud que Ed ; son crâne s'était encore dégarni depuis la dernière visite de Tom.

« Salut, Tom ! C'est toujours un plaisir et une surprise de te revoir. »

Ils se serrèrent chaleureusement la main, s'étreignant presque.

« Quitte donc cet imperméable détrempé et passe à quelque chose d'un peu plus sec, dit Ed. Du scotch, par exemple ?

— Excellente idée. Merci, Ed. »

Ils s'assirent tous les trois sur le canapé du salon, devant une table basse. Tom expliqua à Jeff les raisons de sa venue : la situation avait considérablement empiré depuis leur dernière conversation téléphonique.

« Ma femme est toujours à Tanger, à l'hôtel Rembrandt, en compagnie d'une amie française. Je suis venu pour tenter de savoir ce que mijote Cynthia... à propos de Murchison. Elle est peut-être en rapport...

— Oui, Ed m'a raconté ça, dit Jeff.

— ... en rapport avec la *veuve* de Murchison, aux États-Unis. Celle-ci ne peut évidemment qu'être intéressée par des informations relatives à la disparition de son mari... Il va d'ailleurs falloir que je vérifie ce dernier point. (Tom posa son gin-tonic sur un dessous de verre.) Si les flics se mettent en tête de fouiller les bois, autour de chez moi, pour retrouver le cadavre de Murchison, ils risquent bien de finir par le dénicher... Lui ou son squelette, à tout le moins.

« — Il se trouve à quelques kilomètres de chez toi, si je me souviens bien ? dit Jeff, vaguement mal à l'aise. Au fond d'une rivière ? »

Tom haussa les épaules.

« Ou d'un canal voisin. Pour mon confort personnel, j'ai oublié l'endroit *exact,* mais je reconnaîtrais parfaitement le pont d'où nous l'avons jeté cette nuit-là, Bernard et moi... Bien entendu... (Tom se redressa et son visage se détendit)... personne ne sait pourquoi ni comment Thomas Murchison a disparu. Il aurait aussi bien pu être kidnappé à Orly, après que je l'ai déposé. »

Tom se fendit d'un grand sourire. Il avait prononcé ces derniers mots comme s'il croyait sincèrement à cette version des faits.

« Il transportait *L'Horloge* dans ses bagages. Un authentique Bernard Tufts... (Tom éclata de rire.) Et le tableau a disparu à Orly, lui aussi. Mais Murchison aurait tout aussi bien pu décider *lui-même* de s'évaporer dans la nature... En tout cas, quelqu'un a dû mettre la main sur *L'Horloge,* puisque nous n'en avons plus jamais entendu parler par la suite. »

Jeff acquiesça, les sourcils froncés. Il tenait son verre à la main, entre ses genoux, plongé dans ses pensées.

« Combien de temps ces Pritchard comptent-ils rester dans ton village ? demanda-t-il.

— Ils ont probablement loué leur villa pour six mois. J'aurais dû me renseigner, mais je ne l'ai pas fait. »

Il n'aurait d'ailleurs pas besoin de six mois pour en finir avec Pritchard — d'une manière ou d'une autre. Tom sentit la colère le gagner. Pour éviter un éclat, il se mit à décrire à Ed et à Jeff la maison des Pritchard, avec ses faux meubles d'époque et son bassin aménagé à l'extérieur, sur la pelouse, où le soleil se reflétait l'après-midi en dessinant des motifs irisés sur le plafond du salon.

« Pour tout vous avouer, conclut Tom, j'aimerais bien que ces deux hurluberlus se noient dans leur fichu bassin ! »

Les deux autres éclatèrent de rire.

« Je te ressers un verre, Tom ? demanda Ed.

— Non, merci. Ça ira comme ça. (Tom jeta un coup d'œil

à sa montre : il était un peu plus de 8 heures.) Avant que nous sortions, je vais essayer de rappeler Cynthia. »

Ed et Jeff lui prêtèrent main-forte. Ed se remit à taper à la machine, tandis que Tom résumait son plan à Jeff.

« Surtout, ne ris pas. Nous sommes dans un commissariat parisien. Pritchard est venu me trouver et je dois interroger Mme Gradnor, qui pourrait peut-être me fournir certains renseignements au sujet de M. Murchison ou de son épouse. Tu comprends ?

— Oui », dit Jeff avec un égal sérieux, comme s'il prêtait serment.

Tom s'était muni d'un stylo et d'une feuille de papier, au cas où il ait quelque chose à noter, ainsi que du billet où figurait le numéro de Cynthia.

Une voix féminine lui répondit au bout de la cinquième sonnerie.

« Bonsoir, madame. C'est madame Gradnor ?

— Oui.

— Ici l'inspecteur Édouard Bilsaut, à Paris. Nous sommes en rapport avec M. Pricharde à propos d'un certain Thomas Murchison... dont le nom ne vous est pas inconnu, je crois bien ?

— En effet. Je le connais. »

Jusque-là, tout allait bien. Tom avait adopté une voix plus aiguë et légèrement plus rauque que d'habitude. Après tout, Cynthia aurait fort bien pu se souvenir de son intonation habituelle et soupçonner son stratagème.

— M. Pritchard est actuellement en Afrique du Nord comme vous le savez peut-être, madame. Nous aimerions avoir l'adresse américaine de Mme Murchison... si toutefois vous la connaissez.

— Dans quel but ? »

Cynthia Gradnor n'avait rien perdu de sa morgue... qui pouvait aller jusqu'à une moue prononcée de la lèvre supérieure, lorsque les circonstances l'exigeaient.

« Nous devrions incessamment disposer de certaines informations... concernant son mari. M. Pricharde nous a contactés une fois, depuis Tanger. Mais nous ne parvenons pas à le joindre en ce moment, ajouta Tom en haussant encore le ton, comme s'il y avait vraiment urgence.

— Hum... (Cynthia paraissait sceptique.) M. Pritchard procède comme il l'entend, dans l'affaire dont vous parlez. Je n'ai rien à voir là-dedans. Je vous suggère d'attendre son retour.

— Mais nous ne pouvons pas... nous permettre d'attendre, madame. Nous avons une question importante à poser à Mme Murchison. M. Prichard n'était pas à son hôtel lorsque nous avons appelé et les communications avec Tanger sont extrêmement mauvaises. »

Tom se racla la gorge et faillit s'étrangler. Il fit signe aux deux autres de continuer leurs bruits de fond. Cynthia n'avait pas semblé surprise lorsqu'il lui avait dit que Pritchard se trouvait à Tanger.

Ed laissa tomber un livre sur l'un des rares coins libres de son bureau, tout en continuant de taper à la machine. Au fond de la pièce, le dos tourné, Jeff porta les mains à ses lèvres et imita le gémissement étouffé d'une sirène. Le son ressemblait vraiment à celui d'une voiture de police parisienne.

« Madame... reprit Tom d'une voix grave.
— Un instant. »

Elle avait mordu à l'hameçon. Sans un regard pour ses compagnons, Tom saisit son stylo. Cynthia reprit l'écouteur et lui épela une adresse, dans l'est de Manhattan.

« Merci, madame, dit Tom d'un ton courtois, sans manifester toutefois une politesse exagérée. Et son téléphone ? (Il le nota à la suite.) Merci infiniment, madame. Et bonne soirée.
— Wou-ou-ou... »

Jeff avait poursuivi son manège pendant que Tom faisait ses adieux. L'imitation était convaincante, mais Cynthia n'avait peut-être rien entendu.

« Ça a marché, dit Tom d'une voix calme. Mais quand je pense qu'elle possède l'adresse de Mme Murchison... »

Tom dévisagea ses amis qui demeurèrent silencieux, les yeux fixés sur lui. Il fourra dans sa poche la feuille où il avait noté l'adresse et regarda une nouvelle fois sa montre.

« Puis-je encore passer un coup de fil, Ed ?
— Je t'en prie, Tom. Veux-tu que nous te laissions ?
— C'est inutile. J'appelle en France. »

Jeff et Ed se retirèrent néanmoins à la cuisine.

Tom composa le numéro de Belle Ombre, où il devait être 9 heures et demie.

« Bonsoir, madame Annette ! »

La voix de Mme Annette à l'autre bout du fil lui évoqua brusquement le vestibule de Belle Ombre, ainsi que le recoin familier de la cuisine où il y avait également un téléphone, près de la machine à café.

« Oh, monsieur Tom ! Je ne savais pas comment vous joindre ! J'ai de mauvaises nouvelles...

— Vraiment ? dit Tom en fronçant les sourcils.

— C'est à propos de Mme Héloïse ! On l'a kidnappée ! »

Tom faillit s'étrangler.

« Mais ce n'est pas *possible !* qui vous a dit ça ?

— Un homme qui avait un accent américain ! Il a téléphoné... vers 4 heures, cet après-midi. Je ne savais pas quoi faire. Il m'a simplement annoncé ça, puis il a raccroché. J'en ai discuté avec Mme Geneviève, qui m'a dit : " La police ne pourra rien faire, *ici*. Appelez plutôt Tanger, ou parlez-en à M. Tom. " Mais j'ignorais comment vous joindre. »

Tom ferma les yeux, tandis que Mme Annette poursuivait son discours. Il se mit à réfléchir. C'était évidemment Pritchard qui avait inventé cette histoire. Il avait dû découvrir que Tom n'était plus à Tanger — plus avec sa femme, en tout cas — et avait trouvé ce biais pour faire encore parler de lui. Tom prit une profonde inspiration et tenta de rassembler ses esprits afin de rassurer Mme Annette.

« Il s'agit probablement d'une mauvaise plaisanterie, madame Annette. Je vous en prie, ne vous inquiétez pas. Nous avions changé d'hôtel, Mme Héloïse et moi, il me semble vous l'avoir dit. Madame se trouve maintenant à l'hôtel Rembrandt. Mais ne vous rongez pas les sangs... J'appellerai moi-même ma femme ce soir et je vous fiche mon billet qu'elle sera là ! (Tom éclata franchement de rire.) Un accent américain... poursuivit-il d'un air dédaigneux. Il ne peut donc s'agir d'un Nord-Africain ou d'un officier de police de Tanger, vous ne croyez pas ? »

Mme Annette dut bien admettre que c'était exact.

« Quel temps fait-il en France ? reprit Tom. Ici, il pleut.

— Monsieur Tom... Vous me préviendrez, lorsque vous aurez des nouvelles de Mme Héloïse ?

— Cette nuit ? Ou-oui... *J'espère* bien l'avoir au bout du fil tout à l'heure, ajouta-t-il d'une voix calme. Je vous rappellerai aussitôt après.

— Peu importe l'heure, monsieur ! J'ai verrouillé toutes les portes de la maison, ainsi que les grilles du portail.

— Vous avez fort sagement agi, madame Annette. »

Après avoir raccroché, Tom siffla entre ses dents. Il enfonça ses mains dans ses poches et rejoignit ses compagnons, qui se trouvaient maintenant dans la bibliothèque, leurs verres à la main.

« J'en apprends de belles... dit-il, heureux pour une fois de pouvoir partager une mauvaise nouvelle au lieu de la garder pour lui, comme c'était généralement le cas. Ma domestique vient de me dire que ma femme a été kidnappée. A Tanger. »

Jeff fronça les sourcils.

« Kidnappée ? Tu plaisantes ?

— Un homme à l'accent américain a téléphoné chez moi et annoncé la nouvelle à Mme Annette, avant de raccrocher. Je suis sûr qu'il s'agit d'un bobard. C'est du Pritchard tout craché... Il essaie encore de faire de l'esclandre.

— Que comptes-tu faire ? demanda Ed. Appeler l'hôtel, pour voir si ta femme est bien là ?

— Exactement. »

Tom alluma une Gitane et s'accorda quelques secondes de répit. Ce David Pritchard lui sortait par les yeux... Il ne pouvait plus le voir en peinture et haïssait jusqu'à ses lunettes cerclées et sa montre vulgaire.

« Oui, reprit-il, je vais appeler le Rembrandt, à Tanger. Ma femme fait généralement un saut dans sa chambre, vers 7 heures, afin de se changer pour la soirée. Et on pourra au moins me dire à la réception si elle est toujours là.

— Bien sûr. Vas-y, Tom », dit Ed.

Tom se dirigea à nouveau vers le téléphone, installé à côté de la machine à écrire d'Ed, et sortit son agenda de la poche intérieure de sa veste. Il avait bien noté le numéro du Rembrandt, ainsi que le code international de Tanger. Ne lui avait-on pas dit que le meilleur moment pour appeler

Tanger, c'était à 3 heures du matin ? Il fit néanmoins une tentative et composa soigneusement le numéro.

Tout d'abord, il n'entendit rien. Il y eut ensuite un léger grésillement, suivi de trois bip-bip prometteurs. Mais le silence revint aussitôt.

Tom essaya de passer par le standard international. Il demanda à l'opératrice d'appeler le Rembrandt et lui donna le numéro d'Ed. La préposée lui dit de raccrocher. Elle rappela au bout d'une minute, en lui disant qu'elle essayait de joindre Tanger. Elle discuta quelques instants d'un air passablement irrité avec une voix lointaine que Tom percevait à peine, mais n'eut finalement pas plus de chance que lui.

« A cette heure, ce n'est pas toujours évident, monsieur. Je vous suggère de rappeler plus tard dans la soirée. »

Tom la remercia.

« Non, ajouta-t-il en réponse à sa question, je dois sortir. Je ferai moi-même une nouvelle tentative tout à l'heure. »

Il regagna ensuite la bibliothèque, où Ed et Jeff achevaient d'installer son lit.

« Pas de chance, dit-il. Impossible de la joindre. On m'avait bien dit que les liaisons téléphoniques avec Tanger étaient épouvantables... Allons manger un morceau et oublions ça pour l'instant.

— Quelle poisse... dit Jeff en se relevant. J'ai entendu que tu comptais rappeler plus tard.

— Oui. Au fait, les gars, je vous remercie d'avoir installé mon lit. Je crois que je l'apprécierai, ce soir. »

Ils sortirent quelques minutes plus tard. Abrités sous deux parapluies (le crachin tombait toujours), ils se dirigèrent vers le pub qu'Ed leur avait suggéré et qui, du reste, se trouvait à deux pas. L'établissement était orné de poutres à chevrons ; il y avait des boxes en bois, mais Tom préféra qu'ils s'installent à une table d'où l'on pouvait surveiller les va-et-vient des clients. Il commanda du roast-beef et un pudding du Yorkshire, en souvenir du bon vieux temps.

Tom posa quelques questions à Jeff Constant, au sujet de son travail. Jeff était photographe indépendant ; il était bien obligé d'accepter de temps en temps des commandes purement alimentaires, qui l'enthousiasmaient beaucoup moins que ses séries « d'intérieurs sophistiqués, avec ou sans personnage ». Il entendait par là les photos qu'il faisait dans des appartements décorés avec soin, où trônait parfois une plante ou un chat. Son travail alimentaire concernait surtout le design industriel : gros plans de fers à repasser, etc.

« Ou d'édifices en cours de construction, dans les banlieues, poursuivit Jeff. Je me déplace par tous les temps pour en photographier, même quand il pleut comme aujourd'hui.

— Vous vous voyez souvent, Ed et toi ? » demanda Tom.

Les deux hommes se regardèrent et sourirent. Ce fut Ed qui répondit :

« Je ne dirais pas ça... Pas vrai, Jeff ? Mais en cas de besoin, nous pouvons compter l'un sur l'autre. »

Tom se mit à songer aux jours anciens, à l'époque où Jeff avait réalisé de remarquables photographies des toiles (authentiques) de Derwatt et où Ed Banbury avait pris en main les affaires du peintre, écrivant des articles sur lui, distillant avec art ses informations, de manière à mettre la machine publicitaire en branle et à lancer son nom sur le marché — ce qui avait fini par arriver. Ils avaient concocté une histoire selon laquelle Derwatt s'était retiré au Mexique, coupé du monde, déclinant toute interview et refusant même de livrer le nom du village où il s'était cloîtré ; on soupçonnait néanmoins qu'il se trouvait dans les parages de Vera Cruz, le port d'où il expédiait ses tableaux à Londres. Les précédents propriétaires de la galerie Buckmaster avaient déjà pris Derwatt sous contrat, sans le moindre succès car ils ne s'étaient pas souciés d'assurer sa promotion. Jeff et Ed avaient pris le train en marche, alors que Derwatt s'était déjà noyé au large de la Grèce. Ils avaient tous connu le peintre (à l'exception de Tom, bizarrement, qui pourtant avait eu bien souvent l'impression de l'avoir *réellement* rencontré). Avant sa mort, Derwatt n'avait pas été un peintre totalement méconnu : Jeff, Ed, Cynthia, Bernard l'admiraient profondément ; mais il avait vécu à Londres dans le plus total dénuement. Il était originaire d'une sinistre ville industrielle du Nord de l'Angleterre, dont Tom avait oublié le nom. C'était le battage fait autour de son nom qui lui avait valu un tel succès, songea Tom. Mais après tout, n'était-ce pas parce que personne ne s'était occupé de Van Gogh que celui-ci était resté inconnu ? Qui avait pris en main les affaires de Vincent ? Personne. Hormis Théo, peut-être.

Ed fronça les sourcils.

« Je n'aborderai plus le sujet ce soir, Tom, mais n'es-tu pas un peu inquiet, à propos d'Héloïse ?

— Non... Je pensais à autre chose... Je connais ce Pritchard, Ed. Pas tout à fait comme ma poche, mais presque. (Tom se mit à rire.) Je n'avais encore jamais rencontré un type pareil, mais je vois bien le genre... Tendances sadiques... Il vit de ses rentes — c'est du moins ce qu'a prétendu sa femme, mais je les soupçonne l'un et l'autre de mentir comme des arracheurs de dents.

— Il est marié ? demanda Jeff, surpris.

— Je ne te l'avais pas dit ? Américains tous les deux. Selon moi, ils ont une relation sado-masochiste. Ils s'aiment et se haïssent à la fois, si tu vois ce que je veux dire, poursuivit Tom à l'intention de Jeff. Pritchard m'a dit qu'il suivait des cours de marketing à l'INSEAD, une école de commerce de Fontainebleau, ce qui est totalement faux. Sa femme a des marques de bleus sur les bras. Et sur le cou. Il est venu s'installer à deux pas de chez moi dans le seul but de m'empoisonner la vie. Et son esprit s'est sûrement mis à battre la campagne lorsque Cynthia lui a parlé de Murchison. »

Tout en attaquant son roast-beef, Tom réalisa qu'il ne tenait pas à révéler à Ed et à Jeff que Pritchard (ou sa femme) s'était fait passer pour Dickie Greenleaf au téléphone et avait même parlé avec Héloïse. Tom n'aimait guère évoquer Dickie et brasser ces vieux souvenirs.

« Et il t'a suivi jusqu'à Tanger, dit Jeff entre deux bouchées.

— Sans sa femme, dit Tom.

— Comment se débarrasser d'une pareille peste ?

— Voilà une *bonne* question. »

Tom éclata de rire. Les deux autres parurent un peu surpris par son hilarité, puis sourirent à leur tour. Jeff reprit la parole :

« J'aimerais bien retourner chez Ed avec vous tout à l'heure, si tu comptes rappeler Tanger. Je voudrais savoir ce qui se passe exactement.

« — Pas de problème, Jeff ! dit Ed. Combien de temps Héloïse compte-t-elle rester à Tanger, Tom ? Ou au Maroc ?

— Une dizaine de jours environ. Je ne sais pas au juste. Son amie Noëlle connaît déjà le pays. Elles veulent au moins pousser jusqu'à Casablanca. »

Ils commandèrent des express. Puis Jeff et Ed échangèrent quelques remarques d'ordre professionnel. Tom réalisa qu'ils se rendaient mutuellement service, de temps en temps. Jeff Constant faisait d'excellents portraits et Ed Banbury réalisait régulièrement des interviews pour les suppléments dominicaux des journaux.

Tom insista pour régler l'addition.

La pluie avait cessé et Tom proposa de faire un petit tour dans le quartier, vu que l'appartement d'Ed était à deux pas. Il aimait le spectacle des petites boutiques alternant avec les entrées des immeubles, les boîtes aux lettres au cuivre bien astiqué aménagées dans les portes, les épiceries qui restaient ouvertes le soir, jusqu'à minuit parfois, avec leurs étalages garnis de fruits resplendissants et leurs rayons remplis de pain, de céréales, de boîtes de conserve, sous l'éclairage des néons...

« Ce sont des Arabes ou des Pakos qui les tiennent, dit Ed. En tout cas, c'est une vraie bénédiction. Ils ouvrent même le dimanche, et pendant les vacances. »

Ils se retrouvèrent bientôt devant l'allée d'Ed, qui sortit sa clef.

Tom songea qu'il avait peut-être un peu plus de chance à présent de joindre l'hôtel Rembrandt, bien qu'il ne fût pas encore 3 heures du matin. Il composa une nouvelle fois le numéro, en espérant qu'il tomberait sur un employé compétent et sachant parler français.

Ses compagnons attendaient à ses côtés, impatients de connaître les nouvelles. Jeff avait allumé une cigarette. Tom leur fit un petit geste.

« Ça ne répond toujours pas... »

Il composa le numéro du standard international et exposa son problème. L'opératrice lui dit qu'elle le rappellerait dès qu'elle serait en mesure de joindre le Rembrandt.

« Merde...

— Penses-tu qu'il y ait un espoir, Tom ? demanda Ed. Tu devrais peut-être envoyer un télégramme.

— Le standard de Londres est censé me recontacter. Mais vous n'avez pas besoin de faire le pied de grue, tous les deux ! (Tom dévisagea son hôte.) Ça ne t'ennuie pas que j'attende, au cas où Tanger rappellerait dans la nuit ?

— Bien sûr que non. D'ailleurs, je n'entendrai rien : je n'ai pas de téléphone dans ma chambre », dit Ed en tapotant l'épaule de Tom.

D'aussi loin que Tom se souvienne, c'était la première fois qu'Ed se laissait aller avec lui à un tel attouchement physique, en dehors des poignées de main.

« Je vais prendre une douche, dit-il. La sonnerie retentira probablement alors que je serai encore dans la baignoire...

— Vas-y ! dit Ed. Si c'est le cas, nous te préviendrons. »

Tom sortit son pyjama de sa valise, se déshabilla rapidement et fila à la salle de bains, située entre la pièce où il devait dormir et la chambre d'Ed. Il était en train de se sécher lorsque Ed l'appela. Tom cria qu'il arrivait et enfila son pyjama et des pantoufles en daim avant de ressortir. Il aurait voulu demander à Ed si c'était Héloïse ou le standard, mais ne dit rien et saisit le combiné.

« Allô ?

— Bonsoir. Hôtel Rembrandt. Vous êtes...

— Monsieur Ripley. Je voudrais parler avec Mme Ripley, chambre 317.

— Ah, oui. Vous êtes...

— Son mari, dit Tom.

— Un instant. »

Cette dernière réplique avait apparemment brisé la glace. Tom regarda ses compagnons, qui attendaient d'un air anxieux. Puis une voix endormie marmonna :

« Allô ?

— Héloïse ! J'étais tellement inquiet ! »

Ed et Jeff se détendirent, le sourire aux lèvres.

« Oui... A cause de... de ce maudit *Pritcharde*... Il a téléphoné à Mme Annette en lui disant qu'on t'avait *kidnappée !*

— Kidnappée ! Je ne l'ai même pas vu de la journée », dit Héloïse.

Tom se mit à rire.

« J'appellerai Mme Annette tout à l'heure, elle sera soulagée. Maintenant, écoute-moi. »

Tom voulait savoir avec exactitude quel programme Héloïse et Noëlle comptaient suivre. Elles avaient visité une mosquée aujourd'hui, ainsi qu'un marché. Oui, elles pensaient partir à Casablanca le lendemain.

« A quel hôtel descendrez-vous ? »

Héloïse dut aller vérifier le nom quelque part.

« Au Miramar. »

Comme c'est original... songea Tom, qui avait retrouvé sa bonne humeur.

« Tu n'as pas aperçu cette fripouille, ma chérie, mais il rôde peut-être encore dans les parages, en essayant de savoir où tu loges... et si je suis encore avec toi. Je suis donc soulagé d'apprendre que tu seras à Casablanca demain. Et ensuite ?

— Ensuite ?

— Où irez-vous, après ça ?

— Je ne sais pas. A Marrakech, je crois.

— Prends un crayon », dit Tom d'une voix ferme.

Il lui donna le numéro de téléphone d'Ed et s'assura qu'elle l'avait correctement noté.

« Pourquoi es-tu à Londres ? »

Tom éclata de rire.

« Et toi ? Pourquoi es-tu à Tanger ? Ma chérie, je ne serai sans doute pas ici à longueur de journée, mais tu peux toujours appeler et laisser un message. Je crois qu'Ed a un répondeur... (Ed acquiesça de la tête à l'intention de Tom.) Dis-moi à quel hôtel tu descendras, une fois quitté Casablanca... Bien. Mes amitiés à Noëlle... Je t'aime. Au revoir, ma chérie.

— Quel soulagement ! s'exclama Jeff.

— Oui. Surtout pour moi. Héloïse m'a dit qu'elle n'avait même pas vu Pritchard rôder dans les parages... ce qui, bien sûr, ne signifie pas grand-chose.

— Ce Pri-charde... dit Jeff.

— Une écharde de prix... rétorqua Ed, imperturbable.

— Ça suffit ! (Tom grimaça.) Il faut encore que je passe un coup de fil à Mme Annette. Et j'ai également réfléchi au cas de Mme Murchison.

— Oui ? dit Ed d'un air intrigué, adossé à une étagère de la bibliothèque. Tu crois vraiment que Cynthia est en rapport avec elle ? Qu'elles échangent leurs informations ? »

Horrible pensée... Tom réfléchit un instant.

« Elles connaissent peut-être leurs adresses respectives, mais que pourraient-elles bien se raconter ? De surcroît, elles se sont peut-être seulement contactées depuis que David Pritchard est entré en scène. »

Jeff était resté debout et faisait les cent pas dans la pièce.

« Qu'allais-tu dire, au sujet de Mme Murchison ? »

Tom hésita, peu désireux d'exposer un plan encore nébuleux. Mais après tout, on était entre amis...

— J'aimerais bien l'appeler, aux États-Unis, et lui demander où les choses en sont... si l'on a découvert quelque chose, concernant la disparition de son mari. Mais je crois qu'elle me déteste à peu près autant que Cynthia. Enfin, pas tout à fait... Mais après tout, je suis la dernière personne à avoir vu son mari vivant. Sous quel prétexte d'ailleurs pourrais-je bien l'appeler ? (Tom explosa soudain.) Que peut donc faire Pritchard, nom de Dieu ! Qu'a-t-il découvert de nouveau ? Rien de rien, bordel !

— Tu n'as pas tort, dit Ed.

— Et si tu appelais Mme Murchison en déguisant ta voix, Tom ? intervint Jeff. En te faisant passer pour cet inspecteur... comment s'appelait-il, déjà ? Webster ?

— Oui. »

Tom se souvenait avec déplaisir de l'inspecteur Webster, de la police britannique, bien que celui-ci ne soit jamais parvenu à découvrir la vérité.

« Non, reprit-il, je ne peux pas prendre un risque pareil. »

Était-il imaginable que Webster, qui était venu le voir à Belle Ombre et s'était même rendu jusqu'à Salzbourg, soit toujours sur l'affaire ? Et qu'il soit en rapport avec Cynthia et Mme Murchison ? Mais Tom aboutit une fois de plus à la même conclusion : il n'y avait pas le moindre élément nouveau dans toute cette affaire. Et donc aucune raison de se faire du souci.

« Je ferais bien de vous laisser, dit Jeff. J'ai du travail qui m'attend, demain. Tu me diras ce que tu comptes faire,

Tom ? Ed a mon numéro. Toi aussi, d'ailleurs, ça me revient. »

Ils se souhaitèrent bonne nuit.

« Appelle donc Mme Annette, dit Ed. Voilà au moins une corvée agréable à remplir.

— Comme tu dis ! répliqua Tom. Je te souhaite également bonne nuit, Ed, et je te remercie pour ton hospitalité. Je ne tiens plus debout. »

Tom composa ensuite le numéro de Belle Ombre.

« Allô-*ô-ô* ? »

La voix de Mme Annette vibrait d'angoisse.

« Ici Tom ! »

Il l'informa que tout allait bien du côté de Mme Héloïse et que cette histoire d'enlèvement était dénuée de fondement, évitant toutefois de mentionner le nom de David Pritchard.

« Mais... qui a bien pu faire courir cette *horrible* rumeur ? demanda-t-elle avec acrimonie.

— Je n'en ai pas la moindre idée, madame. Le monde est rempli d'individus nourrissant les plus horribles desseins... Ils y prennent *plaisir,* curieusement. Tout va bien, à la maison ? »

Mme Annette l'assura qu'il n'y avait aucun problème. Tom lui dit qu'il la rappellerait dès qu'il connaîtrait la date de son retour. Quant à Mme Héloïse, il ne savait pas exactement quand elle comptait revenir, mais elle était toujours avec son amie, Mme Noëlle, et prenait du bon temps.

Après quoi, Tom s'écroula sur son lit et s'endormit comme une masse.

12

Le lendemain matin, le ciel était dégagé. On n'aurait pas dit qu'il avait plu la veille, sauf que la ville semblait avoir été lavée de fond en comble ; c'est du moins ce que se disait Tom en regardant la rue étroite du haut de sa fenêtre. Les vitres étincelaient au soleil et le ciel était d'un bleu immaculé.

Ed avait laissé une clef sur la table, ainsi qu'un petit mot à l'intention de Tom, lui disant de faire comme chez lui et l'informant qu'il ne rentrerait pas avant 16 heures. Il lui avait montré la cuisine la veille. Tom se rasa, prit son petit déjeuner et fit son lit. A 9 heures et demie, il sortit de l'immeuble et se dirigea vers Picadilly, savourant le spectacle des rues, la diversité des accents et les bribes de conversation qu'il saisissait çà et là sur son passage.

Tom pénétra chez Simpson et erra un moment entre les rayons, s'imprégnant des arômes floraux qui régnaient dans le magasin. Il ne fallait pas qu'il oublie d'acheter de la cire à la lavande pour Mme Annette avant de quitter Londres. Il passa au rayon pour hommes et acheta deux robes de chambre : l'une en laine noire, assez légère, destinée à Ed, et une autre, rouge vif, pour lui-même. Ed devait faire une taille de moins que lui, d'après ses estimations. Tom ressortit du magasin, un grand sac en plastique à la main, et prit la direction de Old Bond Street et de la galerie Buckmaster. Il était presque 11 heures.

Nick Hall était en train de discuter avec un individu de

forte stature et à la chevelure noire lorsque Tom arriva, et le salua d'un petit hochement de tête.

Tom se rendit dans la pièce adjacente, où étaient toujours exposés les calmes paysages à la manière de Corot, tandis que Nick poursuivait sa conversation dans la pièce principale :

« ... moins de quinze mille, monsieur, j'en suis certain. Je puis vérifier, si vous le désirez...

— Non, non.

— Tous nos prix sont susceptibles d'être révisés à la hausse ou à la baisse par les propriétaires de la galerie. Mais ces modifications sont généralement insignifiantes. (Nick marqua une pause.) Elles dépendent uniquement des fluctuations du marché, et non du client potentiel.

— Très bien. Tenez-moi au courant, je vous prie. J'irai jusqu'à treize mille. Ce *Pique-nique* me... me tente beaucoup.

— Oui, monsieur. J'ai vos coordonnées. J'essaierai de vous rappeler demain. »

Nick choisissait ses mots avec soin. Il portait une superbe paire de chaussures noires, différentes de celles qu'il avait la veille.

« Bonjour, Nick... si je puis me permettre, dit Tom lorsqu'ils se retrouvèrent seuls. Nous nous sommes rencontrés hier.

— Oh, je m'en souviens fort bien, monsieur.

— Avez-vous des dessins de Derwatt, en ce moment ? Si oui, j'aimerais bien les voir. »

Nick eut un instant d'hésitation.

« Ou-oui, monsieur. Tous les cartons sont dans l'arrière-boutique. La plupart ne sont pas à vendre. En fait, je crois bien qu'il n'y en a pas un seul en vente... officiellement. »

Parfait, songea Tom. Il s'agissait de précieuses archives, de documents et de croquis préparatoires effectués pour des tableaux qui étaient depuis lors devenus des classiques. Ou qui étaient destinés à le devenir.

« Mais... est-il possible de...

— Bien sûr, monsieur. Évidemment. »

Nick jeta un coup d'œil vers l'entrée, puis marcha jusqu'à la porte, afin peut-être de vérifier qu'elle était bien fermée, ou de tirer un verrou. Il rejoignit Tom et traversa avec lui la seconde pièce, avant de l'introduire dans l'arrière-boutique. Le décor était resté le même, avec son bureau en fouillis et ses murs crasseux, jadis blancs, contre lesquels des toiles, des cadres, des cartons à dessin étaient entreposés dans le plus grand désordre. Tom se demanda comment une vingtaine de journalistes, deux photographes, Leonard (qui servait les boissons) et lui-même avaient pu s'entasser dans un endroit pareil. Pourtant, c'est bien ce qui était arrivé.

Nick s'accroupit et souleva un grand carton à dessin gris.

« La moitié environ de ces dessins sont des esquisses préparatoires », dit-il.

Une table supplémentaire avait été installée près de la porte. Nick y déposa le carton d'un air respectueux et dénoua les trois rubans qui le maintenaient fermé.

« Je sais qu'il y en a d'autres dans ces tiroirs », dit-il en désignant du menton une armoire blanche, poussée contre le mur. Le meuble n'était pas très haut et comportait au moins six étroits tiroirs. C'était la première fois que Tom le voyait.

Chacun des dessins de Derwatt était glissé dans une pochette en plastique transparente. Il y avait des croquis au fusain, à la plume, au crayon. Tandis que Nick les lui présentait l'un après l'autre, sous leur enveloppe protectrice, Tom réalisa qu'il était incapable de distinguer les vrais Derwatt de ceux qui étaient dus à Bernard Tufts — pas de manière infaillible, en tout cas. Pour les croquis des *Chaises rouges* (il y en avait trois), aucune hésitation possible : Tom savait que le tableau était bien de Derwatt. Mais lorsque Nick lui montra les esquisses préparatoires de *L'Homme à la chaise,* un faux dû à Bernard Tufts, son cœur se mit à battre : d'abord parce qu'il possédait ce tableau, l'aimait et le connaissait parfaitement, mais aussi parce que le dévoué Bernard Tufts avait réalisé ces esquisses avec autant d'amour et de soin que l'aurait fait Derwatt. Et dans ces croquis, qui n'étaient pas destinés à être exposés, Bernard s'était exercé et quasiment exhorté lui-même, en vue de son véritable but : la peinture de la toile finale.

« Ces dessins sont-ils à vendre ? demanda Tom.

— Non. M. Banbury et M. Constant ne le souhaitent pas. D'après ce que je sais, ils n'en ont jamais vendu un seul.

Il n'y a pas tellement de gens qui... (Nick hésita.) Vous comprenez, le papier qu'utilisait Derwatt... n'était pas toujours de la meilleure qualité. Il a tendance à jaunir, à s'effriter sur les bords...

— Ces dessins sont magnifiques, dit Tom. Continuez à en prendre soin. A les protéger de la lumière...

— Et à les manipuler le moins possible », ajouta Nick en arborant son sourire professionnel.

Il y en avait encore d'autres, dont une série pour le *Chat endormi,* probablement due à Bernard Tufts, que Tom trouva très réussie. Les feuilles à dessin de format standard portaient des indications de couleur au crayon : noir, marron, jaune, rouge, vert...

Tom songea soudain que Tufts s'était tellement identifié à Derwatt qu'il était pratiquement impossible de distinguer leurs œuvres, du moins en ce qui concernait certains de ces dessins. Bernard Tufts était *devenu* Derwatt, dans tous les sens du terme. Il était mort à la suite du déséquilibre et de la honte qui l'avaient envahi, parce qu'au fond il avait réussi sa métamorphose, imitant l'ancien mode de vie de Derwatt, son style, sa manière de dessiner. A en juger du moins par les croquis que Tom venait de voir, la maîtrise de Bernard Tufts tant dans le crayonné que dans le choix des couleurs ne témoignait d'aucune hésitation et était devenue totale.

« Vous êtes intéressé, M. Ripley ? demanda Nick Hall, qui s'était redressé et fermait un tiroir. Je pourrais en parler à M. Banbury. »

Tom se mit à sourire.

« Je ne sais pas. C'est assez tentant. Et... (Tom hésita, un peu embarrassé.) ... combien demanderait la galerie, pour un croquis préparatoire ? »

Nick baissa les yeux, en réfléchissant.

« Je n'en sais rien, monsieur. Vraiment, je suis incapable de vous le dire. Je ne pense pas avoir les tarifs ici. A supposer qu'ils existent. »

Tom ravala sa salive. La plupart de ces croquis avaient été exécutés dans le modeste atelier londonien de Bernard Tufts, où celui-ci avait vécu et travaillé durant les dernières années de sa vie. Bizarrement, ces dessins constituaient la meilleure preuve d'authenticité des tableaux de Derwatt, car ils ne témoignaient d'aucun changement dans le choix et l'usage des couleurs, détail qui avait particulièrement tracassé Murchison.

« Merci, Nick. A bientôt », dit Tom en se dirigeant vers la porte.

Tom traversa Burlington Arcade, indifférent pour l'instant aux cravates de soie, aux ceintures et aux superbes écharpes exposées dans les devantures des magasins. Il réfléchissait. Si la vérité éclatait au sujet de Derwatt et que l'on découvre qu'une partie de son œuvre n'était pas de lui, quelle différence cela ferait-il ? Le travail de Bernard Tufts avait autant de qualité et avait obéi à la même logique, à la même évolution que celui que Derwatt aurait pu accomplir, s'il était mort à cinquante ou cinquante-cinq ans, au lieu de se suicider à trente-huit. On pouvait même se demander si Tufts n'avait pas transcendé l'œuvre de jeunesse de Derwatt. Si soixante pour cent environ des toiles de Derwatt avaient été signées B. Tufts, en quoi leur valeur artistique en aurait-elle été diminuée ?

La réponse, bien sûr, c'est que ces toiles avaient été vendues de manière malhonnête : leur valeur marchande, qui ne cessait de grimper, reposait sur la réputation de Derwatt, laquelle n'était d'ailleurs pas très élevée à la mort de ce dernier, le peintre étant resté relativement méconnu de son vivant. Ce n'était pas la première fois que Tom songeait à ce paradoxe.

Il retrouva heureusement ses esprits en pénétrant chez Fortnum and Mason et demanda au portier en jaquette où se trouvait le rayon droguerie.

« Je cherche de la cire pour les meubles », ajouta-t-il.

Une fois sur place, il ouvrit le couvercle d'une boîte de cire à la lavande dont il renifla les effluves, les yeux fermés, s'imaginant déjà de retour à Belle Ombre.

« Pourrais-je en avoir trois ? » demanda-t-il à la vendeuse.

Celle-ci lui tendit le tout dans un petit sachet en plastique, que Tom fourra dans le grand sac contenant déjà les robes de chambre.

Une fois ce menu devoir accompli, Tom reporta aussitôt ses pensées sur Derwatt, Cynthia, David Pritchard et les problèmes qui l'attendaient. Pourquoi ne pas essayer de rencontrer Cynthia et de lui parler en tête à tête, plutôt que de passer par le téléphone ? Certes, il aurait sûrement de la peine à la convaincre d'accepter une telle entrevue : elle risquait de lui raccrocher au nez ou de l'envoyer promener s'il faisait le pied de grue devant l'immeuble où elle habitait. Mais qu'avait-il à perdre ? Cynthia pouvait fort bien avoir révélé à Pritchard l'histoire de la disparition de Murchison et avoir ainsi grossi le *curriculum vitae* de Tom, que Pritchard avait dû établir à partir des archives des journaux. S'étaient-ils rencontrés à Londres ? Tom pouvait tenter d'apprendre si Cynthia et Pritchard étaient toujours en rapport, s'ils s'écrivaient ou se téléphonaient régulièrement, par exemple. Et essayer du même coup de découvrir le plan de la jeune femme, à supposer qu'elle en ait un et ne cherche pas seulement à lui ficher la frousse.

Tom déjeuna dans un pub près de Picadilly. Puis il prit un taxi et rejoignit l'appartement d'Ed Banbury. Il déposa le sac contenant la robe de chambre sur le lit d'Ed, sans plus de cérémonie ; du reste, l'emballage de chez Simpson était assez réussi. Puis il rejoignit sa chambre-bibliothèque, posa sa propre robe de chambre sur une chaise et partit à la recherche de l'annuaire téléphonique, qui se trouvait au pied du bureau d'Ed. Tom le feuilleta et ne tarda pas à tomber sur GRADNOR Cynthia L.

Il regarda sa montre (il était 2 heures moins le quart) et composa le numéro.

Un message enregistré se déclencha au bout de la troisième sonnerie. Tom saisit un crayon. Cynthia priait ses correspondants de bien vouloir appeler tel numéro, aux heures de bureau.

Tom forma le numéro en question. Une voix féminine lui répondit. Il prétendit appartenir à l'agence Vernon McAllister et demanda s'il pouvait parler à Miss Gradnor.

Celle-ci prit la communication.

« Allô ?

— Bonjour, Cynthia. Ici Tom Ripley, dit-il d'une voix grave. Je suis à Londres pour quelques jours... En fait, je suis arrivé hier. J'espérais...

— Pourquoi m'appelles-tu ? lança Cynthia d'un air irrité.

— Parce que je voudrais te voir, répondit calmement

Tom. Il m'est venu une idée... qui, je crois, pourrait t'intéresser. Et qui nous concerne tous.

— Nous ?

— Je suis sûr que tu me comprends, dit Tom en se raidissant. J'aimerais vraiment te voir, Cynthia, même brièvement. Nous pouvons nous retrouver n'importe où... dans un restaurant, ou un salon de thé...

— Un *salon de thé !* »

La voix de Cynthia ne tremblait pas. Elle ne perdait jamais ses moyens. Tom poursuivit, l'air déterminé :

« Oui, Cynthia. Peu importe où. Tu n'as qu'à me dire...

— Qu'est-ce qui me vaut cet honneur ? »

Tom se mit à sourire.

« Il m'est venu une *idée...* capable de résoudre bon nombre de problèmes... ou de désagréments.

— Je n'ai pas la moindre envie de vous voir, M. Ripley. »

Elle lui raccrocha au nez.

Durant quelques instants, Tom rumina son échec en faisant les cent pas dans le bureau d'Ed, puis il alluma une cigarette.

Il recomposa le numéro qu'il avait griffonné sur un bout de papier et obtint une nouvelle fois l'agence, dont il vérifia le nom et l'adresse.

« Vos bureaux sont ouverts jusqu'à quelle heure ?

— Hum... 17 h 30 environ.

— Je vous remercie », dit Tom.

Dans l'après-midi, peu après 5 heures, Tom alla se poster à l'entrée de l'immeuble qui abritait les bureaux de Vernon McCullen, sur King's Road. Il s'agissait d'un bâtiment moderne, à la façade grise, que se partageaient une douzaine de compagnies, d'après la liste qui était affichée dans le hall. Tom s'installa, guettant l'apparition d'une femme élancée, plutôt grande, aux cheveux châtain clair, et qui ne s'attendait pas à le voir. A moins que... Les minutes passaient. A 6 heures moins vingt, Tom regarda sa montre pour la quinzième fois, las de surveiller le va-et-vient des hommes et des femmes qui émergeaient des ascenseurs ; certains avaient les traits tirés, d'autres discutaient ou riaient aux éclats, comme s'ils étaient heureux qu'une nouvelle journée s'achève.

Tom alluma une cigarette, la première depuis qu'il faisait le guet. Il suffisait parfois d'un geste pareil, dans ce genre de circonstance (comme lorsqu'on attendait un bus, par exemple) pour que les choses se dénouent brusquement. Tom pénétra une nouvelle fois dans le hall.

« Cynthia ! »

Il y avait quatre ascenseurs et la jeune femme venait d'émerger de celui du fond, sur la droite. Tom lâcha sa cigarette, l'écrasa, ramassa le mégot et le jeta dans l'un des bacs à sable.

« Cynthia », répéta-t-il, car elle ne l'avait probablement pas entendu, la première fois.

La jeune femme s'arrêta net et ses cheveux raides se balancèrent un instant de part et d'autre de son visage. Ses lèvres étaient plus minces et plus fermes que dans le souvenir de Tom.

« Je t'ai déjà dit que je n'avais pas envie de te voir, Tom. Pourquoi me harcèles-tu ainsi ?

— Je ne te harcèle pas. Au contraire. Je te demande seulement cinq minutes... (Tom hésita.) On ne peut pas aller s'asseoir quelque part ? »

Il avait remarqué plusieurs pubs dans les environs.

« Non. Non, merci. Que se passe-t-il donc de si important ? »

Cynthia lui lança un regard chargé d'hostilité, avant de détourner les yeux.

« C'est à propos de Bernard. Je crois que... que cela t'intéressera.

— Eh bien ? dit-elle en murmurant presque. Que se passe-t-il encore ? Encore une de tes idées tordues, je parie.

— Non, au contraire. »

Tom hocha la tête. Il venait de penser à David Pritchard : s'il y avait quelqu'un de tordu, c'était bien lui... Tom baissa les yeux et contempla une nouvelle fois les mocassins noirs de Cynthia. Ses bas étaient également noirs, dans le style italien. Chic, mais un peu lugubre.

« Je songeais à David Pritchard, reprit-il. Il pourrait causer beaucoup de tort à Bernard.

— Que veux-tu dire ? »

Cynthia fut soudain bousculée par un passant. Tom tendit la main pour la soutenir, mais elle s'écarta de lui.

« Il est ridicule de discuter ici, dit Tom. Ce que je veux dire, c'est que Pritchard ne nous veut aucun bien, ni à toi, ni à Bernard, ni... »

Cynthia l'interrompit avant qu'il ait pu dire : à moi.

« Bernard est mort, dit-elle. Le mal est déjà fait. »

Grâce à toi, aurait-elle pu ajouter.

« Mais tout n'est pas terminé. Il faut que je t'explique... Écoute, j'en aurai pour deux minutes. On ne peut vraiment pas aller s'asseoir quelque part ? Il y a un pub juste au coin de la rue. »

Tom faisait de son mieux pour se montrer aimable, malgré son insistance. En poussant un soupir, Cynthia finit par accepter et ils gagnèrent le carrefour voisin. Le pub était plutôt modeste et donc relativement calme ; ils purent même s'asseoir à une petite table ronde. Tom se souciait peu que l'on vienne ou non prendre leur commande et Cynthia était sans doute dans le même état d'esprit que lui.

« Que fabrique donc Pritchard ? demanda-t-il. Hormis espionner les gens... et se comporter comme un sadique à l'égard de sa femme, ce dont je le soupçonne fortement...

— Ce n'est pas un assassin, lui au moins.

— Vraiment ? Je suis heureux de l'apprendre... Tu es en correspondance avec lui ? A moins que vous ne discutiez par téléphone ? »

Cynthia ferma les yeux et prit une profonde inspiration.

« Je croyais que tu avais quelque chose à me dire au sujet de Bernard... »

Tom songea que Cynthia Gradnor devait être en rapport étroit avec Pritchard, même si elle était suffisamment maligne pour ne pas le reconnaître ouvertement.

« C'est exact, reprit-il. Deux choses, même. Mais tout d'abord, je voudrais bien savoir pourquoi tu t'es associée avec un abruti pareil. Il est complètement givré ! »

Tom sourit, l'air sûr de lui.

« Je ne tiens pas à parler de Pritchard, répondit lentement Cynthia. Je ne l'ai d'ailleurs jamais rencontré, ni même seulement entrevu.

— Dans ce cas, comment se fait-il que tu connaisses son nom ? » demanda Tom d'un air poli.

Nouveau soupir. Cynthia fixa la surface de la table, puis releva les yeux sur Tom. Son visage parut brusquement plus maigre, et plus âgé. Elle devait avoir la quarantaine à présent, songea Tom.

« Je ne tiens pas à répondre à cette question, dit-elle. Peux-tu en venir au fait... au sujet de Bernard ?

— Oui. C'est à propos de son œuvre. J'ai vu Pritchard et sa femme en France, ils se sont installés à côté de chez moi... mais peut-être le sais-tu déjà. Pritchard a fait allusion à Murchison... le type qui soupçonnait l'histoire des faux.

— Et qui a mystérieusement disparu, ajouta Cynthia, très attentive à présent.

— Oui. A Orly.

— Que lui est-il donc arrivé ? dit Cynthia en souriant d'un air légèrement cynique. A-t-il pris un autre vol, au dernier moment ? Pour aller où ? Tu n'as jamais recontacté sa femme ? (Elle s'interrompit un instant.) Allons, Tom. Je sais fort bien que tu t'es débarrassé de Murchison. Tu as probablement emmené ses bagages à Orly et... »

Tom garda son calme.

« Interroge ma domestique, dit-il. Elle nous a vus quitter la maison ensemble ce jour-là, Murchison et moi. Avant de partir pour Orly.

— Je ne te crois pas. »

Pour sa part, Tom croyait dur comme fer à sa propre version des faits, du moins en cet instant précis. Il n'en aurait pas démordu, sauf s'il avait eu sous les yeux la preuve du contraire.

« Pourquoi mentionnes-tu ses relations avec sa femme ? reprit-il. Et comment serais-je au courant ?

— Je croyais que Mme Murchison était venue te voir, dit Cynthia d'un air sirupeux.

— C'est exact. Elle est passée chez moi, à Villeperce. Nous avons pris le thé ensemble.

— Et elle ne t'a pas parlé des dissensions qui existaient, entre son mari et elle ?

— Non, mais pourquoi l'aurait-elle fait ? Elle m'a rendu

visite parce que j'étais la dernière personne à avoir vu son mari. Du moins, officiellement.

— Oui », dit Cynthia d'un air suffisant, comme si elle disposait de renseignements inconnus de Tom.

Mais dans ce cas, de quoi pouvait-il bien s'agir ? Tom attendit, mais Cynthia n'ajouta rien. Il reprit la parole :

« J'imagine que Mme Murchison pourrait fort bien ressortir l'histoire des faux. A n'importe quel moment. Mais quand je l'ai vue, elle a reconnu ne pas très bien comprendre le raisonnement de son mari, ni sa théorie concernant la fausseté des derniers Derwatt. »

Cynthia sortit un paquet de cigarettes de son sac à main et en extirpa une avec délicatesse, comme si elle se rationnait. Tom lui tendit son briquet.

« Tu as eu des nouvelles de Mme Murchison ? demanda-t-il. Elle vivait à Long Island, je crois ?

— Non », dit Cynthia en hochant la tête, visiblement peu intéressée ; elle se maîtrisait toujours parfaitement.

Apparemment, elle n'avait pas fait le rapport entre Tom et le coup de téléphone que la police française lui avait soi-disant passé la veille, pour lui demander l'adresse de Mme Murchison. Mais peut-être jouait-elle fort bien la comédie ?

« Je te pose la question, reprit Tom, parce que... au cas où tu l'ignorerais... Pritchard tente visiblement de ressortir l'affaire Murchison. Il a une dent particulière contre moi. C'est un peu bizarre. Il ne connaît strictement rien à la peinture et se fiche certainement de l'art... Si tu voyais les meubles qu'il a et les trucs qu'il affiche sur ses murs ! (Tom se força à rire.) Je suis allé boire un verre chez lui, un jour... L'ambiance n'avait rien d'amical. »

Cynthia ne put retenir un petit sourire, ainsi que Tom l'avait espéré.

« Pourquoi t'inquiètes-tu ? » demanda-t-elle.

Tom conserva son expression amusée.

« Je ne m'inquiète pas, mais tout cela m'ennuie. Il est venu prendre des photos de ma propriété, un dimanche matin. Aimerais-tu qu'un étranger se comporte de la sorte, à ton égard ? Et pourquoi veut-il des photos de ma maison ? »

Cynthia ne répondit pas et but une gorgée de son Dubonnet.

« Encourages-tu Pritchard dans ses manœuvres anti-Ripley ? » demanda Tom.

A cet instant, les gens attablés derrière lui partirent d'un grand éclat de rire, qui claqua comme une détonation.

Cynthia ne sursauta pas, contrairement à Tom, mais se passa lentement la main dans les cheveux. Tom remarqua quelques mèches grises. Il tenta de se représenter le décor de son appartement, moderne sans doute, avec çà et là quelques meubles anciens, hérités de sa famille — une vieille bibliothèque, un édredon... Ses vêtements étaient de bonne qualité et de coupe assez classique. Il ne se hasarda même pas à lui demander si elle était heureuse : elle aurait bien été capable de lui lancer son verre à la figure. Y avait-il encore un tableau ou un dessin de Bernard Tufts accroché quelque part chez elle ?

« Écoute, Tom... Tu crois peut-être que j'ignore que tu as tué Murchison et que tu t'es débarrassé de lui, d'une manière ou d'une autre ? Que... que c'est Bernard qui a sauté du haut de cette falaise, à Salzbourg, même si tu as prétendu que son corps, ou ses cendres, étaient ceux *de Derwatt ?* »

Tom ne répondit pas. La violence qui émanait de Cynthia l'empêchait de parler, du moins à cet instant.

« Bernard est mort à cause de cette combine pourrie, poursuivit-elle. Et c'est *toi* qui as monté cette histoire de faux. Tu as bousillé sa vie... et la mienne, par la même occasion. Mais tu t'en fichais, évidemment. Du moment que les tableaux continuaient à arriver... »

Tom alluma une cigarette. Au comptoir, un petit plaisantin riait aux éclats et frappait du talon la tringle du bar, ajoutant encore au brouhaha ambiant.

« Je n'ai jamais obligé Bernard à... à continuer de peindre, dit Tom à voix basse, de manière à ne pas être entendu des gens qui l'entouraient. Ce n'était pas en mon pouvoir — et personne n'aurait pu l'y contraindre, tu le sais fort bien. Je le connaissais à peine lorsque j'ai eu l'idée des faux. J'ai demandé à Ed et Jeff s'ils ne connaissaient pas quelqu'un qui puisse s'en charger. »

Tom n'était pas certain que cette version des faits fût conforme à la vérité. Peut-être était-ce lui qui avait suggéré le nom de Bernard, car ses tableaux, pour le peu qu'il en avait vu, avaient une certaine parenté avec le style de Derwatt.

« Ed et Jeff connaissaient beaucoup mieux Bernard que moi, reprit-il.

— Mais tu as encouragé... tout ce trafic. Et tu en as bénéficié. »

Cette dernière remarque irrita Tom. Cynthia n'avait pas entièrement raison. Il était maintenant confronté aux obscures pulsions de la colère féminine, qui l'avaient toujours terrifié. Qui, d'ailleurs, était en mesure de les affronter ?

« Bernard aurait pu tout laisser tomber et cesser de peindre ces faux à n'importe quel moment. Tu le sais très bien. Il ne faut pas oublier la dimension intime de toute cette affaire — les liens qui existaient entre Bernard et Derwatt, notamment. Je... Honnêtement, je crois que ce que faisait Bernard nous échappait, au bout du compte... et cela dès le début, dès qu'il a adopté le style de Derwatt. Je doute que quiconque ait été en mesure de l'arrêter », ajouta Tom avec conviction.

En tout cas, Cynthia en avait été incapable, songea-t-il. Pourtant, elle avait été mise au courant de l'affaire depuis le début. Bernard et elle étaient très proches ; ils vivaient tous les deux à Londres et comptaient se marier.

Cynthia demeura silencieuse et tira sur sa cigarette. Ses joues se creusèrent et durant un instant, son visage évoqua celui d'une morte, ou d'une malade.

Tom baissa les yeux et regarda son verre.

« Je sais qu'il n'y a plus d'amitié possible entre nous, Cynthia, et qu'il t'est donc bien égal que Pritchard me casse les pieds ou non. Mais s'il se mettait à parler de *Bernard* ? (Tom avait de nouveau baissé la voix.) Dans le seul but de m'importuner ? Ce serait absurde ! »

Cynthia regarda Tom dans les yeux.

« Bernard ? Pourquoi ? Le nom de Bernard n'a jamais été prononcé dans cette affaire. Qui pourrait donc le faire aujourd'hui ? Murchison lui-même n'avait jamais entendu parler de lui, d'après ce que je sais. Et même si ç'avait été le cas, quelle importance ? Murchison est mort. Pritchard a-t-il fait allusion à Bernard ?

— Pas devant moi », avoua Tom.

Il regarda Cynthia vider les dernières gouttes de son verre, comme si elle s'apprêtait à mettre un terme à leur conversation.

« Tu en veux un deuxième ? demanda-t-il. Si oui, je t'accompagne.

— Non, merci. »

Tom tenta de réfléchir, à toute vitesse. Dommage que Cynthia sache — ou soit convaincue — que le nom de Bernard Tufts n'avait jamais été associé à l'histoire des faux. Tom se souvenait avoir révélé son nom à Murchison, lorsqu'il avait tenté de convaincre ce dernier de cesser son enquête. Mais comme Cynthia venait de le dire, Murchison était mort. Tom l'avait tué quelques secondes à peine après cette inutile discussion. Il lui était malaisé de jouer la carte de la réputation de Bernard (à supposer que Cynthia s'en soucie encore) vu que son nom n'avait jamais été mentionné dans la presse. Il tenta néanmoins le coup.

« Tu ne voudrais tout de même pas que le nom de Bernard resurgisse... Ce cinglé de Pritchard finira bien par l'apprendre, s'il poursuit son enquête.

— *Qui* risque de le lui apprendre ? *Toi* ? Tu plaisantes ?

— Non ! (Tom réalisa qu'elle avait pris sa question pour une menace.) Non, répéta-t-il d'un air sérieux. En fait, une autre idée vient de me traverser l'esprit, concernant ce qui risque d'arriver, au cas où l'on apprenne que Bernard est l'auteur des tableaux... »

Tom se mordit la lèvre inférieure et regarda le modeste cendrier de verre. L'objet lui rappela la conversation tout aussi déplaisante qu'il avait eue avec Janice Pritchard, à Fontainebleau. Il y avait également un cendrier rempli de mégots sur la table, ce jour-là.

« Et de quoi s'agit-il ? dit Cynthia en ramassant son sac à main et en se redressant sur son siège, l'air pressé d'en finir.

— Eh bien... Bernard avait passé tant de temps sur ces tableaux... six ou sept ans, n'est-ce pas ?... que son style s'était développé, avait mûri... D'une certaine façon, il était *devenu* Derwatt.

— Je t'ai déjà entendu dire ça. A moins que ce soit Jeff qui m'ait rapporté tes propos. »

Cynthia ne semblait pas impressionnée. Tom insista.

« Plus important encore : réalises-tu quel désastre ce serait, si l'on apprenait que la moitié au moins des toiles de Derwatt sont en fait dues à Bernard Tufts ? Pourtant, leur sont-elles inférieures, en qualité ? Je ne parle pas de leur valeur en tant que faux, mais en tant qu'œuvres *originales*. La peinture de Bernard s'est développée *à partir* de celle de Derwatt — et l'a prolongée, en quelque sorte. »

Cynthia s'agita d'un air impatient et se leva presque.

« Apparemment, tu n'as jamais réalisé (pas plus qu'Ed ou Jeff, d'ailleurs) que Bernard était profondément malheureux de devoir se livrer à une activité pareille. Nous nous sommes *séparés* à cause de cette histoire. Je... »

Cynthia hocha la tête. Les clients attablés derrière Tom partirent d'un nouvel et bruyant éclat de rire. Comment pouvait-il expliquer à Cynthia, en quelques secondes, que Bernard avait également eu beaucoup d'amour et de respect pour son travail, même lorsqu'il peignait des « faux » ? Aux yeux de Cynthia, Bernard s'était montré malhonnête en essayant d'imiter le style de Derwatt.

« Tous les artistes ont un destin, dit Tom. Bernard a eu le sien. J'ai fait tout ce qui était en mon pouvoir pour... pour qu'il reste en vie. Il est venu chez moi, comme tu le sais, et je lui ai parlé... avant qu'il ne parte à Salzbourg. Il n'allait pas bien du tout, les derniers temps, et avait l'impression d'avoir trahi Derwatt. (Tom s'humecta les lèvres et vida rapidement son verre.) Je lui ai dit : " Très bien, Bernard, laisse tomber les faux, mais secoue-toi, ne te laisse pas aller. " J'avais gardé l'espoir qu'il revienne te trouver, que vous puissiez tous les deux reprendre... »

Tom s'interrompit. Cynthia le dévisageait, bouche bée.

« Tom... Tu es l'être le plus malfaisant que j'aie jamais jamais rencontré. Tu vas probablement prendre cela pour un compliment, mais tant pis.

— Non. »

Tom se leva, car Cynthia venait de quitter sa chaise, son sac à main en bandoulière.

Il la suivit dehors, sachant qu'elle avait hâte de mettre un terme à leur rencontre. D'après l'adresse qu'il avait dénichée dans l'annuaire, elle allait probablement rentrer à pied, à supposer qu'elle regagne directement son domicile. Elle n'allait évidemment pas accepter qu'il la raccompagne jusque devant chez elle. Tom était à peu près certain qu'elle vivait seule.

« Au revoir, Tom, lui dit Cynthia sur le trottoir. Et merci pour le verre.

— Tout le plaisir était pour moi », répondit Tom.

Il se retrouva brusquement seul, en face de King's Road. Puis il se retourna et vit la silhouette de Cynthia, dans son manteau beige, disparaître au milieu de la foule qui arpentait le trottoir. Pourquoi n'avait-il pas posé davantage de questions ? Dans quel but soutenait-elle Pritchard ? Pourquoi ne pas lui avoir carrément demandé si elle lui avait téléphoné ? Parce qu'elle n'aurait pas répondu, songea Tom. Cynthia avait-elle seulement rencontré Mme Murchison ?

13

Après plusieurs tentatives infructueuses, Tom parvint à héler un taxi. Il demanda au chauffeur de l'emmener à Covent Garden et lui donna l'adresse d'Ed. Sa montre marquait 19 h 22. Le regard de Tom allait d'une enseigne de boutique à un pigeon qui se posait sur le rebord d'un toit, ou à un teckel en laisse qui traversait King's Road. Le chauffeur dut faire demi-tour avant de repartir en sens inverse. Tom songeait qu'il aurait pu demander à Cynthia si elle était en contact régulier avec Pritchard ; mais elle lui aurait probablement répondu, avec son sourire félin :

« Bien sûr que non. A quoi bon ? »

Ce qui aurait pu signifier que Pritchard était parfaitement en mesure de se débrouiller seul, même si elle lui avait donné le coup de pouce initial, vu qu'il s'était mis dans la tête de haïr Tom Ripley.

A son arrivée, Tom fut heureux de constater que Jeff Constant et Ed Banbury avaient déjà regagné l'appartement.

« La journée a été longue, dit Ed. Qu'as-tu donc fait ? A part m'avoir acheté cette superbe robe de chambre ? Je l'ai montrée à Jeff. »

Ils se trouvaient dans la pièce où la machine à écrire et le bureau d'Ed cohabitaient tant bien que mal, sans parler du téléphone.

« Oh... Je suis passé à la galerie ce matin. J'ai parlé avec Nick, que j'apprécie de plus en plus.

— Il est absolument charmant, dit Ed, presque par réflexe.

— Mais tout d'abord, Ed, y a-t-il des messages pour moi ? J'avais laissé ton numéro à Héloïse, tu comprends.

— Non. J'ai vérifié en arrivant, vers 4 heures et demie, répondit Ed. Mais tu peux essayer de la joindre. »

Tom sourit.

« Appeler Casablanca ? A une heure pareille ? »

Pourtant, Tom était un peu soucieux. Il pensait à la prochaine étape d'Héloïse, Meknès peut-être, ou Marrakech — des villes situées à l'intérieur des terres et dont le nom évoquait pour lui des horizons lointains, des paysages désertiques traversés par des chameaux nonchalants, où les hommes se laissaient aller à une pernicieuse mollesse qui, dans l'imagination de Tom, était associée à l'indicible attraction des sables mouvants. Il cligna des yeux.

« Je... je ferai peut-être une tentative, plus tard dans la soirée, si cela ne te dérange pas.

— Tu es ici chez toi, dit Ed. Veux-tu un gin-tonic ?

— Dans un petit moment, merci... J'ai vu Cynthia aujourd'hui. »

Jeff parut brusquement plus attentif.

« Où ça ? demanda-t-il. Et comment t'es-tu débrouillé ? ajouta-t-il en riant.

— Je l'ai attendue à la sortie de son travail, vers 6 heures. Je l'ai convaincue, non sans peine, de venir boire un verre avec moi dans un pub du quartier.

— *Vraiment !* » s'exclama Ed Banbury, impressionné.

Tom s'assit dans l'unique fauteuil de la pièce, qu'Ed lui avait désigné. Jeff paraissait à son aise sur le canapé pourtant fatigué.

« Elle n'a pas changé, reprit Tom. Toujours aussi sinistre. Mais...

— Détends-toi, Tom, lança Ed. Je reviens dans une seconde. »

Il se rendit à la cuisine et revint effectivement au bout d'une seconde avec un verre de gin-tonic, sans glace, mais agrémenté d'une rondelle de citron.

Entre-temps, Jeff avait demandé à Tom :

« Crois-tu qu'elle soit mariée ? »

La chose avait l'air de le tracasser, bien qu'il parût se dire que de toute façon, Cynthia n'aurait pas répondu, si Tom lui avait posé la question.

« Je ne pense pas, dit Tom en saisissant son verre. Mais ce n'est qu'une impression. Merci, Ed. Eh bien... apparemment, c'est *moi* qui suis visé. Je ne crois pas que l'affaire vous concerne, l'un ou l'autre, pas plus que la galerie Buckmaster... ou que Derwatt. (Tom leva son verre.) Santé !

— Santé, répondirent les deux autres.

— Ce que je veux dire, c'est que Cynthia a filé un tuyau à Pritchard (qu'elle prétend n'avoir jamais rencontré, au fait) en lui conseillant d'enquêter sur l'affaire Murchison. C'est donc bien *moi* que l'on vise. (Tom fit la grimace.) Et Pritchard habite toujours à deux pas de chez moi. Sa femme à tout le moins, pour le moment.

— Que peuvent-ils faire exactement, lui ou sa femme ? demanda Jeff.

— Me harceler. Se concilier les bonnes grâces de Cynthia. Découvrir le cadavre de Murchison. Enfin... petite consolation : Miss Gradnor ne semble pas avoir l'intention de cracher le morceau, au sujet des faux. »

Tom but une gorgée.

« Pritchard est-il au courant du rôle qu'a joué Bernard ? demanda Jeff.

— Je ne pense pas, répondit Tom. Cynthia m'a demandé si quelqu'un avait mentionné le nom de Bernard, tout en sachant fort bien que ce n'était pas le cas. Dieu merci, et heureusement pour nous, elle semble sur la défensive à propos de Bernard. (Tom se rejeta en arrière dans son fauteuil.) En fait, j'ai une fois de plus tenté l'impossible. (Ainsi qu'il l'avait fait avec Murchison, songea-t-il ; et tout aussi vainement.) J'ai demandé à Cynthia, très sérieusement, si elle ne pensait pas que les tableaux de Bernard étaient aussi bons, sinon meilleurs, que ceux que Derwatt aurait pu peindre. Après tout, n'avait-il pas repris son style ? Et quelle horreur, si la paternité de ces toiles devait être remise en cause...

— Brrr... fit Jeff en se frottant le front.

— J'ai de la peine à imaginer ce qui se passerait, dit Ed. (Il avait croisé les bras et se tenait à l'autre extrémité du canapé, à côté de Jeff.) Je veux parler de la valeur marchande des tableaux, car pour ce qui est de leur valeur *artistique*...

— Les deux devraient pourtant aller de pair, même si c'est rarement le cas, dit Jeff en jetant un coup d'œil à Ed et en poussant un petit rire ironique.

— Oui, concéda Ed. Tu as parlé de ça avec *Cynthia* ? ajouta-t-il à l'intention de Tom, l'air préoccupé.

— Non, pas vraiment, dit Tom. Je lui ai seulement posé une ou deux questions de pure forme, pour désamorcer une éventuelle attaque de sa part — qui, d'ailleurs, n'a pas eu lieu. Elle s'est contentée de me dire que j'avais bousillé la vie de Bernard, et la sienne par la même occasion. Ce qui est probablement vrai. (Tom se gratta le front et se leva.) Excusez-moi, mais il faut que j'aille me laver les mains. »

Il gagna la salle de bains, située entre la bibliothèque où il dormait et la chambre d'Ed. Il pensait à Héloïse et se demandait ce qu'elle faisait en ce moment. Pritchard les avait-ils suivies, Noëlle et elle, jusqu'à Casablanca ?

« Pas d'autres menaces de la part de Cynthia, Tom ? demanda Ed lorsqu'il fut de retour. Ou d'autres insinuations ? »

Ed avait fait la grimace en parlant : il n'avait jamais pu encaisser Cynthia. Celle-ci avait parfois l'art de mettre les gens mal à l'aise, en se donnant des airs supérieurs et en se fichant apparemment de ce que faisaient ou pensaient ses interlocuteurs. Elle ne s'était évidemment jamais donné la peine de dissimuler le dégoût que lui inspiraient Tom et ses acolytes de la galerie Buckmaster. Pourtant, le fait demeurait : elle avait été incapable de convaincre Bernard de renoncer à fabriquer ces faux, bien qu'elle eût vraisemblablement essayé de le faire.

« Non, répondit enfin Tom. En tout cas, pas ouvertement. Mais elle est ravie de savoir que Pritchard me cherche des histoires. Elle fera tout son possible pour l'aider dans cette entreprise méritoire.

— Ils se téléphonent ? demanda Jeff.

— Je l'ignore, dit Tom. Peut-être. Cynthia figurant dans l'annuaire, Pritchard peut aisément la contacter... s'il le souhaite. »

Mais quel renseignement important Cynthia pouvait-elle

bien confier à Pritchard, si elle n'avait pas l'intention de lui révéler l'histoire des faux ? songea-t-il.

« Peut-être cherche-t-elle seulement à nous ficher la frousse en nous faisant sentir qu'elle *pourrait* cracher le morceau à tout moment, si elle le désirait.

— Mais tu disais que Cynthia n'avait rien insinué de tel, dit Jeff.

— Non. Et elle ne le fera pas, répondit Tom.

— Non, répéta Ed. Vous imaginez la publicité... » ajouta-t-il d'un air rêveur.

La publicité négative à laquelle il faisait allusion concernait-elle Cynthia ? Bernard Tufts ? La galerie ? Ou les trois à la fois ? En tout cas, songea Tom, ce serait une catastrophe, encore aggravée par le fait qu'il n'existait pas le moindre document attestant de manière irréfutable la provenance des tableaux. Et les disparitions toujours inexpliquées de Derwatt, de Murchison *et* de Bernard Tufts ne feraient évidemment que renforcer les soupçons.

Jeff releva la tête et se fendit du sourire insouciant que Tom ne lui avait pas vu depuis bien longtemps.

« Sauf si nous parvenions à prouver que nous ignorions que les tableaux étaient faux, dit-il en éclatant de rire, comme si la tâche était impossible.

— Oui, dit Ed. Nous pourrions prétendre que nous ne connaissions pas Bernard Tufts, qu'il n'était jamais venu à la galerie Buckmaster. D'ailleurs, il n'y a effectivement jamais mis les pieds.

— Il suffit de tout mettre sur le dos de Bernard, dit Jeff d'un air plus pondéré, sans cesser toutefois de sourire.

— Ça ne marchera pas, dit Tom en réfléchissant à ce qu'il venait d'entendre. (Il vida son verre.) Du reste, Cynthia viendra nous étriper de ses propres mains si nous accusons Bernard. Je n'ose imaginer la scène... ajouta-t-il en riant bruyamment.

— Oui, dit Ed Banbury. (Il sourit, amusé par l'humour noir de Tom.) Mais d'un autre côté... comment pourrait-elle prouver que nous mentons ? Si nous racontons que Bernard expédiait les toiles de son atelier londonien et non pas du Mexique...

— Ou qu'il prenait la peine de les faire transiter par le

Mexique, pour que nous soyons abusés par le cachet de la poste ? suggéra Jeff d'un air enjoué, emporté par son imagination.

— Vu le prix de ces toiles, intervint Tom, Bernard aurait aussi bien pu les faire expédier de Chine ! Surtout s'il avait eu un complice.

— Un *complice* ! s'exclama Jeff en dressant l'index. Voilà la solution ! Ce sera lui le coupable. Mais évidemment, nous ne serons pas en mesure de mettre la main sur lui. Et Cynthia pas davantage ! Ah, ah ! »

Ils éclatèrent à nouveau de rire, ce qui leur fit du bien.

« Non, ça ne tient pas debout », dit Tom en étirant les jambes.

Ses amis étaient-ils en train de lui tendre une perche, en lui suggérant un « plan » susceptible de les libérer tous les trois des menaces voilées de Cynthia et du poids de leurs crimes passés ? Si tel était le cas, l'idée du complice ne tenait pas la route. Tom songea de nouveau à Héloïse. Il fallait aussi qu'il essaie de joindre Mme Murchison pendant qu'il était à Londres. Mais qu'allait-il bien pouvoir lui dire ? De suffisamment plausible ? Devait-il se présenter en tant que Tom Ripley, ou se faire passer pour un policier français, comme il l'avait fait — avec succès — à l'égard de Cynthia ? Celle-ci avait-elle déjà téléphoné à Mme Murchison pour l'informer que la police française venait de lui demander son adresse ? Tom en doutait. Mme Murchison était probablement plus facile à duper que Cynthia ; toutefois, il fallait se montrer prudent. L'orgueil précède toujours la chute. Tom voulait avant tout savoir si cette mouche du coche de Pritchard avait déjà contacté Mme Murchison par téléphone, récemment ou non. Mais il pouvait l'appeler sous le prétexte de vérifier son adresse et son numéro de téléphone, suite à l'enquête relative à son mari. Non, il allait bien falloir qu'il aborde le sujet, d'une manière ou d'une autre : savait-elle où se trouvait M. Pricharde en ce moment précis, car la police avait perdu sa trace en Afrique du Nord ; or, M. Pricharde leur était d'un précieux secours dans l'enquête qu'ils menaient sur la disparition de son mari.

« Tom ? dit Jeff en lui tendant une coupe remplie de pistaches.

— Merci. Je peux en prendre plusieurs ? J'adore ça.

— Je t'en prie, Tom, dit Ed. La poubelle est là, pour les coques.

— Je viens de songer à un détail important, reprit Tom. A propos de Cynthia.

— De quoi s'agit-il ? demanda Jeff.

— Cynthia ne peut pas jouer sur les deux tableaux. Elle ne peut pas nous harceler avec la disparition de Murchison ni lancer Pritchard sur cette piste, sans admettre en même temps que nous avions bien un motif pour nous débarrasser de lui — c'est-à-dire l'empêcher de révéler l'histoire des faux. Si Cynthia persiste dans cette voie, on finira inévitablement par apprendre que Bernard était l'auteur des faux. Et je crois qu'elle ne veut *à aucun prix* que le nom de Bernard soit révélé au grand jour. Même s'il s'agit de dénoncer l'exploitation dont il a été victime. »

Les deux autres restèrent quelques instants silencieux.

« Cynthia sait que Bernard était un drôle de type. Nous l'avons bel et bien exploité, lui et son talent, je vous le garantis. Croyez-vous qu'elle avait vraiment l'intention de l'épouser ? ajouta Tom d'un air songeur.

— Oui, acquiesça Ed. Je le crois. Elle a un tempérament très maternel, au bout du compte.

— Cynthia ? *Maternelle !* »

Jeff se plia en deux de rire, sur le canapé.

« Toutes les femmes le sont plus ou moins, non ? dit Ed d'un air convaincu. Je crois qu'ils se seraient mariés. C'est l'une des raisons pour lesquelles Cynthia est aussi aigrie. »

Tom secoua la tête pour s'éclaircir les idées et grignota une nouvelle pistache.

« Quelqu'un aurait-il faim, par hasard ? lança Jeff.

— Oh... oui, répondit Ed. Je connais un endroit... non, c'est à Islington. Il y a un autre restaurant potable dans le quartier, en dehors de celui d'hier soir.

— Je vais essayer d'appeler Mme Meurchizone, dit Tom en se levant. Elle habite New York, comme vous le savez. C'est l'heure idéale, à supposer qu'elle déjeune chez elle.

— Vas-y, dit Ed. Tu veux téléphoner ici ? Ou dans le salon ? »

Tom fronça les sourcils et adopta une expression légèrement soucieuse, comme s'il préférait être seul.

« Au salon, ce sera parfait, dit-il en sortant son calepin.

— Fais comme chez toi », dit Ed en installant une chaise à côté du téléphone.

Tom demeura debout. Il composa le numéro de Manhattan et répéta intérieurement le rôle qu'il s'apprêtait à jouer : ici le commissaire Édouard Bilsault, à Paris... Dieu merci, il avait pris soin de noter dans son carnet ce nom improbable, à côté de l'adresse de Mrs. Murchison, sinon il aurait bien été fichu de l'oublier. Il devrait peut-être atténuer un peu son accent cette fois-ci. Parler à la manière de Maurice Chevalier...

Malheureusement, Mme Murchison n'était pas chez elle. Mais elle devait rentrer d'une minute à l'autre, lui apprit une voix féminine. D'après Tom, il devait s'agir de la bonne ou d'une femme de ménage ; toutefois, comme il n'en était pas certain, il s'appliqua et poursuivit, de son accent français :

« Ici le commissaire Bilsault. Non, non, inutile de noter mon nom. Pouvez-vous lui dire que je rappellerai... ce soir, ou demain. Merci, madame. »

Inutile de préciser qu'il téléphonait au sujet de Thomas Murchison : elle le devinerait bien toute seule. Tom se dit qu'il ferait bien de rappeler dans la soirée, puisqu'elle devait bientôt rentrer chez elle.

Tom ne savait pas trop ce qu'il allait lui dire, lorsqu'il l'aurait au bout du fil. Il lui demanderait bien sûr si elle avait entendu parler de David Pritchard, que la police française ne parvenait pas à joindre pour l'instant. Tom espérait bien qu'elle répondrait par la négative, mais il avait besoin d'une certitude à ce sujet, car Mme Murchison et Cynthia pouvaient fort bien avoir échangé quelques coups de téléphone, au moins épisodiquement. Il avait à peine rejoint le cabinet de travail d'Ed que le téléphone se mit à sonner. Ed alla décrocher.

« Oh !... Oui, bien sûr ! Un instant... Tom ! C'est Héloïse !

— Oh ! (Tom s'empara du combiné.) Bonjour, ma chérie !

— Salut, Tom !

— Où es-tu ?

— Nous sommes à Casablanca. Le vent souffle, c'est très

agréable ! Mais... devine un peu : ce M. Prichard vient de repointer le bout de son nez ! Nous sommes arrivées aujourd'hui, en début d'après-midi... et il nous a probablement suivies de peu. Il a dû dénicher notre hôtel parce que...

— Il est au *même* hôtel que vous ? Au Miramar ? dit Tom d'une voix blanche, la main crispée sur l'écouteur.

— Non ! Mais il est... passé ici. Il nous a vues, Noëlle et moi. Et j'ai remarqué qu'il était surpris de ne pas t'apercevoir dans les parages. Tom...

— Oui, ma chérie ?

— La scène s'est passée il y a à peine six heures. A la suite de ça, nous avons... mené une petite enquête, Noëlle et moi. Nous avons appelé deux ou trois hôtels, mais il n'y était pas. Nous pensons qu'il a dû repartir, après s'être rendu compte que tu n'étais pas avec nous. »

Tom fronçait toujours les sourcils.

« Vraiment ? dit-il. Qu'est-ce qui te fait croire ça ? »

Il y eut un déclic à l'autre bout du fil, comme si une main malicieuse venait de couper la communication. Tom prit une profonde inspiration et se retint pour ne pas lâcher un mot de cinq lettres.

Puis la voix d'Héloïse revint, sur un fond de bruits portuaires. Elle était plus calme à présent.

« ... c'est le soir maintenant et nous ne l'avons aperçu nulle part. C'est dégoûtant, cette façon de nous suivre. Le salaud ! »

Tom réfléchissait. Pritchard avait probablement estimé qu'il était rentré et avait décidé de regagner Villeperce à son tour.

« Reste tout de même sur tes gardes, reprit-il. Ce Pritchard a plus d'un tour dans son sac. Méfie-toi si un inconnu te propose de le suivre... fût-ce à l'intérieur d'une boutique.

— Oui, mon cher. De toute façon, nous ne sortons que le jour pour faire nos emplettes, acheter quelques babioles... du cuir, des bricoles en cuivre... Ne t'inquiète pas, Tom. Au contraire, nous nous amusons comme des folles. Ah !... Noëlle voudrait te dire un mot. »

Tom sursautait souvent aux interjections d'Héloïse, mais ce soir-là son « Ah ! » était enjoué et le fit presque sourire.

« Bonsoir, Noëlle. Alors ? Il semble que vous preniez du bon temps, à Casablanca ?

— Ah, Tom, c'est merveilleux ! Cela faisait trois ans que je n'étais pas revenue ici, mais tout était gravé dans ma mémoire. Le port est beaucoup plus beau qu'à Tanger. Et beaucoup plus imposant... »

Une interférence, un bruit évoquant celui des vagues, couvrit un instant sa voix.

« Noëlle ?

— ... un vrai *plaisir* de ne pas avoir revu ce monstre depuis quelques heures, poursuivit Noëlle, qui ne s'était apparemment pas rendu compte de l'interruption.

— Tu veux parler de Pritchard ? dit Tom.

— Pricharde, oui ! C'est atroce ! Cette histoire de kidnapping !

— Oui, il est atroce ! » dit Tom, comme si le fait de répéter le mot en français prouvait définitivement la folie de Pritchard et suffisait à le rendre odieux à l'ensemble du genre humain, voire à le faire enfermer derrière les barreaux d'un asile ; malheureusement, Pritchard était toujours en liberté.

« Tu sais, Noëlle, reprit-il, je vais rentrer le plus vite possible à Villeperce, demain peut-être, car Pritchard risque de retourner là-bas... et de faire des dégâts. Puis-je essayer de vous rappeler demain ?

— Évidemment. Essaie... disons, vers midi. Tu as toutes les chances de nous trouver à cette heure-là, dit Noëlle.

— Ne vous inquiétez pas si je n'appelle pas, car les communications téléphoniques sont très mauvaises dans la journée. (Tom s'assura qu'il avait bien noté le numéro du Miramar ; Noëlle, toujours efficace, l'avait évidemment sous la main.) Tu connais Héloïse, reprit-il. Elle est parfois un peu *trop* insouciante, dans des circonstances qui peuvent s'avérer dangereuses. Je ne veux pas qu'elle se promène seule dans les rues, Noëlle, même durant la journée. Ne fût-ce que pour acheter un journal.

— Je comprends, Tom, dit Noëlle en anglais. De surcroît, il est tellement facile ici de *soudoyer* quelqu'un — dans n'importe quel but ! »

Cette pensée donna la chair de poule à Tom. Il répondit toutefois, d'une voix reconnaissante :

« Oui ! Même si Pritchard est rentré en France ! J'espère

bien que ce sale petit... (Tom laissa sa phrase en suspens.) ne traînera plus très longtemps dans notre village ! »

Noëlle éclata de rire.

« A demain, Tom ! »

Tom sortit une fois de plus son calepin pour y chercher le numéro de Mme Murchison. Il se rendit compte que la seule évocation de Pritchard suffisait à le faire bouillir de rage. Il décrocha le combiné et composa le numéro.

Ce fut Mme Murchison qui lui répondit ; du moins Tom le supposa-t-il. Il déclina une nouvelle fois son identité : commissaire Bilsault, de Paris. Avait-il l'honneur de parler à Mme Murchison ? Oui. Tom était prêt à lui préciser le quartier et l'arrondissement, quitte à improviser au dernier moment si cela s'avérait nécessaire. Il était également curieux de savoir (à condition de pouvoir l'apprendre sans éveiller ses soupçons) si Cynthia avait déjà tenté d'appeler Mme Murchison dans la soirée.

Tom s'éclaircit la gorge et adopta une voix plus aiguë.

« Madame, je vous appelle à propos de la disparition de votre mari. Nous sommes actuellement dans l'impossibilité de joindre David *Pricharde*. Nous étions en rapport avec lui, ces derniers temps, mais M. Pricharde s'est rendu à Tanger... Le saviez-vous ?

— Oh, oui, répondit calmement Mme Murchison, du ton courtois qui était le sien et dont Tom se souvenait brusquement. Il m'a informé de son probable départ, car M. Ripley devait se rendre là-bas... avec sa femme, si j'ai bien compris.

— Oui. Exact, madame. Vous n'avez pas eu de nouvelles de M. Pricharde depuis qu'il est à Tanger ?

— Non.

— Ou de Mme Cynthia Gradnor ? Je crois qu'elle est également en rapport avec vous ?

— Oui, depuis peu de temps. Elle m'écrit ou me téléphone régulièrement. Mais elle ne m'a jamais parlé de quoi que ce soit concernant Tanger. Je suis malheureusement dans l'incapacité de vous aider sur ce point.

— Je vois. Merci, madame.

— Je ne... hum... sais pas trop ce que fait M. Pritchard à Tanger. Est-ce vous qui lui avez suggéré de partir ? Je veux dire, l'idée vient-elle de la police française ? »

L'idée vient d'un cinglé, songea Tom. De ce cinglé de Pritchard, qui s'entêtait à suivre Ripley — pas même pour l'assassiner, mais dans le simple but de lui empoisonner la vie.

« Non, madame. M. Pricharde a pris lui-même la décision de suivre M. Ripley en... Afrique du Nord. Nous n'y sommes pour rien. Mais généralement, il reste en contact avec nous.

— Mais... quelles sont les nouvelles, au sujet de mon mari ? Y a-t-il des éléments nouveaux ? »

Tom poussa un soupir et perçut plusieurs coups de klaxon new-yorkais. Mme Murchison devait se trouver devant une fenêtre ouverte.

« Pas le moindre, madame. Je suis désolé. Mais nous persévérons. La situation est délicate, car M. Ripley est fort respecté, dans son village, et nous n'avons toujours *rien* contre lui. M. Pricharde a ses propres idées à ce sujet. Bien sûr, nous en prenons bonne note, mais... Vous comprenez, madame Murchison ? »

Tom continua d'un air poli, mais en éloignant progressivement le combiné, de manière que sa voix diminue peu à peu d'intensité. Puis il émit une sorte de gargouillis et raccrocha, comme s'ils avaient été coupés.

Ouf ! Cela n'avait pas été aussi terrible que Tom le redoutait. Ni même très risqué. Mais Cynthia était bel et bien impliquée dans l'affaire ! Tom espérait qu'il n'aurait pas à rappeler Mme Murchison.

Il rejoignit le cabinet de travail, où Ed et Jeff l'attendaient, visiblement prêts à sortir pour dîner. Tom avait décidé de ne pas appeler Mme Annette ce soir. Il lui téléphonerait demain matin, lorsqu'elle serait rentrée de ses courses au village. Mme Annette aurait sûrement appris par sa fidèle sentinelle (Geneviève, c'était bien ça ?) si M. Pricharde était ou non rentré à Villeperce.

« Eh bien... dit Tom en souriant. J'ai parlé avec Mme Murchison. Et...

— Nous avons préféré ne pas te déranger, Tom, dit Jeff, l'air intéressé.

— Pritchard est bien en relation avec Mme Murchison. Suffisamment en tout cas pour l'avoir informée qu'il se rendait à Tanger. Vous vous rendez compte ! Il lui a probablement téléphoné. Et elle m'a révélé que Cynthia l'appelait ou lui écrivait... régulièrement. Ça sent le roussi, vous ne trouvez pas ?

— Tu veux dire : le fait qu'ils soient tous en rapport ? dit Ed. Oui, c'est un peu... préoccupant.

— Allons manger quelque part, dit Tom.

— Tom... intervint Jeff. Nous avons discuté, Ed et moi. Si tu as besoin que l'un de nous deux t'accompagne en France et te prête main-forte... pour contrer ce... (Jeff cherchait ses mots) cet obsédé de Pritchard...

— Ou même à Tanger, ajouta aussitôt Ed. Peu importe l'endroit, Tom, du moment que nous pouvons t'être utiles. Nous sommes tous embarqués dans la même galère. »

Tom réfléchit quelques instants à cette proposition, qui était plutôt réconfortante.

« Merci, les gars. Il faut que je réfléchisse à ce que je vais... ou à ce que nous allons faire. Mais pour l'instant, sortons ! »

14

Tom évita de trop penser aux problèmes du moment tandis qu'il dînait avec Ed et Jeff. Ils avaient finalement pris un taxi pour rejoindre un restaurant connu de Jeff, dans le quartier de Little Venice. L'endroit était calme ; il y avait même si peu de clients ce soir-là que Tom n'osait pas parler trop fort, bien que la conversation roulât sur des sujets parfaitement anodins, comme la cuisine.

Ed leur raconta qu'il s'était remis à cuisiner ces derniers temps — talent qu'il avait trop longtemps négligé — et qu'il se risquerait à leur préparer un repas, la prochaine fois.

« Que dirais-tu de demain soir ? Ou de demain midi ? lança Jeff en souriant d'un air incrédule.

— J'ai acheté un petit volume intitulé *La Cuisine inventive,* poursuivit Ed. On y recommande notamment de ne pas hésiter à mélanger les ingrédients et...

— Et les restes ? dit Jeff en brandissant une asperge ruisselante de beurre, qu'il fourra ensuite dans sa bouche.

— Tu peux bien rigoler, dit Ed. Mais je vous jure que je vous inviterai, la prochaine fois.

— Mais dans l'immédiat, tu te défiles, rétorqua Jeff.

— J'ignore si Tom sera encore là demain soir. Le sais-tu toi-même, Tom ?

— Non », dit Tom.

Il était en train d'observer une superbe créature, deux tables plus loin, qui discutait avec un jeune homme assis en face d'elle. Elle avait de longs cheveux raides, des boucles d'oreilles en or et portait une robe noire, sans manches. Il émanait d'elle ce mélange de bonheur et de confiance en soi que Tom avait rarement observé en dehors de l'Angleterre. La jeune femme était fort séduisante et Tom avait de la peine à détacher ses yeux d'elle. Il songea brusquement qu'il devrait acheter un cadeau pour Héloïse. Mais quoi ? Des boucles d'oreilles en or ? Ridicule ! Elle en avait déjà des centaines ! Un bracelet ? Héloïse aimait bien qu'il lui ramène quelque chose, lorsqu'il était en voyage. Mais quand serait-elle de retour ?

Ed se retourna pour voir ce qui fascinait Tom.

« Mignonne, non ? dit Tom.

— Très mignonne, acquiesça Ed. Écoute, Tom... Je pourrai me libérer à la fin de la semaine. Ou même jeudi — dans deux jours, donc — si tu veux que je te rejoigne en France, ou ailleurs. Je dois terminer et retaper un article. Au besoin, je le bâclerai. Si les choses pressent. »

Tom ne répondit pas immédiatement.

« Ed n'a pas d'ordinateur, intervint Jeff. Il est de la vieille école.

— Je *suis* un ordinateur ambulant, dit Ed. Tu peux parler, avec tes vieux appareils photo... Certains datent au moins d'avant-guerre...

— Et ils marchent fort bien », répondit calmement Jeff.

Ed s'apprêtait à lancer une repartie appropriée, mais se retint au dernier moment. Tom savourait ses côtelettes d'agneau, accompagnées d'un excellent vin rouge.

« J'apprécie vraiment ton geste, mon vieux, murmura-t-il à Ed en jetant un coup d'œil sur sa gauche ; la table voisine était toujours inoccupée, mais trois personnes venaient de prendre place un peu plus loin. Mais je te préviens, ce n'est pas sans risque. J'ignore au juste comment les choses peuvent tourner. Je n'ai jamais vu Pritchard une arme à la main mais... (Tom baissa les yeux et poursuivit, comme s'il se parlait à lui-même :) Il faudra peut-être que je règle son compte à ce salopard... à mains nues s'il le faut. Que je l'élimine pour de bon... Je n'en sais rien. »

Un ange passa.

« Je suis assez costaud, Tom, lança Jeff d'un air enjoué. Je pourrais t'être utile. »

Jeff Constant était indubitablement plus fort qu'Ed, se dit Tom, car il était plus grand et plus costaud. D'un autre côté, Ed pouvait s'avérer plus rapide, au besoin.

« Il faut tous que nous gardions la forme, n'est-ce pas ? Bon... Qui a envie d'un dessert bien consistant ? »

Jeff insista pour payer l'addition. Tom leur offrit une tournée de calvados.

« Dieu sait quand nous aurons l'occasion de nous retrouver de la sorte... » dit-il.

La patronne leur annonça que le calvados était offert par la maison.

*

Tom fut réveillé par le bruit de la pluie qui tambourinait sur les vitres, pas violemment mais avec insistance. Il enfila sa nouvelle robe de chambre, en oubliant d'enlever l'étiquette, alla se débarbouiller à la salle de bains, puis regagna la cuisine. Apparemment, Ed n'était pas encore levé. Tom fit bouillir de l'eau et versa une dose de café bien tassée dans un filtre. Puis il alla se doucher et se raser. Il était en train de nouer sa cravate lorsque Ed refit surface.

« Bonjour ! dit Ed en souriant. La journée commence bien ! Comme tu le vois, j'ai étrenné ma nouvelle robe de chambre.

— Effectivement. »

Tom songeait au coup de téléphone qu'il allait bientôt donner à Mme Annette. Il réalisa avec plaisir qu'il y avait une heure de décalage avec la France et que d'ici vingt minutes, elle serait revenue de ses courses au village.

« J'ai préparé du café, si ça te dit... Qu'est-ce que je fais, pour le lit ?

— Refais-le, pour l'instant. Nous aviserons plus tard », dit Ed en pénétrant dans la cuisine.

Tom était heureux qu'Ed le connaisse suffisamment pour deviner qu'il pouvait encore avoir besoin de dormir ici ; le fait qu'il lui dise de refaire le lit, et non d'ôter les draps, était une manière de l'inviter à rester un soir de plus, si cela s'avérait nécessaire. Ed fit réchauffer des croissants dans le four et sortit une bouteille de jus d'orange. Tom en but une gorgée mais il était trop tendu pour avaler quoi que ce soit.

« Je dois rappeler Héloïse vers midi — ou du moins tenter de le faire, dit Tom. Je ne sais plus si je te l'ai dit.

— Le téléphone est à ta disposition, tu le sais bien. »

Tom songea qu'il ne serait peut-être plus là à midi.

« Merci, dit-il. Nous verrons bien. »

Le téléphone se mit brusquement à sonner, à la fois dans le salon et dans le bureau d'Ed. Tom sursauta.

Ed alla répondre. Tom comprit au bout de quelques phrases qu'il s'agissait d'un appel professionnel, concernant apparemment les intertitres d'un article.

« D'accord. Oui, bien sûr, disait Ed. J'ai le double ici... Je vous rappellerai avant 11 heures. Pas de problème. »

Tom regarda sa montre et s'aperçut que l'aiguille des minutes n'avait pratiquement pas bougé depuis tout à l'heure. Il se dit qu'il pourrait emprunter un parapluie à Ed et aller faire un tour dans la matinée, passer peut-être à la galerie Buckmaster et y choisir un dessin, en vue d'un éventuel achat. Un dessin de Bernard Tufts.

Ed revint, silencieux, et saisit la cafetière.

« Je vais essayer d'appeler chez moi », dit Tom.

Il se leva de sa chaise et quitta la cuisine. Une fois au salon, il composa le numéro de Belle Ombre. Il laissa retentir la sonnerie une dizaine de fois avant d'abandonner.

« Elle est en train de faire ses courses, dit-il à Ed. Et de papoter, probablement », ajouta-t-il en souriant.

Mais Mme Annette avait également tendance à devenir un peu dure d'oreille...

« Tu réessaieras plus tard, Tom. Je vais m'habiller. »

Ed quitta la pièce. Tom laissa passer quelques minutes et refit une tentative. Cette fois-ci, Mme Annette répondit au bout de la cinquième sonnerie.

« Ah, monsieur Tom! Où êtes-vous?

— Toujours à Londres, madame. Et j'ai parlé avec Mme Héloïse hier soir. Elle va bien. Elle est à Casablanca.

— A Casablanca! Et quand rentrera-t-elle? »

Tom se mit à rire.

« Comment le saurais-je? Je vous appelle pour savoir si tout se passe bien, à Belle Ombre. »

Il savait que Mme Annette n'aurait pas manqué de remarquer la présence d'un éventuel rôdeur, surtout s'il s'était agi de M. Pritchard — à supposer qu'il ait eu le temps de rentrer et de venir fouiner dans les parages.

« Tout va bien, monsieur Tom. Henri n'est pas venu, mais ce n'est pas bien grave.

— Savez-vous par hasard si M. Pricharde est revenu à Villeperce ?

— Pas encore, monsieur. Il s'est absenté, mais il doit rentrer aujourd'hui. Geneviève m'en a justement parlé à la boulangerie, tout à l'heure. Elle tient l'information de l'épouse de M. Hubert, l'électricien, qui est allé faire une petite réparation chez Mme Pricharde, ce matin même.

— Vraiment, dit Tom, impressionné par l'efficacité des services de renseignement de Mme Annette. Il rentrera donc aujourd'hui ?

— Oh, oui. C'est absolument certain, répondit posément Mme Annette, avec autant d'assurance que si elle parlait du lever ou du coucher du soleil.

— Je vous rappellerai avant... avant que... eh bien, d'ici mon prochain départ, madame Annette. Portez-vous bien, en attendant ! »

Tom raccrocha et poussa un profond soupir. Il songea qu'il ferait mieux de rentrer aujourd'hui même. Il allait donc falloir réserver une place sur un vol à destination de Paris. Il se dirigea vers son lit, dont il se mit à ôter les draps. Mais il songea brusquement qu'il était fort possible qu'il revienne à Londres avant qu'Ed ne reçoive un nouvel invité et jugea préférable de tout laisser en place.

« Je croyais que tu en avais fini avec ça », dit Ed en pénétrant dans la bibliothèque.

Tom lui expliqua la situation.

« Notre vieil ami P. Richard rentre à Villeperce aujourd'hui. Je vais donc aller le rejoindre là-bas. Et si besoin est, je le suivrai jusqu'à Londres où, comme tu le sais... (Tom lui fit un clin d'œil, pour souligner qu'il plaisantait.)... les rues sont bien sombres, la nuit — sans compter que Jack l'Éventreur rôde toujours dans le coin... Pas vrai ? Qu'est-ce qu'il... »

Tom s'interrompit.

« Qu'est-ce que quoi ? demanda Ed.

— Qu'est-ce que Pritchard cherche donc à obtenir, en essayant de provoquer ma perte ? Un plaisir sadique, j'imagine. Ou en ressortant l'histoire de Murchison ? Il sera sans doute dans l'impossibilité de prouver quoi que ce soit. Mais de quoi aurais-je l'air ? Il peut aussi tenter de m'assassiner. Il aurait ainsi la satisfaction de contempler Héloïse en veuve éplorée, obligée de retourner s'installer à Paris, qui sait... Je l'imagine mal vivant seule dans notre maison. A moins qu'elle n'épouse quelqu'un d'autre, en restant à Villeperce.

— Tom ! Cesse de *rêver !* »

Tom s'étira et essaya de se détendre.

« Le raisonnement des cinglés m'a toujours échappé », dit-il.

Pourtant, il avait fort bien percé à jour Bernard Tufts, songea-t-il. Mais cela ne l'avait pas empêché de perdre la bataille, puisqu'il n'avait pas réussi à détourner Bernard de ses projets suicidaires.

« Je vais appeler l'aéroport, Ed, si tu n'y vois pas d'inconvénient. »

Tom obtint les réservations d'Air France ; on lui proposa une place à bord d'un avion qui quittait Heathrow à 13 h 40, cet après-midi. Il annonça la nouvelle à Ed.

« Je ferais bien de rassembler mon baluchon et de décamper », dit-il.

Ed s'apprêtait à s'installer devant sa machine à écrire ; des brouillons étaient étalés sur son bureau.

« J'espère que nous nous reverrons bientôt, Tom. J'étais ravi de t'accueillir chez moi. Je penserai à toi.

— Certains dessins de Derwatt sont-ils à vendre ? J'ai cru comprendre qu'en principe, vous ne vous en sépariez pas. »

Ed Banbury sourit.

« Nous sommes intransigeants... Mais pour toi...

— Combien y en a-t-il ? Et quel serait le prix... *grosso modo ?*

— Une cinquantaine environ. Le prix peut varier... de deux à quinze mille, peut-être. Certains sont de Bernard Tufts, évidemment. Si les dessins sont vraiment *bons,* le prix est bien sûr plus élevé. Cela ne dépend pas forcément du format.

— Je paierai le prix normal, cela va de soi. Et avec plaisir. » Ed faillit éclater de rire.

« Si l'un de ces dessins te plaît, Tom, nous n'allons tout de même pas te le faire payer ! Qui encaisse les bénéfices, au bout du compte... sinon nous trois ?

— J'aurai peut-être le temps d'aller jeter un coup d'œil à la galerie ce matin. Tu en as quelques-uns ici ? ajouta Tom, comme si cela allait de soi.

— Un seul, dans ma chambre. Tu veux le voir ? »

Ils se rendirent dans la chambre d'Ed, située à l'extrémité du petit vestibule. Ed saisit un dessin encadré qui gisait, retourné, contre la paroi de son armoire. Il s'agissait d'une esquisse au fusain, rehaussée de couleurs, où une série de lignes entrecroisées, verticales et horizontales, semblaient représenter un chevalet ; une silhouette vaguement suggérée se tenait en arrière, à peine plus haute que le chevalet. S'agissait-il d'un Tufts ou d'un Derwatt ?

« Très réussi, dit Tom en s'avançant et en plissant les yeux. Quel est son titre ?

— *Chevalet dans l'atelier,* répondit Ed. J'aime la chaleur de cet orangé. Et ces deux traits, qui suffisent à indiquer les proportions de la pièce. Typique de Derwatt. Je ne l'accroche pas en permanence, ajouta-t-il, mais seulement six mois par an, et encore... Comme ça, je ne m'en fatigue pas. »

Le dessin faisait environ soixante-quinze centimètres de haut sur cinquante de large. Le cadre était d'un gris neutre, comme il se devait.

« Il est de Bernard ? demanda Tom.

— Non. De Derwatt. Je l'ai acheté il y a des années, pour une somme ridicule. Quarante livres, je crois bien. Je ne me souviens même plus où je l'ai déniché. Le dessin a été fait à Londres. Tu as remarqué la main ? »

Ed montra le dessin, où une main refermée sur une ébauche de pinceau était esquissée, dans un geste identique au sien. Le peintre s'approchait du chevalet ; un simple coup de fusain indiquait le profil de sa jambe gauche.

« Un homme qui s'apprête à travailler... commenta Ed. Ce dessin me donne du courage.

— Je te comprends. (Tom se retourna, sur le seuil de la

pièce.) Je vais passer voir ces croquis, avant de prendre un taxi pour Heathrow. Je te remercie de ton hospitalité, Ed. Et de ta gentillesse. »

Tom saisit son imperméable et sa petite valise. Sur sa table de nuit, à côté de la clef, il avait laissé deux billets de vingt livres, pour tous les coups de téléphone qu'il avait passés. Ed les trouverait demain, ou plus tard dans la journée.

« Veux-tu que nous convenions dès à présent de mon jour d'arrivée ? demanda Ed. Je peux venir demain, si tu le souhaites. Il suffit que tu me le dises, Tom.

— Je vais d'abord voir comment se présente la situation. Je t'appellerai peut-être dans la soirée. Mais ne t'inquiète pas si je ne le fais pas. Je devrais être chez moi vers 7 ou 8 heures, ce soir... si tout va bien. »

Ils se serrèrent chaleureusement la main, sur le seuil de l'appartement.

Tom rejoignit à pied le carrefour voisin, où il aurait plus de chance de dénicher un taxi. Lorsqu'il en eut arrêté un, il demanda au chauffeur de le conduire jusqu'à Old Bond Street.

Cette fois-ci, Nick était seul lorsque Tom arriva. Il se leva et abandonna le bureau où il était en train de feuilleter un catalogue de Sotheby.

« Bonjour, Nick, lança Tom d'un air aimable. Je suis repassé... pour jeter un nouveau coup d'œil à ces dessins de Derwatt. Est-ce possible ? »

Nick sourit et bomba le torse, comme s'il prenait cette requête pour une faveur personnelle.

« Bien sûr, monsieur. Par ici... Vous connaissez le chemin. »

Tom aima aussitôt le premier croquis que Nick lui présenta, et qui représentait un pigeon sur le rebord d'une fenêtre ; les contours de l'oiseau étaient multipliés, dans le style de Derwatt, afin de suggérer qu'il était sur le point de prendre son envol. Le papier, blanc à l'origine et de bonne qualité, avait jauni et se détériorait déjà sur les bords ; mais cela ne dérangeait pas Tom, au contraire. Le dessin au fusain, rehaussé de couleurs, était à présent glissé dans une pochette en plastique transparente.

« Et quel est son prix ?

— Hum... Dans les dix mille, monsieur. Il faudrait que je vérifie. »

Tom continua d'explorer l'intérieur du carton. Il y avait une scène très animée représentant une salle de restaurant, qui ne lui plut pas trop, puis un dessin montrant deux arbres et un banc, apparemment exécuté dans un parc londonien. Non, décidément, c'était le pigeon qui lui plaisait.

« Si je vous laissais des arrhes... et que vous en parliez à M. Banbury ? »

Tom rédigea sur le bureau un chèque de deux mille livres et le tendit à Nick.

« Dommage que le dessin n'ait pas été signé par Derwatt. Enfin, pas signé du tout... ajouta-t-il, curieux de voir la réaction de Nick.

— Ou-oui, monsieur, répondit celui-ci d'un air aimable, en se balançant presque sur ses talons. Derwatt était coutumier du fait, d'après ce que j'ai entendu dire. Il faisait ses croquis, dans l'inspiration du moment, et ne songeait même pas à les signer. Puis il les oubliait et... ma foi, comme vous le savez, il n'est plus parmi nous. »

Tom acquiesça.

« C'est exact. Au revoir, Nick. M. Banbury a mon adresse.

— Oh, oui, monsieur. Pas de problème. »

Tom rejoignit ensuite Heathrow, qui lui paraissait un peu plus embouteillé à chacun de ses passages. Les femmes de ménage armées de balais et de poubelles à roulettes semblaient visiblement incapables de venir à bout des nappes de papier froissées et des vieilles enveloppes de billets d'avion qui jonchaient le sol. Tom eut le temps d'acheter un coffret de savons anglais pour Héloïse, ainsi qu'une bouteille de Pernod.

Mais quand reverrait-il Héloïse ?

Tom acheta une gazette à scandales, qu'on ne lui proposerait certainement pas à bord de l'avion. Confortablement installé dans son siège de première classe, il s'assoupit après avoir dégusté du homard arrosé de vin blanc et ne se réveilla que lorsque l'hôtesse demanda aux passagers d'attacher leurs ceintures. Le paysage géométrique de la campagne française, avec ses carrés bien délimités, vert pâle, brun ou vert foncé, s'étendait à leurs pieds. L'avion entama sa descente. Tom se sentait de nouveau en pleine forme, et prêt à tout. Enfin, presque... Ce matin, à Londres, il avait eu l'idée d'aller examiner prochainement les archives de la presse, afin de mener lui aussi sa petite enquête sur le passé de David Pritchard. Mais que risquait-il de dénicher, à supposer que tel soit bien son véritable nom ? De menus délits datant d'une adolescence dépravée ? Des amendes pour excès de vitesse ? Une condamnation pour usage de stupéfiants à l'âge de dix-huit ans ? Rien à vrai dire qui mérite un entrefilet dans la presse, même aux États-Unis — sans parler de l'Angleterre ou de la France... Pourtant, il était étrange de songer que Pritchard *aurait pu* avoir les honneurs de la presse, s'il avait, mettons, torturé un chien à mort, à l'âge de quinze ans. Un horrible fait divers de ce genre aurait pu être reproduit à Londres, si les téléscripteurs avaient répercuté la nouvelle. Tom se raidit tandis que l'avion atterrissait en douceur, puis commençait à freiner. Quant à son propre dossier... eh bien, il se résumait sans doute à une intéressante liste de soupçons. Sans l'ombre d'une preuve, évidemment.

Après le contrôle des passeports, Tom se dirigea vers la première cabine téléphonique disponible et appela son domicile. Mme Annette répondit au bout de la huitième sonnerie.

« Ah, monsieur Tom ! Où êtes-vous ?

— A l'aéroport de Roissy. Je serai à la maison dans deux heures, avec un peu de chance. Tout va bien ? »

Mme Annette l'assura que tout était normal.

Tom prit un taxi jusque chez lui. Il avait bien trop hâte de rentrer pour s'inquiéter des éventuelles indiscrétions du chauffeur. La journée était chaude et ensoleillée. Tom ouvrit les vitres des deux côtés, en espérant que le chauffeur n'allait pas râler contre le courant d'air, hantise permanente des Français, même par temps caniculaire. Tom repensait à son séjour londonien, au jeune Nick Hall, à l'aide que Jeff et Ed lui avaient proposée, en cas de besoin. Et que fabriquait donc Janice Pritchard ? Jusqu'à quel point aidait-elle son mari, ou le couvrait-elle, ou jouait-elle son jeu ? Le soutiendrait-elle ou le laisserait-elle tomber, si celui-ci avait vraiment besoin d'elle ? Janice était un peu l'inconnue de cette partie, se dit Tom.

L'ouïe de Mme Annette était encore suffisamment fine pour qu'elle entende crisser le gravier sous les roues du taxi, car elle ouvrit la porte d'entrée et s'avança sur le porche de la maison avant même que le véhicule ne se soit immobilisé. Tom paya le chauffeur, en le gratifiant d'un pourboire, et se dirigea vers la porte, sa valise à la main.

« Mais non ! Laissez ! Je peux très bien la porter moi-même ! s'exclama-t-il. D'ailleurs elle ne pèse rien. »

Les vieux réflexes de Mme Annette avaient la vie dure. Pour elle, une domestique se devait de porter les charges les plus lourdes, cela faisait partie de sa fonction.

« Mme Héloïse a-t-elle appelé ?

— Non, monsieur. »

C'était plutôt bon signe, songea Tom. Il pénétra dans le vestibule, humant avec délice l'odeur familière des pétales de roses — ce qui lui rappela les boîtes de cire à la lavande qui étaient dans sa valise.

« Voulez-vous du thé, monsieur Tom ? Ou du café ? Ou un petit apéritif ? » demanda Mme Annette en suspendant son imperméable dans l'entrée.

Tom hésita, marcha jusqu'au salon et jeta un coup d'œil sur la pelouse, à travers les portes vitrées.

« D'accord pour un café, dit-il. Et je prendrai aussi un apéritif. (Il était un peu plus de 7 heures.) Mais je vais d'abord aller me doucher.

— Oui, monsieur. Ah ! Mme Berthelin a téléphoné, hier soir. Je lui ai dit que vous étiez absents, Madame et vous.

— Très bien », dit Tom.

Jacqueline et Vincent Berthelin étaient des amis à eux, et habitaient dans une bourgade voisine, à quelques kilomètres.

« Très bien, répéta Tom, je la rappellerai. (Il se dirigea vers l'escalier.) Pas d'autres appels ?

— N-non, je crois que non.

— J'en ai pour une dizaine de minutes. Ah, au fait... »

Tom étala sa valise par terre, l'ouvrit et en sortit le sachet en plastique qui contenait les boîtes de cire.

« Un cadeau pour la maison, madame.

— Ah, du cirage de lavande ! Toujours bienvenu ! Merci. »

Tom redescendit au bout de dix minutes, après avoir changé de vêtements et enfilé des espadrilles. Il décida de s'offrir un petit verre de calvados avec son café, pour changer. Mme Annette vint le trouver, afin de s'assurer que le menu qu'elle était en train d'élaborer lui convenait, ce qui était toujours le cas. Tom l'écouta d'une oreille distraite, car il se demandait s'il devait téléphoner à Janice Pritchard, l'inconnue de la partie.

« Cela m'a l'air très appétissant, dit-il poliment. Je regrette juste que Mme Héloïse ne soit pas là pour en profiter elle aussi.

— Quand Madame doit-elle rentrer ?

— Je ne sais pas trop, répondit Tom. Mais elle profite bien de son séjour en compagnie de son amie, comme vous le savez. »

Puis il se retrouva seul. Janice Pritchard... Tom se leva du canapé jaune et marcha jusqu'à la cuisine, avec une lenteur délibérée.

« Au fait, dit-il à Mme Annette, et M. Pritchard ? Vous ne m'aviez pas dit qu'il devait rentrer aujourd'hui ? »

Il avait parlé de la manière la plus détachée possible, comme s'il s'enquérait d'un banal voisin avec lequel il n'entretenait pas de relations particulières. Il se dirigea même vers le frigo et se coupa une tranche de fromage (c'était la première chose qui lui était tombée sous la main) comme s'il était venu à la cuisine dans ce but.

Mme Annette alla lui chercher une assiette à dessert et un couteau.

« Il n'était pas encore arrivé ce matin, répondit-elle. Mais il doit être rentré maintenant.

— Sa femme est toujours là ?

— Oh, oui. Elle passe de temps en temps à l'épicerie. »

Tom regagna le salon, son assiette à la main ; il déposa celle-ci à côté de son verre. Le petit bloc-notes auquel Mme Annette ne touchait jamais se trouvait sur la table du vestibule. Tom retrouva sans peine le numéro des Pritchard, qui ne figurait pas encore dans l'annuaire.

Il s'apprêtait à décrocher le téléphone lorsqu'il vit arriver Mme Annette.

« Monsieur Tom, avant que j'oublie... J'ai appris ce matin que les Pritchard avaient acheté leur maison de Villeperce.

— Vraiment ? dit Tom. Intéressant. »

Il avait répondu comme si la nouvelle ne l'intéressait pas outre mesure. Mme Annette repartit à la cuisine. Les yeux de Tom restèrent rivés sur le téléphone.

Si c'était Pritchard en personne qui répondait, songea-t-il, il raccrocherait sans dire un mot. Mais si c'était Janice, il tenterait sa chance. Il pourrait toujours lui demander comment allait la mâchoire de David... Il était à peu près certain que Pritchard avait raconté à sa femme leur algarade tangéroise. Mais Janice savait-elle que son mari avait appelé Mme Annette pour lui dire en français, avec son accent américain, qu'Héloïse avait été kidnappée ? Tom décida de ne pas aborder cette question. Où finit la politesse, où commence la folie ? se demanda-t-il. Ou vice versa... Tom se redressa et songea qu'on commettait rarement une erreur en se montrant courtois. Il composa le numéro.

Ce fut Janice Pritchard qui répondit.

« Allô-ô-ô ? lança-t-elle de son accent chantant.

— Bonjour, Janice. Ici Tom Ripley, dit Tom en se fendant d'un large sourire.

— Oh, monsieur Ripley ! Je vous croyais en Afrique du Nord !

— J'y étais, mais je suis rentré. J'ai vu votre mari là-bas, comme vous le savez peut-être. »

Et je l'ai laissé sur le carreau, songea-t-il en souriant de nouveau, comme si Janice pouvait le voir à l'autre bout du fil.

« Ou-oui. C'est ce que j'ai cru comprendre. (Janice s'interrompit. Elle s'exprimait d'une voix douce, presque suave.) Vous vous êtes battus...

— Oh, ce n'était pas bien grave, dit Tom d'un air modeste ; il avait l'impression que David Pritchard n'était pas encore rentré chez lui. J'espère que David se sent bien ?

— Évidemment, qu'il se sent *bien* ! Je *sais* qu'il *cherche* toujours ce genre d'histoires, dit Janice, qui paraissait sincère. On ne récolte que ce qu'on sème, pas vrai ? Pourquoi est-il allé à Tanger ? »

Un frisson parcourut Tom. Ces mots étaient plus profonds peut-être que Janice ne le pensait.

« Vous l'attendez pour bientôt ? reprit-il.

— Oui, il doit rentrer ce soir. J'irai le chercher à Fontainebleau dès qu'il m'aura appelée, répondit Janice avec sa franchise habituelle. Il m'a prévenue qu'il serait un peu en retard, parce qu'il est allé acheter des articles de sport à Paris, aujourd'hui même.

— Oh... Pour le golf ? demanda Tom.

— Non. Pour la pêche, il me semble. Mais je n'en suis pas sûre. Vous connaissez David, avec sa manie de tourner autour du pot... »

Tom ne voyait pas à quoi elle faisait allusion.

« Et comment vous débrouillez-vous, toute seule ? Vous ne vous ennuyez pas trop ?

— Oh, non. Je ne m'ennuie jamais. J'écoute mes cassettes de français, dans l'espoir de faire des progrès. (Elle poussa un petit rire.) Et les voisins sont gentils. »

Tiens donc... Tom pensa aussitôt aux Grais, qui habitaient à deux cents mètres, mais ne voulut pas demander à Janice si elle s'était liée avec eux.

« Ah, ce David... reprit-elle. La semaine prochaine, aussi bien, il voudra des raquettes de tennis.

— Du moment qu'il y trouve son plaisir... répondit Tom avec un petit rire. Et si ça peut lui changer les idées... il cessera peut-être de s'occuper de *mes* affaires. »

Il s'était exprimé de manière conciliante, avec un soupçon d'amusement, comme s'il faisait allusion aux engouements éphémères d'un enfant.

« Oh, j'en doute, dit Janice. Il a acheté cette maison. Et il vous trouve absolument *fascinant*. »

Tom se souvenait du visage complice et souriant de Janice, lorsqu'elle avait récupéré son mari devant Belle Ombre, après sa petite séance de photo.

« Vous semblez désapprouver certains de ses agissements, poursuivit Tom. N'avez-vous jamais songé à l'en détourner ? Ou à le laisser tomber ? » se risqua-t-il à ajouter.

Janice émit un rire nerveux.

« Une épouse n'abandonne pas son mari, n'est-ce pas ? Et de toute façon, il serait toujours pendu à mes basques. »

Tom n'avait pas envie de rire. Ni même de sourire.

« Je comprends, reprit-il, ne sachant pas trop quoi dire

d'autre. Vous êtes une épouse fidèle ! Eh bien, mes meilleures pensées à vous deux, Janice. Nous nous verrons peut-être prochainement.

— Oui, peut-être. Merci d'avoir appelé, monsieur Ripley.
— Au revoir. »

Il raccrocha. Quel asile d'aliénés ! Les revoir prochainement ! Il avait dit « nous », comme si Héloïse était rentrée, elle aussi. Pourquoi pas ? Cela pouvait abuser Pritchard, s'il lui venait à l'idée de poursuivre ses exploits. Tom réalisa brusquement qu'il avait envie de tuer Pritchard. Ce désir n'était pas sans ressemblance avec celui qui l'avait poussé à affronter la Mafia, sauf que dans ce dernier cas il n'y avait pas eu de facteur personnel. Il haïssait la Mafia en soi, considérant ses membres comme des maîtres chanteurs sans scrupule, impeccablement organisés. Leur identité n'avait aucune importance. Il en avait tué deux — et c'était encore trop peu. Mais avec Pritchard, ce n'était pas la même chose : il le considérait comme un ennemi personnel, puisqu'il était délibérément venu fourrer son nez dans ses affaires ; d'ailleurs, il avait bien cherché à se faire taper sur les doigts. Janice pouvait-elle l'aider ? Non, il valait mieux ne pas compter sur elle : elle le laisserait tomber à la dernière minute afin de sauver son mari et de pouvoir ainsi continuer à jouir des tourments (tant moraux que physiques, apparemment) que celui-ci lui infligeait. Pourquoi n'avait-il pas achevé Pritchard, à La Haffa, avec le couteau qu'il venait d'acheter et qui était pourtant à portée de sa main, juste dans sa poche ?

Il allait peut-être falloir se débarrasser du mari ET de la femme, s'il voulait avoir la paix, songea-t-il en allumant une cigarette. A moins qu'ils ne se décident l'un et l'autre à quitter la région.

Tom finit ses dernières gouttes de café, arrosé de calvados. Puis il ramena la tasse et la soucoupe à la cuisine. Mme Annette ne servirait pas le repas avant cinq bonnes minutes, estima-t-il en la voyant s'activer. Aussi l'informa-t-il qu'il avait un autre coup de téléphone à passer.

Il appela les Grais, dont il connaissait le numéro par cœur.
Ce fut Agnès qui répondit. D'après les bruits qu'il

entendait en arrière-fond, Tom songea qu'il avait dû les interrompre au beau milieu du dîner.

« Oui, je suis revenu de Londres aujourd'hui, dit-il. Mais je vous dérange en plein repas...

— Mais non ! Nous sommes en train de débarrasser la table, Sylvie et moi. Héloïse est-elle avec vous ? demanda Agnès.

— Elle est toujours en Afrique du Nord. Je voulais simplement vous informer de mon retour. Je ne sais absolument pas quand Héloïse décidera de rentrer. Au fait, saviez-vous que vos nouveaux voisins, les Pritchard, avaient acheté leur maison ?

— *Oui !* répondit aussitôt Agnès ; elle expliqua à Tom qu'elle l'avait appris par l'entremise de Marie, au bar-tabac. Et ils font un de ces *boucans*... poursuivit-elle d'une voix passablement amusée. J'ai l'impression que madame est seule en ce moment, mais elle se passe du rock à une puissance... et à des heures !... Ah, ah ! Je me demande si elle danse toute seule, dans son salon... »

En regardant des cassettes sado-maso ? Tom imaginait la scène...

« Aucune idée, répondit-il en souriant. Vous l'entendez depuis chez vous ?

— Oui, si le vent souffle dans la bonne direction ! Enfin, cela n'arrive pas tous les soirs, mais Antoine était furieux, dimanche dernier. Pas au point d'aller jusque chez eux pour leur dire d'arrêter, néanmoins. Il les aurait bien appelés, mais impossible de dénicher leur numéro ! »

Agnès éclata une nouvelle fois de rire.

Ils raccrochèrent, après avoir échangé de cordiales et chaleureuses salutations, en bons voisins. Tom alla ensuite s'asseoir et entama son dîner solitaire, un magazine étalé à côté de lui. Tout en dégustant le remarquable bœuf braisé de Mme Annette, il remâcha une fois de plus les pensées que lui inspiraient ces odieux Pritchard. David était peut-être en train de rentrer chez lui, à la minute même, une canne à pêche à la main. Qu'espérait-il donc attraper ? Murchison ? Pourquoi l'idée n'était-elle pas aussitôt venue à Tom ? Le cadavre de Murchison...

Tom abandonna l'article qu'il était en train de lire et se

rejeta dans son siège, en s'essuyant les lèvres avec sa serviette. Une canne à pêche ? C'était plutôt une solide corde qu'il faudrait, munie d'un grappin en fer... Et une petite barque ne suffirait pas. Il ne lui servirait à rien d'aller se planter le long d'une rivière ou d'un canal et d'y lancer sa ligne, comme le faisaient certains autochtones qui, avec un peu de chance, ramenaient des petits poissons blancs, apparemment comestibles. Pritchard n'ayant pas de problèmes d'argent (du moins, à en croire Janice), n'allait-il pas s'acheter un petit canot à moteur ? Voire engager un assistant ?

Mais Tom faisait peut-être fausse route. Après tout, David Pritchard pouvait fort bien adorer la pêche.

La dernière chose que fit Tom, ce soir-là, ce fut d'inscrire sur une enveloppe l'adresse de sa succursale bancaire, car il devait faire virer de l'argent sur son compte courant afin de couvrir son chèque de deux mille livres. Il posa l'enveloppe à côté de sa machine à écrire, de manière à y penser le lendemain matin.

15

Le lendemain matin, après avoir bu une première tasse de café, Tom sortit sur la terrasse et gagna le jardin. Il avait plu durant la nuit et les dahlias étaient splendides ; mais il allait peut-être falloir les élaguer un peu. De toute façon, Tom avait l'intention d'en cueillir quelques-uns pour décorer le salon. Mme Annette se chargeait rarement de cette tâche, sachant que Tom préférait les choisir lui-même, en fonction de leur teinte et du temps qu'il faisait.

David Pritchard était donc de retour... Il avait dû rentrer la nuit dernière ; mais se mettrait-il à pêcher dès aujourd'hui ?

Tom régla quelques factures et passa une bonne heure au jardin, avant de prendre son déjeuner. Mme Annette n'avait apparemment pas recueilli de nouvelles informations au sujet des Pritchard à la boulangerie, ce matin. Puis il alla vérifier l'état des voitures : deux d'entre elles se trouvaient au garage ; quant au break, il était pour l'instant garé à l'extérieur. Les moteurs démarraient tous au quart de tour. Tom lava soigneusement les vitres des trois véhicules.

Puis il monta dans la Mercedes rouge (il l'utilisait rarement, la considérant comme la propriété d'Héloïse) et prit la direction de l'ouest.

Les routes qui sillonnaient le paysage lui étaient familières, bien qu'il ne prît jamais ce chemin lorsqu'il allait faire des courses à Moret, ou à Fontainebleau. Tom n'aurait pas su dire quelle route il avait suivie au juste, la nuit où il s'était débarrassé du cadavre de Murchison, en compagnie de Bernard. Son unique obsession ce soir-là avait été de dénicher une rivière ou un canal suffisamment retiré pour qu'il puisse y jeter le corps ficelé dans la bâche, sans se faire remarquer. Tom avait pris soin de lester à l'aide de quelques grosses pierres ce linceul de fortune, afin qu'il coule aisément et reste maintenu au fond de l'eau. Ce qui avait été le cas, à sa connaissance. Tom jeta un coup d'œil dans la boîte à gants et y aperçut une carte de la région ; mais pour l'instant, il préférait s'en remettre à son instinct. Les principales rivières des environs : le Loing, l'Yonne et la Seine, étaient reliées à des canaux et alimentées par d'innombrables petits affluents, dont la plupart n'avaient même pas de nom. Tom savait que c'était dans l'un de ces cours d'eau secondaires qu'il avait jeté le corps de Murchison, du haut d'un pont qu'il reconnaîtrait sans doute, s'il tombait dessus par hasard.

Tom songea que si jamais quelqu'un décidait de partir au Mexique sur les traces de Derwatt (dont la mort remontait à de nombreuses années), il risquait d'y passer sa vie... Et cette quête serait sans espoir, puisque Derwatt n'avait jamais mis les pieds là-bas mais avait toujours vécu à Londres, avant d'aller se suicider en Grèce.

Tom jeta un coup d'œil au compteur : le réservoir d'essence était à moitié plein. Il fit demi-tour dès que la route le lui permit et prit la direction du nord-est. Il croisait à peine une voiture toutes les trois minutes. D'abondants champs de maïs, destiné à l'alimentation du bétail, s'étendaient de part et d'autre de la route. Des corbeaux noirs tournoyaient dans le ciel en croassant.

D'après les souvenirs de Tom, Bernard et lui avaient roulé pendant sept ou huit kilomètres à partir de Villeperce cette nuit-là, en direction de l'ouest. Ne vaudrait-il pas mieux repasser à Belle Ombre, prendre une carte et y tracer un cercle centré sur l'ouest du village ? Tom s'engagea sur une route qui, selon lui, devait le ramener jusqu'à la maison des Pritchard, puis à celle des Grais.

Il fallait qu'il appelle Jacqueline et Vincent Berthelin, songea-t-il, plongé dans ses pensées.

Les Pritchard connaissaient-ils la Mercedes rouge d'Héloïse ? Tom ne le pensait pas. Comme il se rapprochait de leur maison blanche à deux étages, il ralentit l'allure afin d'apercevoir le plus de choses possible, sans quitter pour autant la route des yeux. Une camionnette blanche garée devant l'entrée, sur le bord du talus, attira aussitôt son attention. S'agissait-il d'un véhicule de livraison ? Venu apporter ces fameux articles de sport ? Le chargement, plutôt volumineux, était dissimulé sous une bâche grise et dépassait de l'arrière de la camionnette. Tom perçut un bref éclat de voix, apparemment masculine, mais il s'agissait peut-être d'une conversation entre deux interlocuteurs différents. Il n'aurait su le dire avec exactitude et il avait déjà dépassé la demeure des Pritchard.

La camionnette abritait peut-être un petit canot ? La bâche grise qui recouvrait le chargement rappelait à Tom celle dont il avait enveloppé le corps de Thomas Murchison. Bon. Peut-être David Pritchard avait-il acheté cette camionnette, ainsi qu'un canot à moteur... Et même engagé un assistant... Comment un homme seul pouvait-il piloter un tel bateau sur les eaux d'un canal, dont la pression variait sans cesse à cause des écluses ? Sans parler qu'il allait devoir plonger, puis remonter à bord. Les rives des canaux étaient relativement pentues. Pritchard discutait-il avec un livreur, tout à l'heure, ou avec un futur employé ?

Maintenant que David Pritchard était de retour, Tom ne pouvait plus espérer tirer grand-chose de Janice, son incertaine alliée, car David décrocherait lui-même, ou épierait leur conversation et arracherait l'appareil des frêles mains de son épouse.

La maison des Grais paraissait vide pour l'instant. Tom tourna sur la gauche et s'engagea sur une voie déserte ; puis il prit à droite, un peu plus loin, ce qui le ramena sur la route conduisant à Belle Ombre.

Voisy, songea-t-il tout à coup. Le nom venait de lui revenir, sans raison apparente, comme une lumière s'allumant brusquement. Il s'agissait d'un petit village situé aux abords du canal ou du cours d'eau où il s'était débarrassé du corps de Murchison. Voisy... Ce devait être à l'ouest. De toute façon, il lui suffisait de consulter la carte.

Ce que fit Tom, sitôt rentré chez lui, après avoir mis la main sur une carte détaillée de la région de Fontainebleau.

Voisy se trouvait effectivement à l'ouest, pas très loin de Sens, sur les bords du Loing. Tom fut soulagé de constater qu'il s'agissait de la rivière elle-même. Si jamais le corps de Murchison avait dérivé (ce dont il doutait), il aurait été entraîné vers le nord, en direction de la Seine. Il soupesa toutes les hypothèses : pluies diluviennes, inversions des courants... mais ces dernières étaient peu probables, s'agissant d'un cours d'eau inférieur. Et heureusement qu'il s'agissait d'une rivière, car les canaux étaient parfois vidés, en vue d'éventuelles réfections.

Il composa le numéro des Berthelin. Ce fut Jacqueline qui répondit. Oui, Héloïse et lui avaient passé quelques jours à Tanger, lui dit Tom, mais Héloïse était restée là-bas.

« Et comment vont ton fils et ta belle-fille ? » demanda-t-il.

Jean-Pierre, le fils des Berthelin, venait de terminer ses études aux Beaux-Arts, qu'il avait interrompues deux ans plus tôt, après avoir rencontré une jeune fille entre-temps devenue sa femme. Vincent, son père, avait tenté de s'opposer à ce mariage. Tom se souvenait encore de ses vociférations à ce sujet. *Cette fille est une moins que rien !*

« Jean-Pierre va bien, répondit Jacqueline d'une voix chaleureuse. Ils attendent un enfant pour le mois de décembre !

— Ah, mes félicitations ! s'exclama Tom. Il va falloir que la maison soit bien chauffée maintenant, à cause du bébé ! »

Jacqueline se mit à rire et le rassura sur ce point. Vincent et elle avaient dû se passer d'eau chaude pendant des années, admit-elle, mais ils allaient faire installer un *second* w.-c., ainsi qu'une baignoire, à côté de la chambre d'ami.

« Parfait ! » dit Tom en souriant.

Il se souvenait de l'époque où les Berthelin, pour des raisons connues d'eux seuls, ne disposaient que de w.-c. extérieurs et devaient faire bouillir de l'eau sur le cuisinière chaque fois qu'ils voulaient se laver.

Ils se promirent de se voir prochainement. Ce genre de serment n'était pas toujours honoré, songea Tom, car la plupart des gens semblaient toujours débordés. Toutefois, il se sentit mieux après avoir raccroché. Il était important d'entretenir des relations de bon voisinage.

Tom se détendit en allant lire le *Herald Tribune* sur le canapé. Mme Annette s'était apparemment retirée dans ses quartiers ; il lui semblait même entendre son poste de télévision. Il n'ignorait pas qu'elle suivait avec passion certains feuilletons à l'eau de rose car il lui était arrivé autrefois d'en parler, à Héloïse ou à lui, avant qu'elle n'ait réalisé que les Ripley ne regardaient pas ce genre d'émission.

A 4 heures et demie, alors que le soleil était toujours bien au-dessus de l'horizon, Tom monta dans la Renault beige et prit la direction de Voisy. Quelle différence, songea-t-il, entre le décor champêtre qu'il apercevait aujourd'hui et cette nuit sans lune où il avait roulé, en compagnie de Bernard, sans savoir au juste où il se dirigeait... Jusqu'à présent, le sépulcre aquatique de Murchison s'était avéré une excellente cachette... et sans doute l'était-il toujours.

Tom aperçut le panneau indiquant l'entrée de voisy avant de distinguer le village lui-même, qui était en fait hors de vue, dissimulé derrière un virage et un rideau d'arbres. Sur sa droite, il remarqua bientôt le fameux pont, muni d'une rampe à chaque extrémité ; il faisait environ trente mètres de long, peut-être plus. C'était du haut de ce pont, dont le parapet leur arrivait à la taille, que Bernard et lui avaient précipité le corps de Murchison.

Tom roulait à une vitesse réduite, mais régulière. Arrivé devant le pont, il prit à droite et s'y engagea, sans se soucier de savoir où menait la route qui le prolongeait, de l'autre côté. D'après ses souvenirs, Bernard et lui s'étaient arrêtés sur le pont lui-même, avant de décharger la bâche. A moins qu'ils n'aient pris la peine de se garer un peu plus loin ?

Dès qu'il le put, Tom s'arrêta et consulta sa carte. Il remarqua la présence d'un carrefour, non loin de là, et poursuivit son chemin, sachant que les panneaux indiqueraient la direction de Sens, ou de Nemours, et lui permettraient ainsi de s'orienter. Il songeait à la rivière qu'il venait de traverser, à ses eaux saumâtres aux reflets bleu-vert... La surface était située à un mètre cinquante environ d'un talus herbeux et pentu. On aurait difficilement pu atteindre le bord sans perdre l'équilibre et tomber à l'eau.

Et, bon sang de bois ! qu'est-ce qui pourrait donner à David Pritchard l'idée de venir à *Voisy*, alors qu'il y avait tant d'autres bras de rivière et de canaux dans les parages immédiats de Villeperce ?

Tom rentra chez lui. Après avoir quitté sa chemise et son blue-jeans, il alla faire une petite sieste dans sa chambre. Il se sentait un peu rassuré, et plus détendu. Il dormit trois quarts d'heure. Lorsqu'il se réveilla, Tom constata qu'il avait réussi à chasser la tension née de son séjour à Tanger, de ses angoisses londoniennes, de sa conversation avec Cynthia et de ses récentes supputations quant à l'hypothétique bateau des Pritchard. Il erra un moment dans la pièce qu'il nommait intérieurement « l'arrière-droit » de Belle Ombre et qui lui servait aussi bien d'atelier que de bureau.

Le vieux plancher en chêne lui plaisait toujours autant, même s'il n'était pas aussi bien entretenu ni aussi fréquemment ciré que le reste de la maison. Tom laissait délibérément traîner par terre des vieilles toiles ou des canevas qu'il estimait décoratifs et qui lui servaient de chiffons lorsqu'il avait besoin d'essuyer ou de nettoyer ses pinceaux. De la même façon, il ne se souciait pas des taches de peinture qu'il lui arrivait de faire.

Quant au *Pigeon*... où allait-il accrocher le croquis ? Au salon, probablement, afin que ses amis puissent en profiter.

Durant quelques instants, Tom contempla l'une de ses œuvres, pour l'instant entreposée contre un mur. On y voyait Mme Annette, tenant à la main une tasse et une soucoupe — son café du matin. Tom avait fait plusieurs croquis en vue de ce tableau, afin de ne pas épuiser son modèle. Elle portait un tablier blanc, sur une robe mauve. Il y avait aussi une toile où Héloïse était représentée devant la fenêtre ovale de l'atelier de Tom ; sa main droite reposait sur le rebord de la fenêtre, l'autre était en appui sur sa hanche. Tom avait également fait des esquisses préparatoires pour ce tableau. Héloïse ne supportait pas de poser plus de dix minutes d'affilée.

Peut-être peindrait-il un jour le paysage qu'il voyait à travers sa fenêtre ? Il avait déjà fait une tentative, trois ou quatre ans plus tôt, représentant les bois touffus et sombres qui s'étendaient par-delà sa propriété — l'endroit même où, dans un premier temps, il avait enterré le corps de Murchison... Ce souvenir n'avait rien d'agréable. Tom chassa ces pensées et se concentra sur sa future composition. Oui, il allait essayer ; il ferait les premiers croquis demain matin. Les dahlias figureraient au premier plan, de chaque côté, et les roses en arrière. Évidemment, le résultat pouvait être un peu gnan-gnan, à partir de ce paysage idyllique, mais Tom avait une autre idée en tête. Peut-être même essaierait-il de travailler au couteau.

Tom regagna le rez-de-chaussée et alla prendre une veste en toile blanche dans la penderie de l'entrée, afin surtout de pouvoir glisser son portefeuille dans la poche intérieure. Puis il se dirigea vers la cuisine, où Mme Annette était en train de s'activer.

« Déjà à l'ouvrage, madame ? lui lança Tom. Il est à peine 5 heures.

— C'est à cause des champignons, Monsieur. Je préfère les préparer à l'avance. »

Mme Annette posa sur lui ses yeux bleu pâle et sourit, debout devant l'évier.

« Je sors pour une demi-heure. Voulez-vous que je vous ramène quelque chose ?

— Oui, Monsieur... Le Parisien libéré, s'il vous plaît.

— Avec plaisir, madame. »

Tom passa d'abord au bar-tabac afin d'acheter le journal, pour ne pas risquer de l'oublier. Il était encore tôt et la plupart des travailleurs n'avaient pas encore fini leur journée, mais le brouhaha habituel régnait déjà dans l'établissement. Un client lançait : « Un petit rouge, Georges ! » et Marie s'activait en prévision du coup de feu de ce soir. Elle fit un petit signe à Tom, car elle se trouvait pour l'instant à l'autre extrémité du comptoir. Tom se surprit à regarder autour de lui pour s'assurer que David Pritchard n'était pas dans les parages, mais il ne l'aperçut pas. De toute façon, il aurait immédiatement remarqué sa présence, ne serait-ce qu'en raison de sa haute stature et de ses lunettes à monture cerclée. Sans compter qu'il aurait été à l'écart des autres clients.

Tom remonta à bord de la Mercedes rouge et prit la

direction de Fontainebleau. Puis il tourna à gauche au premier carrefour, sans raison apparente. Il roulait maintenant plus ou moins vers le sud-ouest. Que faisait Héloïse à Casablanca, en cet instant précis ? Rejoignait-elle l'hôtel Miramar en compagnie de Noëlle, les bras chargés l'une et l'autre de cartons et de sacs en plastique contenant leurs achats de l'après-midi ? Et que projetaient-elles de faire ? Aller prendre une douche de concert et s'étendre un moment avant l'heure du dîner ? Devait-il essayer d'appeler Héloïse cette nuit, à 3 heures du matin ?

Après avoir aperçu un panneau indiquant la direction de Villeperce (le village était à huit kilomètres), Tom reprit le chemin de sa maison. Il ralentit et s'arrêta pour permettre à une paysanne de traverser la route, en compagnie de ses oies. Les trois volatiles se laissaient docilement guider mais marchaient à leur propre rythme, sans se presser.

Peu après, à la sortie d'un virage, Tom dut à nouveau ralentir, à cause d'une camionnette qui roulait au pas. Il remarqua aussitôt le chargement enveloppé dans une bâche grise qui émergeait de l'arrière du véhicule. Et un canal ou un cours d'eau coulait sur la droite, à une soixantaine de mètres de la route... S'agissait-il de Pritchard, seul ou accompagné de son acolyte ? Tom était suffisamment près pour apercevoir, à travers la vitre arrière, la silhouette du conducteur, qui discutait avec un passager assis à ses côtés. Tom les imagina en train de faire des commentaires sur le cours d'eau qu'ils longeaient. Il ralentit encore. Il était certain qu'il s'agissait bien de la camionnette qu'il avait aperçue devant la maison des Pritchard.

Tom songea d'abord à prendre une route de traverse, dès qu'il s'en présenterait une, mais décida finalement de doubler le véhicule.

Au moment où il accélérait, une voiture apparut en sens inverse, une grosse Peugeot grise qui fonçait comme si elle était seule sur la route. Tom la laissa passer, puis appuya de nouveau sur le champignon.

Dans la camionnette, les deux hommes discutaient toujours. Ce n'était pas Pritchard qui conduisait, mais un individu aux cheveux blonds et bouclés dont le visage ne disait rien à Tom. Pritchard était assis à ses côtés et lui disait quelque chose, tout en lui désignant le cours d'eau. Tom les dépassa ; il était quasiment certain que les deux hommes ne lui avaient prêté aucune attention.

Il poursuivit son chemin en direction de Villeperce, non sans jeter de fréquents coups d'œil dans son rétroviseur, pour voir si la camionnette ne s'engageait pas dans un pré, par exemple, afin de se rapprocher du cours d'eau. Mais il ne se passa rien de tel, du moins tant que le véhicule demeura dans son champ de vision.

16

Tom se mit à tourner en rond après le dîner, ce soir-là. Il se sentait nerveux mais ne voulait pas se résoudre à allumer la télévision ou à téléphoner aux Clegg, ou à Agnès Grais, pour tenter de faire diversion. Il se demanda s'il ne devrait pas appeler Jeff Constant ou Ed Banbury. Ce serait bien le diable si l'un des deux au moins n'était pas chez lui. Mais que leur dirait-il ? De venir le rejoindre le plus tôt possible ? Tom songea qu'il aurait peut-être besoin de leur aide — ne serait-ce que sur le plan physique, il fallait bien l'admettre — et cela ne le dérangeait pas de le reconnaître devant eux. Ce serait *aussi* l'occasion pour eux de prendre quelques jours de vacances, surtout s'il ne se passait rien. Au bout de cinq ou six jours de pêche ou de dragage infructueux, Pritchard finirait probablement par abandonner la partie. A moins qu'il ne soit borné et obsédé au point de poursuivre ses recherches pendant des semaines, voire des mois ?

Cette hypothèse n'avait rien de rassurant, et pourtant les choses pouvaient fort bien tourner ainsi, songea Tom. Qui pouvait prévoir les réactions d'un malade mental ? Un psychiatre peut-être, et encore... Il faudrait qu'il se base sur des cas antérieurs présentant certaines similitudes, certaines ressemblances... à supposer qu'il parvienne à établir un diagnostic définitif, pour reprendre le vocabulaire médical.

Quant à Héloïse... Cela faisait six jours qu'elle avait quitté Belle Ombre. Il était rassurant de songer qu'elle n'était pas toute seule là-bas — et plus rassurant encore de savoir que Pritchard ne rôdait plus dans les parages.

Tom regarda le téléphone. Il appellerait Ed en premier. Heureusement, il était une heure plus tôt à Londres. Enfin, à supposer qu'il se décide à téléphoner, plus tard dans la soirée.

Il était 21 h 12. Mme Annette avait quitté la cuisine et s'était retirée, sans doute pour regarder la télévision. Tom se dit qu'il pourrait peut-être faire un ou deux croquis, en vue de son futur tableau.

Le téléphone se mit à sonner alors qu'il atteignait l'escalier. Tom alla décrocher dans le vestibule.

« Allô ?

— Bonsoir, monsieur Ripley, dit une voix amusée, à l'accent américain. C'est encore moi. Dickie... vous vous souvenez ? Je vous ai tenu à l'œil... et je sais parfaitement où vous êtes allé. »

Il pouvait s'agir de Pritchard, parlant sur un ton plus aigu que d'habitude afin de paraître plus « jeune ». Tom s'imagina au même instant le visage de Pritchard, la bouche déformée par un sourire contraint, s'efforçant d'adopter l'accent traînant des New-Yorkais. Il ne répondit pas.

« Eh bien, Tom ? On a les foies ? On ne supporte plus les fantômes du passé ? L'appel des morts ? »

Tom entendit — on crut entendre — Janice pousser en arrière-fond un cri de protestation. Ou un petit rire complice ?

Le mystérieux correspondant s'éclaircit la gorge.

« L'heure des comptes approche, Tom. Tout finit par se payer. »

Qu'est-ce que cela signifiait ? Absolument rien, songea Tom.

« Vous êtes toujours là ? C'est la peur qui vous coupe le sifflet, Tom ?

— Pas du tout. Je vous signale que cette conversation est enregistrée, Pritchard.

— Oh, oh... Mais vous faites erreur, c'est Dickie qui est à l'appareil. Vous commencez à me prendre au sérieux, hein ? »

Tom demeura silencieux.

« Je... je ne suis pas Pritchard, poursuivit la voix, mais je le *connais*. Il travaille pour moi. »

Vous pourrez bientôt échanger vos impressions en enfer, songea Tom. Il décida de ne pas proférer un mot de plus.

« Et il fait du *bon* travail, poursuivit Pritchard. Nous avons accompli des progrès remarquables. (Une pause.) Vous êtes toujours là ? Nous... »

Tom mit un terme à la communication en reposant doucement le combiné. Son cœur battait plus vite qu'à l'ordinaire, ce qui ne lui plaisait pas du tout, mais il lui était déjà arrivé au cours de sa vie de l'entendre s'affoler davantage. Il élimina une partie de son surplus d'adrénaline en grimpant l'escalier quatre à quatre.

Une fois dans son atelier, il alluma la lampe halogène et saisit un crayon, ainsi qu'un bloc de papier ordinaire. Debout devant la table aménagée à cet effet, Tom dessina de mémoire le paysage qu'il voyait depuis sa fenêtre, avec ses arbres verticaux et la ligne presque horizontale qui marquait la limite entre sa propriété et la zone de buissons et d'herbes folles qui s'étendait au-delà. Le fait de dessiner et d'organiser tout cela en vue d'une composition originale lui permit de chasser Pritchard de son esprit, du moins jusqu'à un certain point.

Tom reposa son crayon. Tout de même, ce salopard ne manquait pas de toupet ! Se faire ainsi passer deux fois de suite pour Dickie Greenleaf ! C'était même sa troisième tentative, si l'on comptait le coup de téléphone auquel avait répondu Héloïse. Et apparemment, Janice et son mari travaillaient main dans la main, dans cette affaire.

Tom aimait son foyer, son univers familier, et n'avait nullement l'intention de laisser les Pritchard s'y incruster.

Il saisit une nouvelle feuille de papier et se mit à esquisser un portrait grossier de Pritchard, la bouche ouverte comme s'il était en train de parler, sans oublier ses lunettes à monture cerclée. Ses sourcils noirs étaient légèrement froncés, mais pas trop, car Pritchard était satisfait de lui. Tom paracheva le tout à l'aide de crayons de couleur : du rouge pour les lèvres, un peu de violet pour souligner les yeux, ainsi qu'un soupçon de vert. Sa caricature ne manquait pas d'allure. Mais Tom arracha la feuille du bloc, la plia et la déchira en petits morceaux, qu'il jeta ensuite dans sa poubelle. Il ne tenait pas à ce que l'on découvre ce dessin, au cas où il élimine M. Pritchard.

Puis Tom regagna sa chambre, où il avait branché le téléphone qui, d'ordinaire, se trouvait dans la chambre d'Héloïse. Il songea à appeler Jeff. Il était à peine 22 heures, à Londres.

Mais il se demanda s'il n'était pas en train de succomber à la pression que cet enfoiré de Pritchard tentait d'exercer sur lui. Était-il donc terrifié au point d'appeler à l'aide ? Après tout, il avait aisément remporté la partie, dans son combat contre Pritchard, et sans que celui-ci lui oppose une grande résistance.

Tom avait les yeux fixés sur l'appareil lorsque celui-ci se mit à sonner. Pritchard faisait sans doute une nouvelle tentative... Tom était resté debout.

« Allô ? dit-il.

— Salut, Tom. Ici Jeff. Je...

— Oh, Jeff !

— Oui. J'ai appelé Ed et comme tu ne lui as pas fait signe, j'ai pensé qu'il valait mieux prendre des nouvelles. Où en est-on ?

— Hum... Les choses se précisent, j'en ai peur. Pritchard est de retour. Et je crois qu'il a acheté un bateau. Mais je n'en suis pas sûr. Un simple canot à moteur, peut-être. Ce n'est qu'une hypothèse, car l'engin était dissimulé sous une bâche, à l'arrière d'une camionnette. Je l'ai aperçu en passant devant chez lui.

— Vraiment ? Mais... dans quel but ? »

Tom avait cru que Jeff devinerait tout seul.

« Je pense qu'il va essayer de sonder... de draguer les canaux de la région. (Tom se mit à rire.) Avec un grappin, je veux dire. Enfin, c'est une simple supposition. Et il risque de s'écouler un sacré bout de temps avant qu'il déniche quoi que ce soit, je te le garantis.

— Je vois... murmura Jeff. Ce type a de la suite dans les idées...

— Comme tu dis, répondit Tom d'un air enjoué. Je ne l'ai pas encore vu à l'œuvre, je te le répète. Mais il vaut mieux n'écarter aucune hypothèse. Je te tiendrai au courant.

« — Tom... Tu sais que tu peux compter sur nous, si tu as besoin d'aide.

— Votre soutien m'est très précieux. Je te remercie, Jeff, et tu transmettras le message à Ed. Entre-temps, j'espère bien qu'une péniche coulera le canot de Pritchard. Ah, ah ! »

Ils raccrochèrent après les salutations d'usage.

La perspective d'un tel renfort était réconfortante, se dit Tom. Jeff Constant, par exemple, était certainement plus vif et plus costaud que Bernard Tufts. Tom avait dû jadis expliquer en détail à Bernard toutes les opérations, lorsqu'il avait fallu déterrer Murchison de sa tombe provisoire, le plus discrètement possible ; ainsi que ce que Bernard devrait dire, si jamais la police venait fouiner dans le coin — ce qui avait d'ailleurs été le cas.

Dans le contexte actuel, se dit Tom, l'objectif principal était de laisser le cadavre de Murchison — ou ce qui en restait — se décomposer tranquillement sous sa bâche, au fond de l'eau.

Dans quel état pouvait bien se trouver un cadavre, après avoir passé quatre ou cinq ans sous l'eau ? La bâche avait dû pourrir et se désintégrer en partie ; les pierres dont il l'avait lestée pouvaient donc s'en être échappées, permettant ainsi au corps de dériver, voire de remonter insensiblement à la surface. A supposer qu'il y ait encore un peu de chair... Mais pour qu'il remonte ainsi, ne fallait-il pas que la chair ait gonflé ? La peau avait dû se détacher, se décoller par couches successives. Et ensuite ? Être bouffée par les poissons ? A moins que le courant n'ait peu à peu arraché des lambeaux de chair jusqu'à ce qu'il ne reste plus rien, en dehors du squelette ? Le cadavre avait dû cesser de gonfler depuis déjà longtemps. Mais comment en avoir la certitude, dans le cas précis de Murchison ?

*

Le lendemain matin, après le petit déjeuner, Tom annonça à Mme Annette qu'il se rendait à Fontainebleau, ou peut-être à Nemours, afin d'acheter un sécateur. Avait-elle besoin de quelque chose ?

Elle lui répondit que non, en le remerciant, mais avec cette expression que Tom connaissait bien à présent et qui signifiait qu'elle allait encore réfléchir à la question, d'ici son départ.

Toutefois, elle ne s'était pas remanifestée lorsque Tom quitta la maison, peu avant 10 heures. Il songea qu'il avait plus de chance de trouver un sécateur à Nemours et se surprit à emprunter un itinéraire qu'il n'avait jamais suivi jusque-là. Il avait tout son temps; et d'ailleurs, il lui suffirait de suivre les panneaux indicateurs au prochain carrefour pour retrouver la direction de Nemours. Il s'arrêta dans une station-service pour faire le plein. Il avait pris la Renault beige ce matin.

Il prit ensuite une route qui partait vers le nord, pensant la suivre durant quelques kilomètres avant de tourner sur la gauche pour rejoindre Nemours. A travers la vitre ouverte, il apercevait des champs cultivés; çà et là un tracteur traversait une étendue de blé jaune. Il doublait de temps en temps un véhicule agricole muni d'énormes roues arrière, ou une voiture ordinaire. Il distingua bientôt un nouveau canal enjambé par un pont métallique et sombre, visible de loin, et au pied duquel poussaient des bosquets bucoliques. Tom s'aperçut que la route qu'il suivait franchissait le pont. Il ralentit l'allure, car il n'y avait personne derrière lui.

Il venait à peine de s'engager sur le pont métallique lorsqu'il aperçut sur sa droite, au milieu du canal, un canot où étaient installés deux hommes. Le premier était assis et tenait une sorte d'immense râteau; l'autre, debout, levait la main droite et brandissait une corde. Tom jeta un bref coup d'œil sur la route, puis fixa à nouveau les deux hommes, qui ne lui prêtaient pas la moindre attention.

Celui qui était assis, avec ses cheveux noirs et sa chemise pastel, n'était autre que David Pritchard. Son acolyte était vêtu d'une chemise et d'un pantalon beige; son visage surmonté d'une tignasse blonde ne disait rien à Tom. Les deux hommes manipulaient une tige métallique d'un bon mètre de long, munie d'au moins six petits crochets, semblables à de minuscules grappins.

Eh bien... Ils étaient tellement absorbés par leur tâche qu'ils n'avaient pas relevé les yeux, ni remarqué sa voiture; Pritchard ne pouvait pourtant pas manquer de la reconnaître, à présent. D'un autre côté, songea Tom, si Pritchard l'avait aperçu, cela n'aurait eu pour effet que de renforcer sa mégalomanie : Tom Ripley était tellement anxieux qu'il explorait la région pour voir ce que fabriquait Pritchard... Quant à ce dernier, qu'avait-il à perdre ?

Tom remarqua que le canot était équipé d'un petit moteur, à l'arrière. Et peut-être disposaient-ils d'un second exemplaire de cet engin semblable à un râteau et muni de crochets ?

Le fait qu'ils dussent s'écarter et se ranger le long de la berge lorsqu'une péniche passait, ou s'interrompre d'une manière ou d'une autre si deux péniches venaient à se croiser, ne constituait pour l'instant qu'une maigre consolation. Pritchard et son compagnon, plongés comme ils l'étaient dans leur travail, étaient visiblement décidés à aller jusqu'au bout. Pritchard payait-il grassement son assistant ? Celui-ci logeait-il chez David et Janice ? Et où l'avait-il déniché ? Dans la région ? A Paris ? Pritchard lui avait-il expliqué ce qu'il cherchait au juste ? Agnès Grais pourrait peut-être lui fournir quelques renseignements au sujet de ce blondinet inconnu.

Pritchard finirait-il par retrouver Murchison ? En tout cas, il était à plus de douze kilomètres de chez lui, en ce moment.

Un corbeau jaillit brusquement sur la droite de Tom et s'abattit en poussant un horrible croassement, qui éclata comme un rire insolent. De qui l'oiseau se moquait-il ? se demanda Tom. De Pritchard, ou de lui ? De Pritchard, bien sûr ! Les mains de Tom se crispèrent sur le volant. Puis il se mit à sourire. Ce sale petit fouille-merde allait subir la correction qu'il méritait.

17

Cela faisait des jours que Tom n'avait pas eu de nouvelles d'Héloïse. Il en était donc réduit à supposer qu'elle se trouvait toujours à Casablanca. Elle lui avait probablement écrit et expédié une ou deux cartes postales qui n'atteindraient Villeperce qu'après son retour, comme cela était déjà arrivé dans le passé.

Tom se sentait vaguement nerveux. Il appela les Clegg et eut avec eux une conversation aussi détendue qu'amicale. Il leur parla de Tanger et des pérégrinations ultérieures d'Héloïse, mais s'arrangea pour éluder leur invitation à venir prendre un verre chez eux. Les Clegg étaient anglais ; lui était un respectable avocat, maintenant à la retraite, et ignorait évidemment tout des liens qui existaient entre Tom et la galerie Buckmaster. Le nom de Murchison leur était probablement sorti de l'esprit, à supposer qu'il y ait jamais pénétré.

Tom fit ensuite quelques croquis en vue de son prochain tableau. Il avait changé d'idée, et décidé de peindre l'intérieur d'une pièce donnant sur un petit vestibule. Dans son esprit, la composition devait être très sombre, à dominantes mauve et noir, atténuée par un seul objet lumineux — probablement un vase, d'où émergerait peut-être une fleur écarlate qu'il rajouterait plus tard, s'il retenait l'idée.

Mme Annette lui déclara qu'elle le trouvait un peu mélancolique, sans doute parce que Mme Héloïse n'avait pas écrit.

« Vous avez raison, dit Tom en souriant. Mais les postes marchent si mal, là-bas... »

Un soir, vers 9 heures et demie, il se rendit au bar-tabac pour se changer les idées. A une heure aussi tardive, l'ambiance n'était pas tout à fait la même qu'au moment de l'apéritif, en fin d'après-midi. Quelques clients jouaient aux cartes. Tom avait longtemps cru qu'il s'agissait pour l'essentiel de célibataires, mais il savait à présent que ce n'était pas le cas. De nombreux hommes mariés aimaient tout simplement venir passer la soirée au bar, au lieu de rester chez eux pour regarder la télé, par exemple — ce qu'ils pouvaient d'ailleurs très bien faire chez Georges et Marie.

« Ah... quand on n'y connaît rien, mieux vaut se taire ! »

C'était Marie qui venait de lancer cette remarque, à l'intention d'un client ou du reste de la salle, tout en servant une *bière pression**. Elle adressa un petit sourire à Tom, accompagné d'un hochement de tête.

Tom prit place au comptoir. Il préférait toujours rester debout lorsqu'il venait ici.

« Monsieur Ripley..., lança Georges de l'autre côté du bar, ses mains boudinées appuyées sur le bord du comptoir.

— Mmm... Un demi pression », dit Tom.

Georges partit lui chercher sa consommation.

« Je te dis qu'il est *givré !* » s'exclama quelqu'un sur la droite de Tom ; son compagnon lui tapa dans le dos et lui répondit avec un mélange d'ironie et d'agressivité, avant d'éclater de rire.

Tom s'écarta vers la gauche, car les deux hommes étaient ivres. Il surprenait des bribes de conversation, concernant les Nord-Africains, un immeuble qu'on devait construire quelque part ou une entreprise de travaux publics qui allait recruter des maçons.

« ... Pricharde, non ? Il pêche, maintenant ! »

La réplique fut suivie d'un rire bref. Tom tendit l'oreille, sans se retourner. La phrase émanait d'une table située derrière lui, sur sa gauche. Il jeta un rapide coup d'œil et aperçut trois hommes d'une quarantaine d'années, en bleu de travail. L'un d'eux battait des cartes.

« Il pêche ? Dans...

— Et pourquoi ne reste-t-il pas sur la berge ? intervint un

autre. Une péniche arrive... (L'homme gesticula des deux mains, mimant une collision)... et crac ! Son minable bateau coulera aussi sec !

— Eh... Vous ne savez pas ce qu'il fabrique ? lança une nouvelle voix, celle d'un homme plus jeune qui venait d'arriver, un verre à la main. Il ne pêche pas : il drague le fond du canal ! Avec deux perches, des espèces de grappins !

— Ah, oui, j'ai vu ça », dit l'un des joueurs, visiblement peu intéressé et pressé de reprendre la partie.

On distribua les cartes.

« Il ne risque pas d'attraper des gardons, avec un engin pareil.

— Non. En dehors de quelques vieilles godasses et de boîtes de conserve, je ne vois pas ce qu'il espère ramener. Une bicyclette, peut-être ?... Ah, ah !

— Vous ne croyez pas si bien dire, monsieur ! s'exclama le nouveau venu. Il en a effectivement attrapé une ! Toute tordue, et complètement rouillée ! Je l'ai vue.

— Que cherche-t-il donc ?

— Des antiquités ! lança un homme plus âgé. Avec ces Américains, on peut s'attendre à tout ! »

Il y eut un éclat de rire général, puis quelqu'un toussa discrètement.

« D'ailleurs, il a un assistant », reprit l'un des joueurs.

Au même instant, près de l'entrée, un client venait de remporter une partie devant la machine à sous (celle où l'on voyait un motocycliste) et les exclamations qui saluèrent cet exploit couvrirent momentanément la suite de la conversation.

« ... un autre Américain. Je les ai entendus causer.

— Tout cela pour une simple partie de pêche... C'est ridicule.

— Les Américains... S'ils ont du pognon, rien ne les arrête... »

Tom but sa bière et alluma lentement une Gitane.

« En tout cas, il est obstiné. Je l'ai aperçu non loin de *Moret !* »

Pritchard avait-il engagé le blondinet ? se demanda Tom. S'il était si riche que ça, c'était bien possible.

Tom continua d'écouter la conversation qui se déroulait

dans son dos, même lorsque Marie vint échanger un mot aimable avec lui. Mais les joueurs cessèrent bientôt de parler de Pritchard et retournèrent à leur partie. Tom connaissait les deux espèces de poissons qu'ils avaient mentionnés : les gardons et les chevesnes (une sorte de carpe), comestibles l'un et l'autre. Mais ce n'était pas ces innocentes créatures qui intéressaient Pritchard, pas plus que les vieilles bicyclettes.

« Et Mme Héloïse ? Encore en vacances ? » demanda Marie.

Son regard et ses cheveux sombres lui donnaient un air un peu sauvage, comme à l'ordinaire. Elle essuyait machinalement le comptoir avec un torchon détrempé.

« Eh bien oui, répondit Tom en cherchant son porte-monnaie. Elle a succombé aux charmes du Maroc.

— Ah, *le Maroc !* Quel beau pays, si j'en juge par les photos ! »

Marie lui avait déjà dit la même chose quelques jours plus tôt, mais elle était très occupée et devait se montrer aimable envers une bonne centaine de clients, matin, midi et soir. Avant de quitter les lieux, Tom acheta un paquet de Marlboro, comme si cela compensait un peu l'absence d'Héloïse ou pouvait la faire revenir plus tôt.

Une fois rentré chez lui, Tom prépara les tubes de peinture dont il aurait besoin le lendemain pour son travail et installa sa toile sur le chevalet. Il réfléchit à sa future composition, qu'il voulait sombre, étouffante ; l'accent serait mis sur une zone encore plus obscure, à l'arrière-plan, mais dont les contours resteraient imprécis — une pièce minuscule plongée dans les ténèbres. Il avait déjà fait plusieurs esquisses. Demain, il tracerait les grandes lignes au crayon, sur la toile vierge. Inutile de s'y mettre pour l'instant. Il se sentait un peu las et avait peur de tout rater, de faire du mauvais travail, ou simplement de ne pas être à la hauteur.

A 11 heures du soir, le téléphone n'avait pas sonné. Il était 10 heures à Londres et ses amis avaient peut-être estimé que la situation s'arrangeait, puisqu'il ne les avait pas rappelés. Et Cynthia ? Selon toute vraisemblance, vu l'heure qu'il était, elle devait être plongée dans la lecture d'un livre, cramponnée à ses certitudes : Tom avait assassiné Murchison (elle devait également savoir de quelle manière douteuse Dickie Greenleaf avait quitté ce triste monde), le bon droit finirait par triompher, la foudre s'abattrait sur Tom et le réduirait en cendres.

A propos de livres, Tom lut avec plaisir ce soir-là une partie de la biographie que Richard Ellman avait consacrée à Oscar Wilde. Il se délectait à chaque paragraphe. Il y avait quelque chose dans la vie de Wilde qui rappelait, en concentré, le destin de l'humanité : cet homme de bonne volonté, talentueux, aux dons et au charme considérables, avait été attaqué et humilié par l'acharnement hargneux des médiocres, qui avaient pris un plaisir sadique à le voir ainsi rabaissé. Son histoire rappelait à Tom celle du Christ — individu généreux dont l'espoir avait été d'amplifier la conscience et d'accroître le bonheur de l'humanité. L'un et l'autre avaient été incompris de leurs contemporains et avaient souffert de la jalousie profondément enfouie dans le cœur de tous ceux qui souhaitaient leur mort et les avaient humiliés tant qu'ils étaient en vie. Pas étonnant, songea Tom, que des gens de tout âge et à la personnalité bien différente continuent à lire des livres sur Wilde, sans réaliser peut-être l'origine profonde de leur fascination.

Tandis que ces pensées défilaient dans sa tête, Tom tourna la page où il était question du premier recueil de poèmes de Rennell Rodd ; celui-ci, qui était son ami, en avait offert un exemplaire à Wilde. Il y avait écrit de sa propre main — et bizarrement, en italien — une dédicace qui, une fois traduite, donnait ceci :

> *Le jour de ton martyre la foule avide*
> *Et cruelle à qui tu t'adressais s'assemblera :*
> *Ils viendront tous te voir sur ta croix*
> *Et pas un seul n'aura pitié de toi.*

Ces vers étaient étrangement prémonitoires, songea Tom. Les avait-il déjà lus quelque part ? Non, c'était peu probable.

Tout en poursuivant sa lecture, Tom imaginait l'émotion qu'avait dû ressentir Wilde en apprenant qu'il venait d'obtenir le prix de Poésie de Newdigate... alors qu'il avait subi une telle humiliation, peu de temps auparavant. Mais en dépit du plaisir qu'il prenait à l'ouvrage, bien calé dans son lit au milieu de ses coussins, Tom finit par repenser à Pritchard, à son fichu canot à moteur et à son nouvel assistant.

« Merde », murmura-t-il.

Il se leva de son lit. Il fallait absolument qu'il examine sur une carte le tracé détaillé des cours d'eau et des canaux de la région, bien qu'il l'ait déjà fait plus d'une fois.

Tom ouvrit l'édition abrégée de son *Grand Atlas du monde*. Le réseau fluvial de la région de Fontainebleau et de Moret, au sud de Montereau, évoquait la reproduction du système circulatoire dans un traité d'anatomie, avec ses veines et ses artères (en l'occurrence, ses rivières et ses canaux) qui divergeaient, se rejoignaient, s'entrecroisaient, du plus large au plus étroit. Mais le plus modeste de ces cours d'eau laisserait aisément le passage au canot à moteur de Pritchard. Très bien. Celui-ci avait du pain sur la planche.

Tom aurait bien aimé pouvoir parler avec Janice Pritchard. Que pensait-elle de tout cela ? « Alors, mon chéri : ça a mordu aujourd'hui ? Que nous ramènes-tu pour le dîner ? Des poissons ? Une godasse ? Une vieille bicyclette ? » Pritchard lui avait-il expliqué ce qu'il cherchait au juste ? Très probablement, songea Tom. Pourquoi s'en serait-il abstenu ? Reportait-il sur une carte le moindre de ses déplacements ? Oui, sans doute.

Tom possédait toujours, évidemment, la première carte qu'il avait consultée, celle où il avait dessiné un cercle allant jusqu'à Voisy, et au-delà. Mais dans son *Grand Atlas,* les canaux et les rivières étaient plus clairement représentés. De surcroît, il y en avait un plus grand nombre. Pritchard avait vraisemblablement délimité lui aussi le « cercle » de ses explorations. Mais comment procédait-il ? En partant de la périphérie pour se rapprocher lentement du centre, ou l'inverse ? Tom estimait la seconde hypothèse plus probable. Pritchard avait dû se dire qu'avec un cadavre sur les bras, Tom n'avait sans doute pas eu le temps d'aller bien loin et s'en était probablement tenu à un rayon d'une dizaine de kilomètres. Or, Voisy n'était qu'à huit kilomètres de Villeperce.

Après un rapide calcul, Tom estima qu'à l'intérieur d'un cercle de dix kilomètres de rayon, centré sur Villeperce, il y avait environ une cinquantaine de kilomètres de canaux et de rivières. Un vrai travail de titan ! Pritchard allait-il louer un second canot à moteur et engager d'autres assistants ?

Au bout de combien de temps pouvait-on raisonnablement se lasser d'une pareille tâche ? Mais Tom se souvint que Pritchard était dérangé.

Quelle distance avait-il déjà explorée, après sept ou huit jours de travail ? En descendant un canal à la vitesse de deux kilomètres à l'heure (à raison de trois heures le matin, et autant l'après-midi), il pouvait couvrir une douzaine de kilomètres par jour. Mais il fallait tenir compte des nombreuses difficultés rencontrées en cours de route : il était obligé de s'interrompre chaque fois qu'un autre bateau passait ; et il fallait recharger le canot dans la camionnette pour rejoindre un autre canal. Dans le cas des rivières, de surcroît, dont la largeur était plus importante, il était peut-être obligé de faire l'aller et retour.

Au total, d'après ses calculs sommaires, il faudrait encore bien trois semaines à Pritchard pour finir d'explorer les cinquante kilomètres en question et découvrir le corps de Murchison. A supposer qu'il soit toujours là. Et que la chance soit de son côté.

Cette estimation était toutefois assez vague, songea Tom non sans un petit frisson intérieur. Et Murchison pouvait fort bien avoir dérivé vers le nord, en dehors de la zone que Tom avait délimitée.

Il était également possible que le corps ficelé dans sa bâche ait fini par échouer dans un canal, au cours des derniers mois, et qu'on l'ait découvert entre-temps, lors d'éventuels travaux de réfection. Tom avait souvent aperçu des canaux asséchés dont l'eau était retenue un peu plus loin, dans les écluses. Les restes de Murchison auraient évidemment été remis à la police, qui aurait été incapable de les identifier. Tom n'avait rien lu de tel dans les journaux, mais il n'avait pas spécialement guetté une telle information. D'ailleurs, la presse en aurait-elle parlé ? Oui, *bien sûr,* se dit-il : c'était le genre de nouvelle dont se délectait le public français, comme n'importe quel autre public, du reste. Un sac contenant un squelette à l'identité inconnue a été découvert par... un pêcheur du dimanche ? Le corps est celui d'un homme, probablement victime d'un assassinat. Mais Tom ne croyait pas trop à une telle hypothèse : il lui paraissait impossible que la police — ou n'importe qui d'autre — ait découvert Murchison.

Un après-midi, après avoir bien travaillé sur « la pièce du fond » (c'était le nom qu'il avait donné à sa toile), Tom eut soudain envie d'appeler Janice Pritchard. Il pourrait toujours raccrocher, si jamais c'était David qui répondait ; et s'il tombait sur Janice, il pourrait peut-être lui soutirer quelques informations.

Tom posa délicatement son pinceau enduit d'ocre à côté de sa palette et descendit au rez-de-chaussée, afin d'appeler depuis l'entrée.

Mme Clusot, la dame que Tom faisait venir pour « les plus durs » travaux ménagers, était en train de nettoyer les toilettes du rez-de-chaussée, qui comportaient également une douche, ainsi qu'une porte donnant sur l'escalier qui menait à la cave. Tom savait qu'elle ne comprenait pas l'anglais. Elle se trouvait présentement à quatre mètres de lui. Il chercha le bout de papier sur lequel il avait noté le numéro des Pritchard et s'apprêtait à saisir le combiné lorsque l'appareil se mit à sonner. Peut-être s'agissait-il de Janice, songea-t-il en décrochant.

Mais non. L'appel venait de loin. Tom entendit deux opératrices qui discutaient à voix basse ; l'une d'elles l'emporta finalement et demanda :

« Vous êtes monsieur Tom Ripley ?
— Oui, madame. »

Héloïse avait-elle eu un accident ?

« Un instant, s'il vous plaît.
— Allô, Tom ! »

Héloïse avait l'air en forme.

« Bonjour, ma chérie. Comment vas-tu ? Pourquoi n'as-tu pas...
— Nous allons très bien !... Non, à Marrakech ! Oui... Je t'ai envoyé une carte, sous enveloppe, mais comme tu sais...
— Bon, bon. Merci. L'essentiel, c'est que tu ailles bien. Tu n'es pas malade ?
— Non, Tom chéri. Et Noëlle connaît des médicaments

absolument miraculeux ! Elle pourra toujours en acheter, en cas de besoin. »

C'était déjà ça. Tom avait entendu parler d'étranges maladies africaines. Il ravala sa salive.

« Et quand rentres-tu ?

— Ooooh... »

Tom comprit que ce « Ooooh » signifiait une bonne semaine supplémentaire.

« Nous voulons encore voir... (Il y eut un affreux grésillement et la ligne faillit être coupée, puis la voix d'Héloïse revint.) *Meknès*. Nous partirons en avion... Attends, il y a un problème. Je te laisse, Tom.

— Que se passe-t-il ?

— ... Oui, oui. Salut, Tom. »

La communication s'interrompit.

Que s'était-il passé, bon Dieu ? Quelqu'un d'autre voulait-il téléphoner ? On aurait dit qu'Héloïse appelait depuis le hall de son hôtel (il y avait des bruits de voix en arrière-fond), ce qui était d'ailleurs assez logique. Tom était un peu furieux. Enfin, du moins savait-il maintenant qu'Héloïse se portait bien. Et si elle allait à Meknès, qui se trouvait au nord, cela voulait dire qu'elle se rapprocherait de Tanger — d'où, probablement, elle prendrait un avion pour regagner la France. Dommage qu'il n'ait pas eu le temps de parler à Noëlle. Il ignorait jusqu'au nom de l'hôtel où elles résidaient actuellement.

Un peu rasséréné toutefois par l'appel d'Héloïse, Tom saisit à nouveau le combiné, regarda sa montre (il était 15 h 10) et composa le numéro des Pritchard. La sonnerie retentit cinq, six, sept fois. Puis Janice décrocha et lança de sa voix haut perchée :

« Allô-ô-ô ?

— Bonjour, Janice. Ici Tom. Comment allez-vous ?

— Oooh ! Quel plaisir de vous entendre ! Nous allons très bien. Et vous ? »

Sa voix était toujours aussi curieusement amicale.

« Très bien, merci, répondit Tom. Je profite du beau temps. Vous aussi, je suppose ?

— Quelle journée splendide, n'est-ce pas ? J'étais justement en train de m'occuper des rosiers. J'ai failli ne pas entendre la sonnerie.

— J'ai entendu dire que David se lançait dans la pêche, dit Tom en grimaçant un sourire.

— Ah, ah ! La pêche !

— Ce n'est pas exact ? J'ai bien cru l'apercevoir un jour en me promenant le long d'un canal, non loin d'ici. Que pêche-t-il au juste ? Des carpes ?

— Oh, non, monsieur Ripley. Figurez-vous qu'il recherche un *cadavre*. (Elle éclata d'un rire enjoué.) C'est absolument ridicule ! Que trouvera-t-il, je vous le demande ? Absolument rien ! (Nouvel éclat de rire.) Mais ça le sort de la maison et lui permet de faire un peu d'exercice.

— Un cadavre ?

— Oui, celui d'un certain Murchison. David prétend que vous le connaissiez... et que vous l'avez même assassiné. Vous vous rendez compte ?

— Pas vraiment, dit Tom en éclatant de rire, comme s'il prenait la chose à la légère. Et quand donc l'aurais-je assassiné ? (Il attendit.) Janice ?

— Excusez-moi, j'avais cru l'entendre rentrer. Mais ce n'est pas sa voiture. Il y a des années, je crois bien. Oh, cette histoire est tellement absurde, monsieur Ripley !

— Évidemment, dit Tom. Mais comme vous dites, ça lui permet de prendre l'air... de faire un peu de sport...

— Du sport ! Racler le fond des canaux avec un grappin... Vous appelez ça du sport ! »

Son rire et sa voix aiguë révélèrent à Tom qu'elle n'était pas fâchée de voir son mari absorbé par ce « sport ».

« Et l'homme qui accompagne votre mari... C'est un ami à lui ?

— Non ! David l'a rencontré à Paris. C'est un Américain, un étudiant en musique. Heureusement, il est charmant et n'a pas d'idées biscornues... (Janice se mit à glousser.) Je vous dis ça parce qu'il dort à la maison. Il s'appelle Teddy.

— Teddy, répéta Tom dans l'espoir qu'elle lui donne aussi son nom de famille, mais ce ne fut pas le cas. Et votre mari compte poursuivre ses recherches pendant combien de temps, d'après vous ?

— Oh, jusqu'à ce qu'il ait découvert quelque chose. David

est obstiné, je dois le reconnaître à sa décharge. Mais je passe mon temps à leur acheter de l'essence, à panser leurs blessures, à leur faire la cuisine, et je n'ai plus une minute à moi... Vous ne voulez pas venir prendre le café ou l'apéritif, un de ces jours ? »

Cette invitation laissa Tom pantois.

« Je... Merci, mais en ce moment...

— J'ai entendu dire que votre femme était absente ?

— Oui. Elle ne rentrera sans doute pas avant plusieurs semaines.

— Où est-elle ?

— Elle compte se rendre en Grèce, je crois. Elle a pris un peu de vacances en compagnie d'une amie. Je me console en faisant du jardinage. »

Tom sourit, tandis que Mme Clusot émergeait des toilettes, une serpillière et un seau à la main. Il n'avait pas l'intention d'inviter Janice à venir prendre le café ou l'apéritif ici, car elle était capable, par naïveté ou par malice, de le répéter à David ; et celui-ci en concluerait que Tom nourrissait quelque curiosité — et donc une certaine inquiétude — à l'égard de ses activités. David n'ignorait sans doute pas que sa femme était imprévisible : cela devait faire partie de leur petit jeu sadique.

« Eh bien, Janice... Saluez votre mari de ma part... Après tout, nous sommes voisins... »

Tom s'interrompit et Janice attendit la suite. Il savait que David avait parlé à sa femme de leur bagarre, à Tanger, mais dans l'univers des Pritchard le vrai et le faux, la politesse et l'incorrection, la mémoire et l'oubli n'avaient visiblement pas la moindre valeur. C'était même pire qu'un jeu, car dans un jeu, au moins, on doit respecter certaines règles.

« Au revoir, monsieur Ripley. Et merci d'avoir appelé », dit Janice, plus amicale que jamais.

Tom contempla son jardin d'un air absent, tout en songeant à l'étrange comportement des Pritchard. Qu'avait-il appris ? Que David poursuivrait ses recherches *ad vitam aeternam*... Mais non, c'était *impossible*. Combien de temps lui faudrait-il, pour racler le fond de tous les cours d'eau de la région, sur un rayon de quarante kilomètres ? Encore un mois ? Ce type était un maniaque ! Et à moins d'être royalement payé, Teddy finirait par en avoir marre. Évidemment, Pritchard pourrait toujours engager quelqu'un d'autre, puisqu'il en avait les moyens.

Où se trouvaient Pritchard et Teddy, en cet instant précis ? Quelle débauche d'énergie... songea Tom. Décharger et recharger plusieurs fois par jour le canot de la camionnette... Ces deux olibrius étaient-ils en train de draguer le lit du Loing, du côté de Voisy, en ce moment même ? Tom eut brusquement envie de se rendre là-bas (il n'aurait qu'à prendre le break, pour changer) afin de satisfaire sa curiosité. Il était 3 heures et demie. Mais il songea qu'il était beaucoup trop imprudent de se rendre une seconde fois sur les lieux du crime. Quelqu'un pouvait l'avoir remarqué, le jour où il était allé à Voisy, et se souvenir de son visage. Et si jamais David et Teddy étaient justement là, avec leurs fichus grappins, et qu'il tombe sur eux ?

Tom ne pourrait plus fermer l'œil, même s'ils ne retrouvaient pas le corps. Il décida finalement de ne pas y aller.

Tom contempla son tableau, désormais achevé, et se sentit raisonnablement satisfait. Il avait ajouté une touche mauve sur la gauche de la composition, pour évoquer un rideau suspendu à l'intérieur de la pièce. Le bleu, le mauve, le noir allaient en s'intensifiant à partir des bords et convergeaient vers le rectangle noir, aux contours un peu flous, qui figurait la porte de la pièce du fond, légèrement décentrée. Le tableau était plus haut que large.

Le mardi suivant arriva. Tom songea à M. Lepetit, leur professeur de musique, qui venait généralement ce jour-là. Mais Héloïse et lui avaient momentanément suspendu leurs leçons, ne sachant pas exactement combien de temps ils resteraient en Afrique du Nord. Et Tom n'avait pas rappelé M. Lepetit depuis son retour, bien qu'il se soit régulièrement entraîné. Les Grais avaient proposé à Tom de venir dîner, un week-end, mais il avait décliné l'invitation, en les remerciant. Toutefois, il rappela Agnès Grais dans la semaine et lui demanda s'il pouvait passer vers 3 heures, un après-midi.

Le changement de décor lui fit du bien. Agnès et Tom s'installèrent à la cuisine, aussi fonctionnelle qu'ordonnée, devant une table au plateau de marbre pouvant au moins accueillir six personnes. Ils burent une tasse de café, accompagnée d'un petit verre de calvados. Oui, dit Tom, Héloïse lui avait téléphoné à deux ou trois reprises... mais la dernière fois, ils avaient été coupés, ajouta-t-il en éclatant de rire. Et il avait reçu la veille une carte postale écrite voici une éternité, trois jours après son propre départ. Tout se passait bien, d'après ce qu'il savait.

« Votre voisin pêche toujours ? ajouta-t-il en souriant. J'en ai entendu parler.

— Pêcher n'est pas le terme exact. (Agnès Grais fronça imperceptiblement les sourcils.) Visiblement, il cherche quelque chose, mais j'ignore de quoi il s'agit. Il drague le fond des cours d'eau à l'aide de petits grappins, avec son compagnon. Je ne les ai pas vus en personne, mais j'ai entendu des gens en parler, à la boucherie. »

Les gens papotaient toujours, tant à la boulangerie qu'à la boucherie, et comme les commerçants se joignaient à la conversation, le service était plutôt lent. Mais plus on attendait, et plus on apprenait de choses.

« Je suis sûr qu'on doit trouver des objets invraisemblables, au fond de ces canaux... ou de ces rivières, reprit Tom. Vous n'imaginerez jamais ce que j'ai découvert à la décharge publique, avant que les autorités n'aient eu l'idée stupide de la fermer. Le spectacle était parfois digne d'une galerie d'art ! Ou d'un magasin d'antiquités ! Certains objets auraient bien sûr mérité d'être un peu retapés, mais... Tenez, les cruches en étain qui sont au pied de ma cheminée... Elles sont toujours étanches, bien qu'elles datent du dix-neuvième siècle. Eh bien, je les ai dénichées là-bas. »

La décharge publique était un terrain situé le long d'une route, à la sortie de Villeperce. Les gens venaient y jeter tout ce qui ne leur servait plus : des chaises cassées, des vieux frigos — et même des livres (Tom en avait récupéré un certain nombre). Mais depuis quelque temps, le terrain avait été entouré d'une clôture métallique, dont l'entrée était défendue par des serrures. C'était ce qu'on appelait le progrès.

« Les gens racontent qu'il ne s'intéresse absolument pas à ce qu'il repêche, dit Agnès, comme si le sujet ne la passionnait pas outre mesure. Il rejette à l'eau toute la ferraille qu'il récupère. Ce n'est pas très courtois de sa part.

Il pourrait au moins déposer cela sur les berges, afin que la voirie puisse le ramasser. Il rendrait service à la collectivité. (Agnès sourit.) Un autre petit calva, Tom ?

— Non merci, Agnès. Il faut que je rentre.

— Pourquoi êtes-vous si pressé de rentrer ? Dans votre maison vide ? Vous avez du travail ? Oh... je sais bien que les distractions ne vous manquent pas, Tom. Entre vos peintures et votre clavecin...

— Notre clavecin, l'interrompit Tom. Héloïse s'en sert autant que moi.

— C'est vrai. (Agnès rejeta ses cheveux en arrière et le dévisagea.) Mais vous semblez un peu tendu. Je me demande si vous avez vraiment envie de rentrer chez vous... Très bien, Tom. J'espère qu'Héloïse vous appellera. »

Tom s'était levé, en souriant.

« Sait-on jamais, dit-il.

— Et souvenez-vous que vous êtes toujours le bienvenu ici, que ce soit pour dîner ou pour une simple visite.

— Je préfère téléphoner d'abord, vous le savez bien. »

Tom avait adopté le même ton badin qu'Agnès. C'était un jour de semaine, Antoine ne rentrerait pas avant vendredi soir ou samedi midi. Et les enfants allaient arriver de l'école d'une minute à l'autre.

« Au revoir, Agnès. Et merci pour ce délicieux café. »

Elle le raccompagna jusqu'à la porte.

« Vous avez l'air un peu triste, dit-elle. N'oubliez pas que vous pouvez toujours compter sur vos vieux amis », ajouta-t-elle en lui tapotant le bras, avant qu'il ne regagne sa voiture.

Tom lui fit un petit signe d'adieu avant de démarrer et s'engagea sur la route, juste avant que l'autobus jaune de l'école qui arrivait en sens inverse ne s'arrête pour laisser descendre Édouard et Sylvie Grais.

Il se surprit à penser à Mme Annette, et à ses futures vacances. On était début septembre. Mme Annette n'aimait pas prendre ses congés en août (le mois traditionnellement réservé aux vacances, en France) parce que selon elle, où qu'elle aille, il y avait toujours trop de monde et de circulation. De surcroît, les autres employées de maison du village avaient plus de temps libre que d'habitude, vu que leurs patrons étaient généralement absents. Aussi avaient-elles tout le loisir de se voir, les unes les autres. Mais ne devrait-il pas suggérer à Mme Annette de partir dès à présent, si elle le souhaitait ?

N'était-ce pas un peu plus sûr ? Il y avait tout de même un certain nombre de choses dont il ne tenait pas à ce que Mme Annette soit témoin, ou puisse entendre parler au village.

Tom se rendit compte qu'il n'était pas tranquille. Et ce constat l'accabla un peu plus. Il fallait absolument qu'il fasse quelque chose pour sortir de ce marasme, et le plus vite possible.

Il décida d'appeler Ed ou Jeff — peu importe, l'un ou l'autre ferait aussi bien l'affaire. Ce dont il avait besoin, c'était d'une présence amicale, d'un soutien moral — et d'un petit coup de main, en cas de besoin. Après tout, Pritchard avait bien engagé Teddy.

Mais que dirait ce dernier si jamais Pritchard réussissait son coup ? Pritchard lui avait-il seulement expliqué ce qu'il recherchait ?

Tom éclata brusquement de rire, au beau milieu de son salon, et faillit perdre l'équilibre. Il imaginait ce Teddy... il étudiait la musique, non ?... ramenant un cadavre à la surface !

A cet instant, Mme Annette pénétra dans la pièce.

« Ah, monsieur Tom... Je suis heureuse de vous voir à nouveau de bonne humeur ! »

Tom était sûr qu'à la suite de son fou rire, le rouge lui était monté aux joues.

« J'étais en train de me souvenir d'une bonne plaisanterie !... Non, non, madame, elle est hélas totalement intraduisible ! »

18

Quelques minutes plus tard, Tom composa le numéro de l'appartement londonien d'Ed Banbury. Dans un message enregistré, Ed priait ses correspondants de bien vouloir laisser leur nom et leurs coordonnées. Tom s'apprêtait à le faire lorsqu'à son grand soulagement, Ed prit la communication.

« Salut, Tom !... Oui, j'arrive à l'instant. Alors, quoi de neuf ? »

Tom prit une profonde inspiration.

« Rien de spécial. David Pritchard sillonne toujours les cours d'eau de la région à bord de son canot, armé de ses grappins. »

Il s'était efforcé de parler le plus calmement possible.

« C'est invraisemblable ! s'exclama Ed. Et ce cirque dure depuis combien de temps ?... Dix jours ? Plus d'une semaine en tout cas ? »

Visiblement, Ed n'avait pas tenu le compte exact des jours. Tom non plus, d'ailleurs ; mais il devait bien y avoir deux semaines que Pritchard s'était mis à l'ouvrage.

« Oui, dit Tom, une dizaine de jours. A vrai dire, Ed, s'il continue à ce rythme (et tout indique qu'il y est fermement décidé) il va finir par dénicher ce que tu sais.

— Oui. C'est incroyable... Je crois que tu vas avoir besoin d'un coup de main. »

D'après son intonation, Tom se rendit compte qu'Ed comprenait parfaitement la situation.

« Eh bien... ce n'est pas impossible. Pritchard a engagé un assistant. Il me semble l'avoir dit à Jeff. Un certain Teddy. Ils opèrent ensemble, à bord de cet increvable canot à moteur, avec leurs espèces de râteaux... enfin, de grappins. Cela fait des jours qu'ils sont à l'ouvrage...

— Je vais venir, Tom. Je ne sais pas trop en quoi je pourrai d'être utile, mais le plus tôt sera visiblement le mieux. »

Tom hésita.

« Je t'avoue que je me sentirais soulagé, dit-il.

— Je vais faire mon possible. Je dois rendre un boulot vendredi à midi, mais je vais essayer de terminer ça d'ici demain après-midi. Tu as appelé Jeff ?

— Non. J'y ai songé, mais... Enfin, puisque tu peux venir, c'est inutile. Tu penses arriver vendredi dans l'après-midi ? Ou dans la soirée ?

— Laisse-moi d'abord voir comment je m'en sors avec ce boulot. Peut-être pourrais-je arriver plus tôt, autour de midi par exemple. Je te rappellerai... dès que je saurai l'heure du vol, Tom. »

Après avoir raccroché, Tom se sentit mieux et partit aussitôt à la recherche de Mme Annette, afin de lui annoncer qu'ils auraient vraisemblablement un invité ce week-end, un de ses amis londoniens. La chambre de Mme Annette était fermée à clef et Tom ne perçut aucun bruit à l'intérieur. Faisait-elle un petit somme ? Ce n'était guère dans ses habitudes.

Tom alla jeter un coup d'œil à travers l'une des fenêtres de la cuisine et l'aperçut enfin, accroupie devant un parterre de violettes. Ces fleurs sauvages, d'un mauve un peu délavé, étaient apparemment insensibles aux attaques du froid, de la grêle ou des insectes prédateurs, d'après ce que Tom avait pu observer.

« Madame Annette ? » dit-il après être sorti.

Celle-ci se releva.

« J'admirais les violettes de plus près, monsieur Tom. Elles sont si mignonnes. »

Tom acquiesça. Les fleurs constellaient le sol, au pied de la haie de buis et de laurier. Il annonça la bonne nouvelle à

Mme Annette : elle allait devoir se mettre à ses fourneaux et préparer la chambre d'ami.

« Un invité ! Voilà qui va vous changer les idées, Monsieur ! Est-il déjà venu à Belle Ombre ? »

Ils étaient en train de regagner l'entrée de service, qui menait à la cuisine.

« Je ne sais plus. Non, il ne me semble pas. »

C'était effectivement un peu curieux, vu qu'il connaissait Ed depuis si longtemps. Peut-être son ami avait-il inconsciemment évité de venir chez Tom, à cause de l'affaire Derwatt. Ainsi que du fiasco qui avait suivi la visite de Bernard Tufts, bien sûr.

« Qu'aura-t-il envie de manger, d'après vous ? » demanda Mme Annette lorsqu'ils eurent réintégré son domaine, c'est-à-dire la cuisine.

Tom se mit à rire et réfléchit à la question.

« Il voudra probablement de la cuisine française. Mais avec ce temps... »

Il faisait encore chaud, même si ce n'était pas la canicule.

« Du homard ? Avec de la ratatouille, froide bien sûr ! Des escalopes de veau sauce madère ? »

Les yeux bleus de Mme Annette s'étaient mis à briller.

« Excellente idée, dit Tom. (La manière dont elle avait annoncé ça lui mettait déjà l'eau à la bouche.) Je pense qu'il arrivera vendredi.

— Avec sa femme ?

— Non, M. Ed est célibataire. Il viendra seul. »

Tom se rendit ensuite au bureau de poste. Il acheta des timbres et demanda s'il n'avait pas du courrier, car il disposait également d'une boîte postale. Son cœur se mit à battre lorsqu'il aperçut une enveloppe écrite de la main d'Héloïse. Le cachet indiquait qu'elle avait été postée à Marrakech mais la date était illisible, car le tampon était mal encré. L'enveloppe contenait une carte postale, où Héloïse avait écrit :

Cher Tom,
Tout va bien. La ville est animée — et très belle. Les couchers de soleil sur la plage sont superbes. Nous ne sommes pas malades et mangeons pratiquement du

couscous tous les jours. Prochaine étape : Meknès, où nous nous rendrons par avion. Noëlle t'embrasse. Quant à moi, je t'adore. H.

L'intention y était, se dit Tom. Mais il savait déjà depuis belle lurette qu'Héloïse et Noëlle devaient aller à Meknès.

Tom alla ensuite faire un peu de jardinage, manipulant énergiquement son sécateur pour égaliser certains bosquets qu'Henri avait négligés. Ce dernier avait parfois une curieuse conception de son travail. Il avait certes l'esprit pratique et en connaissait un bout en matière de plantations, mais il lui arrivait de s'entêter et de passer des heures sur un travail sans importance. Enfin... Il était honnête et ne lui revenait pas cher. Tom songea qu'il aurait eu mauvaise grâce de se plaindre.

Après avoir terminé son ouvrage, Tom alla prendre une douche et se replongea dans la biographie d'Oscar Wilde. Comme Mme Annette l'avait deviné, la perspective de cette visite lui faisait du bien. Il feuilleta même *Télé 7 Jours,* pour voir ce qu'il y avait ce soir à la télé.

Il n'aperçut rien de bien excitant mais remarqua une émission, vers 22 heures, qu'il pourrait toujours regarder s'il n'avait rien de mieux à faire. Il alluma effectivement le poste à 10 heures, mais l'éteignit au bout de cinq minutes. Il prit une lampe de poche et se rendit à pied au bar-tabac de Georges et Marie pour boire un café.

Les joueurs de cartes étaient toujours là et les machines à sous faisaient un bruit d'enfer. Mais cette fois-ci, personne ne fit allusion à David Pritchard ou à ses mystérieuses parties de pêche. Tom se dit que Pritchard devait être trop crevé pour ressortir le soir et venir boire une dernière bière au bar-tabac. Néanmoins, il surveillait discrètement la porte de l'établissement, au cas où David fasse son apparition. Il avait payé et s'apprêtait à partir lorsque la porte s'ouvrit brusquement, livrant passage à Teddy, le compagnon de Pritchard.

Teddy était apparemment seul. Il venait visiblement de prendre une douche et portait une chemise beige sur un pantalon kaki. Il avait également l'air morose, ou tout simplement fatigué.

« Encore un express, Georges, s'il vous plaît, dit Tom.

— Bien sûr, monsieur Ripley », répondit Georges en se tournant vers le percolateur automatique, sans même regarder Tom.

Le dénommé Teddy ne parut pas remarquer Tom (à supposer bien sûr qu'il le connût de vue) et prit place à l'extrémité du comptoir, du côté de l'entrée. Marie lui servit une bière et le salua comme si elle l'avait déjà vu. Mais Tom n'entendit pas ce qu'elle lui disait.

Tom décida de risquer le coup et dévisagea Teddy avec une certaine insistance, afin de voir si l'autre réagissait ou manifestait un signe de reconnaissance. Mais ce ne fut pas le cas.

Teddy fronça les sourcils et baissa les yeux sur sa bière. Il répondit brièvement à un homme installé à sa gauche, sans lui sourire.

Teddy songeait-il à laisser tomber Pritchard ? Pensait-il à une copine restée à Paris ? En avait-il marre de l'atmosphère qui régnait chez les Pritchard et de l'étrange relation de David et de Janice ? Avait-il surpris David en train de battre sa femme, sous prétexte qu'il n'avait toujours pas atteint son but ? Mais Teddy avait sans doute tout simplement envie de prendre l'air. Il paraissait plutôt costaud, à en juger par ses mains. Ce n'était visiblement pas un intellectuel. Étudiant en musique, hein ? Mais Tom n'ignorait pas que les titres délivrés par certaines universités américaines avaient essentiellement une valeur marchande. Le fait d'être « étudiant en musique » ne signifiait pas forcément qu'on connaissait cette discipline, ni même qu'on s'y intéressait vraiment. C'était le diplôme qui comptait. Teddy mesurait plus d'un mètre quatre-vingts. Plus vite il ficherait le camp d'ici, et plus Tom serait soulagé.

Tom paya son second café et se dirigea vers la porte. Au moment où il passait près de la machine à sous, le motocycliste percuta une barrière ; une étoile lumineuse apparut sur l'écran, puis s'immobilisa. La partie était terminée. REMETTEZ DES PIÈCES REMETTEZ DES PIÈCES REMETTEZ DES PIÈCES. Les grognements compatissants des spectateurs se muèrent bientôt en éclats de rire moqueurs.

Le dénommé Teddy n'avait pas eu un regard pour Tom. Tom en déduisit que Pritchard n'avait pas dû lui révéler le véritable but de ses recherches : le cadavre de Murchison. Qu'avait-il pu lui raconter ? Qu'il courait après une valise contenant un trésor ? Des bijoux ? Échappée d'un yacht qui avait fait naufrage ? En tout cas, il ne lui avait apparemment pas avoué que l'affaire impliquait un habitant du village.

Après avoir franchi la porte, Tom jeta un coup d'œil en arrière. Teddy était toujours accoudé au comptoir. Les yeux fixés sur sa bière, il n'adressait la parole à personne.

*

Comme il faisait chaud et que Mme Annette semblait avoir définitivement opté pour du homard, Tom lui proposa de l'accompagner à Fontainebleau, où les poissonneries étaient mieux achalandées, pour l'aider à faire ses courses. Il n'eut pas trop de mal à la convaincre, bien qu'elle se fît généralement tirer l'oreille pour ce genre de sorties.

Il fallut faire une liste, rassembler des paniers et des sacs à provision, ainsi que du linge sale qu'elle devait déposer au pressing. Ils quittèrent néanmoins la maison vers 9 heures et demie. Il faisait toujours un soleil splendide et Mme Annette avait entendu à la radio que ce temps estival devait se prolonger samedi et dimanche. Elle demanda à Tom quel métier exerçait M. Edouard.

« Il est journaliste, répondit Tom. J'ignore comment il se débrouille en français, mais il doit bien en posséder quelques *rudiments*... »

Tom se mit à rire, imaginant ce qui attendait Ed.

Une fois leurs paniers remplis (le poissonnier avait enveloppé les homards dans un double sac en plastique, non sans jurer à Tom que l'emballage était suffisamment résistant), Tom alla remettre des pièces dans le parcmètre et invita Mme Annette à venir prendre un petit extra dans une pâtisserie voisine. Il dut insister à deux reprises mais elle finit par accepter, en souriant de plaisir.

Mme Annette opta pour une glace au chocolat monumentale, surmontée de deux langues de chat qui ressemblaient à des oreilles de lapin, et généreusement arrosée de Chantilly. Elle observait discrètement les vieilles dames qui papotaient autour des tables voisines, à propos de tout et de rien. De rien ?... Qui aurait pu en jurer, songea Tom, en dépit des sourires qu'elles échangeaient et de l'entrain avec lequel elles plongeaient leurs cuillères dans leurs gâteaux... Tom avait commandé un café. Mme Annette lui déclara qu'elle s'était régalée, ce qui lui fit plaisir.

Et s'il ne se passait rien durant le week-end ? songea-t-il tandis qu'ils rejoignaient la voiture. Combien de temps Ed Banbury pourrait-il rester à Belle Ombre ? Jusqu'au mardi ? Tom devrait-il demander à Jeff Constant de prendre la relève ? Tout dépendait bien sûr de Pritchard : allait-il encore longtemps s'obstiner de la sorte ?

« Vous vous sentirez mieux lorsque Mme Héloïse sera rentrée, monsieur Tom, dit Mme Annette une fois qu'ils eurent repris le chemin de Villeperce. A ce propos, quelles sont les dernières nouvelles ?

— Des nouvelles ! Si au moins j'en avais ! Apparemment, la poste marche encore plus mal que le téléphone. Mais je pense que Madame sera rentrée d'ici moins d'une semaine. »

Alors que Tom s'engageait dans la rue principale de Villeperse, il aperçut à l'autre bout, sur sa droite, la camionnette blanche de Pritchard. Tom ralentit, bien que ce ne fût pas réellement nécessaire. L'arrière du canot (dont le moteur avait été enlevé) émergeait nettement du véhicule. Sans doute rechargeaient-ils le bateau, au moment du déjeuner. Du reste, il n'aurait guère été prudent de l'abandonner le long d'un canal, même en l'amarrant à la berge ; il aurait pu être volé, ou percuté par une péniche. La bâche grise gisait à côté du canot, sur le plancher de la camionnette. Tom se dit que Pritchard et son assistant reprendraient leurs recherches après le déjeuner.

« M. Pricharde, commenta Mme Annette.

— Oui, dit Tom. L'Américain.

— Il explore tous les canaux de la région, poursuivit Mme Annette. Les gens ne parlent que de ça. Mais il n'a pas révélé ce qu'il cherchait au juste. En tout cas, il y consacre du temps. Et de l'argent...

— Vous connaissez sûrement ces histoires de trésors enfouis au fond de l'eau, dit Tom en souriant. De coffres remplis de bijoux, de pièces d'or...

— Mais il ne repêche que des squelettes, monsieur Tom !

Des os de chiens, ou de chats... Il les rejette sur les berges et les abandonne là — lui ou son ami ! Ce n'est guère agréable pour les gens qui habitent dans les parages ou qui se promènent par là... »

Tom ne voulait pas entendre parler de ça, mais ne pouvait s'empêcher d'écouter. Il tourna à droite et franchit le portail de Belle Ombre, qui était resté ouvert.

« Il ne s'intégrera jamais ici, dit Tom en dévisageant Mme Annette. Cet homme n'est pas heureux. Je doute qu'il reste très longtemps dans la région. »

Tom parlait doucement, mais son pouls s'était mis à battre plus fort. Il haïssait Pritchard, ce qui n'avait rien de très nouveau. Mais en présence de Mme Annette, il ne pouvait pas le maudire ouvertement, même à voix basse.

Ils déchargèrent leurs provisions à la cuisine : du beurre extra-fin, des broccolis magnifiques, de la laitue, plusieurs variétés de fromages, du café premier choix, un rosbeef d'une taille respectable, ainsi bien sûr que les deux homards encore vivants, dont Mme Annette s'occuperait plus tard, car Tom refusait de s'en charger. Il savait que Mme Annette les plongerait dans l'eau bouillante sans plus d'état d'âme que s'il s'agissait de simples haricots verts — tandis qu'il aurait eu l'impression de les entendre crier, ou tout du moins gémir, s'il les avait ébouillantés lui-même. Tom avait lu récemment un article tout aussi déprimant, à propos des fours à micro-ondes (et de la cuisson des homards) : l'auteur prétendait qu'après avoir mis le four en marche, on disposait de quinze secondes à peine pour se précipiter hors de la cuisine si l'on voulait éviter d'entendre (et probablement, de voir) les homards cogner avec leurs pinces la vitre du four avant de rendre l'âme. Dire qu'il y avait des gens capables d'éplucher tranquillement leurs pommes de terre tandis que les homards agonisaient à un mètre d'eux... Et combien de secondes leur fallait-il pour mourir ? Tom tenta de se raisonner, en se disant que Mme Annette n'avait rien de commun avec ce genre d'individus. De toute façon, il n'y avait pas encore de four à micro-ondes à Belle Ombre. Ni Héloïse, ni Mme Annette n'avaient encore manifesté l'intention d'en acquérir un ; et si la question se présentait, Tom avait encore quelques arguments en réserve : il avait lu que lorsqu'on faisait cuire des pommes de terre au micro-ondes, elles étaient généralement en bouillie — détail que nul ici (ni Tom, ni Héloïse, ni Mme Annette) ne prendrait à la légère. D'ailleurs, en matière de cuisine, Mme Annette n'était jamais pressée.

« Monsieur Tom ! »

Tom entendit Mme Annette qui s'égosillait depuis la terrasse donnant sur l'arrière de la maison. Il se trouvait dans la cabane à outils, dont il avait justement laissé la porte ouverte afin de l'entendre, au cas où elle appellerait.

« Oui ? lança-t-il.

— Téléphone ! »

Tom rejoignit la maison au pas de course, en espérant qu'il s'agissait d'Ed. A moins que ce ne soit Héloïse ? Il escalada d'un bond les marches de la terrasse.

C'était Ed Banbury.

« Ce sera pour demain, aux alentours de midi, Tom. Pour être précis... Tu as de quoi écrire ?

— Bien sûr. »

Tom nota l'horaire exact : arrivée à Roissy à 11 h 25, British Airways, vol 212.

« J'irai te chercher, Ed.

— Ce sera avec plaisir... si cela ne te pose pas de problème.

— Bien sûr que non. La balade me fera du bien. Tu as eu des nouvelles... de Cynthia ? Ou de quelqu'un autre ?

— Rien du tout. Et toi, de ton côté ?

— Machin pêche toujours. Tu verras ça... Oh, une dernière chose, Ed. Combien coûte le croquis du *Pigeon* ?

— Pour toi, ce sera dix mille. Au lieu de quinze », ajouta Ed en riant.

Ils raccrochèrent après les salutations d'usage.

Tom se mit à réfléchir à un cadre approprié, pour ce fameux dessin : l'idéal serait un bois légèrement teinté, pas trop large mais suffisamment chaleureux, et qui s'harmonise avec le papier jauni de l'esquisse. Il se rendit à la cuisine pour annoncer la bonne nouvelle à Mme Annette : leur invité arriverait à temps pour le déjeuner du lendemain. Mais qu'elle ne prévoit pas quelque chose de trop lourd, avec la chaleur qu'il faisait.

Tom ressortit et alla mettre un peu d'ordre dans la cabane

à outils, dont il balaya même le plancher. Il dépoussiéra également les fenêtres, de l'intérieur, à l'aide d'un petit plumeau qu'il avait ramené à la maison. Tom voulait que tout soit impeccable, pour accueillir un vieil ami comme Ed.

Ce soir-là, il regarda la cassette-vidéo de *Certains l'aiment chaud*. C'était exactement ce dont il avait besoin : un spectacle frivole, délassant... Même la bêtise calculée et les sourires forcés des choristes masculins avaient quelque chose de reposant.

Avant d'aller se coucher, Tom se rendit dans son atelier et fit quelques croquis, devant la table aménagée à cet effet. Il dessina à gros traits le visage d'Ed Banbury, tel qu'il se le représentait de mémoire. Il pourrait toujours demander à Ed de poser pendant quelques minutes, s'il avait besoin d'autres esquisses préparatoires. Il serait intéressant de faire le portrait d'Ed, dont le visage était si typiquement anglais avec son front fuyant, ses fins cheveux châtain, son regard aussi courtois qu'inquisiteur et ses lèvres étroites, prêtes à sourire ou à se figer au premier prétexte.

19

Tom se leva inhabituellement tôt, comme il le faisait chaque fois qu'un rendez-vous l'attendait. A 6 heures et demie, après s'être rasé et avoir enfilé une chemise et un jean, il descendit, traversa le salon en évitant de faire trop de bruit et gagna la cuisine afin de faire bouillir de l'eau. Mme Annette se levait généralement entre 7 heures et quart et 7 heures et demie. Tom retourna au salon, muni du plateau où il avait installé sa tasse surmontée d'un filtre. Le café n'avait pas fini de couler; en attendant, Tom se dirigea vers la porte d'entrée et l'ouvrit pour faire pénétrer l'air frais du matin. Il comptait également aller jeter un coup d'œil au garage, ne sachant pas encore s'il prendrait la Renault ou la Mercedes rouge pour se rendre à Roissy.

Il découvrit aussitôt à ses pieds un paquet oblong, de couleur grise, dont la présence le fit sursauter. On l'avait déposé sur le porche, en travers de l'entrée, et Tom comprit immédiatement — non sans horreur — de quoi il s'agissait.

Il remarqua que Pritchard avait enveloppé la chose dans un « nouveau » morceau de bâche grise, la même apparemment que celle dont il s'était servi pour recouvrir son canot à moteur. Le paquet était entouré d'une corde; Pritchard avait de surcroît lacéré la bâche en plusieurs endroits, à grands coups de couteau, ou de ciseaux — mais à quelle fin? Pour y passer les doigts et mieux assurer sa prise? Il avait dû transporter le paquet jusqu'ici, seul peut-être. Tom se pencha et souleva un pan de la bâche neuve, par simple curiosité. Il aperçut aussitôt la vieille toile, dont le tissu effiloché partait en lambeaux, ainsi que des fragments blanchâtres dont la nature ne faisait aucun doute : il s'agissait bien d'ossements.

Le grand portail en fer forgé de Belle Ombre était toujours fermé et verrouillé de l'intérieur. Pritchard avait dû garer sa voiture dans le sentier qui bordait la pelouse de Tom et porter ou traîner son fardeau jusqu'à l'entrée de la maison. Les dix derniers mètres étaient recouverts de gravier et il avait forcément dû faire un peu de bruit ; mais les chambres (tant celle de Tom que celle de Mme Annette) donnaient sur l'arrière de la maison.

Tom avait l'impression que le paquet dégageait une odeur déplaisante, mais peut-être n'était-ce que l'effet de la moisissure, du renfermé — ou un simple produit de son imagination.

Dans l'immédiat, Tom ne savait pas trop quelle décision prendre. Sauf qu'il fallait planquer ce paquet — dans le break par exemple. Dieu merci, Mme Annette n'était pas encore réveillée. Il retourna dans le vestibule, saisit son trousseau de clefs sur le guéridon, ressortit immédiatement et alla ouvrir le coffre du véhicule. Puis, des deux mains, il empoigna fermement le paquet par ses cordes et le souleva, surpris par la relative faiblesse de la charge.

Ce foutu machin ne pesait guère plus de quinze ou vingt kilos. Et il y avait encore de l'eau à l'intérieur, car des gouttes s'en écoulaient et continuèrent à ruisseler tandis que Tom transportait en vacillant son fardeau jusqu'au break. Il se rendit compte que la surprise avait dû le clouer sur le seuil pendant quelques secondes. Ce genre de chose ne devait plus jamais se reproduire ! Alors qu'il hissait son fardeau à bord du véhicule, il réalisa qu'il était incapable de distinguer quelle extrémité correspondait à la tête, ou aux pieds. Il grimpa sur le siège du conducteur et tira sur l'une des cordes, de manière à pouvoir refermer le coffre.

Il n'y avait aucune trace de sang. Mais Tom réalisa aussitôt que cette idée était absurde. Les pierres dont il avait lesté le paquet avec l'aide de Bernard Tufts devaient avoir fichu le camp depuis belle lurette. Quant aux os, ils étaient probablement demeurés sur le lit de la rivière après que la chair se fut entièrement détachée.

Tom ferma le coffre à clef, ainsi que la portière du break. Il laissa le véhicule à l'extérieur, devant le garage qui ne pouvait abriter que deux voitures. Que faire à présent ? Retourner boire son café, dire bonjour à Mme Annette... En continuant de réfléchir. Ou d'élaborer un plan.

Tom regagna l'entrée de la maison et remarqua avec inquiétude qu'il y avait encore des traces d'humidité sur le perron. Mais le soleil les sécherait vite, songea-t-il, et tout aurait disparu d'ici 9 heures et demie, quand Mme Annette sortirait pour aller faire ses courses. D'ailleurs, la plupart du temps, elle passait par la porte de la cuisine. Tom rentra et alla se laver les mains dans la salle de bains du rez-de-chaussée. Il remarqua une tache humide et sableuse sur son pantalon, au niveau de sa cuisse gauche, et la nettoya du mieux qu'il put au-dessus de la douche.

Quand Pritchard avait-il fait sa trouvaille ? Hier sans doute, en fin d'après-midi ; peut-être même le matin. Il avait dû planquer l'objet dans son canot. En avait-il parlé à Janice ? Probablement. Pourquoi s'en serait-il privé ? Janice n'émettait visiblement jamais la moindre opinion, positive ou négative — et moins encore au sujet de son mari, sinon elle l'aurait quitté depuis belle lurette. Tom rectifia son jugement : Janice était aussi cinglée que David.

Tom pénétra dans le salon en affichant une mine réjouie, car il avait entrevu Mme Annette qui apportait des tartines, du beurre et de la confiture sur la table où il prenait son petit-déjeuner.

« Quelle délicate attention ! Merci, dit-il avant d'ajouter : Bonjour, madame.

— Bonjour, monsieur Tom. Vous êtes matinal aujourd'hui.

— Comme toujours lorsque j'attends un invité, n'est-ce pas ? » répondit Tom en mordant dans une tartine.

Il se disait qu'il serait préférable de recouvrir le macabre paquet avec un plaid, ou quelques vieux journaux, afin que l'on ne puisse pas deviner de quoi il s'agissait en jetant un coup d'œil par la vitre arrière du véhicule.

Pritchard avait-il renvoyé Teddy, à présent ? Ou celui-ci

s'était-il éclipsé de lui-même, peu soucieux d'être impliqué dans une affaire qui ne le concernait en rien ?

Et pourquoi Pritchard était-il venu déposer ce paquet d'ossements devant chez lui ? Allait-il débarquer d'un instant à l'autre, en compagnie de la police, et s'écrier : « Tenez ! Voici les restes de ce Murchison qui avait soi-disant disparu ! » !

A cette idée, Tom se leva en fronçant les sourcils, sa tasse de café à la main. Il n'avait qu'à balancer une fois de plus ce fichu cadavre dans un autre canal et Pritchard en serait pour ses frais. Évidemment, Teddy pourrait toujours témoigner que Pritchard et lui avaient repêché quelque chose, et même jurer qu'il s'agissait bien d'un cadavre, mais nul ne pourrait prouver qu'il s'agissait effectivement de Murchison.

Tom regarda sa montre. Il était 8 heures moins sept. Il faudrait qu'il quitte la maison à 10 heures moins dix au plus tard, s'il voulait arriver à temps pour accueillir Ed Banbury. Tom s'humecta les lèvres, puis alluma une cigarette. Il arpentait le salon à pas lents, prêt à s'immobiliser à tout instant au cas où Mme Annette réapparaîtrait dans la pièce. Tom se souvint qu'il n'avait pas ôté les deux bagues que Murchison portait aux doigts. Quant aux dents... La police américaine possédait-elle les empreintes dentaires du disparu ? Pritchard avait-il poussé le vice au point de se procurer des copies de ces documents, par l'intermédiaire peut-être de Mme Murchison ? Tom réalisa qu'il se rongeait les sangs car, Mme Annette étant à la cuisine, il lui était impossible d'aller examiner de plus près le contenu du paquet qu'il avait entreposé dans le break. Le véhicule était garé juste en face de la fenêtre ; peut-être même Mme Annette pouvait-elle apercevoir un pan de la bâche, en regardant attentivement. Mais pourquoi l'aurait-elle fait ? En plus, le facteur devait passer vers 9 heures et demie.

Il suffisait qu'il ramène le break au garage, où il aurait tout le loisir d'examiner ce satané paquet. Tom se força à finir tranquillement sa cigarette. Puis il alla prendre son couteau suisse sur la table de l'entrée, le fourra dans sa poche et ramassa également quelques vieux journaux empilés dans une caisse, à côté de la cheminée.

Il sortit la Mercedes rouge (il en aurait d'ailleurs besoin

tout à l'heure pour aller chercher Ed Banbury) et ramena le break au garage, le garant sur l'emplacement libéré par la voiture. Tom utilisait parfois un petit aspirateur, branché sur la prise du garage ; Mme Annette ne risquait donc pas de se poser trop de questions sur ses activités présentes. Les portes du garage se trouvaient à angle droit, par rapport à la fenêtre de la cuisine. Tom alla néanmoins en refermer une, afin de dissimuler le break, laissant ouverte celle qui donnait sur la Renault beige. Puis il alluma la lampe fixée sur le mur de droite.

Il se refaufila à l'arrière de la fourgonnette et entreprit une nouvelle fois d'identifier les extrémités du paquet, ce qui n'avait rien d'évident. Le corps était relativement petit, s'il s'agissait bien de Murchison, et Tom ne tarda pas à réaliser que la tête manquait. Elle s'était détachée, et séparée du tronc. Tom se força à palper les pieds, puis les épaules du cadavre.

Pas de tête.

Cette découverte avait quelque chose de rassurant : l'absence de dents ou d'os faciaux caractéristiques rendrait évidemment l'identification plus difficile. Tom ressortit du véhicule et ouvrit les vitres des portières avant. Le paquet enveloppé dans la bâche dégageait d'étranges effluves, une odeur de moisissure évoquant moins la mort qu'une intense humidité. Tom comprit qu'il allait devoir examiner les mains, pour voir ce qu'il était advenu des bagues. Pas de tête. Où avait-elle bien pu passer ? Le courant l'avait probablement entraînée Dieu sait où... et risquait peut-être de la ramener un jour... Mais non, il n'y avait pas reflux, dans ces rivières.

Tom voulut s'asseoir sur une caisse à outils, qui s'avéra trop basse ; il finit par se poser sur le pare-chocs du véhicule, la tête baissée. Il ne se sentait pas très bien. Pouvait-il prendre le risque d'attendre l'arrivée d'Ed ? Il avait bien besoin d'être soutenu moralement. Il se rendait compte qu'il n'était pas en état d'examiner le cadavre de plus près. Il n'aurait qu'à dire...

Tom se redressa et se força à réfléchir. Si jamais Pritchard débarquait en compagnie de la police, il n'aurait qu'à dire qu'il avait évidemment déplacé ce répugnant paquet d'ossements (il en avait *effectivement* entrevu quelques-uns et avait même senti leur contact sous ses doigts) pour épargner à sa domestique le choc d'un aussi sinistre spectacle, mais qu'il s'était senti si mal en point après ça qu'il n'avait pas encore trouvé la force de prévenir la police.

Toutefois, il serait extrêmement désagréable que la police (conduite par Pritchard) arrive à Belle Ombre pendant qu'il allait chercher Ed Banbury à l'aéroport de Roissy. Mme Annette aurait affaire à eux, ils chercheraient évidemment le cadavre dont Pritchard leur aurait parlé et ne tarderaient sûrement pas à le dénicher. Il ne leur faudrait probablement pas plus d'une demi-heure pour mettre la main dessus. Tom se pencha et s'aspergea le visage à un robinet qui saillait du mur, du côté de la pelouse.

Il se sentait légèrement mieux mais réalisa qu'il lui faudrait attendre l'arrivée d'Ed pour retrouver tout son entrain.

Et s'il ne s'agissait pas de Murchison ? Mais du cadavre d'un inconnu ? De drôles d'idées vous passaient parfois par la tête... Mais Tom se rappela aussitôt que la bâche usagée ne ressemblait que trop à celle dont Bernard et lui s'étaient servis, cette nuit-là.

Pritchard s'obstinait-il à pêcher, afin de retrouver la tête, dans les parages de l'endroit où il avait trouvé le cadavre ? Que pouvaient bien raconter les habitants de Voisy ? L'un d'eux avait-il remarqué quelque chose ? Ce n'était pas impossible. Il y avait fréquemment des gens qui se promenaient le long des berges, ou qui passaient sur le pont — d'où la vue était encore meilleure. Et malheureusement, la forme de l'objet repêché par Pritchard ne laissait guère de doute, quant à sa nature. Les deux (ou trois ?) cordes dont Bernard et lui s'étaient servis avaient apparemment tenu le coup, sinon la bâche ne serait pas restée en place.

Tom songea à faire un peu de jardinage, afin de se détendre, mais y renonça finalement. Mme Annette s'apprêtait à sortir pour aller faire ses courses. D'ici une demi-heure, il faudrait qu'il parte pour aller chercher Ed.

Il monta à l'étage et se doucha rapidement, bien qu'il l'eût déjà fait ce matin. Puis il changea de vêtements.

La maison était silencieuse lorsqu'il redescendit. Tom décida de ne pas répondre, si jamais le téléphone sonnait, bien qu'il puisse s'agir d'Héloïse. L'idée de devoir s'absenter de chez lui durant près de deux heures lui déplaisait profondément. Il était 10 heures moins cinq à sa montre. Tom ouvrit la porte du bar, choisit un minuscule verre à pied et se versa une dose infime de Rémy Martin. Il garda un instant la première gorgée dans sa bouche, puis vida le verre d'un trait. Il alla ensuite le laver et l'essuyer à la cuisine, avant de le remettre à sa place dans le buffet. Il fouilla dans ses poches : clefs, portefeuille, tout était en place.

Tom sortit et verrouilla la porte d'entrée. Mme Annette avait eu la bonne idée d'ouvrir les grilles du portail à son intention. Tom ne s'arrêta pas pour les refermer derrière lui et prit la direction du nord. Il roulait à une vitesse normale. Il avait largement le temps, en fait, mais on ne savait jamais à l'avance si le périphérique serait bouché ou non.

Tom sortit au pont de la Chapelle et poursuivit sa route vers le nord, en direction de l'immense et sinistre aéroport, qu'il n'aimait décidément pas. Heathrow était certes gigantesque, au point qu'on avait de la peine à se le représenter dans son ensemble, sauf bien sûr si l'on était obligé de le traverser à pied, en traînant ses bagages. Roissy au contraire, malgré sa prétention et ses inconvénients, était bâti selon un plan fort simple : un édifice central, de forme circulaire, où convergeaient tout un réseau de routes et de voies d'accès. Celles-ci étaient certes correctement indiquées, mais si l'on manquait la bonne bifurcation, il était absolument impossible de revenir sur ses pas.

Tom se gara sur un parking en plein air. Il avait au moins un quart d'heure d'avance.

Ed ne tarda pas à débarquer. Il semblait avoir trop chaud dans sa chemise blanche à col ouvert. Une sorte de sac à dos lui pendait à l'épaule. Il tenait un attaché-case à la main.

« Ed ! »

Celui-ci ne l'avait pas vu. Tom lui fit de grands signes.

« Salut, Tom ! »

Ils se serrèrent chaleureusement la main et faillirent même s'embrasser, mais se retinrent au dernier moment. Ed avait une petite valise et un imperméable sur l'épaule.

« Ma voiture n'est pas très loin, dit Tom. Prenons cette navette... Comment vont les choses, à Londres ? »

Tout allait bien, lui dit Ed. Son absence n'avait pas soulevé la moindre difficulté. Il pouvait rester jusqu'à lundi, sans problèmes. Un peu plus si c'était nécessaire.

« Et de ton côté ? Quoi de neuf ? »

Debout dans le petit bus jaune, Tom fronça le nez et fit la grimace.

« Eh bien... Il est arrivé quelque chose. Mais je t'en parlerai plus tard. »

Une fois montés à bord de la voiture de Tom, Ed s'enquit d'Héloïse et de son séjour au Maroc. Tom lui demanda ensuite s'il était déjà venu à Villeperce, dans le passé. Ed lui répondit que non.

« C'est drôle, dit Tom. J'ai de la peine à le croire !

— Mais les choses ont toujours fonctionné ainsi, entre nous, répondit Ed en adressant à Tom un sourire amical. Une simple relation d'affaires, pas vrai ? »

Ed se mit à rire, comme si sa remarque avait quelque chose d'absurde, car au fond leur relation était aussi profonde que celle unissant deux amis, et pourtant différente. Une trahison, de part ou d'autre, aurait débouché sur une arrestation, une condamnation, voire un emprisonnement.

« Oui, acquiesça Tom. A propos, que fait Jeff, ce week-end ?

— Hum... Je ne sais pas au juste. (Ed semblait apprécier la brise chaude qui s'engouffrait par la fenêtre.) Je l'ai appelé hier soir, pour lui dire que je venais te voir. Je lui ai également dit que tu aurais peut-être besoin de lui. N'y vois surtout rien de vexant à ton égard, Tom.

— Bien sûr que non, dit Tom.

— Crois-tu que nous devions faire appel à lui ? »

Tom fronça les sourcils en découvrant les embouteillages du périphérique. Les départs du week-end avaient évidemment commencé et il y aurait encore plus de circulation sur l'autoroute du sud. Tom ne cessait de se demander s'il allait parler à Ed de la découverte du cadavre avant ou après le repas.

« Je n'en sais vraiment rien pour l'instant, répondit-il.

— La campagne est splendide, par ici ! » dit Ed lorsqu'ils eurent quitté l'échangeur de Fontainebleau et pris la direction de l'est. Les champs sont plus vastes qu'en Angleterre... du moins en donnent-ils l'impression. »

Tom ne répondit pas, mais il était ravi. Certains invités ne faisaient pas le moindre commentaire, comme s'ils étaient aveugles ou rêvassaient à Dieu sait quoi en regardant par les fenêtres. Ed fut tout aussi louangeur en arrivant à Belle Ombre, dont il admira particulièrement l'impressionnant portail (Tom lui rappela en riant qu'il n'était tout de même pas à l'épreuve des balles) et l'harmonieux équilibre de la façade principale.

« Oui, dit Tom. (Il avait garé la Mercedes devant la porte d'entrée, l'arrière tourné vers la maison.) Mais à présent... il faut que je te révèle une chose extrêmement déplaisante, dont je n'ai eu connaissance que ce matin, à 8 heures. Je te le jure, Ed.

— Je te crois, dit celui-ci en fronçant les sourcils, sa valise à la main. De quoi s'agit-il ?

— La chose se trouve dans le garage, là-bas... (Tom baissa la voix et se rapprocha d'Ed.) Pritchard l'a déposée devant ma porte ce matin. Le cadavre de Murchison.

— Le... (Ed fronça plus encore les sourcils.) Tu ne parles pas sérieusement ?

— Ce n'est plus qu'un tas d'ossements, dit Tom en murmurant presque. Ma domestique n'est pas au courant et il est hors de question qu'elle en sache davantage. Je l'ai fourré dans le coffre du break, là-bas. Il ne pèse pas bien lourd. Mais il faut faire quelque chose.

— De toute évidence. (Ed s'était mis lui aussi à parler à voix basse.) Que comptes-tu faire ? Aller l'enterrer dans un bois ?

— Je ne sais pas. Il faut que je réfléchisse à la question. Mais j'ai pensé... qu'il valait mieux te prévenir dès maintenant.

— Devant ta porte, dis-tu ? Ici même ?

— Ici même. (Tom désigna l'endroit d'un hochement de tête.) Il est venu durant la nuit, bien sûr. Je n'ai rien entendu, depuis ma chambre. Et Mme Annette non plus, apparemment. Je l'ai découvert vers 7 heures, ce matin. Il est probablement venu par l'arrière de la propriété, peut-être en compagnie de Teddy, son assistant. Mais même s'il était seul, il n'aurait guère eu de peine à traîner son paquet jusqu'ici, depuis le sentier. Celui-ci est presque effacé, maintenant, mais on peut aisément y faire passer une voiture, s'y garer et traverser à pied ma propriété, à partir de là. »

Tout en parlant, Tom regardait l'endroit en question. Il crut distinguer une légère dépression à la surface de l'herbe, telle qu'aurait pu en laisser quelqu'un en traversant la pelouse, son fardeau sur l'épaule ; le paquet d'ossements n'était pas suffisamment lourd pour avoir besoin d'être traîné.

« Teddy... dit Ed d'un air songeur, à demi tourné vers la porte d'entrée.

— Oui. C'est la femme de Pritchard qui m'a appris son nom, je crois bien te l'avoir déjà dit. Je me demande si ce Teddy est encore au service de Pritchard ou si celui-ci l'a déjà congédié, en considérant que le boulot était terminé. Enfin... Que cela ne nous empêche pas de boire un verre et de savourer un excellent repas. »

Tom avait gardé son trousseau à la main et utilisa sa clef. Mme Annette était occupée à la cuisine ; elle les avait probablement vus arriver, mais avait dû se rendre compte qu'ils avaient des choses à se dire et préféraient rester seuls un moment.

« Mais c'est charmant ! s'exclama Ed. Vraiment, Tom, ce salon est tout à fait ravissant.

— Tu peux laisser ton imper ici, si tu veux. »

Mme Annette arriva et Tom fit les présentations. Elle voulut évidemment porter la valise d'Ed à l'étage. Ed protesta, en souriant.

« Laisse-la faire, murmura Tom. C'est une sorte de rituel. Viens, je vais te montrer ta chambre. »

Ils montèrent. Mme Annette avait cueilli une rose dont la teinte évoquait une pêche et l'avait disposée dans une aiguière, sur une petite commode. Le tout était du plus bel effet. Ed trouva la chambre magnifique. Tom lui montra la salle de bains adjacente et lui déclara qu'il pouvait se mettre à l'aise et se rafraîchir un peu avant de redescendre pour l'apéritif.

Il était exactement 1 heure de l'après-midi.

« Y a-t-il eu des coups de téléphone, madame ? demanda Tom.

« — Non, Monsieur. Et je suis revenue du village à 10 heures et quart.

— Parfait. »

Tom estima que la nouvelle était rassurante. Pritchard avait sûrement parlé de sa trouvaille à son épouse. Il n'allait pas lui cacher son brillant succès. Comment avait-elle réagi, passé le premier fou rire ?

Il se dirigea vers le meuble où il rangeait sa collection de compact-disques et hésita entre une sonate de Scriabine (fort belle, mais un peu nostalgique) et l'*Opus 39* de Brahms — une suite de seize valses interprétées au piano. Il opta finalement pour cette dernière, en espérant qu'Ed y serait également sensible. C'était exactement ce dont ils avaient besoin. Il ne régla pas le volume trop fort.

Puis il alla se servir un gin-tonic. A peine avait-il découpé un zeste de citron au-dessus de son verre qu'Ed était déjà redescendu.

Il prit la même chose que lui.

Tom lui prépara son verre, puis se rendit à la cuisine et demanda à Mme Annette de bien vouloir attendre encore cinq minutes avant de servir le repas.

Tom et Ed levèrent leurs verres et échangèrent un regard silencieux, afin de ne pas troubler la mélodie de Brahms. Tom ressentit aussitôt l'effet de l'alcool et son sang se mit à battre plus vite ; mais Brahms y était peut-être aussi pour quelque chose. Les accords s'enchaînaient à une cadence folle, comme si le grand compositeur avait voulu faire étalage de sa maîtrise. Mais pourquoi s'en serait-il privé, avec le talent qu'il avait ?

Ed se dirigea vers les portes vitrées qui donnaient sur la terrasse.

« Ce clavecin est superbe !... Et quelle vue ! Tout ce terrain est à toi, Tom ?

— Non, la propriété s'arrête au niveau de cette rangée de buissons. Au-delà, il y a des bois — qui, d'ailleurs, n'appartiennent à personne.

— Et... j'aime cette musique.

— Parfait », dit Tom en souriant.

Ed fit demi-tour et rejoignit le centre de la pièce. Il s'était changé et portait à présent une chemise bleue.

« Ce Pritchard habite loin d'ici ? demanda-t-il d'une voix calme.

— A deux kilomètres, environ... dans cette direction. (Tom fit un geste par-dessus son épaule.) Au fait, ma domestique ne comprend pas l'anglais... ou du moins, me le laisse croire, ajouta-t-il en souriant.

— Je m'en souviens... Tu as dû me le dire autrefois. C'est assez commode.

— Oui. Parfois. »

Ils déjeunèrent. Au menu, il y avait du jambon cru, du fromage blanc au persil, de la salade de pommes de terre confectionnée par Mme Annette et accompagnée d'olives noires, le tout arrosé d'un excellent cru de Graves, servi frais. Un sorbet vint couronner l'ensemble. Ils discutèrent avec entrain pendant le repas, mais Tom ne cessait de songer au travail qui les attendait ; et il se doutait bien qu'Ed y pensait également. Ils ne prirent ni l'un ni l'autre de café.

« Je vais enfiler un Levis, dit Tom. Tu restes comme ça ? Il faudra sans doute... se livrer à quelques reptations, dans le coffre du break. »

Ed était déjà en blue-jean.

Tom monta se changer à l'étage. Une fois redescendu, il saisit son couteau suisse sur la petite table de l'entrée et fit un signe de tête à Ed. Ils sortirent par la porte principale. Tom évita délibérément de regarder la fenêtre de la cuisine, pour ne pas attirer l'attention de Mme Annette.

La porte du garage était restée ouverte, du côté de la Renault beige. Il n'y avait pas de paroi à l'intérieur pour séparer les emplacements des véhicules.

« Il n'est pas dans un état trop épouvantable, dit Tom d'un air détaché. Mais il manque la tête. Ce que je voudrais, pour l'instant...

— Il manque la tête ?

— Elle s'est sans doute détachée, tu ne crois pas ? Au bout de trois ou quatre ans, les cartilages ont dû pourrir...

— Mais où est-elle passée ?

— Ce truc est resté des années dans les eaux du Loing, Ed. Je ne pense pas que les courants s'inversent, comme dans un canal, mais enfin... l'eau n'est tout de même pas stagnante. Je veux m'assurer que les bagues sont toujours là.

Il en avait deux, je m'en souviens bien et... je les avais laissées en place. Bon, tu te sens d'attaque ? »

Tom se rendit compte qu'Ed faisait un effort pour acquiescer. Il ouvrit la portière et ils distinguèrent aussitôt la quasi-totalité de la forme enveloppée dans la bâche grise. Tom remarqua qu'il y avait deux cordes, l'une à hauteur de la taille, l'autre au niveau des genoux. La partie qui correspondait apparemment aux épaules était tournée vers l'avant du véhicule.

« Je crois que les épaules sont de ce côté, dit Tom avec un geste de la main. Excuse-moi. »

Il pénétra le premier et enjamba le cadavre en rampant, pour faire de la place à Ed. Puis il sortit son couteau suisse.

« Je vais examiner les mains », dit-il.

Il entreprit de taillader la corde, ce qui n'était pas une mince affaire.

Ed glissa une main sous l'autre extrémité du paquet et tenta de le soulever.

« C'est léger comme tout !
— Je te l'avais bien dit. »

Agenouillé sur le plancher du véhicule, Tom attaqua la corde par en dessous et essaya de la trancher avec la petite scie de son couteau. Le cordage était neuf et avait été mis en place par Pritchard. Tom en vint finalement à bout. Il déroula la corde et s'encouragea intérieurement, car il se trouvait précisément au niveau de la cavité abdominale du cadavre. Il n'en émanait toujours qu'une légère odeur de moisissure — pas de quoi avoir le cœur soulevé, en tout cas, sauf à se faire des idées. Mais Tom distinguait à présent quelques lambeaux de chair qui pendaient encore, pâles et flasques, le long de la colonne vertébrale. L'abdomen lui-même ne formait plus qu'un réceptacle vide. Les mains... songea Tom en se secouant.

Ed observait attentivement la scène et venait de marmonner quelque chose — peut-être son interjection préférée.

« Eh bien, dit Tom, je comprends pourquoi il est aussi léger.
— Je n'ai jamais rien vu de semblable !
— J'espère que tu n'en auras plus jamais l'occasion. »

Tom déroula d'abord la bâche de Pritchard, puis la vieille

toile beige qui était entièrement rongée et semblait prête à se désintégrer et tomber en poussière, comme les bandelettes d'une momie.

Les os de la main et du poignet ne tenaient plus qu'à un fil à ceux de l'avant-bras, mais au moins ne s'étaient-ils pas entièrement détachés. Il s'agissait de la main droite (par hasard, Murchison gisait sur le dos) et Tom aperçut immédiatement la grosse bague en or rehaussée d'une pierre mauve dont il se souvenait vaguement — un bijou de très grande valeur, à coup sûr. Tom l'ôta soigneusement du petit doigt du cadavre. L'objet n'offrit aucune résistance, mais Tom voulait éviter de briser ou de détacher les os minuscules de la phalange. Il introduisit son pouce dans la bague afin d'en nettoyer l'anneau, puis la fourra dans une poche de son Levis.

« Tu ne disais pas qu'il y avait deux bagues ? demanda Ed.
— Si, il me semble. »
Tom dut reculer, car le bras gauche du cadavre n'était pas replié, mais étendu le long du corps. Il dégagea un nouveau morceau de bâche, puis se retourna et baissa la vitre qui se trouvait derrière lui.

« Ça va, Ed ? Tu te sens bien ?
— Mais oui. »
Le visage d'Ed était néanmoins livide.
« Je n'en ai plus pour longtemps. »
Tom atteignit enfin la main et s'aperçut aussitôt qu'elle ne portait pas la moindre bague. Il vérifia que l'objet n'avait pas glissé sous les os, voire dans les replis de la bâche de Pritchard.

« Il s'agissait d'une alliance, je crois bien, dit-il à Ed. Mais elle n'est pas là. Il est vrai qu'elle a pu se détacher.
— C'est en effet parfaitement plausible », répondit Ed avant de se racler la gorge.
Tom se rendait bien compte qu'Ed prenait sur lui et qu'il aurait préféré ne pas assister à un tel spectacle. Il passa à nouveau la main sous le fémur et les os pelviens. Il sentit sous ses doigts de la poussière, des débris émiettés dans un état de décomposition plus ou moins avancé, mais rien qui ressemblât à une bague. Il se redressa et s'assit. Allait-il

devoir défaire les deux bâches, l'une après l'autre ? Ma foi, il n'avait guère le choix.

« Il faut que je fouille là-dedans, Ed. Au fait... si jamais Mme Annette appelait, à cause d'un coup de téléphone ou pour une raison quelconque, tu iras lui dire que nous sommes au garage et que j'arriverai dans une minute. Je ne suis pas certain qu'elle sache que nous nous trouvons ici. Si elle veut savoir ce que nous fabriquons (mais ce ne sera certainement pas le cas) je lui dirai que nous réparons quelque chose. »

Tom se remit ensuite consciencieusement à l'ouvrage. Il taillada la seconde corde de la même manière (l'un des nœuds était particulièrement serré) en regrettant de ne pas avoir été prendre sa scie dans la cabane à outils. Il souleva délicatement un tibia et une astragale et fouilla le paquet de fond en comble. En vain. Il remarqua que l'os de l'orteil manquait, au pied droit. Deux ou trois phalanges s'étaient également détachées des doigts. Mais la présence de la première bague suffisait à prouver qu'il s'agissait bien de Murchison.

« Je ne la trouve pas, dit-il. Bon... »

Tom hésita. Devait-il aller chercher quelques cailloux comme il l'avait fait avec Bernard Tufts, afin de relester ce paquet d'ossements ? Qu'allait-il bien pouvoir en faire, d'ailleurs ?

« Je vais le reficeler, dit-il. On dirait une paire de skis, tu ne trouves pas ?

— Ce salopard de Pritchard ne va-t-il pas prévenir la police, Tom ? Leur suggérer de venir inspecter les lieux ? »

Tom ravala sa salive.

« Je vois la scène d'ici, répondit-il. Mais nous avons affaire à des cinglés, Ed. Impossible de prévoir leurs réactions.

— Mais si les flics débarquaient ?

— Eh bien... (Tom ressentit une poussée d'adrénaline.) Je leur dirai que j'avais entreposé ces ossements dans le break pour en épargner le spectacle à mon invité, mais que j'avais l'intention de les confier à la police, sitôt remis du choc que m'avait causé leur découverte. Et du reste... qui les avait prévenus ? Ils n'avaient pas à chercher bien loin pour connaître le coupable !

« Tu crois que Pritchard est au courant, pour cette bague ? Ce pourrait être un moyen d'identification.

— J'en doute. Je ne pense pas qu'il ait cherché un objet pareil. »

Tom s'était remis à reficeler la partie inférieure de la carcasse.

« Je m'occupe du haut », dit Ed en saisissant la corde que Tom avait laissée pendre d'un côté.

Tom apprécia son geste.

« Deux tours de corde suffiront, Dieu merci : ce nœud m'a l'air solide. »

Pritchard avait donné trois tours de corde.

« Mais... qu'allons-nous faire de ce truc, au bout du compte ? » demanda Ed.

Le refoutre dans un canal quelconque, songea Tom — auquel cas il faudrait qu'ils redéfassent le cordage afin de lester la bâche. A moins qu'ils ne balancent ce fichu machin dans le petit bassin des Pritchard. Tom se mit à rire.

« J'étais en train de me dire que nous pourrions rendre à Pritchard la monnaie de sa pièce. Il y a un bassin, dans son jardin. »

Ed poussa un petit rire incrédule. Tom et lui étaient en train de resserrer les derniers nœuds, afin que le cordage reste en place.

« Dieu merci, il me reste de la corde à la cave, dit Tom. Beau travail, Ed. Au moins, nous voici fixés sur le contenu de ce paquet : un squelette masculin, sans crâne, plutôt malaisé à identifier, d'après moi. Les empreintes digitales ont fichu le camp depuis belle lurette, en même temps que la peau, la tête manque... »

Ed se mit à rire, mais il n'avait pas l'air d'en mener large. Il reprit pied sur le sol du garage. Tom le suivit de peu.

« Sortons d'ici », dit-il.

Il regarda attentivement la route qui passait devant Belle Ombre, aussi loin que portait son regard. Il lui paraissait impossible que Pritchard puisse résister à l'idée de venir épier les conséquences de son méfait et Tom s'attendait à le voir surgir d'une minute à l'autre. Mais il se garda d'en parler à Ed.

« Je te remercie, Ed, dit-il en tapotant le bras de son ami. Je ne m'en serais pas sorti sans toi !

— Tu plaisantes ? dit Ed en grimaçant un sourire.

— Mais non. Je n'ai pas eu le courage de m'y mettre ce matin, ainsi que je te l'ai dit. »

Tom voulait aller chercher des cordes supplémentaires et remettre un peu d'ordre dans le garage, mais il remarqua que le visage d'Ed était toujours aussi livide.

« Tu veux faire un tour dans le jardin ? dit-il. Prendre un peu l'air ? »

Tom éteignit la lumière intérieure du garage. Puis ils contournèrent la maison, en passant devant la cuisine (Mme Annette avait apparemment fini son travail et devait avoir regagné sa chambre) et se dirigèrent vers l'arrière de la propriété. Le soleil brillait et leur caressait le visage. Tom parlait de ses dahlias. Il allait d'ailleurs en cueillir quelques-uns, dit-il, puisqu'il avait un couteau sous la main. Toutefois, comme la cabane à outils se trouvait juste à côté, Tom s'y rendit pour y prendre un sécateur.

« Tu ne verrouilles pas la porte, la nuit ? demanda Ed.

— En général, non. Je sais que j'ai tort. La plupart des gens d'ici le feraient. »

Tom se rendit compte qu'il surveillait du coin de l'œil le chemin de terre qui bordait sa propriété, s'attendant à en voir surgir une voiture, ou la silhouette de Pritchard. Après tout, celui-ci était bien passé par là pour venir délivrer son macabre cadeau. Tom coupa trois dahlias bleus.

Ils regagnèrent le salon en franchissant l'une des portes vitrées.

« Une petite goutte de cognac ? proposa Tom.

— Franchement, j'aimerais bien aller m'étendre quelques instants.

— Rien de plus facile. (Tom versa une dose infime de Rémy Martin dans un verre ballon et le tendit à Ed.) J'insiste, dit-il. Ça te remontera le moral. Et ça ne peut pas te faire de mal. »

Ed sourit et vida le verre d'un trait.

« Hum... Merci. »

Tom accompagna Ed au premier, alla prendre une serviette dans la salle de bains des invités et la passa sous l'eau froide. Il conseilla à Ed de s'étendre en étalant la serviette sur son front et de dormir un petit moment, s'il en avait envie.

Puis il redescendit et alla chercher un vase à la cuisine afin d'y mettre les dahlias, qu'il installa sur la table basse du salon, à côté du coûteux briquet en jade d'Héloïse (un Dunhill, en l'occurrence). Elle avait été bien inspirée de ne pas l'emmener. Mais quand la verrait-il s'en servir à nouveau ?

Tom pénétra dans la petite pièce qu'il appelait « les toilettes du rez-de-chaussée » et ouvrit la porte du fond. Il alluma la lumière ; l'escalier permettait d'accéder à la cave, où se trouvaient les bouteilles de vin, des cadres inutilisés entreposés contre les murs, une vieille bibliothèque qui servait maintenant de meuble de rangement et où il entassait ses réserves d'eau minérale, de lait, de jus de fruits, de pommes de terre ou d'oignons. Où était cette corde ? Tom fouilla dans tous les coins, soulevant des sacs en plastique remplis de graines, et trouva finalement ce qu'il cherchait. Il déroula la corde, puis la rembobina. Elle faisait bien cinq mètres de long et pourrait s'avérer utile, s'il devait reficeler la bâche après l'avoir lestée de cailloux. Tom remonta et sortit de la maison par l'entrée principale, en refermant toutes les portes derrière lui.

Il aperçut une voiture blanche (était-ce celle de Pritchard ?) qui arrivait sur la gauche et roulait lentement en direction de Belle Ombre. Tom marcha jusqu'au garage et déposa la corde dans un coin, au pied de la roue arrière gauche de la Renault.

Il s'agissait bien de Pritchard. Il avait garé son véhicule à droite du portail et était planté à l'extérieur, derrière les grilles. Il avait un appareil photo à la main et s'apprêtait à s'en servir.

Tom marcha dans sa direction.

« Ma maison vous fascine donc à ce point, Pritchard ?

— Oh, oui ! La police est-elle déjà passée ?

— Non. Pourquoi ? »

Tom s'immobilisa, les mains sur les hanches.

« Ne faites pas l'imbécile, monsieur Ripley. »

Pritchard fit volte-face et se dirigea vers sa voiture. Il jeta un dernier coup d'œil derrière lui, en se fendant d'un sourire idiot.

Tom demeura où il était jusqu'à ce que la voiture de Pritchard ait disparu à l'horizon. Il était probablement dans le champ lorsque cet imbécile avait pris sa photo. Et alors ? Tom donna un brusque coup de pied et du gravier gicla dans la direction prise par Pritchard. Puis il fit demi-tour et rejoignit l'entrée de sa maison.

Pritchard avait-il conservé la tête de Murchison ? se demanda-t-il. Comme une sorte de trophée — ou de caution. En signe de victoire ?

20

Mme Annette se trouvait au salon lorsque Tom pénétra dans la maison.

« Ah, monsieur Tom ! Je ne savais pas où vous étiez passé tout à l'heure. La police a téléphoné, il y a à peine une heure. Le commissariat de Nemours. J'ai pensé que vous étiez allé faire un tour avec l'autre monsieur.

— Téléphoné ? A quel sujet ?

— Ils voulaient savoir si nous n'avions pas été dérangés, la nuit dernière. Je leur ai dit que non...

— Dérangés ? De quelle façon ? demanda Tom en fronçant les sourcils.

— Par des bruits quelconques. Ou par une voiture. Ils m'ont même posé la question. Mais je leur ai répondu : " Non, monsieur, absolument pas de bruit. "

— Félicitations, madame. J'aurais dit la même chose. Ils n'ont pas précisé à quel genre de bruit ils faisaient allusion ?

— Si. Ils m'ont dit qu'on avait dû nous apporter un paquet, d'après ce que quelqu'un leur avait raconté — un homme à l'accent américain... Un paquet dont le contenu devait intéresser la police. »

Tom se mit à rire.

« Un paquet ! Il s'agit sûrement d'une plaisanterie. »

Tom chercha ses cigarettes, qui se trouvaient sur la table basse du salon. Il en sortit une du paquet et l'alluma avec le briquet d'Héloïse.

« La police rappellera-t-elle ? » demanda-t-il.

Mme Annette s'interrompit ; elle était en train de nettoyer la table de la salle à manger.

« Je n'en sais rien, Monsieur.

— Et ils n'ont pas dit qui était cet Américain ?

— Non, Monsieur.

— Je devrais peut-être leur passer un coup de fil », dit Tom comme s'il se parlait à lui-même.

Il valait d'ailleurs mieux procéder ainsi, afin d'éviter que la police ne débarque à Belle Ombre. Tom songea également qu'il se mettrait à couvert et se tirerait de ce guêpier en prétendant ne pas être au courant de cette histoire de paquet, du moins tant qu'il ne se serait pas débarrassé des ossements.

Il chercha dans l'annuaire le numéro du commissariat de Nemours. Il le composa et déclina son identité, en précisant où il habitait.

« Ma domestique vient de m'apprendre que vous aviez téléphoné chez moi aujourd'hui. L'appel venait-il bien de votre commissariat ? »

Tom attendit qu'on lui passe un inspecteur, à qui il dut répéter son histoire.

« Ah, oui. Monsieur Ripley. (L'inspecteur poursuivit en français.) Un individu à l'accent américain nous a informés que vous aviez reçu un paquet qui pourrait intéresser la police. Nous avons donc appelé chez vous vers 15 heures, cet après-midi.

— On ne m'a pas remis de paquet, dit Tom. J'ai reçu deux lettres aujourd'hui, mais pas le moindre colis.

— Il s'agirait d'un assez gros paquet, d'après cet Américain.

— Mais je n'ai rien reçu, monsieur, je vous assure. Je ne comprends pas pourquoi on... Cet homme a-t-il laissé son nom ? »

Tom s'exprimait d'un air désinvolte.

« Non, monsieur. Nous le lui avons demandé, mais il ne nous l'a pas donné. Je connais votre maison. Vous avez un portail magnifique...

— Merci. Le facteur sonne généralement, lorsqu'il y a un paquet. Sinon, il y a une boîte aux lettres à l'extérieur.

— Oui... comme il se doit.

— Je vous remercie de m'avoir prévenu, poursuivit Tom.

Il se trouve que je viens de faire le tour de ma propriété, il y a quelques minutes à peine, mais je n'ai nulle part aperçu le moindre paquet, de quelque taille que ce soit. »

Ils se saluèrent courtoisement et raccrochèrent.

Tom était soulagé que l'inspecteur n'ait pas établi de lien entre son mystérieux interlocuteur et Pritchard, l'Américain installé depuis peu à Villeperce. Cela viendrait peut-être par la suite — à supposer qu'il y ait une suite, mais Tom espérait bien que ce ne serait pas le cas. L'inspecteur avec lequel il venait de parler n'était probablement pas celui qui était passé à Belle Ombre plusieurs années auparavant, lors de l'enquête sur la disparition de Murchison. Mais le compte rendu de sa visite devait figurer dans les archives de la police. L'autre inspecteur ne venait-il pas de Melun, une agglomération plus importante que Nemours ?

Mme Annette vint discrètement aux nouvelles.

Tom lui résuma la situation. Il n'avait reçu aucun paquet, M. Banbury et lui avaient fait le tour de la propriété, personne n'aurait pu escalader les grilles, pas même le facteur ce matin (entre parenthèses, il n'avait toujours pas de nouvelles d'Héloïse) et Tom avait expliqué qu'il était inutile que la police de Nemours se déplace pour examiner le contenu d'un paquet inexistant.

« Très bien, monsieur Tom. Je me sens soulagée. Un paquet... » ajouta Mme Annette en hochant la tête, montrant par là le peu d'estime qu'elle avait pour les plaisantins et les menteurs.

Tom était soulagé que Mme Annette ne suspecte pas Pritchard, elle non plus. C'était le genre de déduction dont elle était parfaitement capable. Tom regarda sa montre : il était 4 heures et demie. Il était enchanté qu'Ed fasse une bonne sieste, après les émotions de la journée. Un peu de thé lui ferait du bien. Il pourrait aussi appeler les Grais et leur dire de passer prendre l'apéritif. Pourquoi pas ?

Tom regagna la cuisine.

« Si vous nous prépariez un peu de thé, madame ? Je pense que notre invité ne tardera pas à se réveiller. Oui, j'en prendrai aussi. Non, pas besoin de sandwiches, ni de gâteau... Oui, du Earl Grey, ce sera parfait. »

Tom retourna au salon, en enfonçant les mains dans les

poches de son jean. Ses doigts rencontrèrent aussitôt la grosse bague de Murchison. Il valait mieux s'en débarrasser et la jeter dans une rivière, songea-t-il. Depuis le pont de Moret, par exemple. Et sans trop tarder. En cas d'urgence, il pourrait toujours la balancer dans la poubelle de la cuisine, qui se trouvait à l'intérieur d'une porte, sous l'évier. On entreposait les sacs une fois pleins le long de la route, où la voirie passait les ramasser deux fois par semaine, le mercredi et le samedi. Il y aurait donc un ramassage demain matin.

Tom était en train de monter l'escalier pour aller frapper à la porte d'Ed lorsque celui-ci émergea de sa chambre, en souriant d'un air embarrassé.

« Salut, Tom ! Qu'est-ce que j'ai dormi ! Tout est si calme, par ici. J'espère que tu ne m'en veux pas.

— Pourquoi t'en voudrais-je ? Que dirais-tu d'une tasse de thé ? Parfait, redescendons. »

Ils burent leur thé en regardant les deux appareils d'arrosage que Tom avait branchés dans son jardin. Il avait décidé de ne pas parler du coup de téléphone de la police à son ami. A quoi bon ? Cela risquait uniquement de mettre Ed un peu plus mal à l'aise.

« Afin de nous changer les idées et d'oublier les pénibles événements de la journée, dit Tom, je pensais inviter un couple de voisins à venir prendre un verre. Agnès et Antoine Grais.

— Excellente idée, dit Ed.

— Je vais les appeler. Ils sont très gentils et habitent à deux kilomètres d'ici. Lui est architecte. »

Tom se dirigea vers le téléphone et composa le numéro des Grais. Il avait espéré qu'Agnès se mettrait à lui parler de Pritchard dès qu'elle aurait reconnu sa voix, mais ce ne fut pas le cas.

« Je vous appelle pour vous inviter, ainsi qu'Antoine (s'il est là aujourd'hui, ce que j'espère) à venir prendre un verre à la maison, autour de 7 heures. Un de mes vieux amis d'Angleterre est justement chez moi, pour le week-end.

— Comme c'est gentil, Tom ! Oui, Antoine est à la maison. Mais pourquoi ne viendriez-vous pas ici tous les deux ? Cela vous changerait de décor. Comment s'appelle votre ami ?

— Edward Banbury, répondit Tom. Eh bien d'accord, ma chère Agnès. Ce sera avec plaisir. A quelle heure devons-nous venir ?

— Oh, vers 6 heures et demie, si ce n'est pas trop tôt. Les enfants veulent regarder une émission à la télé après le dîner. »

Tom lui dit que c'était parfait.

« C'est nous qui allons chez eux, dit-il à Ed en souriant. Ils habitent dans une maison toute ronde, une sorte de tour, aux murs couverts de rosiers — à deux cents mètres à peine de ces maudits... Pritchard. »

Tom prononça le nom à voix basse, en jetant un coup d'œil vers la cuisine ; bien lui en prit, car Mme Annette apparut au même instant dans l'encadrement de la porte, en demandant à ces messieurs s'ils désiraient encore un peu de thé.

« Non merci, madame. A moins que tu en reveuilles, Ed ?

— Non merci, franchement.

— Au fait, madame Annette... Nous devons passer chez les Grais à 6 heures et demie et je pense que nous rentrerons environ une heure plus tard. Nous dînerons donc aux alentours de 8 heures et quart.

— Très bien, monsieur Tom.

— N'oubliez pas le vin blanc, avec les homards. Un Montrachet, par exemple. »

Mme Annette acquiesça d'un air ravi.

« Faut-il que je mette une veste et une cravate ? demanda Ed.

— Non, c'est inutile. Antoine sera probablement en jean, sinon en short. Il est rentré de Paris aujourd'hui. »

Ed se leva, vida le fond de sa tasse et jeta un coup d'œil par la fenêtre, en direction du garage. Son regard se posa ensuite sur Tom, mais il détourna aussitôt les yeux. Tom savait bien à quoi il pensait : qu'allaient-ils faire de ce fichu paquet ? Il fut soulagé qu'Ed ne lui pose pas ouvertement la question, car il n'avait pas encore pris de décision.

Ils montèrent ensemble à l'étage. Tom se changea et passa une chemise jaune sur un pantalon noir en toile. Il sortit la bague de son jean et la glissa dans la poche droite de son nouveau pantalon. Il préférait l'avoir sur lui. Puis il regagna le garage. Il contempla la Renault beige, puis la Mercedes rouge qui était restée dans la cour, comme s'il hésitait entre les deux véhicules, au cas où Mme Annette l'aurait observé depuis la fenêtre de la cuisine. Il se dirigea ensuite dans l'autre partie du garage et s'assura que le paquet enveloppé dans la bâche se trouvait toujours dans le break.

Si jamais la police passait en leur absence, Tom prétendrait que le paquet avait été déposé au cours de la nuit et qu'il n'avait pas remarqué sa présence. David Pritchard risquait-il de repasser et de remarquer que les cordes avaient été déplacées ? Tom ne le pensait pas. Il s'abstint toutefois d'exposer ses inquiétudes à Ed, afin que son ami ne se ronge inutilement les sangs. Il espérait seulement qu'Ed serait déjà parti, si jamais les policiers se montraient, ou qu'il jouerait le jeu et confirmerait ses mensonges, si on les interrogeait ensemble.

Ed était redescendu. Ils partirent, car il était l'heure.

Les Grais se montrèrent aussi accueillants qu'intrigués envers leur nouvel invité. Un journaliste londonien... Les enfants n'arrêtaient pas de le dévisager, amusés peut-être par son accent. Antoine était en short, ainsi que Tom l'avait prédit. Les muscles de ses mollets saillaient sur ses jambes bronzées ; il aurait sûrement été capable de faire un marathon, ou de traverser la France au pas de course... Pour l'instant, ses jambes lui servaient essentiellement à faire d'incessants allers et retours entre la cuisine et le salon.

« Vous écrivez dans quel journal, monsieur Banbury ? demanda Agnès en anglais.

— Je travaille en free-lance, répondit Ed. Je suis indépendant.

— Quand j'y pense... dit Tom. Je connais Ed depuis des années, même si nous n'avons jamais été des amis intimes. Et c'est la première fois qu'il vient à Belle Ombre ! Je suis heureux qu'il...

— Le coin est splendide, dit Ed.

— Au fait, Tom, il y a du nouveau depuis hier, dit Agnès. L'assistant de Pritchard — j'ignore comment le désigner au juste — a fichu le camp hier après-midi.

— Tiens donc, dit Tom en feignant de n'être que modérément intéressé par cette nouvelle. Le type qui pilotait son canot ? ajouta-t-il en buvant une gorgée de gin-tonic.

290

— Mais asseyons-nous donc, dit Agnès. Personne ne veut s'asseoir ? Eh bien, moi je me pose. »

Ils étaient restés debout, car Antoine avait fait faire le tour du propriétaire à Ed et à Tom. Du moins leur avait-il fait visiter « l'observatoire » — c'était ainsi qu'il désignait le premier étage — où se trouvaient son bureau, ainsi que deux chambres. Il y avait encore un étage au-dessus, partagé entre un grenier et la chambre de leur fils Édouard.

Tout le monde s'assit.

« Oui, ce Teddy, reprit Agnès. Je l'ai aperçu par hasard hier après-midi, vers 4 heures, quittant la maison des Pritchard, seul au volant de sa voiture. Je me suis dit qu'ils finissaient leur journée bien tôt... Votre ami est-il au courant de cette exploration systématique de notre réseau fluvial ? »

Tom se tourna vers Ed et lui dit en anglais :

« Nous parlions de Teddy, l'assistant de Pritchard. Je t'ai raconté que ces deux zigotos draguaient le fond des rivières... pour retrouver un trésor. (Tom se mit à rire.) En fait, nous avons affaire à *deux* couples bizarres : d'un côté Pritchard et sa femme, de l'autre Pritchard et son assistant... Que cherchent-ils exactement ? poursuivit-il en français, à l'intention d'Agnès.

— Nul n'en sait rien ! »

Agnès et Antoine éclatèrent de rire, car ils avaient répondu en même temps.

« Non, sérieusement, reprit Agnès. Ce matin, à la boulangerie...

— La boulangerie ! s'exclama Antoine, comme s'il n'avait que mépris pour ce haut lieu des ragots féminins ; mais cela ne l'empêcha pas de tendre attentivement l'oreille.

— Eh bien, Simone Clément m'a dit ce matin à la boulangerie (elle le tenait de Georges et de Marie) que Teddy était allé boire quelques bières au bar-tabac hier et avait annoncé à Georges qu'il laissait tomber Pritchard. Il a même ajouté qu'il était en rogne, mais n'a pas précisé pourquoi. Ils se seraient apparemment disputés. Mais je n'en suis pas certaine. En tout cas, les choses semblent s'être passées ainsi, acheva Agnès en souriant. Ce qui est sûr, c'est que Teddy avait disparu aujourd'hui. Ainsi que son véhicule.

— Ces Américains ont un comportement bizarre, dit

Antoine. Enfin, certains d'entre eux, ajouta-t-il comme s'il craignait que sa remarque n'ait offensé Tom. Au fait, Tom, vous avez des nouvelles d'Héloïse ? »

Agnès repassa à ses invités les petits canapés à la saucisse et le bol d'olives vertes.

Tom résuma à Antoine les quelques informations dont il disposait, tout en songeant que le départ de Teddy était une excellente chose, surtout si le jeune homme était parti en claquant la porte. Avait-il finalement compris quel but poursuivait Pritchard, et jugé préférable de ne pas être mêlé à une histoire pareille ? Il avait réagi de manière assez naturelle en quittant ainsi la scène. Et même en étant bien payé, Teddy avait peut-être fini par en avoir marre de la personnalité biscornue de Pritchard — et de son épouse. Les gens normaux sont généralement mal à l'aise lorsqu'ils sont confrontés à des individus *vraiment* dérangés. Tom poursuivait intérieurement ses réflexions, tout en parlant de choses et d'autres.

Cinq minutes plus tard (Édouard était réapparu pour demander la permission d'aller bricoler Dieu sait quoi au jardin), Tom songea brusquement à autre chose : Teddy pouvait fort bien signaler la découverte des ossements à la police parisienne ; pas nécessairement aujourd'hui, mais peut-être demain. Il n'aurait qu'à prétendre, en toute bonne foi, que Pritchard lui avait raconté qu'il était à la recherche d'un trésor quelconque — un coffre ou une valise, peu importe — mais certainement pas d'un cadavre. Et qu'il avait donc estimé préférable de prévenir la police. Ce serait de surcroît un excellent moyen de rendre à Pritchard la monnaie de sa pièce, si Teddy nourrissait quelque projet de vengeance à son égard.

Jusqu'ici, les nouvelles n'étaient pas trop mauvaises. Tom sentit se relâcher les muscles de son visage. Il accepta un canapé, mais refusa le second verre qu'on lui proposait. Ed Banbury discutait avec Antoine et se débrouillait apparemment fort bien en français. Agnès Grais était particulièrement ravissante dans son chemisier blanc rehaussé de broderies et aux manches courtes légèrement bouffantes. Tom la complimenta sur sa tenue.

« Il est vraiment temps qu'Héloïse vous rappelle, Tom, lui

dit-elle au moment où ils prenaient congé. J'ai comme l'intuition qu'elle vous téléphonera ce soir.

— Vraiment ? dit Tom en souriant. Pour ma part, je n'en mettrais pas ma main au feu. »

La journée s'était finalement fort agréablement déroulée, songea-t-il. Du moins jusqu'ici.

21

Pour ajouter encore à la félicité de cette journée, Tom n'assista même pas à l'ébouillantement des deux homards vivants et n'eut donc pas à supporter leurs hurlements de douleur, réels ou imaginaires. Tout en mordant à belles dents dans leur chair succulente, ruisselante de beurre fondu, il songea que la police n'était pas passée à Belle Ombre pendant qu'Ed et lui se trouvaient chez les Grais. Mme Annette n'aurait évidemment pas manqué de le lui dire, si tel avait été le cas.

« C'est un vrai délice, Tom, dit Ed. Tu dînes comme cela tous les soirs ? »

Tom sourit.

« Non, le menu a été concocté en ton honneur. Je suis heureux que tu l'apprécies », dit-il en reprenant de la salade.

Ils venaient de terminer le fromage lorsque le téléphone se mit à sonner. S'agissait-il de la police ? Ou la prédiction d'Agnès Grais se réalisait-elle ?

« Allô ?

— Salut, Tom ! »

C'était Héloïse, qui se trouvait à Roissy en compagnie de Noëlle. Elle demanda à Tom s'il pouvait venir la chercher à Fontainebleau en fin de soirée.

Tom prit une profonde inspiration.

« Je suis on ne peut plus ravi que tu sois rentrée, ma chérie, mais... pourrais-tu rester chez Noëlle, juste pour

cette nuit ? (Il savait que Noëlle disposait d'une chambre d'ami.) J'ai un invité à la maison ce soir. Un Anglais...
— Qui ?
— Ed Banbury, répondit Tom avec réticence. (Héloïse comprendrait qu'il y avait du danger dans l'air, sachant que ce nom était associé à la galerie Buckmaster.) Nous avons encore du travail qui nous attend ce soir, mais demain tout sera terminé. Comment va Noëlle ?... Bon. N'oublie pas de la saluer de ma part. Et de ton côté, tout va bien ?... Cela ne t'ennuie pas trop de passer la soirée à Paris ? Appelle-moi demain matin, à l'heure que tu voudras.
— D'accord, mon chéri... C'est si bon d'être de retour ! » ajouta Héloïse en anglais.
Ils raccrochèrent.
« Bon sang de bois ! s'exclama Tom en revenant s'asseoir.
— Héloïse ? demanda Ed.
— Oui. Elle voulait rentrer ce soir, mais elle restera finalement chez son amie Noëlle Hassler, Dieu merci. »
Le cadavre entreposé dans le garage n'était plus qu'un paquet d'ossements, probablement inidentifiables, mais tout de même... il s'agissait des restes d'un défunt. Instinctivement, Tom ne voulait pas qu'Héloïse côtoie de trop près un aussi funèbre objet. Il ravala sa salive et but une gorgée de Montrachet.
« Ed... »
A cet instant, Mme Annette pénétra dans la pièce. Il était effectivement temps de débarrasser le couvert et d'installer les assiettes à dessert. Lorsque Mme Annette eut déposé au milieu de la table la mousse à la framboise qu'elle avait confectionnée elle-même, Tom reprit la parole. Ed le dévisageait avec attention, un vague sourire aux lèvres.
« Je pense qu'il serait préférable de régler la question ce soir, dit Tom.
— C'est ce que je me disais. Mais que faire du paquet ? Le jeter dans une autre rivière ? Les ossements ne risquent pas de flotter et couleront facilement. »
Ed s'exprimait calmement, mais à voix basse. Tom comprit ce qu'il voulait dire : il était inutile de lester le paquet avec des cailloux.

« Non, dit-il. J'ai une meilleure idée. Nous allons les balancer dans le bassin de notre vieil ami Prique-hard. »

Ed esquissa un sourire et poussa un petit rire, tandis qu'un soupçon de rouge lui montait aux joues.

« Les balancer dans le bassin... répéta-t-il comme s'il se délectait d'une bonne histoire macabre, avant d'attaquer son dessert.

— Pourquoi pas ? répondit Tom d'une voix calme. Sais-tu que cette mousse a été faite avec des framboises du jardin ? »

Ils burent le café au salon mais ne prirent ni l'un ni l'autre de digestif. Tom se dirigea ensuite vers la porte d'entrée et se tint un instant sur le seuil, en regardant les étoiles. Il était presque 11 heures du soir. Les étoiles n'étaient guère visibles, bien qu'on fût encore en été, car il y avait de nombreux nuages. Et où était passée la lune ? Mais ils avaient du pain sur la planche et ne sortaient pas pour contempler la voûte céleste... En tout cas, la lune était invisible pour l'instant.

Tom retourna au salon.

« Tu te sens le courage de m'accompagner ce soir ? demanda-t-il à Ed. Nous ne verrons probablement même pas Pritchard.

— Oui, Tom.

— Je reviens dans un instant. »

Tom grimpa l'escalier quatre à quatre et réenfila son Levis. Il sortit la grosse bague de son pantalon noir et la transféra à nouveau dans la poche de son jean. Ces changements incessants de vêtements n'avaient-ils pas quelque chose d'un peu obsessionnel ? Comme si le fait de se changer lui redonnait de la force, ou du courage... Il passa ensuite à son atelier, saisit un crayon gras et un carnet de croquis et redescendit, se sentant brusquement d'humeur badine.

Ed était toujours assis au même endroit, à l'extrémité du canapé jaune. Il avait allumé une cigarette.

« Ça ne t'ennuie pas de poser un instant ? dit Tom. Je voudrais faire quelques croquis pour ton portrait.

— *Mon* portrait ? »

Ed parut surpris, mais se plia de bonne grâce à sa demande.

Tom esquissa à grands traits le canapé et les coussins, en

arrière-plan. Il dessina ensuite les cils blonds et les sourcils étonnamment épais de son ami, ses lèvres fines, typiquement anglaises, et l'encolure de sa chemise. Puis il déplaça sa chaise de cinquante centimètres sur la droite, saisit une nouvelle feuille et se remit au travail. Il dit à Ed qu'il pouvait bouger, boire son café s'il le désirait. Il travailla une vingtaine de minutes de la sorte et remercia Ed de sa coopération.

« Tu parles d'une coopération ! s'exclama Ed en riant. Je me suis contenté de rêvasser. »

Mme Annette était venue leur apporter une ration de café supplémentaire. Tom savait qu'elle s'était à présent retirée dans ses appartements pour le reste de la soirée.

« Mon idée est de pénétrer par l'arrière dans la propriété des Pritchard, sans passer devant chez les Grais. Nous n'aurons qu'à laisser la voiture, traverser leur pelouse jusqu'au bassin et y jeter ce fichu machin. Comme tu le sais, il ne pèse pas lourd.

— A peine quinze kilos, selon moi, dit Ed.

— Dans ces eaux-là, murmura Tom. Bien sûr, Pritchard et sa femme risquent de nous entendre, s'ils sont chez eux. L'une des fenêtres de leur salon — sinon deux — donne de ce côté. Dans ce cas, nous filerons. Et nous verrons bien s'il porte plainte ! ajouta Tom d'un air rageur. S'il a le culot d'appeler les flics et de leur débiter son boniment. »

Il y eut quelques secondes de silence.

« Tu crois qu'il en serait capable ? »

Tom haussa les épaules.

« Allez donc savoir, avec ces *cinglés !* » répondit-il d'un air résigné.

Ed se leva.

« On y va ? »

Tom referma son carnet de croquis et le posa sur la table du salon, ainsi que son crayon. Il alla prendre sa veste sur le guéridon de l'entrée, sans oublier son portefeuille, dans le tiroir du meuble — au cas où la police les contrôlerait, songea-t-il avec amusement. Il ne conduisait jamais sans s'être muni de son portefeuille, où se trouvait bien sûr son permis de conduire. Si jamais les policiers l'arrêtaient ce soir, ils lui demanderaient ses papiers mais ne songeraient même pas à examiner à l'arrière du véhicule le contenu du paquet, qui avait vaguement la forme d'un tapis enroulé.

Ed redescendit à son tour ; il avait passé une veste noire et enfilé des espadrilles.

« Je suis prêt, Tom. »

Tom éteignit les lumières. Ils sortirent par la porte principale, que Tom verrouilla derrière eux. Avec l'aide d'Ed, il alla ouvrir les grilles du portail, puis la cloison métallique du garage. Il y avait peut-être encore de la lumière dans la chambre de Mme Annette, sur l'arrière de la maison, mais Tom ne se donna même pas la peine d'aller le vérifier. Il n'y avait rien d'anormal à ce qu'il ressorte ainsi en fin de soirée, pour aller faire une petite balade nocturne en compagnie de son invité, en poussant même jusqu'à Fontenaibleau afin de boire un dernier verre. Ils montèrent à bord du break et entrouvrirent chacun leur fenêtre, bien qu'il n'y eût plus à présent la moindre odeur de moisissure. Tom franchit le portail de Belle Ombre et tourna sur la gauche.

Il passa au sud de Villeperce et se dirigea vers le nord dès que cela s'avéra possible. Comme à son habitude, il se souciait peu de suivre un itinéraire précis, du moment qu'il roulait dans la bonne direction.

« Tu connais ces routes par cœur », dit Ed.

C'était plus un constat qu'une question.

« Oh, les trois quarts d'entre elles, peut-être. On risque facilement de mordre sur le talus, la nuit, car il n'y a pas de marquage au sol. »

Tom prit à droite, puis roula pendant un bon kilomètre avant de tomber sur un croisement où un panneau indiquait entre autres le nom de Villeperce. Il fallait encore tourner à droite.

Ils se retrouvèrent sur une route que Tom connaissait bien et qui menait à la propriété des Pritchard avant de longer la maison vide, puis la demeure des Grais.

« Nous sommes pratiquement arrivés, dit Tom. Voici mon plan... (Il ralentit et laissa une voiture le doubler.) Nous nous arrêterons à deux ou trois cents mètres de chez eux afin qu'ils n'entendent pas la voiture. Puis nous trimbalerons ce machin à pied... »

Il était presque minuit et demi à l'horloge du tableau de bord. Tom ralentit encore et passa en veilleuses.

« C'est là ? demanda Ed. La maison blanche sur la droite ?

— Exactement. (Tom remarqua que les lumières étaient allumées au rez-de-chaussée ; une pièce était également éclairée au premier étage.) Ils donnent peut-être une réception ! dit-il en souriant. Mais j'en doute. Je vais me garer sous ces arbres. Et ensuite... ma foi, à la grâce de Dieu ! »

Tom fit marche arrière, puis éteignit ses phares. Il se trouvait dans un virage qui débouchait à droite sur un chemin de terre comme il y en avait tant dans la région, et qui était principalement emprunté par les fermiers des environs. Tom s'était évidemment garé de manière à laisser le passage, tout en évitant de se mettre trop à droite, par crainte de basculer dans le talus. Il saisit la lampe de poche qu'il avait posée entre eux sur le siège.

« Allons-y. »

Ils ouvrirent la portière du coffre. Tom passa la main sous la première des cordes qui entouraient les restes de Murchison, au niveau des mollets, et souleva aisément le paquet. Ed s'apprêtait à saisir l'autre extrémité du cordage lorsque Tom lui lança :

« Attends. »

Ils s'immobilisèrent et tendirent l'oreille.

« J'avais cru entendre un bruit, mais j'ai dû me tromper », dit Tom.

Ils avaient maintenant sorti leur fardeau. Tom referma le coffre, en ayant soin de ne pas faire de bruit. D'un hochement de tête, il donna le signal du départ et ils s'éloignèrent en longeant la route du côté droit. Tom marchait en tête ; il tenait sa lampe dans la main gauche, mais ne l'avait pas allumée. Il se contentait de temps à autre d'éclairer brièvement la route devant lui, car on n'y voyait décidément pas grand-chose.

« Attends une seconde, murmura Ed. La corde fiche le camp. »

Il la saisit autrement, de manière à s'assurer une meilleure prise, puis ils se remirent en route.

Un peu plus loin, Tom s'arrêta à nouveau et chuchota :

« Encore une centaine de mètres... Nous allons pénétrer sur leur pelouse. Je crois qu'il n'y a même pas de fossé. »

A présent, ils apercevaient distinctement les contours des fenêtres éclairées du salon. Tom crut entendre de la musique, mais peut-être était-ce un effet de son imagination. Il y avait une sorte de talus sur leur droite, mais pas la moindre clôture. De l'autre côté, à quarante mètres à peine, se profilait l'allée qui menait à la maison. Ni Pritchard ni sa femme n'étaient en vue. Tom fit un geste silencieux, pour dire à Ed de se mettre en route. Ils atteignirent l'allée et tournèrent à droite en direction du bassin, qui dessinait non loin de là son ovale ténébreux. Leurs semelles ne faisaient aucun bruit sur la pelouse. Tom entendit de la musique à l'intérieur de la maison : les Pritchard écoutaient du classique, ce soir, et à un volume raisonnable.

« Oh, hisse ! dit Tom en dirigeant la manœuvre. Un... deux... et trois ! »

Plouf! Le paquet disparut au milieu du bassin, dont l'eau se mit à chuinter, ou à clapoter.

Il y eut encore quelques gargouillis, tandis que des bulles d'air remontaient à la surface. Puis Tom et Ed s'éloignèrent lentement. Tom marchait en tête et prit à gauche lorsqu'ils eurent rejoint l'allée. Il alluma un instant sa lampe pour voir où il posait les pieds.

Lorsqu'ils furent à une dizaine de mètres de l'allée, Tom ralentit l'allure et s'immobilisa, imité par Ed. Ils regardèrent derrière eux la maison des Pritchard, qui se profilait dans l'obscurité.

« ... pas ce... bâaa-teau ?... »

Ils ne perçurent que quelques bribes de la question, émise par une voix féminine.

« C'est Janice, sa femme », chuchota Tom.

Il jeta un coup d'œil sur sa droite et aperçut les contours fantomatiques de la camionnette blanche, en partie dissimulée sous le sombre feuillage. Puis, comme aimanté, son regard se reporta sur la maison des Pritchard. Ceux-ci avaient apparemment entendu les bruits d'éclaboussement.

« Oh, toi... tu me... »

La voix était plus grave et Tom crut reconnaître Pritchard. La lumière d'une lampe de poche s'alluma et Tom aperçut brusquement la silhouette de Pritchard. Il portait une chemise légère et un pantalon foncé. Pritchard regarda autour de lui en promenant le rai de sa lampe sur la pelouse. Il se tourna vers la route, puis descendit les marches du perron. Il marcha droit vers le bassin, observa attentivement la surface, puis se tourna à nouveau vers la maison.

« ... le *bassin*... (Ils entendirent distinctement Pritchard prononcer le mot, avant de pousser une exclamation inaudible, peut-être un juron.) ... le-moi... dans le *jardin,* Jan ! »

Janice était à son tour apparue sur le porche, vêtue d'un pantalon et d'un chemisier clairs.

« ... où... celui-là ? demanda-t-elle.

— Non... celui qui a un crochet ! »

Le vent avait dû tourner favorablement, car Ed et Tom entendirent distinctement la réplique.

Tom toucha le bras d'Ed, qui s'était raidi sous l'effet de la tension.

« Je crois qu'il va essayer de le retirer du bassin, murmura-t-il avant de pousser un petit rire nerveux.

— Tom... Nous devrions peut-être ficher le camp. »

Au même instant, Janice refit son apparition et surgit en courant au coin de la maison, une perche à la main. Accroupi derrière les buissons qui bordaient la pelouse des Pritchard, Tom vit seulement qu'il ne s'agissait pas du fameux engin muni de grappins, mais d'un râteau à trois branches, du genre de ceux dont se servent les jardiniers pour ratisser les feuilles mortes et les mauvaises herbes dans des recoins d'accès difficile. Tom lui-même en possédait un, de deux mètres de long, mais celui-ci paraissait plus court.

Pritchard grommelait et avait l'air de demander qu'on lui passe quelque chose, la lampe de poche peut-être, qui était restée sur la pelouse. Il saisit le râteau et le plongea dans le bassin.

« Il va finir par le dénicher », murmura Tom, en faisant demi-tour pour rejoindre son véhicule.

Ed le suivit.

Mais Tom leva brusquement la main et fit signe à Ed de s'arrêter. A travers les buissons, il aperçut Pritchard, courbé en deux, qui saisissait un objet que Janice lui tendait. Sa silhouette disparut brusquement de son champ de vision.

Ils entendirent Pritchard pousser un cri, puis quelque chose tomber à l'eau.

« David ! »

Janice se mit à courir autour du bassin.

« *Da-a-vid !* répéta-t-elle.

— Bon Dieu, il est tombé *là-dedans !* dit Tom.

— Aaaarrhh... »

C'était Pritchard, qui refaisait surface. Il y eut un vague bruit de gargouillis (comme s'il recrachait de l'eau ?) puis un nouvel éclaboussement. Il devait frapper de la main la surface de l'eau.

« Où est cette perche ? criait Janice d'un air hystérique. Ta main... »

Pritchard avait dû lâcher prise, se dit Tom.

« Janice !... Donne-moi... ! ... plein de *vase,* là-dessous ! Ta main !

— Je vais chercher un *balai...* ou une *corde,* ça vaudra mieux... »

Janice se précipita vers le porche éclairé, mais fit aussitôt volte-face d'un air affolé et retourna vers le bassin.

« Je ne *vois...* pas... cette fichue *perche !*

— ... ta main... ces... »

Les paroles de Pritchard devinrent inaudibles et il y eut de nouveaux brassements d'eau.

La silhouette fantomatique de Janice s'agitait au bord du bassin, semblable à un feu follet.

« David, *où* es-tu ?... Ah ! »

Elle avait aperçu quelque chose et se pencha.

Tom et Ed entendaient distinctement les remous qui agitaient la surface du bassin.

« ... ma *main,* David !... Retiens-toi au *bord !* »

Il y eut quelques secondes de silence, puis Janice poussa un hurlement, suivi d'un nouveau bruit d'éclaboussures.

« Mon Dieu, elle est tombée à son tour ! »

Pris d'une sorte de fou rire, Tom avait voulu parler à voix basse mais s'était exprimé presque normalement.

« Quelle est la profondeur de ce bassin ? demanda Ed.

— Aucune idée. Deux mètres, peut-être ? Mais c'est une simple supposition. »

Janice poussa un cri, qui se perdit dans un gargouillis.

« Ne devrions-nous pas... (Ed fixa Tom d'un air anxieux.) Peut-être pourrions-nous... »

Tom sentait la tension qui émanait d'Ed. Il se balança d'un pied sur l'autre, comme s'il pesait le pour et le contre dans son for intérieur. C'était la présence d'Ed qui rendait la situation différente. Les deux créatures qui se débattaient dans le bassin étaient les adversaires de Tom. De son propre chef, il n'aurait pas hésité un seul instant et aurait fichu le camp.

Dans le bassin, les remous avaient cessé.

« Ce n'est pas *moi* qui les ai poussés là-dedans, dit Tom d'un air un peu pincé, tandis qu'un bruit étouffé (semblable à celui d'une main battant faiblement la surface) leur parvenait encore, en provenance du bassin. Et maintenant, décampons pendant qu'il est encore temps. »

Ils n'avaient que quelques mètres à faire pour se mettre à couvert, en pleine obscurité. C'était une sacrée chance qu'aucune voiture ne soit passée durant les cinq ou six minutes qu'avaient duré les événements, songea Tom. Ils montèrent à bord du break. Tom fit marche arrière de manière à pouvoir repartir sur la gauche et reprendre le chemin détourné par lequel ils étaient venus. Il alluma ses phares à pleine puissance cette fois-ci.

« Quel soulagement ! » dit-il en souriant.

Il se souvenait de l'euphorie qui l'avait envahi lorsqu'en compagnie d'un Bernard Tufts hagard, il avait balancé le même cadavre — celui de Murchison — dans les eaux du Loing, à Voisy. Pour un peu, il se serait même mis à chanter. Aujourd'hui, il éprouvait surtout un sentiment de délivrance, et un rien d'amusement — mais il voyait bien que tel n'était pas le cas d'Ed Banbury. Aussi se concentra-t-il sur sa conduite, sans ajouter un mot.

« Quel *soulagement* ? dit Ed.

— Oh... »

Tom roulait à présent en pleine obscurité. Les ténèbres semblaient s'être épaissies autour d'eux et il n'était pas sûr de savoir exactement sur quelle route il allait retomber, au prochain carrefour. Mais il était pratiquement certain que son itinéraire le ramènerait au sud de Villeperce et rejoindrait à angle droit la rue principale du village. Le bar-tabac de Georges et Marie serait probablement fermé, à cette heure, mais Tom ne voulait pas risquer d'être aperçu, fût-ce en traversant simplement la rue.

« Je veux dire : quel soulagement qu'aucune voiture ne soit passée tout à l'heure ! Ce n'est pas que je m'inquiète vraiment... Qu'ai-je à voir avec ces Pritchard *ou* avec les ossements qui gisent dans leur bassin ?... Et qu'on retrouvera dès demain, j'imagine. »

Tom se représentait vaguement les deux cadavres flottant à la surface du bassin. Il se mit à rire et jeta un coup d'œil à Ed.

Celui-ci avait allumé une cigarette. Il regarda Tom à son tour, puis baissa la tête, soutenant son front d'une main.

« Tom, je ne peux pas...

— Tu ne te sens pas bien ? demanda Tom d'un air inquiet, en ralentissant l'allure. Tu veux qu'on s'arrête ?

— Non, mais nous sommes partis alors que ce type et sa femme risquent de se noyer... »

Ils sont déjà morts, se dit Tom. Il songea à David Pritchard qui avait lancé à sa femme, au dernier moment : « Ta main !... », comme s'il avait délibérément voulu la faire tomber à l'eau, en une ultime pulsion sadique. Mais Pritchard avait déjà perdu pied et luttait pour sa survie. Tom songea avec un peu d'amertume qu'Ed Banbury ne voyait pas les choses sous le même angle que lui.

« Ce sont des fouille-merde, Ed. Des mouches du coche. »

Tom se concentra de nouveau sur sa conduite, sur la portion d'asphalte qui défilait devant lui et à laquelle la lumière des phares donnait une teinte sableuse.

« N'oublie pas que les événements de ce soir sont en rapport avec Murchison, reprit-il. Écoute... »

Ed écrasa sa cigarette dans le cendrier. Il se tenait toujours le front.

Je n'ai pas particulièrement apprécié le spectacle, moi non plus, avait-il voulu ajouter, mais comment Ed l'aurait-il cru, alors qu'il avait éclaté de rire quelques instants plus tôt ? Tom inspira profondément.

« Ces deux olibrius auraient été ravis de découvrir l'histoire des faux... Ils auraient remonté la filière de la galerie Buckmaster, par l'intermédiaire de Mme Murchison probablement, et nous auraient *tous* harcelés. C'était après moi que Pritchard en avait, poursuivit Tom, mais il aurait fini par tomber sur l'histoire des faux. Ils n'ont eu que ce qu'ils méritaient. Et ils l'avaient bien cherché. Je t'assure, ce n'étaient que de sales petits fouille-merde », ajouta-t-il avec force.

Ils n'étaient plus très loin de Belle Ombre et les dernières lueurs bucoliques de Villeperce scintillaient à leur gauche. Ils avaient rejoint la route qui menait à la propriété. Tom distingua brusquement le grand arbre qui se dressait en face de Belle Ombre et dont les branches s'étendaient d'un air protecteur vers son domaine. Le portail était toujours ouvert. A gauche de la porte d'entrée, dans l'encadrement d'une fenêtre, une petite lumière brillait encore au salon. Tom roula jusqu'au garage et rangea son véhicule du côté qui était demeuré libre.

« Mieux vaut utiliser la lampe de poche », dit-il.

A l'aide d'une vieille couverture qu'il ramassa dans un coin du garage, Tom épousseta quelques grains de sable, une sorte de poussière grisâtre qui traînait encore sur le plancher du break. Du limon, peut-être ? Tom songea qu'il pouvait, qu'il devait même s'agir de débris humains, totalement méconnaissables — les derniers restes du cadavre de Murchison. Mais il y en avait fort peu et Tom les chassa du pied hors du garage. Infimes comme ils l'étaient, ils se confondirent aussitôt dans le gravier, invisibles à l'œil nu.

Tom brandit la lampe de poche tandis qu'ils rejoignaient l'entrée. La journée avait été rude pour Ed Banbury, songea Tom. Il avait eu un aperçu de la vie qu'il menait et de ce qu'il lui fallait parfois accomplir pour protéger leurs intérêts. Mais Tom ne se sentait guère enclin à faire la morale à Ed, ni même à lui adresser une simple remarque à ce sujet. D'ailleurs, ne l'avait-il pas déjà fait, sur le trajet du retour ?

« Après toi, Ed », dit-il en s'effaçant devant la porte d'entrée pour le laisser passer.

Tom alluma une autre lampe au salon. Mme Annette avait tiré les rideaux depuis déjà longtemps. Ed s'était précipité dans les toilettes du rez-de-chaussée et Tom espérait qu'il n'allait pas se trouver mal. Il se lava les mains à l'évier de la cuisine. Que pourrait-il offrir à Ed ? Du thé ? Un petit scotch ? Mais Ed semblait préférer le gin. Ou un bon chocolat chaud, avant d'aller se coucher ? Ed rejoignit Tom au salon.

Il faisait un effort pour se comporter normalement, essayant même de paraître enjoué, mais son visage trahissait encore une sorte de stupéfaction, ou d'inquiétude.

« Tu veux boire quelque chose, Ed ? demanda Tom. Je crois que je vais me servir un gin à l'orange, sans glace. Et toi ? Tu as envie de thé ?

— Je prendrai la même chose, dit Ed. La même chose que toi.

— Assieds-toi. »

Tom se dirigea vers le bar et agita la bouteille d'Angostura. Puis il revint, les deux verres à la main.

Ils trinquèrent et burent une gorgée. Tom reprit :

« Je te suis très reconnaissant, Ed, de m'avoir accompagné ce soir. Ta présence m'a été d'un grand secours. »

Ed Banbury tenta de sourire, mais n'y parvint pas.

« Et... que va-t-il se passer maintenant, si je puis me permettre ? Qu'est-ce qui nous attend encore ? »

Tom hésita.

« Nous ? Ma foi, notre rôle s'arrête ici. »

Ed but une nouvelle gorgée et déglutit apparemment avec difficulté.

« Et là-bas ? dit-il.

— Chez les Pritchard ? (Tom avait parlé à voix basse, en souriant ; la question l'amusait.) J'irai peut-être y faire un saut, demain. Le facteur passera vers 9 heures. Peut-être remarquera-t-il le râteau, dont le manche doit dépasser hors de l'eau. Et peut-être ira-t-il regarder ça de plus près. Ou peut-être pas. Il verra également que la porte d'entrée est restée ouverte, à moins qu'un courant d'air ne l'ait refermée. De plus, la lumière est toujours allumée sur le porche. »

Mais le facteur pouvait aussi remonter l'allée et se diriger directement vers la maison. Le râteau, qui ne faisait pas deux mètres de long, n'émergeait peut-être pas à la surface du bassin, dont le fond était boueux. La découverte des cadavres prendrait peut-être plus d'une journée, songea Tom.

« Et puis ? reprit Ed.

« — Les Pritchard seront très certainement découverts d'ici quarante-huit heures. Mais que veux-tu qu'il arrive ? Les restes de Murchison ne pourront sûrement pas être identifiés, j'en mettrais ma main au feu. Pas même par sa veuve. »

Tom songea brusquement à la bague de Murchison, qui se trouvait dans sa poche. Il la planquerait quelque part dans la maison avant d'aller dormir, au cas hautement improbable où la police débarquerait ici demain matin. Les lumières resteraient allumées dans la maison des Pritchard, songea-t-il, mais ils menaient une vie tellement excentrique qu'aucun voisin n'aurait même l'idée d'aller frapper chez eux, sous prétexte qu'ils n'avaient pas éteint leurs lumières de la nuit.

« C'est l'affaire la plus simple dont je me sois jamais occupé, dit Tom. Tu te rends compte, nous n'avons même pas eu à lever le petit doigt ! »

Ed dévisagea Tom. Il était assis sur l'une des chaises jaunes à dossier droit, penché en avant, les coudes appuyés sur ses genoux.

« Oui, dit-il. On peut présenter les choses ainsi.

— Évidemment, dit Tom avec assurance, avant de boire une rasade de gin à l'orange. Nous ne savons rien au sujet de ce bassin. Nous n'avons jamais été dans les parages de la maison des Pritchard, poursuivit-il à voix basse, en se rapprochant d'Ed. Qui pourrait deviner que ce... paquet gît au fond de l'eau ? Qui viendra *nous* interroger ? Personne. Nous sommes allés faire un tour à Fontainebleau, toi et moi, dans l'idée d'aller boire un verre, puis nous y avons renoncé et nous sommes revenus ici. Nous nous sommes absentés... moins de trois quarts d'heure. Ce qui correspond d'ailleurs à la vérité. »

Ed acquiesça et releva les yeux vers Tom.

« C'est exact, Tom. »

Tom alluma une cigarette et s'assit à son tour sur l'une des chaises.

« Je sais que c'est un peu pénible à supporter, dit-il. Il m'a parfois fallu faire pire. Bien, bien pire, ajouta-t-il en riant. Bon, à quelle heure veux-tu qu'on te monte ton café, demain matin ? Ou ton thé ? Tu peux dormir aussi longtemps que tu le désires, Ed.

— Je préférerais du thé. Ça a un certain style, de se faire

ainsi monter son petit déjeuner, dit Ed en essayant de sourire. Disons vers 9 heures, 9 heures et quart ?

— Parfait. Mme Annette adore dorloter ses invités. Je lui laisserai un mot en bas, mais je serai probablement debout avant 9 heures. Mme Annette se lève juste après 7 heures, c'est une règle absolument immuable, dit Tom sur un ton enjoué. Comme ça, elle a le temps d'aller acheter des croissants frais à la boulangerie. »

La boulangerie, ce carrefour des informations locales... songea Tom. Quelles nouvelles Mme Annette en ramènerait-elle, à 8 heures demain matin ?

22

Tom se réveilla juste après 8 heures. Des oiseaux chantaient derrière la fenêtre entrouverte de sa chambre ; apparemment, la journée allait encore être ensoleillée. Tom se précipita aussitôt vers son armoire (un peu maladivement, songea-t-il) et tira le tiroir du bas pour s'assurer que la chaussette noire dans laquelle il avait glissé la bague de Murchison était toujours à sa place. Oui, elle était bien là. Il avait caché la bague avant d'aller dormir, sachant qu'il n'aurait jamais pu trouver le sommeil s'il l'avait laissée dans la poche de son pantalon. Il aurait suffi qu'il entrepose celui-ci sur le dossier d'une chaise, par exemple, pour que la bague tombe et se retrouve au beau milieu du tapis, où n'importe qui l'aurait aussitôt aperçue.

Après s'être douché, rasé et avoir enfilé une chemise propre et le même Levis que la veille, Tom gagna le rez-de-chaussée sans faire de bruit. La porte d'Ed était fermée et Tom espérait que son ami était toujours endormi.

« Bonjour, madame ! » lança-t-il d'une voix qui lui parut plus enjouée que d'habitude.

Mme Annette lui retourna son salut en souriant et remarqua que la journée s'annonçait splendide, une fois de plus.

« Je vais vous servir votre café, Monsieur », ajouta-t-elle en se dirigeant vers la cuisine.

Si la terrible nouvelle avait été connue, Mme Annette lui en aurait déjà parlé, songea Tom. Elle n'était peut-être pas encore allée à la boulangerie, mais l'une de ses copines n'aurait pas manqué de l'appeler. Patience, se dit Tom. Lorsque la vérité éclaterait, cela ferait l'effet d'une bombe et il lui faudrait alors feindre la surprise, aucun doute à ce sujet.

Après avoir bu sa première tasse de café, Tom sortit et cueillit deux dahlias, ainsi que trois superbes roses. Il alla chercher un vase à la cuisine et y disposa les fleurs, avec l'aide de Mme Annette.

Puis il prit un balai et se rendit au garage, dont il balaya d'abord grossièrement le sol : il y avait du reste si peu de saleté qu'il se contenta de chasser la poussière et les rares feuilles mortes à l'extérieur, où elles se mêlèrent au gravier. Tom ouvrit ensuite le coffre et nettoya le plancher du véhicule : il y avait encore quelques particules grisâtres, mais en si petit nombre qu'il les éparpilla également sur le gravier.

Peut-être pourraient-ils faire un saut à Moret ce matin, songea-t-il. Cela ferait du bien à Ed et il en profiterait pour se débarrasser de la bague, en la jetant dans la rivière. Tom espérait aussi qu'Héloïse l'aurait appelé d'ici là, pour lui communiquer l'heure d'arrivée de son train. Ils pourraient d'ailleurs combiner le tout : la virée à Moret, le passage à la gare de Fontainebleau et le retour à Belle Ombre. Le break était suffisamment spacieux pour contenir les bagages d'Héloïse, même si elle avait acheté des valises supplémentaires.

Le facteur passa juste après 9 heures et demie. Il y avait une carte d'Héloïse, postée dix jours plus tôt à Marrakech. Typique... Tom aurait préféré la recevoir la semaine dernière, alors qu'il était sans nouvelles depuis des jours ! La carte représentait une scène de marché, avec des femmes aux châles bariolés.

Cher Tom,
Toujours autant de chameaux ! Mais nous nous amusons bien. Nous avons rencontré deux messieurs originaires de Lille ! En congé l'un et l'autre de leurs épouses. Nous avons grâce à eux passé un excellent repas. Bises de Noëlle. Je t'embrasse. H.

En congé de leurs épouses, mais pas des femmes en général, apparemment... « Nous avons grâce à eux passé un excellent repas... » On aurait dit qu'Héloïse et Noëlle les avait dévorés...

« Bonjour, Tom. »

Ed descendait l'escalier en souriant. Le rouge lui montait aux joues, comme cela lui arrivait parfois, sans raison apparente : Tom l'avait remarqué et avait fini par penser qu'il s'agissait d'un phénomène typiquement anglais.

« Bonjour, Ed, répondit-il. La journée s'annonce encore splendide ! Nous avons de la chance. (Il lui désigna la table de l'alcôve, où deux couverts avaient été dressés.) Le soleil ne te dérange pas ? Sinon, je peux tirer les rideaux.

— Au contraire », répondit Ed.

Mme Annette arriva avec du jus d'orange, du café et des croissants chauds.

« Tu as peut-être envie d'un œuf dur, Ed ? demanda Tom. Ou poché ? Ou mollet ? J'aime à penser que nous pouvons satisfaire les moindres désirs de nos invités, dans cette maison. »

Ed sourit.

« Non, merci. Je me passerai d'œufs. Je devine la raison de ta bonne humeur : Héloïse est à Paris et va probablement rentrer aujourd'hui. »

Le sourire de Tom s'élargit.

« Je le pense. Et l'espère. A moins qu'il n'y ait quelque chose de particulièrement tentant, à Paris... Mais je ne vois pas quoi. Même un bon spectacle de cabaret... Je pense qu'Héloïse appellera... d'une minute à l'autre. Au fait, j'ai reçu une carte d'elle, ce matin. De Marrakech. Elle a mis dix jours pour arriver, tu te rends compte ? (Tom se mit à rire.) Goûte donc la confiture. C'est Mme Annette qui l'a faite.

— Merci. Euh, le facteur... passe-t-il ici avant d'aller... là-bas ? »

La voix d'Ed était presque inaudible.

« A vrai dire, je l'ignore. Je pense qu'il doit passer ici d'abord. Il fait probablement sa tournée en commençant par le centre. Mais je n'en suis pas sûr. (Tom remarqua que le visage d'Ed avait pris une expression soucieuse.) Je me suis dit que nous pourrions aller faire un tour à Moret-sur-Loing, lorsque Héloïse aura appelé. La ville est très jolie. »

Tom s'interrompit. Il s'apprêtait à ajouter qu'il avait

également l'intention de se débarrasser de la bague, mais y renonça au dernier moment. Moins Ed Banbury aurait de sujets d'inquiétude, et mieux cela vaudrait.

Tom et Ed franchirent les portes vitrées et firent quelques pas à l'extérieur, sur la pelouse. Des merles picoraient autour d'eux, sans se soucier de leur présence, et un rouge-gorge les regarda droit dans les yeux. Un corbeau planait au-dessus de leurs têtes et poussa un affreux croassement. Tom fit la grimace, comme à l'écoute d'une musique cacophonique.

« Croa, croa, *croa !* l'imita-t-il. Parfois ils ne poussent que deux croassements, et c'est encore pire. J'attends le troisième avec inquiétude, comme si les deux premiers n'étaient déjà pas amplement suffisants. Ça me rappelle... »

Le téléphone se mit à sonner au fond de la maison.

« C'est sans doute Héloïse dit Tom. Excuse-moi. »

Il se précipita à l'intérieur, en s'écriant :

« Ne vous dérangez pas, madame Annette ! Je prends la communication !

— Salut, Tom ! Ici Jeff. J'ai pensé qu'il valait mieux t'appeler pour savoir où en était la situation.

— C'est très gentil de ta part, Jeff. Eh bien... (Tom aperçut Ed qui franchissait les portes vitrées et regagnait tranquillement le salon.) ... la situation est plutôt calme, pour l'instant. (Tom adressa un clin d'œil entendu à Ed, tout en gardant son sérieux.) Rien de bien extraordinaire à signaler. Tu veux dire un mot à Ed ?

— Oui, s'il est dans les parages. Mais avant que tu ne me le passes... n'oublie pas que tu peux compter sur moi. Je peux venir n'importe quand. Si tu as besoin de moi, n'hésite surtout pas à me le dire.

— Merci, Jeff. J'apprécie ton geste. Bon, je te passe Ed. »

Tom installa le téléphone sur le guéridon de l'entrée.

« Nous n'avons pas bougé d'ici... et il ne s'est rien passé, murmura-t-il à Ed en lui tendant le combiné. Mieux vaut s'en tenir à cette version », ajouta-t-il tandis qu'Ed saisissait l'appareil.

Tom se dirigea vers le canapé jaune, le dépassa et alla se planter devant les portes vitrées, en faisant mine de ne pas écouter la conversation. Il entendit néanmoins Ed raconter que tout était calme sur le front Ripley, que la maison était magnifique et le temps superbe.

Tom alla s'entretenir du repas de midi avec Mme Annette. Visiblement, Mme Héloïse ne rentrerait pas à temps pour le déjeuner ; il n'y aurait donc que M. Banbury et lui. Il annonça ensuite à Mme Annette qu'il allait appeler Mme Héloïse chez Mme Hassler, à Paris, afin de savoir quels étaient ses plans.

Au même instant, le téléphone sonna.

« C'est sûrement elle ! dit Tom à Mme Annette avant d'aller répondre. Allô ?

— Bonjour, Tom ! (Celui-ci reconnut aussitôt la voix familière d'Agnès Grais.) Vous savez la nouvelle ?

— Non. Quelle nouvelle ? demanda Tom, en remarquant qu'Ed tendait l'oreille.

— Les Pricharde ! On les a retrouvés morts ce matin, dans leur bassin !

— Morts ?

— Apparemment, ils se sont noyés. La matinée a été un peu éprouvante, par ici. Vous connaissez Robert, le fils des Leferre ?

— Il ne me semble pas.

— Il est dans la même classe qu'Édouard. Bref, Robert est passé ce matin pour nous vendre des billets de tombola, en compagnie d'un ami à lui, un autre garçon dont j'ignore le nom... Ça n'a d'ailleurs pas la moindre importance... Nous leur avons bien sûr acheté dix billets pour leur faire plaisir et ils sont repartis. Cela se passait il y a une heure à peine. La maison à côté de la nôtre est vide, comme vous le savez, et ils se sont donc rendus ensuite chez les Pricharde... Et alors, nous les avons vus revenir en courant, *morts de peur* ! Ils nous ont dit que les portes de la maison étaient grandes ouvertes... Personne n'avait répondu à leur coup de sonnette, la lumière était allumée sur le perron et ils sont allés faire un tour... par curiosité, j'imagine... du côté du bassin qui est aménagé le long de la maison...

— Oui, je l'ai entrevu, dit Tom.

— Et là... L'eau devait être suffisamment claire... ils ont vu... les deux cadavres... surnageant à peine ! Oh, Tom ! C'est tellement *affreux* !

— Mon Dieu, oui !... Pense-t-on qu'il s'agisse d'un suicide ? Je veux dire, la police...

— Ah, j'oubliais les policiers... Ils sont toujours là-bas, bien sûr, et l'un d'eux est même venu nous interroger. Nous lui avons simplement déclaré... (Agnès poussa un profond soupir.) Que pouvions-nous donc lui dire, Tom ? Que le couple qui vivait là avait un curieux emploi du temps, qu'ils écoutaient de la musique en plein milieu de la nuit ? Que c'étaient des nouveaux venus dans le quartier, qu'ils ne nous avaient jamais rendu visite, et nous non plus ? Le pire, c'est que... nom de Dieu, Tom ! On dirait de la magie noire ! C'est horrible !

— Quoi donc ? demanda Tom, qui connaissait déjà la réponse.

— Sous leurs cadavres... au fond de l'eau... la police a découvert des ossements. Oui...

— Des ossements ? répéta Tom en français.

— Des restes... d'ossements *humains*. Enveloppés dans une bâche, d'après ce qu'un voisin nous a dit. Car il y a des gens qui se sont rendus sur les lieux, par curiosité je suppose.

— Des gens de Villeperce ?

— Oui. Avant que la police n'en interdise l'accès. Nous n'y sommes pas allés, je ne suis pas curieuse *à ce point !* (Agnès Grais se mit à rire, comme pour se libérer de la tension qui l'habitait.) Mais personne ne sait comment expliquer la chose. Étaient-ils fous ? Se sont-ils suicidés ? Pricharde a-t-il repêché ces ossements dans un canal ?... Nous ignorons encore la réponse. Qui sait ce qui a pu leur passer par la tête ? »

Tom aurait voulu demander à qui appartenaient ces os, mais Agnès ne connaissait probablement pas la réponse et il aurait été imprudent de manifester une telle curiosité. Tom devait lui laisser croire qu'il était sous le choc, lui aussi.

« Je vous remercie de m'avoir appris la nouvelle, Agnès. C'est absolument... incroyable !

— Votre ami anglais va garder un curieux souvenir de Villeperce, pour sa première visite ! dit Agnès en poussant un nouveau petit rire libérateur.

— Comme vous dites ! répondit Tom en souriant ; une idée déplaisante venait de lui traverser l'esprit.

— Tom... Antoine ne partira que lundi matin et nous allons essayer... de ne pas trop penser à cet horrible événement. C'est bon de parler avec un ami. Au fait, vous avez eu des nouvelles d'Héloïse ?

— Oui, elle est à Paris ! Elle m'a téléphoné hier soir et doit rentrer aujourd'hui. Elle a passé la nuit chez son amie Noëlle, qui habite Paris, vous le savez peut-être.

— Oui. Embrassez Héloïse pour nous, Tom.

— Je n'y manquerai pas !

— Si j'ai du nouveau, je vous rappellerai dans la journée. Après tout, je suis aux premières loges — hélas !

— Oui, ce n'est guère agréable... Je vous remercie infiniment, ma chère Agnès. Saluez Antoine de ma part... et les enfants. »

Tom raccrocha.

« Eh bé !... »

Ed se trouvait à quelques mètres, à côté du canapé.

« Ce sont les gens chez qui nous sommes allés boire un verre ? Agnès...

— Oui », dit Tom.

Il lui expliqua comment les deux garçons qui vendaient des billets de tombola s'étaient approchés du bassin et avaient découvert les cadavres.

Bien qu'il connût les faits, Ed fit la grimace. Pour sa part, Tom racontait les événements comme s'il venait d'apprendre la nouvelle et n'était au courant de rien.

« La découverte a dû leur faire un de ces chocs ! Ces gosses doivent avoir une douzaine d'années, tout au plus... L'eau de ce bassin est effectivement très claire, je m'en souviens, bien que le fond soit boueux. Et avec ces drôles de bords...

— Quels bords ?

— Les bords du bassin. Ils sont en ciment, d'après ce que quelqu'un m'a dit, mais ne doivent pas être très épais. Et on ne les distingue même pas, sur la pelouse, parce qu'ils ne montent pas suffisamment haut. Il doit donc être relativement facile de glisser au bord et de tomber à l'eau — surtout en ayant les bras chargés. Ah oui, je ne t'ai pas dit : Agnès m'a raconté que la police avait découvert un paquet contenant des ossements humains, au fond du bassin. »

Ed dévisagea Tom en silence.

« D'après ce qu'elle m'a dit, la police est toujours sur les lieux. (Tom prit une profonde inspiration.) Il faut que j'aille raconter ça à Mme Annette. »

Tom alla jeter un coup d'œil dans la vaste cuisine carrée, qui était vide. Il s'apprêtait à aller frapper à la porte de Mme Annette lorsque celle-ci surgit brusquement dans le petit vestibule.

« Oh, monsieur Tom ! Quelle histoire ! Une catastrophe... Chez les Pricharde ! »

Elle s'apprêtait à tout lui raconter. Mme Annette avait le téléphone dans sa chambre et disposait même d'un numéro personnel.

« Ah oui, madame... Mme Grais vient de m'appeler pour m'annoncer la nouvelle. Quel choc ! Deux morts... et si près de chez nous ! Je m'apprêtais justement à vous l'apprendre. »

Ils retournèrent ensemble à la cuisine.

« Mme Marie-Louise m'a téléphoné. C'est Mme Geneviève qui lui a annoncé la nouvelle. Tout le village est au courant ! Pensez donc... Deux *noyés* !

— Que pense la population ? S'agirait-il d'un accident ?

— Les gens pensent qu'ils se sont disputés... et que l'un d'eux a peut-être glissé, avant de tomber à l'eau. Ils se disputaient sans arrêt. Vous le saviez peut-être, monsieur Tom ? »

Tom hésita.

« Je... je crois l'avoir entendu dire.

— Mais ces ossements qu'on a retrouvés dans le bassin ! (La voix de Mme Annette n'était plus qu'un murmure.) C'est étrange, monsieur Tom... *très* étrange. Et ces gens étaient un peu *curieux*. »

A l'entendre, on aurait dit que les Pritchard venaient d'une lointaine planète et que leurs mœurs étaient incompréhensibles, selon les critères d'ici-bas.

« Vous avez raison, dit Tom. Ils étaient bizarres, comme on dit... Bon, il faut que je vous laisse, madame. Je dois appeler Mme Héloïse. »

Une fois de plus, le téléphone se mit à sonner au moment où Tom saisissait le combiné. Cette fois-ci, il pesta intérieurement. Était-ce la police ?

« Allô ? dit-il.

— Allô, Tom ! C'est Noëlle ! Bonne nouvelle... Héloïse arrive... »

Héloïse allait débarquer d'ici un quart d'heure environ. Un ami de Noëlle, un jeune homme prénommé Yves, s'était proposé pour la reconduire. Il venait d'acheter une nouvelle voiture et avait hâte de l'essayer. Il y avait suffisamment de place pour les bagages d'Héloïse, et c'était tout de même plus pratique que de prendre le train.

« Dans un quart d'heure ! Merci, Noëlle. Pas trop fatiguée ? Et Héloïse, comment va-t-elle ?

— Nous sommes revenues en pleine forme, toutes les deux... telles deux exploratrices endurcies !

— J'espère te revoir bientôt, Noëlle. »

Ils raccrochèrent.

« Héloïse sera là d'une minute à l'autre, dit Tom en souriant à Ed. Quelqu'un la ramène en voiture. »

Il alla ensuite annoncer la nouvelle à Mme Annette, dont le visage s'éclaira aussitôt. L'arrivée d'Héloïse la réjouissait évidemment davantage que la découverte des corps des Pritchard dans leur bassin.

« Pour le déjeuner... de la charcuterie suffira-t-elle, monsieur Tom ? J'ai acheté une très belle terrine de foie de volaille, ce matin... »

Tom l'assura que cela conviendrait parfaitement.

« Pour ce soir, j'ai prévu des tournedos. J'en ai acheté trois, car j'étais sûre que Madame serait rentrée pour le dîner.

— Pouvez-vous faire des pommes de terre à la vapeur, en accompagnement ? Vous les préparez si bien... Mais non, je les ferai cuire moi-même sur le grill, à l'extérieur ! »

C'était encore la meilleure façon de préparer les pommes de terre et les tournedos.

« N'oubliez pas une bonne sauce béarnaise...

— Bien sûr, monsieur. Et... »

Elle comptait également acheter des haricots verts frais cet après-midi, ainsi que divers ingrédients. Et peut-être cette variété de fromage que Mme Héloïse aimait tant. Mme Annette était au septième ciel.

Tom regagna le salon, où Ed feuilletait le *Herald Tribune* du matin.

« Tout va bien, lança Tom. Tu veux faire un tour avec moi ? »

Tom se sentait d'humeur à faire un marathon, ou une course de haies.

« Bonne idée, dit Ed en se levant. Ça nous dégourdira les jambes.

— Nous pourrions aller à la rencontre d'Héloïse. A moins qu'Yves ne pénètre avec sa voiture de sport à l'intérieur de la propriété. En tout cas, ils ne devraient plus tarder. »

Tom retourna une fois de plus à la cuisine, où Mme Annette s'activait paisiblement.

« Madame... Je vais faire une petite promenade avec M. Ed. Nous rentrerons dans une quinzaine de minutes. »

Tom rejoignit Ed dans l'entrée et repensa brusquement à l'inquiétante hypothèse qui lui avait traversé l'esprit, dans la matinée. Il s'immobilisa, la main sur la poignée de la porte.

« Que se passe-t-il ? demanda Ed.

— Rien de particulier. (Tom se passa la main dans les cheveux.) Mais puisque je t'ai déjà avoué tant de choses... eh bien, j'ai songé ce matin que ce bon vieux Prique-hard tenait peut-être un journal — lui ou sa femme, plus probablement. Dans ce cas, ils auront sûrement noté qu'ils ont découvert des ossements, poursuivit Tom en baissant la voix et en jetant un coup d'œil vers le salon, et qu'ils sont venus les déposer devant chez moi, hier matin. (Tom ouvrit la porte, ayant brusquement besoin d'air.) Et qu'ils ont caché la tête quelque part dans leur propriété. »

Ils sortirent tous les deux dans la cour.

« La police ne manquera pas de découvrir ce journal, reprit Tom, et s'apercevra bien vite que le passe-temps favori de Pritchard était de me casser les pieds. »

Tom avait horreur d'exprimer à voix haute les angoisses qui le traversaient, d'autant qu'elles étaient la plupart du temps passagères. D'un autre côté, il savait qu'il pouvait faire confiance à Ed.

« Mais ils étaient tellement cinglés, tous les deux ! dit Ed en fronçant les sourcils et en regardant Tom ; son chuchotement était à peine plus audible que le bruit de leurs pas sur le gravier. A supposer qu'ils aient rédigé un tel journal, rien ne prouvera qu'ils aient forcément dit la vérité. Et même si la police prenait cela au sérieux, ce serait leur parole contre la tienne...

— S'ils ont noté quelque part qu'ils sont venus déposer les ossements ici, je nierai tout simplement les faits, dit Tom d'une voix ferme, comme si cela réglait la question. Mais je ne pense pas que cela arrivera.

— Je suis de ton avis, Tom. »

Ils continuèrent à se promener le long de la route, comme pour chasser leur inquiétude et leur nervosité. Ils pouvaient marcher côte à côte car il n'y avait pratiquement pas de circulation. Tom se demanda de quelle couleur était la voiture d'Yves. Les gens étaient tellement impatients d'essayer leur nouvelle voiture, de nos jours. Tom s'imaginait une carrosserie jaune, un modèle très sportif.

« Crois-tu que Jeff aimerait nous rejoindre, Ed ? Juste pour le plaisir ? Il m'a dit qu'il pouvait aisément se libérer, à présent. Au fait, Ed, j'espère bien que tu resteras un ou deux jours de plus. Si cela t'est possible ?

— Mais oui. (Ed regarda Tom ; le rouge lui était de nouveau monté aux joues.) Tu n'as qu'à appeler Jeff et lui poser la question. Ce serait une très bonne idée.

— Il y a un lit de camp dans mon atelier. Suffisamment confortable. »

Tom aurait bien aimé passer deux jours de détente à Belle Ombre, en compagnie de ses vieux amis. En même temps, il se demandait si le téléphone n'était pas en train de sonner chez lui (il était midi dix), la police ayant un certain nombre de questions à lui poser...

« Tiens ! Regarde ! (Tom sauta en l'air et montra la route du doigt.) Une voiture jaune ! Je l'aurais parié ! »

Le véhicule dont la capote était rabattue avançait dans leur direction. Assise sur le siège du passager, Héloïse leur faisait de grands signes, en se dressant autant que le lui permettait la ceinture de sécurité. Ses cheveux blonds flottaient au vent.

« Tom ! »

Tom et Ed se trouvaient sur le même côté de la route que la voiture.

« Ohé ! Salut ! »

Tom se mit à agiter les bras. Héloïse paraissait très bronzée.

Le conducteur freina, mais la voiture les dépassa néanmoins. Tom et Ed coururent derrière elle pour la rattraper.

« Bonjour, ma chérie ! dit Tom en embrassant Héloïse sur la joue.

— Je te présente Yves », dit Héloïse.

Le jeune homme aux cheveux foncés sourit à Tom et dit : « Enchanté, monsieur Ripley ! (Il conduisait une Alfa-Roméo.) Vous voulez monter ? » ajouta-t-il en anglais.

D'un geste, Tom présenta Ed.

« Non merci, nous vous suivrons à pied, répondit-il en français. Nous vous retrouverons à la maison. »

Le siège arrière de la voiture disparaissait sous les valises d'Héloïse (il y en avait une notamment que Tom ne connaissait pas) et Tom ne voyait pas comment un simple caniche aurait pu s'y glisser. Ed et lui partirent au petit trot, puis se mirent à courir en riant comme des fous. Ils étaient à cinq mètres à peine de l'Alfa-Roméo lorsque celle-ci bifurqua sur la droite et franchit le portail de Belle Ombre.

Mme Annette apparut sur le porche. Ce fut un nouveau concert d'exclamations, de congratulations et de présentations. Tout le monde mit la main à la pâte pour décharger les bagages car il y avait encore d'innombrables paquets dans le coffre arrière de la voiture. Pour une fois, on autorisa même Mme Annette à transporter les plus légers au premier étage. Héloïse papillonnait de droite à gauche, en désignant certains sachets qui contenaient « de la pâtisserie et des bonbons du Maroc » et qu'il fallait manipuler avec précaution.

« Je ne vais pas les écraser, dit Tom, je les dépose simplement à la cuisine. »

Cette tâche accomplie, il demanda :

« Puis-je vous offrir un verre, Yves ? Il va de soi que vous êtes cordialement invité à partager notre repas. »

Yves le remercia mais déclina l'invitation, en disant qu'il avait rendez-vous à Fontainebleau et était déjà légèrement en retard. Héloïse dit au revoir au jeune homme et le remercia chaleureusement.

Sur la requête de Tom, Mme Annette servit ensuite les apéritifs : deux Bloody Mary pour Ed et lui, un verre de jus d'orange pour Héloïse. Tom ne parvenait pas à détacher les yeux de son épouse. Elle n'avait ni perdu, ni pris du poids et la courbe de ses hanches sous son pantalon bleu ciel avait la beauté d'une œuvre d'art. Elle leur parlait du Maroc, en passant de l'anglais au français, et sa voix était plus douce aux oreilles de Tom que la musique de Scarlati.

Tom se tourna vers Ed qui était resté debout, sa boisson rouge tomate à la main, et s'aperçut que son ami était tout aussi fasciné que lui par Héloïse. Celle-ci regardait à travers les portes vitrées, s'enquérant d'Henri et du temps qu'il avait fait, s'il avait plu récemment par exemple. Elle avait laissé deux sacs en plastique dans l'entrée et les ramena au salon. Le premier contenait une coupe en cuivre, très sobre et sans la moindre décoration, souligna-t-elle avec fierté. Tom songea que Mme Annette aurait un objet de plus à astiquer.

« Et ça ! Regarde, Tom ! Un cartable pour ton bureau ! Il était si mignon et coûtait si peu cher !... »

Elle sortit un rectangle de cuir marron, souple et rehaussé de décorations, mais uniquement sur les bords.

Quel bureau ? se demanda Tom. Il avait bien une écritoire dans sa chambre mais...

Héloïse ouvrit l'objet, montrant à Tom les quatre poches intérieures (il y en avait deux de chaque côté), en cuir elles aussi.

Tom préférait néanmoins contempler Héloïse, si proche de lui en cet instant qu'il s'imaginait humer les effluves du soleil sur sa peau.

« C'est tout à fait... charmant, ma chérie. Si tu l'as acheté à mon intention...

— Mais évidemment, il est pour toi ! »

Héloïse se mit à rire et jeta un bref coup d'œil à Ed, avant de rejeter ses cheveux blonds en arrière. La couleur de sa peau était maintenant plus sombre que celle de ses cheveux, comme cela lui était déjà arrivé à plusieurs reprises dans le passé.

« C'est une sacoche, ma chérie... dit Tom. Les cartables ont généralement une poignée...

— Oh, Tom ! Tu es si sérieux ! »

Elle lui donna une pichenette sur le bout du nez. Ed se mit à rire.

« Quel nom donnerais-tu à cet objet, Ed ? demanda Tom.

— Oh, la langue anglaise... commença Ed sans achever sa

phrase. En tout cas, ce n'est pas une mallette, ni un fourre-tout. Je dirais : un porte-documents. »

Tom acquiesça.

« Quoi qu'il en soit, il est *très* joli, ma chérie, et je te remercie. (Il saisit la main droite d'Héloïse et la porta à ses lèvres.) J'en prendrai extrêmement soin », ajouta-t-il.

Les pensées de Tom vagabondaient pourtant autour d'autres sujets. Quand allait-il annoncer à Héloïse le drame qui avait frappé les Pritchard ? Mme Annette ne risquait pas d'aborder la question pour l'instant, car elle était occupée par les préparatifs du repas. Mais le téléphone pouvait sonner d'une minute à l'autre. Les Grais avaient peut-être de nouvelles informations. Les Clegg eux-mêmes risquaient de se manifester, car la nouvelle s'était probablement répandue à plus de vingt kilomètres à la ronde. Quoi qu'il en fût, Tom décida de ne pas assombrir l'atmosphère du déjeuner. Il écouta Héloïse raconter son séjour à Marrakech et sa rencontre avec ces deux Français, André et Patrick, grâce à qui Noëlle et elle avaient passé un si agréable repas. Il y eut de nouveaux éclats de rire.

Héloïse se tourna vers Ed.

« Nous sommes ravis de vous avoir ici ! dit-elle. Et nous espérons que vous garderez un bon souvenir de votre visite.

— Merci, Héloïse, répondit Ed. Vous avez vraiment une propriété splendide... et si reposante », ajouta-t-il en jetant un coup d'œil à Tom.

Tom était plongé dans ses pensées et se mordait la lèvre inférieure. Ed avait peut-être deviné à quoi il songeait : il allait bien falloir qu'il annonce à Héloïse ce qui était arrivé aux Pritchard. Si jamais elle avait demandé de leurs nouvelles au cours du repas, Tom était prêt à éluder la question. Mais heureusement, elle ne mentionna pas leur nom.

23

Personne ne prit de café après le déjeuner. Ed déclara qu'il avait envie de faire une longue promenade, « en poussant jusqu'au village ».

« Tu as vraiment l'intention d'appeler Jeff ? » ajouta-t-il en se tournant vers Tom.

Tom expliqua la situation à Héloïse, qui venait d'allumer une cigarette. Ed et lui avaient pensé que leur vieil ami, le photographe Jeff Constant, pourrait venir les rejoindre pour deux ou trois jours.

« Nous avons appris qu'il était libre en ce moment, précisa Tom. Il travaille en free-lance, comme Ed.

— Mais oui, Tom! Pourquoi pas? Où comptes-tu le faire dormir? Dans ton atelier?

— C'est ce que j'avais pensé. A moins que je lui laisse ma chambre et que j'aille dormir avec toi pendant son séjour, ma chérie. Si tu n'y vois pas d'inconvénient », dit Tom en souriant.

Ils avaient déjà procédé ainsi à plusieurs reprises, dans le passé. Il était plus simple que Tom aille dormir chez Héloïse, pour éviter à celle-ci de devoir déménager toutes ses affaires. Leurs chambres étaient l'une et l'autre équipées d'un lit à deux places.

« Bien sûr que non, Tom », dit Héloïse en français.

Elle se leva, imitée par Ed et Tom.

« Excusez-moi un instant », lança ce dernier en se dirigeant vers la cuisine.

Mme Annette était en train d'installer des assiettes sales dans le lave-vaisselle, comme elle le faisait tous les jours.

« Le repas était excellent, madame. Félicitations. J'avais deux autres choses à vous dire. (Tom baissa la voix et poursuivit :) Je vais mettre Mme Héloïse au courant de ce qui s'est passé chez les Pritchard... afin qu'elle n'apprenne pas la nouvelle par la bouche d'un étranger. Je voudrais lui éviter un trop grand choc...

— Oui, monsieur Tom. Vous avez raison.

— Le second point, c'est que je compte inviter un autre de mes amis anglais. Il devrait arriver demain. Je ne suis pas encore certain qu'il puisse venir, mais je vous préviendrai dès que je le saurai. Dans ce cas, il couchera dans ma chambre. Je vais l'appeler à Londres d'ici quelques minutes et je vous dirai ce qu'il en est.

— Très bien, Monsieur. Mais en ce qui concerne les repas... le menu ? »

Tom sourit.

« S'il y a le moindre problème, nous irons manger quelque part demain soir. »

Tom réalisa que ce serait dimanche, le lendemain. Mais la boucherie du village serait ouverte le matin.

Il se hâta ensuite de rejoindre l'étage, en songeant que le téléphone risquait de sonner d'un instant à l'autre (les Grais, par exemple, étaient au courant du retour d'Héloïse) et que n'importe qui pouvait lui révéler le décès des Pritchard. Le téléphone du premier était pour l'instant branché dans la chambre de Tom (et non dans celle d'Héloïse, comme à l'accoutumée) mais cela ne l'empêcherait évidemment pas d'aller décrocher si la sonnerie retentissait.

Héloïse était dans sa chambre et déballait ses affaires. Tom remarqua deux chemisiers en coton qu'il n'avait jamais vus jusqu'ici.

« Que penses-tu de ça ? dit Héloïse en dépliant devant elle une jupe bariolée aux rayures rouges, vertes et violettes.

— Le motif est original, dit Tom.

— N'est-ce pas ! C'est bien pourquoi je l'ai achetée. Et cette ceinture ? Mais j'y pense ! J'ai également ramené quelque chose pour Mme Annette ! Attends... »

Tom l'interrompit.

« Ma chérie... J'ai une nouvelle plutôt... désagréable à t'annoncer. (Héloïse le dévisagea aussitôt avec attention.) Tu te souviens des Pritchard ?...

— Oh, les Pricharde... répéta-t-elle, comme s'il s'agissait des êtres les plus ennuyeux et les plus inintéressants de toute la planète. Alors ?

— Eh bien, ils... (Tom s'exprimait avec difficulté, bien qu'il sût qu'Héloïse détestait les Pritchard.) Ils ont été victimes d'un accident... à moins qu'ils ne se soient suicidés. On ne le sait pas encore, mais la police a probablement déjà tiré ses propres conclusions.

— Ils sont *morts* ? demanda Héloïse, bouche bée.

— C'est Agnès Grais qui m'a appris la nouvelle, ce matin. Elle m'a téléphoné. On a retrouvé leurs corps dans le bassin qui est aménagé sur leur pelouse. Tu te souviens ? Nous l'avions aperçu lorsque nous avions visité la maison...

— Oh oui, je m'en souviens fort bien ! »

Héloïse était debout, sa ceinture neuve à la main.

« Peut-être ont-ils glissé... l'un d'eux a pu entraîner l'autre dans sa chute, je l'ignore. Le fond de ce bassin est très boueux, il ne doit pas être facile de se tirer de là. »

Tout en parlant, Tom grimaça involontairement, comme s'il éprouvait de la sympathie à l'égard des Pritchard. Mais en fait, c'était l'horreur de cette agonie dans la vase qui le faisait frissonner. S'imaginer qu'on ne sentait plus rien de ferme sous ses pieds, qu'on s'enfonçait inexorablement tandis que vos chaussures se remplissaient de boue... Tom ne supportait pas la simple idée de la noyade. Il poursuivit son récit et expliqua à Héloïse comment les deux gamins qui vendaient des billets de tombola s'étaient ensuite précipités chez les Grais, terrifiés par leur découverte, en racontant qu'ils avaient entrevus deux cadavres dans le bassin.

« Sacrebleu ! murmura Héloïse en s'asseyant sur le bord de son lit. Et Agnès a appelé la police ?

— Évidemment. Et ensuite... je ne sais pas comment elle l'a appris, ou je l'ai oublié... mais la police a découvert *sous* les cadavres des Pritchard un paquet d'ossements humains.

— Quoi ? (Héloïse sursauta et dévisagea Tom, interloquée.) Des ossements ?

— Ces Pritchard étaient décidément bizarres. (Tom s'assit

à son tour, sur une chaise.) Tout cela est arrivé il y a quelques heures à peine, ma chérie. J'imagine que nous en saurons davantage par la suite. Mais je voulais te mettre au courant avant qu'Agnès ou quelqu'un d'autre ne le fasse.

— Il faut que j'appelle Agnès. Ils habitent *si près*... Je me demande... Ce paquet d'ossements... Qu'est-ce qu'ils pouvaient bien fabriquer avec ça ? »

Tom hocha la tête et se leva.

« Que va-t-on encore découvrir, en fouillant cette maison ? Des instruments de torture ? Des chaînes ? Ces deux phénomènes relevaient de Krafft-Ebing ! Peut-être la police mettra-t-elle la main sur *d'autres* ossements.

— Mais c'est horrible ! Ils auraient *tué* des gens ?

— Qui sait ? »

A vrai dire, Tom n'en savait rien. Il n'était finalement pas impossible que David Pritchard ait conservé parmi ses trésors des ossements humains, qu'il avait déterrés quelque part. Ou qui appartenaient à l'une de ses victimes. On pouvait s'attendre à tout, de la part d'un tel cachottier...

« N'oublie pas que David Pritchard adorait battre sa femme. Elle n'a peut-être pas été sa seule victime.

— *Tom !* »

Héloïse plongea son visage dans ses mains. Tom fit un pas vers elle, l'attira à lui et l'enlaça par la taille.

« Je n'aurais pas dû dire ça ! Mais c'est une possibilité qu'il ne faut pas écarter. »

Héloïse se plaqua contre lui.

« J'avais pensé... que nous passerions l'après-midi ensemble, tous les deux... Mais avec cette affreuse histoire !...

— Nous avons encore la soirée... et beaucoup de temps devant nous ! Téléphone donc à Agnès, ma chérie, cela te fera du bien. J'appellerai Jeff après. (Tom s'écarta de son épouse.) N'as-tu pas rencontré Jeff jadis, à Londres ? Il est un peu plus grand et plus baraqué qu'Ed. Et blond, lui aussi. »

Tom ne voulait pas lui rappeler qu'Ed et Jeff avaient fondé avec lui la galerie Buckmaster, car Héloïse penserait aussitôt à Bernard Tufts : elle avait toujours été mal à l'aise devant lui, estimant que Bernard était un peu spécial et légèrement timbré.

« Son nom me dit vaguement quelque chose, répondit-elle. Appelle-le donc d'abord. Agnès aura davantage d'informations si j'attends encore un peu.

— C'est exact ! (Tom se mit à rire.) Au fait... Mme Annette connaît évidemment la tragique nouvelle. Je crois que c'est son amie Marie-Louise qui l'a mise au courant. Vu l'efficacité de son réseau de renseignement, ajouta-t-il en souriant, il est probable qu'elle dispose déjà de plus d'informations qu'Agnès ! »

Tom s'aperçut que son carnet d'adresses n'était pas dans sa chambre. Il avait dû le laisser dans l'entrée, sur le guéridon. Il redescendit et composa le numéro de Jeff Constant après l'avoir retrouvé. Jeff décrocha au bout de la septième sonnerie.

« Salut, Jeff. Ici Tom. Écoute... Tout est calme ici pour l'instant. Pourquoi ne viendrais-tu pas nous rejoindre, Ed et moi, et passer quelques jours de vacances en notre compagnie ? Que dirais-tu de demain ? »

Tom réalisa qu'il prenait autant de précautions en parlant que si sa ligne était sur écoute, ce qui n'avait pourtant jamais été le cas jusqu'à ce jour.

« Ed est allé faire un tour, ajouta-t-il.

— Demain... Ma foi, oui, c'est envisageable. Et ce serait avec plaisir. Si toutefois les compagnies aériennes le permettent. Tu es sûr qu'il y a suffisamment de place ?

— Mais bien sûr, Jeff !

— Je te remercie, Tom. Je vais regarder les horaires des vols et je te rappellerai... dans moins d'une heure, j'espère. Ça te va ? »

Tom l'assura que oui et ajouta qu'il serait heureux d'aller le chercher en voiture à Roissy.

Il alla dire ensuite à Héloïse que le téléphone était libre et que selon toute probabilité, Jeff Constant arriverait demain et resterait deux ou trois jours.

« Parfait, Tom. Je vais appeler Agnès. »

Tom quitta la chambre et regagna une nouvelle fois le rez-de-chaussée. Il voulait vérifier que le grill était en état de marche, pour le barbecue de ce soir. Après avoir soulevé le couvercle, il sortit l'engin et l'installa dans un endroit approprié, tout en se demandant si Pritchard avait informé

Mme Murchison de sa découverte. Lui avait-il certifié que les ossements étaient bien ceux de son mari, à cause de la bague qu'il portait au petit doigt de la main droite ?

Pourquoi la police ne l'avait-elle pas encore contacté ?

Ses ennuis étaient peut-être loin d'être terminés. Si Pritchard avait mis Mme Murchison au courant (et Cynthia Gradnor, par la même occasion !) il lui avait peut-être également révélé qu'il avait balancé les ossements devant la maison de Tom Ripley. Enfin, il n'aurait probablement pas employé ce terme, surtout en s'adressant à Mme Murchison. Disons, qu'il les avait délivrés, ou déposés devant chez lui.

D'un autre côté — Tom ne put s'empêcher de sourire, en songeant à toutes les hypothèses qu'il échafaudait —, à supposer que Pritchard ait prévenu Mme Murchison, il avait fort bien pu ne pas lui avouer qu'il s'était débarrassé des ossements de la sorte : cela témoignait tout de même d'un certain manque de respect à l'égard du défunt. Le plus naturel, aux yeux de Tom, aurait été que Pritchard contacte la police après avoir ramené les ossements chez lui. Et d'ailleurs, il n'avait peut-être même pas songé à la présence de bagues éventuelles, ni défait les vieux cordages jadis mis en place par Tom.

Il y avait encore une autre possibilité : Pritchard ayant lacéré la vieille bâche en plusieurs endroits, il avait pu s'emparer de l'alliance et la cacher quelque part dans sa maison, où la police risquait fort de la découvrir. Si Mme Murchison avait été informée par Pritchard de la découverte des ossements, elle avait pu lui révéler que son mari portait deux bagues en permanence. En tout cas, elle identifierait aisément leur alliance, si jamais la police mettait la main dessus.

Les suppositions de Tom étaient de plus en plus ténues, aléatoires : il croyait à peine lui-même à la dernière hypothèse qu'il venait d'évoquer. Si jamais Pritchard avait planqué la bague dans un endroit connu de lui seul (au cas où elle ne se soit pas détachée et définitivement égarée dans les eaux du Loing) il devait s'agir d'une cachette tellement improbable que nul ne la retrouverait jamais. Sauf si la maison brûlait de fond en comble et qu'on fouille les cendres par le menu. A moins que Teddy...

« Tom ? »

Tom sursauta et fit volte-face.

« Oh, c'est toi, Ed ! »

Ed avait surgi à l'angle de la maison, juste derrière Tom. Il portait son pull sur les épaules, les manches nouées autour du cou.

« Je ne voulais pas te faire peur ! »

Tom se mit à rire. Il avait fait un bond, comme si on lui avait tiré dessus.

« Je rêvassais, dit-il. J'ai appelé Jeff, qui arrivera probablement demain. Bonne nouvelle, non ?

— Personnellement, j'en suis ravi. Et quelles sont les dernières informations ? » poursuivit Ed à voix basse.

Tom alla déposer un sac de charbon de bois dans un coin de la terrasse.

« Je crois que ces dames sont en train de comparer leurs versions des faits », dit-il.

Il percevait vaguement les voix d'Héloïse et de Mme Annette, qui discutaient avec animation près de l'entrée. Elles parlaient toutes les deux en même temps, mais Tom savait que cela ne les empêchait pas de se comprendre parfaitement, quitte à se répéter de temps en temps.

« Allons voir ça », dit-il.

Ils franchirent l'une des portes vitrées et pénétrèrent dans le salon.

« Tom, dit Héloïse, ils ont fouillé... Bonjour, monsieur Ed.

— Appelez-moi Ed, je vous en prie.

— ... ils ont fouillé toute la maison. La police, je veux dire, poursuivit Héloïse. (Mme Annette l'écoutait attentivement, bien qu'elle s'exprimât en anglais.) Agnès m'a dit qu'ils étaient restés jusqu'à 3 heures de l'après-midi. Ils sont même revenus interroger les Grais.

— Il fallait s'y attendre, dit Tom. S'agit-il d'un accident, selon eux ?

— On n'a pas retrouvé de message étayant l'hypothèse du suicide ! D'après Agnès, la police pense qu'il pourrait effectivement s'agir d'un accident. Ils sont peut-être tombés à l'eau en voulant se débarrasser de ces... ces...

— Ces ossements, dit Tom d'une voix douce, en regardant Mme Annette.

— Oui, ces ossements. Brrr... »

Héloïse agita les mains d'un air répugné. Mme Annette s'éloigna, comme si elle n'avait pas compris qu'on venait de faire allusion aux ossements, ce qui était d'ailleurs probablement le cas.

« La police a-t-elle découvert de qui il s'agissait ? demanda Tom.

— Non. Ils ne l'ont pas dit, en tout cas. »

Tom fronça les sourcils.

« Agnès et Antoine ont-ils *vu* ce tas d'ossements ?

— Non. Mais leurs enfants sont allés faire un tour par là-bas et ont dit l'avoir aperçu... sur la pelouse, avant que la police ne leur dise de déguerpir. Je crois qu'un cordon a été installé autour de la maison. Et une voiture de police reste en permanence sur les lieux. Ah... Agnès m'a appris que ces ossements étaient déjà anciens. C'est un inspecteur de police qui le lui a révélé. Ils auraient séjourné dans l'eau... pendant plusieurs années. »

Tom regarda Ed, qui suivait la conversation avec une attention et une patience méritoires.

« Alors, les Pritchard seraient tombés... en voulant retirer ces os du bassin ?

— Oui ! Agnès prétend que la police envisage une hypothèse de ce genre, car à côté des os on a découvert un... ustensile de jardin... muni d'un crochet, au fond du bassin. »

Ed intervint :

« J'imagine qu'on va ramener ces ossements à Paris... ou ailleurs, afin de les identifier ? Qui étaient les précédents propriétaires de cette maison ?

— Je l'ignore, dit Tom. Mais il ne sera guère difficile de l'apprendre. Je suis sûr que la police le sait déjà, à l'heure où nous parlons

— L'eau de ce bassin était si claire ! dit Héloïse. Je me souviens l'avoir remarqué, lorsque nous avions visité l'endroit. Je m'étais même dit qu'on aurait pu y faire vivre un grand nombre de poissons.

— Mais le fond était très boueux, Héloïse, dit Tom. En

coulant, ce truc a dû... Mais franchement, quel sujet de conversation ! Quand je pense que la vie est si tranquille ici, d'ordinaire ! »

Ils se trouvaient maintenant tous les trois à côté du canapé, mais aucun d'eux ne s'assit.

« Et tu ne sais pas, Tom : Noëlle est déjà au courant ! Elle a entendu la nouvelle aux informations de 13 heures. Pas à la télé, mais à la radio. (Héloïse rejeta ses cheveux en arrière.) Tom, je prendrais bien un peu de thé. M. Ed aussi, peut-être ? Peux-tu demander à Mme Annette de nous en préparer, Tom ? J'ai besoin de faire quelques pas toute seule... dans le jardin. »

Tom fut enchanté, car il savait que la solitude — même de courte durée — avait le don de détendre Héloïse.

« Excellente idée, ma chérie ! Je me charge de prévenir Mme Annette. »

Héloïse sortit et dévala les marches du perron. Elle portait un pantalon blanc et des tennis.

Tom alla trouver Mme Annette et venait de la prévenir pour le thé lorsque le téléphone se mit à sonner.

« Il doit s'agir de notre ami londonien », dit-il à Mme Annette avant de regagner le salon pour prendre la communication.

Ed était hors de vue pour l'instant.

C'était effectivement Jeff. Il annonça à Tom qu'il arriverait le lendemain matin à 11 h 25, par le vol 826 de la British Airways.

« J'ai pris un retour libre, ajouta-t-il. Au cas où.

— Merci, Jeff. Nous t'attendons tous avec impatience. Il fait un temps superbe, mais prévois tout de même un pull.

— Je peux t'amener quelque chose, Tom ?

— Ta présence suffira ! dit Tom en riant. Ah !... Une livre de cheddar, si tu as le temps. Celui de Londres a toujours meilleur goût. »

Cette fois-ci, ils prirent le thé tous les trois ensemble au salon. Héloïse s'était assise dans un coin du canapé, sa tasse à la main, et n'ouvrait pratiquement pas la bouche. Tom ne s'en souciait pas. Il pensait au flash d'informations de 6 heures, à la télé, lorsqu'il aperçut la gigantesque silhouette d'Henri, du côté de la cabane à outils.

« Tiens, tiens... Henri... dit Tom en reposant sa tasse. Je vais voir s'il a besoin de moi... ou ce qu'il veut au juste. Excusez-moi.

— Tu avais rendez-vous avec lui, Tom ? demanda Héloïse.

— Non, ma chérie. (Tom se tourna vers Ed.) Henri est mon aide-jardinier. Mon géant protecteur. »

Tom sortit. Ainsi qu'il l'avait soupçonné, Henri n'avait nullement l'intention de se mettre au travail à une heure pareille, un samedi après-midi, mais voulait surtout discuter des événements survenus à la maison Pritchard. Toutefois, Tom remarqua que ce double suicide, selon la formule d'Henri, ne semblait pas avoir plongé le géant dans une inquiétude ou une excitation particulières.

« Oui, bien sûr, dit Tom. J'en ai entendu parler. Mme Grais m'a téléphoné ce matin. Quelle histoire épouvantable ! »

Henri se balançait d'un pied sur l'autre. Il était toujours chaussé de ses gros godillots et tripotait entre ses énormes doigts une brindille de trèfle au bout de laquelle se balançait une fleur mauve.

« Et ces ossements... dit-il d'une voix caverneuse, comme si la présence de ces restes scellait en quelque sorte la condamnation des Pritchard. Pensez donc, monsieur : des os ! Quels gens bizarres... Et dire qu'ils vivaient là... sous notre nez ! »

A ce jour, Tom n'avait jamais vu Henri se départir de son impassibilité. Il regarda la pelouse, puis releva les yeux vers le géant.

« Croyez-vous qu'ils aient vraiment voulu... se suicider ? demanda-t-il.

— Qui sait ? dit Henri en haussant ses sourcils broussailleux. Ils ont peut-être voulu se livrer à une sorte de jeu... une expérience étrange... Mais de quelle nature ? »

Tout cela était plutôt vague, songea Tom, mais l'opinion d'Henri reflétait probablement celle des gens du village.

« Il sera intéressant de connaître les conclusions de la police, dit-il.

— Bien sûr !

— Et à qui appartenaient ces os ? Le sait-on ?

— Non, monsieur. Ils sont déjà anciens. Comme si... enfin, vous savez probablement, comme tout le monde ici, que Pritchard draguait les canaux et les rivières de la région ! Mais dans quel but ? Pour son plaisir ? Il y a des gens qui prétendent qu'il a repêché ces ossements au cours de ses recherches et que sa femme et lui se sont... *disputés* à leur sujet. »

Henri regarda Tom en coin, comme s'il venait de lui révéler un secret déplaisant — ou honteux — concernant le couple.

« Disputés à leur sujet... répéta Tom.

— Tout cela est bien étrange, monsieur, dit Henri en hochant la tête.

— Ah, ça oui, dit Tom d'un air résigné, en poussant un soupir, comme si chaque journée apportait son lot de révélations abracadabrantes, sans que la vie s'arrête pour autant. Nous en apprendrons peut-être davantage aux informations, ce soir, si toutefois la télé se soucie d'un petit village comme Villeperce. Eh bien, Henri, il faut que je rejoigne ma femme. Nous avons un invité ces jours-ci et nous en attendons encore un autre demain. Vous n'avez tout de même pas l'intention de vous mettre au travail, à l'heure qu'il est ? »

Henri lui déclara que non, mais accepta néanmoins un petit verre de vin. Tom gardait une bouteille dans la cabane à son intention, qu'il changeait régulièrement afin que le vin ne tourne pas. Il y avait également deux verres, qui n'étaient pas d'une propreté exemplaire, mais cela ne les empêcha pas de trinquer.

Henri reprit la parole, à voix basse :

« C'est une bonne chose que le village soit débarrassé de ces individus... et de ces ossements. Ils étaient vraiment bizarres. »

Tom acquiesça d'un air solennel.

« Salutations à votre femme, monsieur », dit Henri avant de prendre congé.

Il traversa la pelouse et se dirigea vers le sentier qui bordait la propriété.

Tom regagna le salon, car il n'avait pas fini son thé. Aussi saugrenu que cela paraisse, Héloïse et Ed étaient en train de parler de Brighton.

Tom alluma la télé. Il était pratiquement l'heure.

« Je suis curieux de savoir si Villeperce aura retenu l'attention de la presse internationale — ou même seulement nationale, dit-il à l'intention d'Héloïse.

— Ah, oui », dit celle-ci en se redressant sur son siège.

Tom avait placé le poste au centre de la pièce. La une du journal télévisé concernait une conférence internationale qui se tenait à Genève. Puis il fut question d'une course à la voile quelconque. Leur attention se mit à décroître. Ed et Héloïse reprirent leur conversation en anglais.

« Ça y est ! Regardez ! lança Tom.

— Mais c'est leur maison ! » dit Héloïse.

Ils suivirent attentivement le reportage. La maison blanche des Pritchard demeura sur l'écran tandis que le présentateur poursuivait son commentaire. De toute évidence, le cameraman avait dû rester sur la route, sans pouvoir s'approcher davantage. Peut-être même n'avait-il pu prendre que cet unique plan, songea Tom. La voix du journaliste poursuivit :

« ... une macabre découverte ce matin, dans le village de Villeperce, près de Moret. Les corps de deux Américains, David et Janice Pritchard, âgés l'un et l'autre d'environ trente-cinq ans, ont été retrouvés dans un bassin profond de deux mètres, sur la terrasse de leur propriété. Les deux défunts étaient entièrement habillés et portaient même des chaussures. On suppose pour l'instant que leur mort est accidentelle. M. et Mme Pritchard avaient acheté cette maison récemment... »

Aucune allusion aux ossements, se dit Tom tandis que le présentateur achevait son récit. Il regarda Ed et s'aperçut que celui-ci haussait imperceptiblement les sourcils. Il avait dû se faire la même réflexion.

« Ils n'ont pas parlé des... des ossements que l'on a retrouvés... »

Héloïse regarda Tom d'un air anxieux. On aurait dit qu'elle était au supplice chaque fois qu'elle devait mentionner ces macabres dépouilles.

Tom reprit ses esprits.

« On a dû... les emmener quelque part, je suppose. Afin

de les dater avec plus de précision, par exemple. C'est sans doute pour cela que la police s'est opposée à ce que l'on révèle leur existence.

— Vous ne trouvez pas un peu curieux que les policiers aient bouclé toute la propriété ? intervint Ed. Ils auraient pu se contenter d'interdire les abords du bassin. Ils prennent apparemment beaucoup de précautions. »

Et ils poursuivent leur enquête... C'était sans doute ce que sous-entendait Ed.

Le téléphone se mit à sonner. Tom se leva et alla répondre. Il avait deviné juste : c'était Agnès Grais, qui venait elle aussi de regarder les informations.

« Bon débarras, comme dit Antoine, déclara-t-elle à Tom. Il pense que ces gens étaient fous, qu'ils ont déniché ces ossements par hasard, que cette découverte les a plongés dans... un enthousiasme excessif, et qu'ils ont fini par tomber eux-mêmes à l'eau. »

Agnès semblait sur le point d'éclater de rire.

« Voulez-vous dire un mot à Héloïse ? » demanda Tom.

Agnès ayant acquiescé, Héloïse vint prendre le combiné. Tom rejoignit Ed au salon, mais demeura debout.

« Un accident... murmura-t-il d'un air songeur. Après tout, c'est la stricte vérité.

— Oui », répondit Ed.

Ils n'écoutaient ni l'un ni l'autre les répliques animées qu'échangeaient Héloïse et Agnès Grais.

Une fois encore, Tom se félicita que Murchison ait porté des bretelles, au lieu d'une ceinture. Celle-ci aurait peut-être résisté plus longtemps, surtout si elle avait été en cuir. Pritchard l'aurait alors récupérée, puis planquée quelque part, et on l'aurait plus facilement retrouvée qu'une bague de mariage. Mais au fond, Murchison portait peut-être bien une ceinture... A dire la vérité, Tom ne s'en souvenait plus. Il prit un autre biscuit au chocolat sur la table basse du salon et tendit l'assiette à Ed, qui refusa d'un geste.

« Je vais aller m'étendre quelques instants, dit Tom. Puis je mettrai le grill en route... vers 8 heures moins le quart. Nous mangerons sur la terrasse, ajouta-t-il en souriant. La soirée s'annonce magnifique. »

24

Tom venait à peine de redescendre, après avoir changé de chemise et enfilé un pull-over, lorsque le téléphone se mit à sonner. Il alla répondre dans l'entrée.

Un homme qui se présenta comme étant le commissaire divisionnaire Étienne Lomard, de Nemours (ou quelque chose d'approchant), lui annonça que la police aimerait passer chez M. Ripley, pour s'entretenir avec lui quelques instants.

« Nous n'en aurons pas pour longtemps, monsieur, poursuivit le commissaire, mais il s'agit d'une affaire relativement importante.

— Bien sûr, répondit Tom. Vous voulez passer maintenant ? Très bien, je vous attends. »

Tom en déduisit que le policier connaissait l'emplacement de sa propriété. Après sa conversation téléphonique avec Agnès Grais, Héloïse lui avait dit que la police se trouvait encore au domicile des Pritchard et que deux de leurs véhicules étaient garés le long de la route. Tom faillit monter au premier pour prévenir Ed, mais il y renonça : Ed savait parfaitement quelle version des faits Tom allait présenter et il n'y avait du reste pas de raisons pour qu'il assiste à son entrevue avec la police. Au lieu de ça, Tom se rendit à la cuisine, où Mme Annette était en train de trier de la salade ; il lui annonça qu'un officier de police allait se présenter, probablement d'ici quelques minutes.

« Un officier de police, répéta-t-elle ; elle n'était qu'à

moitié surprise et d'ailleurs, cela ne la concernait pas directement. Très bien, Monsieur.

— J'irai l'accueillir moi-même. Il n'en aura pas pour très longtemps. »

Tom saisit ensuite le vieux tablier qu'il affectionnait particulièrement et qui était accroché à une patère, derrière la porte de la cuisine. Il l'enfila et le noua autour de sa taille. Sur la poche rouge de devant, on lisait en lettres noires : ABSENT POUR LE DÉJEUNER.

Tom regagna le salon au moment où Ed descendait l'escalier.

« Un officier de police va passer d'une minute à l'autre, dit Tom. On a dû leur dire qu'Héloïse et moi connaissions les Pritchard. (Tom haussa les épaules.) Et puis, nous parlons anglais. Ce n'est pas tellement répandu, dans la région. »

Tom entendit soudain frapper à la porte. Celle-ci était munie d'une sonnette et d'un heurtoir. Les invités utilisaient indifféremment l'un ou l'autre, mais Tom ne jugeait pas les gens en fonction de tels critères.

« Faut-il que je m'éclipse ? demanda Ed.

— Va te servir à boire. Et fais ce qu'il te plaît. Tu es mon invité », dit Tom.

Ed se dirigea vers le bar, à l'autre bout de la pièce.

Tom alla ouvrir la porte et accueillit les policiers. Ils étaient deux, en effet, mais Tom ne pensait pas les avoir déjà rencontrés précédemment. Ils déclinèrent leur identité à tour de rôle en touchant le bord de leur casquette et Tom les pria d'entrer.

Ils préférèrent tous deux s'asseoir sur des chaises plutôt que sur le canapé.

Ed fit son apparition. Tom, qui était resté debout, le présenta aux policiers : Edward Banbury, de Londres, un vieil ami venu passer le week-end chez lui. Puis Ed s'éclipsa et sortit sur la terrasse, son verre à la main.

Les policiers, qui étaient sensiblement du même âge, devaient avoir un grade identique. En tout cas, ils s'exprimaient à tour de rôle et expliquèrent à Tom qu'une certaine Mme Thomas Murchison avait téléphoné depuis New York au domicile des Pritchard, s'attendant à parler avec David ou son épouse, et que c'était la police qui avait répondu. M. Ripley était-il en relation avec cette Mme Murchison ?

« Il me semble bien qu'elle est passée ici, répondit Tom avec sincérité. Il y a des années, après la disparition de son mari.

— Exactement ! C'est ce qu'elle nous a dit, monsieur Ripley ! Alors... (Le policier poursuivit en français, d'une voix aussi ferme que grave.) Mme Murchison nous a révélé qu'elle avait appris, hier vendredi...

— Jeudi, corrigea l'autre policier.

— Peut-être... Oui, le premier coup de téléphone remonte à jeudi. Quoi qu'il en soit, David Pritchard l'a appelée pour lui annoncer qu'il avait retrouvé les... oui, les ossements de son mari. Et qu'il avait l'intention d'en parler avec vous. De vous les *montrer*. »

Tom fronça les sourcils.

« Me les montrer ? Je ne comprends pas.

— De venir les apporter ici, dit l'autre policier en se tournant vers son collègue.

— Ah, oui : de venir vous les apporter. »

Tom prit une profonde inspiration.

« M. Pritchard ne m'a jamais parlé de ça, je vous assure. Mme Murchison vous a dit qu'il m'avait téléphoné ? C'est absolument faux.

— Il *s'apprêtait* à vous les apporter, intervint l'autre policier. N'est-ce pas, Philippe ?

— Oui. Dans la journée de vendredi, selon Mme Murchison. C'est-à-dire hier matin, répondit son collègue. »

Ils avaient l'un et l'autre ôté leurs casquettes, qui reposaient sur leurs genoux.

Tom hocha la tête.

« On ne m'a rien apporté du tout.

— Vous connaissiez M. Pritchard, monsieur ?

— Il m'a abordé un jour au bar-tabac du village. Je suis allé boire un verre chez lui, il y a plusieurs semaines. Ils nous avaient invités, ma femme et moi, mais je m'y étais rendu seul. Ils ne sont jamais venus chez nous. »

Le plus grand des policiers, qui était blond, s'éclaircit la gorge et dit à son collègue :

« Les photos...

— Ah, oui ! Nous avons retrouvé au domicile des Pritchard deux photos de votre propriété, monsieur Ripley. Prises de l'extérieur.

— De ma propriété ? Vous êtes sûrs ?

— Oui, aucun doute à ce sujet. Ces photos étaient placées sur la cheminée des Pritchard, bien en évidence. »

Tom regarda les deux clichés que lui tendait le policier.

« C'est étrange, dit-il. Ma maison n'est pourtant pas à vendre. (Il se fendit soudain d'un sourire.) Mais maintenant que vous m'en parlez... je me souviens en effet avoir un jour aperçu Pritchard en face de chez moi, de l'autre côté de la route. Il y a plusieurs semaines de cela. C'est ma domestique qui m'avait signalé sa présence, en me disant que quelqu'un était en train de photographier la propriété... avec un petit appareil, un engin tout à fait ordinaire.

— Et vous l'avez identifié comme étant M. Pritchard ?

— Oh, oui. Cela ne me plaisait pas trop qu'il prenne ainsi des photos, mais j'ai jugé préférable de ne pas intervenir. Ma femme l'a également aperçu... ainsi qu'une de ses amies, qui était de passage ce jour-là. (Tom fronça les sourcils, comme s'il fouillait dans ses souvenirs.) J'ai même entrevu Mme Pritchard... Elle est venue prendre son mari en voiture, quelques minutes plus tard, et ils sont repartis ensemble. Drôle de comportement. »

A cet instant, Mme Annette pénétra dans la pièce et Tom reporta son attention sur elle. Elle demanda si ces messieurs désiraient boire quelque chose. Tom savait qu'elle avait hâte de dresser le couvert.

« Un verre de vin, messieurs ? demanda Tom. Ou un pastis ? »

Les policiers refusèrent poliment, prétextant qu'ils étaient en mission.

« J'attendrai encore un peu moi aussi, madame, dit Tom. Au fait, madame Annette... Y a-t-il eu un coup de téléphone pour moi, jeudi... ou vendredi ?... (Il regarda les policiers d'un air interrogateur ; l'un d'eux acquiesça.) ...de la part d'un M. Pricharde ? A propos d'un colis qu'il comptait me remettre ? »

Tom avait posé la question avec un intérêt non feint, car il venait de se dire que Pritchard pouvait fort bien avoir parlé de sa livraison à Mme Annette, laquelle aurait ensuite oublié d'en informer Tom, bien que cette dernière hypothèse fût assez improbable.

« Non, monsieur Tom », dit-elle en hochant la tête.

Tom se tourna vers les policiers.

« Ma domestique est évidemment au courant des tragiques événements de la matinée. »

Les policiers approuvèrent à voix basse : on pouvait effectivement s'attendre à ce que ce genre de nouvelles se répande rapidement !

« Vous pouvez interroger Mme Annette au sujet de cette histoire de livraison », dit Tom.

L'un des policiers lui posa la question. Mme Annette répondit en hochant une nouvelle fois la tête qu'aucun paquet n'avait été livré à Belle Ombre ces jours-ci.

« Cette... affaire (Tom choisissait ses mots avec soin) concerne également M. Murchison. Vous vous souvenez de lui, madame Annette ? Le monsieur qui a disparu à l'aéroport d'Orly. L'Américain qui a passé une nuit ici, il y a des années.

— Ah, oui, dit Mme Annette d'une voix légèrement hésitante. Un monsieur assez grand ?

— Oui. Nous avions parlé de peinture. De mes deux Derwatt, notamment... (Tom montra les tableaux sur les murs, à l'intention des policiers.) M. Murchison en possédait également un, qui a malheureusement été volé à Orly. Je l'avais conduit à l'aéroport le lendemain, aux alentours de midi si ma mémoire est bonne. Vous vous souvenez, madame Annette ? »

Tom s'était exprimé avec insouciance, sans avoir l'air d'attacher de l'importance à cette anecdote. Fort heureusement, Mme Annette répondit sur le même ton :

« Oui, monsieur Tom. Je l'ai même aidé à porter ses bagages... jusqu'à la voiture. »

Cela suffirait, songea Tom. Il aurait néanmoins préféré qu'elle dise avoir vu M. Murchison quitter la maison et monter à bord de la voiture, ainsi qu'elle l'avait déclaré autrefois.

Héloïse apparut brusquement en bas de l'escalier. Tom se leva, imité par les policiers.

« Ma femme, dit-il. Héloïse... »
Les policiers déclinèrent une nouvelle fois leur identité.
« Nous étions en train de parler de l'affaire Pritchard, dit Tom à Héloïse. Tu veux boire quelque chose, ma chérie ?
— Non, merci. J'attendrai. »
Héloïse aurait visiblement préféré s'éclipser, faire un tour dans le jardin par exemple.
Mme Annette regagna la cuisine.
« Madame Ripley, auriez-vous par hasard remarqué un paquet, de cette longueur environ (le policier écarta les bras), qui aurait été livré ou entreposé quelque part dans votre propriété ? »
Héloïse eut l'air étonné.
« Livré ? dit-elle. Par un fleuriste ? »
Les policiers ne purent s'empêcher de sourire.
« Non, madame. L'objet en question est recouvert d'une bâche et ficelé par une corde. On serait venu le déposer ici jeudi soir, ou vendredi matin. »
Tom laissa à Héloïse le soin d'expliquer qu'elle n'était rentrée à Belle Ombre que dans la matinée. Elle avait dormi à Paris, la nuit précédente. Et jeudi, elle était encore à Tanger.
Cela régla la question.
Les policiers se dévisagèrent, puis l'un d'eux demanda :
« Pourrions-nous dire quelques mots à votre ami londonien ? »
Ed Banbury se trouvait près des rosiers. Tom l'appela. Ed se hâta de le rejoindre.
« La police désire t'interroger au sujet d'un paquet qu'on m'aurait soi-disant livré, lui dit Tom sur les marches de la terrasse. Je n'ai rien aperçu de tel, et Héloïse non plus. »
Tom surveillait son langage, l'un des policiers ayant pu le suivre à l'extérieur.
Les deux inspecteurs étaient toujours au salon lorsque Ed Banbury pénétra dans la pièce. Ils lui demandèrent s'il n'avait pas remarqué la présence d'un paquet d'un mètre de long environ, enveloppé d'une bâche grise, dans l'allée ou sous les buissons... enfin, dans un recoin quelconque, y compris hors de l'enceinte de Belle Ombre
« Non, répondit Ed. Absolument pas. »

— Quand êtes-vous arrivé ici, monsieur ?

— Hier, vendredi... vers midi. J'ai déjeuné ici. (Avec ses sourcils blonds et son regard concentré, Ed paraissait le plus honnêtes des hommes.) M. Ripley est venu me chercher à l'aéroport de Roissy.

— Merci, monsieur. Quelle est votre profession ?

— Je suis journaliste. »

Ed dut inscrire son nom et son adresse londonienne sur une fiche que lui tendit l'un des policiers.

« Transmettez mes amitiés à Mme Murchison, si jamais vous la recontactez, dit Tom. Je conserve un excellent souvenir de sa visite. Bien que légèrement vague, ajouta-t-il en souriant.

— Nous aurons sûrement l'occasion de nous entretenir de nouveau avec elle, dit l'un des policiers, celui qui avait des cheveux bruns. Elle est... elle pense que les ossements que nous avons retrouvés — enfin, que Pritchard a retrouvés — pourraient être ceux de son mari.

— De son mari... répéta Tom d'un air incrédule. Mais... où Pritchard les a-t-il dénichés ?

— Nous ne le savons pas exactement. Pas très loin d'ici, sans doute... Dans un rayon de dix ou quinze kilomètres. »

Les habitants de Voisy ne s'étaient donc pas encore manifestés, songea Tom. A supposer bien sûr que l'un d'eux ait remarqué quelque chose. Et Pritchard n'avait pas mentionné le nom du village. Du moins à sa connaissance.

« Je suppose que vous identifierez facilement ces ossements, reprit Tom.

— Le squelette est incomplet, monsieur. Il n'y a pas de tête, dit le policier blond avec gravité.

— C'est horrible ! murmura Héloïse.

— Il faut d'abord que nous déterminions avec précision le temps qu'il a passé sous l'eau.

— Et les vêtements ? demanda Tom.

— Ah ! Tout s'est dissous, monsieur. Il ne reste même pas un bouton à l'intérieur du linceul ! Entre les poissons... et le courant...

— Le fil de l'eau, répéta l'autre policier. Tout a fini par se décomposer : les tissus, la chair...

— Jean ! (Son collègue lui fit signe de se taire.) Ça suffit ! Il y a une dame parmi nous ! »

Le silence s'installa pendant quelques secondes, puis Jean reprit :

« Monsieur Ripley... Vous souvenez-vous avoir vu M. Murchison franchir la porte d'embarquement à Orly, autrefois ? »

Les souvenirs de Tom étaient on ne peut plus précis.

« Je n'avais pas garé ma voiture ce jour-là, dit-il. Je m'étais arrêté devant l'entrée, dans le virage. J'avais aidé M. Murchison à décharger ses valises et son tableau, puis j'étais reparti. Je l'avais laissé devant la porte d'embarquement. Il n'avait plus que quelques mètres à faire, avec ses bagages. Mais les choses se sont passées ainsi, et je ne l'ai pas vu de mes yeux franchir la porte. »

Les policiers échangèrent quelques mots à voix basse, avant de consulter leurs notes.

Tom songea qu'ils devaient vérifier s'il avait bien fourni la même version des faits à la police, des années auparavant. Il n'avait certes pas l'intention de leur faire remarquer que sa déposition figurait sûrement dans leurs archives depuis cette époque. Ni de souligner qu'il trouvait un peu étrange que l'on ressorte brusquement l'histoire de Murchison, dont le suicide ou le meurtre dans la région lui semblait hautement improbable. Tom se leva brusquement et se dirigea vers sa femme.

« Ça va, ma chérie ? lui dit-il en anglais. Je pense que ces messieurs en auront bientôt terminé. Tu ne veux pas t'asseoir ?

— Je vais parfaitement bien », répondit Héloïse avec une certaine froideur, comme pour signifier à Tom que ses mystérieuses activités avaient fini par provoquer l'irruption de policiers chez eux, et que leur présence n'avait rien d'agréable.

Elle s'adossa à un buffet et croisa les bras, à bonne distance des inspecteurs.

Tom rejoignit ceux-ci et s'assit, de manière à ne pas leur laisser croire qu'il avait hâte de les voir partir.

« Pourriez-vous dire à Mme Murchison, si vous l'avez au bout du fil, que j'aimerais beaucoup lui reparler, un de ces jours. Ce n'est pas que j'aie de grandes révélations à lui faire, mais... »

Tom s'interrompit.

Le policier blond, prénommé Philippe, lui répondit :

« Oui, monsieur. Nous le lui dirons. Elle a votre numéro de téléphone ?

— Je le lui avais donné autrefois, dit Tom d'un air enjoué. Et il n'a pas changé. »

L'autre policier leva le doigt vers son collègue, pour demander la parole.

« Il y a aussi une jeune femme, monsieur... prénommée Cynthia. Elle vit en Angleterre. C'est Mme Murchison qui nous a parlé d'elle.

— Cynthia... Oui, je vois, répondit lentement Tom comme si cela ne lui disait pas grand-chose. Mais je la connais à peine. Eh bien ?

— Apparemment, vous l'avez vue récemment. A Londres.

— Oui, c'est exact. Nous avons bu un verre dans un pub. (Tom sourit.) Comment se fait-il que vous soyez au courant ?

— C'est Mme Murchison qui nous l'a appris. Elle est en rapport avec Mme Cynthia...

— Gradenor », précisa le policier blond, après avoir consulté ses fiches.

Tom commençait à se sentir mal à l'aise Il tenta de rassembler ses esprits, en se demandant quelle serait la prochaine question.

« Vous l'avez donc vue à Londres... Aviez-vous une raison particulière de vous entretenir avec elle ?

— Oui, dit Tom. (Il se tourna vers Ed, qui se tenait droit comme un I contre le dossier de sa chaise.) Tu te souviens de Cynthia, Ed ?

— Ou-oui, vaguement, répondit Ed en anglais. Je ne l'ai pas revue depuis des années.

— Le fait est, poursuivit Tom à l'intention des policiers, que je voulais lui demander pourquoi Pritchard me courait après. Vous comprenez, l'amitié de M. Pritchard commençait à devenir légèrement envahissante... Il voulait à tout prix être invité chez moi, par exemple, alors que ma femme ne voulait pas en entendre parler ! (Tom se mit à rire.) La seule fois où je suis allé chez les Pritchard, pour l'apéritit, M. Pritchard a fait allusion à Cynthia...

— Gradenor, répéta l'inspecteur.

— Oui. Ce jour-là, au cours de l'apéritif, M. Pritchard a insinué que cette Cynthia m'en voulait... qu'elle avait une dent contre moi. Je lui ai demandé pourquoi, mais il n'a pas voulu m'en dire plus. Ce n'était d'ailleurs pas particulièrement élégant de sa part, mais c'était du Pritchard tout craché ! Aussi, me trouvant à Londres, je me suis arrangé pour contacter Mme Gradenor et je lui ai demandé ce que Pritchard avait derrière la tête. »

En un éclair, Tom se souvint que Cynthia Gradnor voulait avant tout éviter qu'on ne colle à Bernard Tufts l'étiquette de faussaire. Elle s'était apparemment imposé certaines limites, et cela allait jouer en faveur de Tom.

« Eh bien ? Qu'avez vous appris ? demanda le policier brun d'un air intéressé.

— Pas grand-chose, malheureusement. Cynthia m'a dit qu'elle ne connaissait pas Pritchard et ne l'avait même jamais rencontré. Il lui avait téléphoné un jour, de son propre chef. »

Tom songea tout à coup à cet intermédiaire, George Machin-chose, qui assistait à la réception londonienne où se trouvaient également Pritchard et Cynthia. Après avoir entendu Pritchard parler de Tom, l'intermédiaire lui avait dit qu'il y avait dans l'assemblée une femme qui haïssait Ripley. C'était ainsi que Pritchard avait appris l'existence de Cynthia (et vice versa, apparemment), bien qu'ils ne se soient pas trouvés face à face. Mais Tom n'avait pas l'intention de fournir cette information à la police.

« C'est un peu tordu... dit le policier blond en faisant la moue.

— Mais Pritchard *était* tordu ! (Tom se leva, comme s'il était engourdi à force de rester aussi longtemps assis.) Vu qu'il est presque 8 heures, je vais me servir un gin-tonic. Et vous, messieurs ? Que prendrez-vous ? Un petit rouge ? Un scotch ? A votre guise. »

Tom s'était exprimé comme s'il allait de soi que les policiers accepteraient son offre. Ce qu'ils firent, d'ailleurs, optant l'un et l'autre pour un « petit rouge ».

« Je vais prévenir Mme Annette », dit Héloïse en se dirigeant vers la cuisine.

Les inspecteurs complimentèrent Tom pour ses Derwatt, notamment celui qui était accroché au-dessus de la cheminée et qui était dû au pinceau de Bernard Tufts. Ainsi que pour son Soutine.

« Je suis ravi qu'ils vous plaisent, dit Tom. C'est un grand bonheur pour moi de posséder ces toiles. »

Ed était allé se resservir au bar et Héloïse les avait rejoints. Chacun ayant un verre en main, l'atmosphère se détendit sensiblement.

Tom se tourna vers le policier aux cheveux bruns et lui dit d'une voix calme :

« Deux choses encore, monsieur. J'aimerais aussi parler à Mme Cynthia... si elle n'y voit pas d'inconvénients. Et ensuite, dans quel but selon vous... »

Tom regarda autour de lui, mais les autres n'écoutaient pas. Sa casquette sous le bras, Philippe, l'inspecteur blond, semblait apprécier la compagnie d'Héloïse. Il était visiblement soulagé de pouvoir lui parler d'autre chose que de squelettes et de chair en décomposition. Ed se tenait également aux côtés d'Héloïse. Tom reprit la parole :

« Dans quel but selon vous M. Pritchard conservait-il ces ossements dans le bassin de sa propriété ? »

L'inspecteur prénommé Jean parut vouloir éluder la question.

« S'il les avait trouvés au fond d'une rivière, reprit Tom, pourquoi les avoir balancés là-dedans ?... avant de faire le plongeon à son tour, peut-être délibérément ? »

Le policier haussa les épaules.

« Il peut s'agir d'un accident. L'un des deux époux a pu glisser involontairement et tomber à l'eau, entraînant l'autre dans sa chute. Vu la présence de cet ustensile de jardinage, on a l'impression qu'ils voulaient retirer quelque chose du bassin... Leur télé était allumée au salon, ils n'avaient même pas fini de boire leur café... Peut-être n'avaient-ils caché ces ossements que temporairement. Nous en saurons peut-être plus demain, ou après-demain. A moins que nous n'en apprenions jamais davantage. »

Les policiers étaient restés debout, leur verre à la main.

Tom songea brusquement au dénommé Teddy. Il décida de faire allusion à lui et se rapprocha du cercle formé autour d'Héloïse.

« M. Pritchard avait un ami, dit-il à Philippe. En tout cas, quelqu'un qui l'a aidé lorsqu'il pêchait dans les canaux. Tout le monde en parlait. (Tom avait délibérément employé le verbe " pêcher ", plutôt que " draguer " ou " fouiller ".) J'ai entendu dire quelque part qu'il s'appelait Teddy. Avez-vous parlé avec lui ?

— Ah, Teddy... Théodore... dit Jean, en échangeant un regard avec son collègue. Oui, merci monsieur Ripley. Nous avons appris son existence par vos amis, les Grais — des gens tout à fait charmants, entre parenthèses. Nous avons retrouvé son nom et son adresse parisienne dans la demeure des Pritchard, à côté du téléphone. Un de nos collègues a pu le joindre à Paris cet après-midi et s'est entretenu avec lui. Il lui a déclaré que son travail avait pris fin lorsque Pritchard avait retrouvé ces ossements, au fond d'une rivière. Et qu'il... »

Le policier hésita.

« Et qu'il était parti, ajouta Philippe. Excuse-moi, Jean.

— Oui, qu'il était parti, reprit Jean en dévisageant Tom. Il était apparemment surpris que ces ossements... ce squelette... aient constitué l'objectif de Pritchard. (Le regard de Jean se fit plus appuyé.) Après leur macabre découverte, ce Teddy est retourné à Paris. Il est étudiant et cherchait simplement à se faire un peu d'argent. »

Philippe s'apprêtait à dire quelque chose, mais Jean lui fit signe de se taire.

« Je crois bien avoir entendu quelque chose de ce genre au bar-tabac, risqua Tom. Que ce Teddy avait été un peu surpris... et avait décidé de laisser tomber Pritchard. »

Ce fut au tour de Tom de hausser les épaules.

Les policiers ne firent aucun commentaire. Ils déclinèrent l'invitation de Tom à rester dîner. Tom le leur avait proposé, tout en sachant qu'ils n'accepteraient pas. Ils refusèrent également un second verre de vin.

« Bonsoir madame, et merci », dirent-ils cordialement à Héloïse, avec une petite courbette.

Ils demandèrent à Ed combien de temps encore celui-ci comptait séjourner dans la région.

« Au moins trois jours, j'espère, dit Tom en souriant.

— Je ne sais pas trop, dit Ed avec bonne humeur.

— En tout cas, nous sommes là, ma femme et moi, si jamais vous avez besoin de notre aide, dit Tom d'un ton ferme en s'adressant aux deux policiers.

— Merci, monsieur Ripley. »

Les inspecteurs leur souhaitèrent une agréable soirée et rejoignirent leur voiture, qui était restée dans la cour.

Après les avoir raccompagnés, Tom franchit le seuil et déclara :

« Ces deux inspecteurs sont absolument charmants ! Tu ne trouves pas, Ed ?

— Si, tout à fait.

— Héloïse, ma chérie, c'est toi qui vas allumer le feu. Nous sommes un peu en retard, mais un succulent repas nous attend.

— Moi ? De quel feu parles-tu ?

— Du barbecue, sur la terrasse. Tiens, voilà les allumettes. Tu n'as qu'à sortir et en frotter une. »

Héloïse saisit la boîte d'allumettes et se dirigea avec grâce vers la terrasse. Elle portait une longue jupe bariolée et un chemisier vert en coton, dont elle avait à moitié retroussé les manches.

« Mais d'habitude, c'est toujours toi qui t'en charges, dit-elle en frottant une allumette.

— Ce soir, c'est spécial. Tu es la... la...

— La déesse, intervint Ed.

— Oui, dit Tom. La déesse du foyer. »

Le charbon prit feu. Des petites flammes jaunes et bleues se mirent à danser au-dessus des braises. Mme Annette avait enveloppé une demi-douzaine de pommes de terre dans du papier aluminium. Tom enfila son tablier et se mit au travail.

La sonnerie du téléphone retentit.

Tom grommela :

« Héloïse, s'il te plaît, peux-tu aller répondre ? Je te parie qu'il s'agit des Grais, ou de Noëlle. »

Il s'agissait effectivement des Grais, Tom put s'en assurer lorsqu'il regagna le salon. Héloïse était évidemment en train de raconter leur entrevue avec la police. Tom alla trouver Mme Annette à la cuisine. La sauce béarnaise était prête, ainsi que les asperges qui constituaient l'entrée.

Ce fut vraiment un repas délicieux — et mémorable, selon le terme d'Ed. Ils ne furent même pas dérangés par la sonnerie du téléphone. Tom alla ensuite prévenir Mme Annette que demain matin, après le petit-déjeuner, il faudrait qu'elle prépare sa chambre à l'intention de leur invité anglais, M. Constant, qui devait arriver à 11 h 30 à l'aéroport de Roissy.

L'expression de Mme Annette reflétait le plaisir que lui causait cette perspective. Pour elle, la présence d'amis, d'invités, mettait un peu de vie dans la maison, ainsi qu'il en va des fleurs ou de la musique pour certaines personnes.

Tandis qu'ils prenaient le café au salon, Tom se risqua à demander à Héloïse si Agnès ou Antoine Grais lui avait communiqué de nouvelles informations.

« No-on... sauf que les lumières sont toujours allumées dans la maison des Pritchard. L'un des enfants est allé promener leur chien par là-bas. Visiblement, la police cherche toujours... quelque chose. »

De toute évidence, Héloïse commençait à en avoir assez de cette histoire.

Ed regarda Tom et esquissa un sourire. Tom se demanda si son ami songeait lui aussi que... Mais Tom était incapable de formuler ses pensées, même en son for intérieur, surtout en présence d'Héloïse ! Vu la personnalité pour le moins biscornue des Pritchard, on pouvait s'attendre à tout... Dieu sait ce que la police cherchait chez eux, et ce qu'elle risquait de trouver...

25

Le lendemain matin, après sa première tasse de café, Tom demanda à Mme Annette d'acheter tous les journaux qu'elle trouverait (on était dimanche) lorsqu'elle se rendrait au village.

« Je peux y aller tout de suite, monsieur Tom. Seulement... »

Tom savait qu'elle pensait au petit-déjeuner de Mme Héloïse. Il lui déclara qu'il préparerait lui-même le thé et le jus de pamplemousse de sa femme, au cas où celle-ci se réveillerait entre-temps, ce qui était d'ailleurs fort improbable. Quant à M. Banbury, Tom ne pouvait pas faire de pronostic, mais la nuit dernière, ils avaient discuté tous les deux jusqu'à une heure avancée

Mme Annette s'éclipsa. Tom se doutait bien qu'elle avait au moins autant hâte de connaître les potins du village que d'acheter les journaux. Lesquels s'avéreraient les plus fiables ? Les cancans de la boulangerie seraient assurément plus vivants — et sans doute exagérés — mais plus proches peut-être de la vérité que les échos de la presse. Il suffisait de faire la part des choses.

Tom eut à peine le temps d'étêter quelques rosiers et de composer un bouquet de dahlias — deux jaunes et un troisième orange, tout ébouriffé — que Mme Annette était déjà de retour. Il l'entendit repousser le loquet de la porte.

Tom alla feuilleter les journaux à la cuisine. Mme Annette sortait une flûte et des croissants de son filet à provisions.

« La police... recherche la *tête*, monsieur Tom », murmura-t-elle, bien qu'en dehors de lui, nul ne fût susceptible de l'entendre.

Tom fronça les sourcils.

« Dans la maison ? dit-il.

— De *partout !* » chuchota-t-elle à nouveau.

Tom se mit à lire. Les titres annonçaient une « incroyable découverte près de Moret-sur-Loing », avant de préciser que David et Janice Pritchard, un couple d'Américains d'une trentaine d'années, avaient trouvé la mort en se noyant dans le bassin de leur propriété, soit accidentellement, soit à la suite d'une étrange tentative de suicide. Leurs corps avaient séjourné une dizaine d'heures dans l'eau, selon les policiers, avant d'être découverts par deux gamins d'une douzaine d'années qui avaient signalé leur présence à un voisin. Sous leurs cadavres, dans la vase du bassin, la police avait retiré une bâche contenant des ossements humains, un squelette incomplet dont la tête et l'un des pieds manquaient. Le squelette était celui d'un homme d'âge mûr et n'avait pas été identifié jusqu'à présent. Les Pritchard ne travaillaient ni l'un ni l'autre ; le mari recevait une pension de sa famille, demeurée aux États-Unis. Le paragraphe suivant précisait que le squelette incomplet avait séjourné plusieurs années dans l'eau. Des voisins avaient raconté que depuis quelque temps, Pritchard fouillait les rivières et les canaux de la région, à la recherche d'un trésor de ce genre, mais qu'il avait mis un terme à ses explorations jeudi dernier, après avoir découvert le squelette décapité.

Pour l'essentiel, le second journal racontait la même chose, mais plus brièvement, et consacrait toute une phrase au fait que les Pritchard avaient mené une existence inhabituellement discrète au cours des trois mois où ils avaient occupé cette maison, sans nouer la moindre relation avec le voisinage. Apparemment, leur seule distraction était d'écouter de la musique tard le soir, dans leur demeure isolée, avant qu'il ne leur prenne la lubie de draguer le fond des rivières. La police avait réussi à joindre les familles respectives de David et Janice Pritchard. La maison était encore éclairée et les portes grandes ouvertes lorsque les cadavres avaient été découverts. On avait même retrouvé des verres à moitié pleins sur la table du salon.

Rien de très nouveau, songea Tom. Il ne put cependant s'empêcher de frissonner à la lecture des articles.

« Que recherche donc la police à présent, madame ? demanda-t-il, tant dans l'espoir d'apprendre quelque chose que pour faire plaisir à Mme Annette, qui n'était jamais avare d'informations. Pas la tête, en tout cas, murmura-t-il d'un air convaincu. Peut-être des *indices*... accréditant la thèse de l'accident, ou du suicide. »

Debout devant l'évier, Mme Annette se pencha vers Tom.

« Monsieur... j'ai entendu dire ce matin qu'on avait retrouvé un *fouet*. Et quelqu'un d'autre — Mme Hubert, vous savez, la femme de l'électricien — m'a dit qu'on avait également découvert une *chaîne*. Peut-être pas une très grosse chaîne, mais tout de même... »

Ed émergea en bas de l'escalier. Tom le salua et lui tendit les deux journaux.

« Thé ? Café ? demanda-t-il.
— Du café, avec un peu de lait chaud. C'est possible ?
— Mais bien sûr. Assieds-toi, tu seras plus à ton aise. »

Ed désirait également un croissant et de la confiture.

Supposons qu'on retrouve cette tête au domicile des Pritchard, se dit Tom en retournant à la cuisine pour transmettre la commande. Ou la bague de mariage, dans un endroit invraisemblable — clouée dans un interstice entre deux lattes de plancher, par exemple... Y avait-il des initiales, gravées sur cette bague ? Et où Pritchard aurait-il pu planquer la tête ? Était-ce l'ultime mission qu'il avait confiée à Teddy ?

« Pourrais-je aller avec toi à Roissy ? demanda Ed lorsque Tom revint au salon. Cela me ferait très plaisir.
— Mais évidemment ! Ta présence me fera du bien. Nous prendrons le break. »

Ed parcourut les journaux.

« Rien de bien nouveau, pas vrai, Tom ?
— Apparemment non.
— Tu sais, Tom... Eh bien... »

Ed s'interrompit en souriant.

« Vas-y ! Annonce-moi la bonne nouvelle !

— Tu as deviné... et maintenant, j'ai gâché ta surprise. Je crois bien que Jeff t'apportera le croquis du *Pigeon*. Je lui en avais parlé avant mon départ.

— Quelle délicate intention! dit Tom avant de regarder les murs de son salon. Ce sera une source d'inspiration! »

Mme Annette arriva, un plateau à la main.

A peine une heure plus tard, après avoir vérifié avec Héloïse que tout était en ordre dans sa chambre (où Jeff devait coucher) et avoir disposé sur la commode une aiguière ornée d'une rose rouge, Tom partit pour Roissy en compagnie d'Ed. Il avait prévenu Mme Annette qu'ils rentreraient pour le déjeuner, peu après 13 heures s'ils avaient de la chance.

Tom avait été chercher la bague de Murchison dans le tiroir de sa commode et l'avait retirée de la chaussette noire où il l'avait cachée. Elle se trouvait à présent dans la poche gauche de son pantalon.

« Nous allons passer par Moret, dit-il. Le pont est très beau et cela ne nous fera faire qu'un petit crochet.

— Bonne idée », dit Ed.

La journée était belle. Il avait plu, tôt dans la matinée, aux alentours de 6 heures à en juger par l'état du jardin. Cela avait fait du bien à la pelouse et aux arbustes. De surcroît, Tom n'aurait pas besoin d'arroser aujourd'hui.

Les deux tours massives du pont de Moret (il y en avait une à chaque extrémité) furent bientôt en vue. Leur patine rose leur donnait un air vénérable et protecteur.

« Essayons de nous rapprocher de la rivière, dit Tom. On circule dans les deux sens sur le pont, mais le passage est plutôt étroit au niveau des tours : il faut parfois s'arrêter pour laisser passer d'autres véhicules. »

On franchissait chacune des tours à travers un tunnel voûté, dont la largeur ne permettait le passage que d'un seul véhicule à la fois. Tom dut attendre quelques instants et laisser passer deux voitures qui venaient en sens inverse. Puis ils traversèrent le Loing. Tom aurait bien aimé y jeter immédiatement la bague, mais il était impossible de s'arrêter. Après avoir franchi la seconde tour, à l'autre extrémité du pont, il tourna sur la gauche, s'engagea dans une rue et, malgré la présence d'une bande jaune, se gara dans un virage.

« Retournons à pied jusqu'au pont, dit-il. Le paysage vaut le coup d'œil, même brièvement. »

Ils eurent bientôt rejoint le pont. Tom avait enfoncé les mains dans ses poches et ses doigts s'étaient refermés sur la bague. Il retira sa main gauche, l'anneau serré dans son poing.

« Pour l'essentiel, ces constructions remontent au XVIe siècle, dit-il. Et Napoléon a passé une nuit ici, à son retour de l'île d'Elbe. Une plaque a été apposée sur la maison où il a dormi, il me semble. »

Tom se frotta les paumes et transféra la bague dans sa main droite.

Ed ne disait rien et semblait boire des yeux tout ce qu'il découvrait. Tom se rapprocha de la rambarde du pont, tandis que deux voitures passaient derrière lui. Quelques mètres plus bas, les eaux du Loing paraissaient d'une profondeur raisonnable.

« Monsieur... »

Surpris, Tom se retourna et aperçut un policier vêtu d'un pantalon bleu foncé et d'une chemise plus claire. Il portait également des lunettes de soleil.

« Oui ? dit Tom.

— La fourgonnette blanche, là-bas... Elle est à vous ?

— Oui, dit Tom.

— Le stationnement est interdit à cet endroit.

— Ah, oui ! Excusez-moi. Nous partons tout de suite. Merci, monsieur l'agent. »

Le policier les salua et s'éloigna. Un revolver dans un étui blanc se balançait à sa hanche.

« Il te connaît ? demanda Ed.

— Je ne sais pas. Peut-être. En tout cas, c'est gentil de sa part de ne pas m'avoir collé de contravention. (Tom se mit à sourire.) Bon, allons-y. »

Tom fit tournoyer son bras et lança la bague, en visant le milieu de la rivière, qui n'était pas en pleine crue à cette période de l'année. A sa grande satisfaction, l'anneau disparut pratiquement à l'endroit qu'il avait visé. Il adressa un petit sourire à Ed et ils se remirent en marche en direction de la fourgonnette.

Ed avait probablement pensé qu'il avait lancé un caillou, songea Tom. Et c'était aussi bien ainsi.

*Achevé d'imprimer en février 1992
sur presse CAMERON
dans les ateliers de la S.E.P.C.
à Saint-Amand-Montrond (Cher)
pour le compte des Éditions Calmann-Lévy
3, rue Auber, Paris 9ᵉ*

N° d'éditeur : 11784/03
N° d'imprimeur : 347
Dépôt légal : février 1992